Rebecca Martin

NACKTSCHNECKEN

Rebecca Martin

NACKTSCHNECKEN

Roman

DUMONT

FSC
www.fsc.org
MIX
Papier aus verantwortungsvollen Quellen
FSC® C083411

Erste Auflage 2015

Umschlag: Lübbeke Naumann Thoben, Köln
Gesetzt aus der Candida und der Interstate
Satz: Angelika Kudella, Köln
Druck und Verarbeitung: CPI books GmbH, Leck
Gedruckt auf säurefreiem und chlorfrei gebleichtem Papier
Printed in Germany
ISBN 978-3-8321-6320-4

www.dumont-buchverlag.de

for my boys and for my girls

Ich stelle mir vor, du hättest nicht zufällig neben mir gesessen, als ich gerade aufstehen und schon wieder gehen wollte. Ich stelle mir vor, ich wäre nicht just in dem Moment gestolpert und hingefallen und hätte nicht lachen müssen, und du hättest mir nicht aufhelfen müssen. Ich stelle mir vor, wir wären dort nicht ins Gespräch gekommen und hätten auch danach nie den Einfall gehabt, ins Gespräch zu kommen, ganz gleich, wie oft wir uns flüchtig begegnet wären, bedingt allein schon durch äußere Umstände. Es ist so leicht, sich zu verpassen – selbst dann, wenn dir der andere gegenübersteht.

Wir hätten all die Dinge nicht geteilt, wir hätten die gemachten Fehler nicht gemacht, zumindest nicht miteinander, ich wäre vielleicht woandershin fortgegangen und als eine andere wiedergekommen, wer weiß schon, was alles anders gewesen wäre, wenn unsere Zeit und unsere Orte sich nicht überschnitten hätten, das ist ja immer das Gleiche, was wäre, wenn, das kennen wir, es ödet mich trotzdem nie an.

Ich kann es mir nämlich nicht vorstellen, Punkt, Aus, Ende, genauso wenig, wie ich mir vorstellen kann, was all die Leute auf der Welt just in diesem Moment bewegt. Einmal habe ich das zu dir gesagt, und du hast gesagt, ach ja, das Leben, und was solltest du schon anderes darauf antworten.

Ich kann mir vorstellen, woher das Mädchen mir gegenüber gerade kommt. Von zu Hause nämlich, denn es ist früh und wir sitzen in der U-Bahn und sie sieht nicht übernächtigt aus. Ich kann mir vorstellen, wann und wo sie sich ihre Perlenohrringe gekauft hat, im Urlaub in Düsseldorf, wo ihre Schwester wohnt, oder vielleicht sind sie ihr auch geschenkt worden, gestern erst, zwischen Tür und Angel, von ihrem Freund, als Verlobungsgeschenk, denn das macht man ja anscheinend heute wieder, sich verloben.

Ich kann mir vorstellen, wie ich aufstehe und mich zu dem Mädchen mit den Perlenohrringen runterbeuge und sie auf den Mund küsse und wie dann die Zeit für einen Moment stehen bleibt, aber ehrlich gesagt ist das Mädchen ja schon vor zwei Stationen ausgestiegen und ich könnte jetzt natürlich die Frau neben mir küssen, die ist eh viel schöner.

Und jetzt bin ich gleich schon da und werde auch aussteigen und zu mir nach Hause spazieren und meinen Turnbeutel neben mir her schwingen, und ich werde froh sein, dass alles zu seiner Zeit passiert ist, so wie es sich der Floskel nach gehört. Stell dir vor.

EINE EINZIGE, HELLE GISCHT, aus der sich die Berglandschaft erhebt. Ein weißes Meer, über das sich Sonnenlicht ergießt. Wolkenkrater wie kleine Täler, durch die vielleicht ein Fluss fließt. Der glühende Horizont.

Dort hinten könnte eine andere Welt beginnen. Hier drinnen dröhnt die Wirklichkeit in Form von rauschendem Druck auf den Ohren.

»Paul? Paul, schläfst du?«

Keine Reaktion.

Jetzt schiebt sich eine zweite, breite Wolkendecke über die erste, begleitet von ihrem eigenen riesigen Schatten. Noch wattiger, noch pudriger. Die Sonne formt sich zu einem blendenden Ball, sodass das Hinausschauen beinah unmöglich wird. Dann ist sie plötzlich weg, wir gleiten durch ein diffuses Etwas, in das sich die ausgebreiteten Flugzeugarme hineinrecken.

Ein zweiter Versuch: »Paul? Paul.«

Jetzt ist die Sonne wieder da und brennt sich durch das runde Fenster auf mein Gesicht.

Wenn wir wiederkommen, habe ich vor dem Abflug zu Paul gesagt, möchte ich ganz knusprig sein.

Paul schläft wie ein Baby. Unfassbar, wie verliebt ich in ihn bin. Auf diese ganz bestimmte Art.

Draußen jetzt wieder Wolken. Die Assoziationen: Gesponnene Wolle. Auf Kordeln. Seelöwenriesen, aufeinander rumrobbend. Wüstenlandschaften. Das braune Fleckchen Erde da, darüber der sandigdunkle Wolkenstreifen und dann strahlend blauer Himmel. Baumwipfel, gemacht aus Sand und Wiesenformationen, optische

Täuschung durch Wolkenschichten, Wolkenseide, milchig. Wieder Wüste. Geronnene, vergorene Milch, wie wenn man sie ins Spülbecken gekippt hat. Wolken. Immer wieder Wolken. Der Himmel blutet auf das Wolkengeröll. Alles so verdammt plastisch. Dazu Lichtwirbel. Man könnte mir sagen, wir fliegen gerade über Alaska hinweg, ich würde es sofort glauben, einfach nur, weil Alaska auch nach Spektakel klingt.

»Bist du eigentlich verliebt in mich, Paul?«

»Hm?«

Er öffnet die Augen einen Spaltbreit.

»Ob du verliebt in mich bist.«

»Was ist denn das für eine Frage?«

»Keine Ahnung, einfach eine Frage.«

»Ach, Baby«, sagt er und wechselt seine Schlafposition mit einem tiefen Seufzer.

Ich schaue wieder aus dem Fenster.

Der Kapitän macht eine Ansage. Landung in Paris-Charles de-Gaulle in etwa vierzig Minuten.

»Mein erstes Mal Paris«, sage ich zu Paul und hüpfe auf dem Hotelbett rum, während er unsere Taschen zurück in den Schrank stopft. »Verrückt, oder? Mit zweiundzwanzig. Voll spät.«

»Mmh«, sagt Paul und drückt sich mit seinem Gewicht gegen die Schranktüren.

»Wo wollen wir zuerst hin? Was essen, oder? Weißt du was Gutes?« Paul ruckelt prüfend an der Tür. Sie scheint zu sitzen. Er kommt zu mir, nimmt mich an den Beinen und zieht mich zu sich. Ich komme ins Stolpern. »Baby!«, rufe ich lachend. »Ich fall gleich um!«

Paul schaut zu mir hoch. »Nora, warum fragst du mich, ob ich verliebt in dich bin?«

»Mh.«

»Hm?«

»Mhh … Ich höre es halt gern, wenn du das sagst. Ich schätze, ich brauche viel Bestätigung. Ich bin eines von diesen anstrengenden Mädchen, weißt du –«

»Ich weiß nicht.«

»– denen permanent bestätigt werden muss, wie heiß und sexy und liebenswert und geil und schön und talentiert und –«

Paul bringt mit den Armen meine Knie zum Einknicken. Ich falle kreischend aufs Bett. »Paul! Paul!« Ich lache. Paul krabbelt auf mich drauf, er kitzelt mich. »Hör auf!«, rufe ich und schnappe nach Luft. »Hör auf hör auf hör auf! Aaah! Das ist gemein!«

Wir wechseln von den gemütlichen Reiseklamotten in leichte, schieben uns die Sonnenbrillen ins Haar und laufen Hand in Hand die schmale, steile Treppe hinunter, hinaus in den Pariser Nachmittag. Ich könnte vor Glück in die Hände klatschen, dreimal im Kreis laufen, in die Luft springen und Lieder vor mich hin trällern. Wir beide, in Frankreich. Drei endlose Wochen lang. Der Hammer ist das. Aber wirklich.

Die Luft ist warm, vom Straßenkiosk ein paar Meter weiter strahlen mir französische Covermodels entgegen. Paul kauft sich eine Packung Kippen.

»Wieso kaufst du denn jetzt Kippen?«, frage ich, als er wieder neben mir steht.

»Ich hab Lust, eine zu rauchen.«

»Aha.«

»Ist doch Urlaub, Mäuschen!«, sagt Paul und zwickt mich in die Seite.

»Mäuschen? Wo kommt das denn jetzt her?«

»Hm?«

»Oh Paul, bitte nicht ›Mäuschen‹, alles, aber bitte nicht ›Mäuschen‹.«

»Okay, Bunny.«

Ich verdrehe die Augen.

Wir gehen ohne Ziel durch die Straßen, Paul hat seinen Arm um meine Schulter gelegt, ich habe meine Jeansshorts so weit wie möglich hochgekrempelt, in der Hoffnung, etwas Sonne auf meine weißen Schenkel zu bekommen.

Die vielen Touristen in bunten T-Shirts und mit Einkaufstüten behangen. Die hübschen Altbauten mit den französischen Balkonen, die alten Schilder, die Pflastersteine und überall eine Sprache, die ich nicht verstehe, der ich aber endlos lange zuhören könnte.

Wir kaufen uns jeder eine Falafel und essen sie im Gehen, bewundern die Schaufenster von Boutiquen und den blauen Himmel, spazieren durch mittelalterliche Torbögen und an abgeschiedenen Straßencafés vorbei.

Etwas später sitzen wir auf einer Bank am Ufer der Seine. Mein Kopf liegt in Pauls Schoß und ich habe die Augen geschlossen. Paul spielt mit meinen Haaren, ich spüre jede Bewegung, sehr deutlich und sehr zart.

»Nicht aufhören«, murmle ich.

Es fühlt sich an, als tränke sich meine Haut gierig in dem Überfluss an Wärme und Licht. Mein Kopf wird immer schwerer, meine Gedanken verebben und alle Geräusche – der Verkehr, das Wasser, die Vögel, die Gespräche, die Rufe, das Hupen, das Rauschen der Bäume – vermischen sich und betten meine Sinne in ein weiches Kissen aus wohliger Erschöpfung. Hamburg und die letzten Monate rücken in weite Ferne. Das unbeständige Wetter rückt in weite Ferne, die Textbücher rücken in weite Ferne, die zickige Produktionsassistentin rückt in weite Ferne.

»Nora«, murmelt Paul. »Nora, komm, lass uns mal weiter, ich muss total dringend aufs Klo.«

»Was?« Ich hebe den Kopf. Die Sonne blendet krass. »Wie spät ist es?«

»Halb vier. Du wolltest doch auch noch zum Montmartre-Viertel.«

»Aber es war grad so gemütlich!«, sage ich. »Na gut.«

Wir kehren gegen neun ins Hotel zurück. Das Hotel schmiegt sich schmal und unscheinbar zwischen zwei herrschaftliche Gebäude und liegt mitten im Marais; Pauls Vater hat es uns empfohlen, er war vor ein paar Jahren mal auf einer Rechercheреise für das Wissenschaftsmagazin, für das er arbeitet, hier untergebracht.

Wir haben uns eine Flasche Rotwein besorgt, beim Supermarkt um die Ecke, gucken jetzt Arte und kommen uns sehr französisch vor. Neben unserem Spaziergang durch das Montmartre-Viertel haben wir die Sacré-Cœur und den Louvre erkundet, und dann haben wir uns ein wenig verlaufen, und als wir endlich den Supermarkt entdeckt haben, waren wir froh, weil wir unsere Orientierung wiedergefunden hatten und weil wir nun endlich Rotwein kaufen konnten.

Vom vielen Gehen sind meine Beine ganz schwer. Vor uns auf dem Bett ausgebreitet liegen eine große Frankreich-Karte und zwei verschiedene Reiseführer. Am nächsten Morgen wollen wir weiter Richtung Val de Loire.

Paul sagt: »Das wird noch mal eine lange Reise.«

Ich sage: »Aber das wird cool. Wir können endlos viel Musik hören.«

Ich scrolle durch die Playlist auf Pauls Telefon, die Ansgar extra für uns angelegt hat. Ansgar ist Pauls bester Freund und der Grund, warum Paul und ich jetzt überhaupt hier sind. Weil Ansgar die geniale Eingebung hatte, ausgerechnet mich für das Zimmer auszuwählen, das vor nun über zwei Jahren bei ihm in der WG frei wurde und für das ich mich vorgestellt hatte, nachdem endgültig feststand, dass ich für den Serienjob nach Hamburg ziehe. Auf der Playlist sind Lieder, die seine Freundin Luise und er in ihrem Frankreich-Urlaub letztes Jahr gehört haben, Lieder, die er neu entdeckt hat, und Lieder, von denen Ansgar weiß, dass ich sie mag. Ein paar vom Broken-Bells-Album sind darunter, aber auch *Paper Planes* von M. I. A., *Don't Confess* von Tegan and Sara und *Novocaine for the soul* von Eels, weil das Lieder sind, die mich an meine Jugend erinnern, und Ansgar sich das gemerkt hat.

Ansgar und Luise, das sind Goldschätze. Kurz hatten sie sogar überlegt, ob sie uns begleiten sollten, aber dann hat Luise einen neuen Job bei einer Unternehmensberatung bekommen und Ansgar Ärger mit der Hausverwaltung, weil es in meiner ehemaligen WG manchmal so laut ist.

—

Wir kommen spät am nächsten Abend in Amboise an, einem kleinen Städtchen, das direkt an der Loire liegt. Über dem Campingplatz schwebt eine gespenstische Ruhe. Wir brauchen ewig, um unser Zwei-Mann-Zelt zusammenzubauen, hantieren lange mit Handy-Taschenlampe und rudimentärer Bedienungsanleitung herum. Am Ende sind wir sehr müde und uns beide ziemlich sicher, dass wir es morgen noch einmal aufbauen müssen, aber es steht zumindest, wenn auch etwas schief, und es genügt, um unsere Schlafsäcke irgendwo reinlegen zu können.

Ich schlafe nicht gut, in dieser ersten Nacht in Amboise. Die Geräusche, die die Natur von sich gibt, sind zwar schön, aber auch ungewohnt. Hinter jedem Knistern steckt ein potenzieller Tiger, für den ich aus meinem Traum erwache, die Zelttür aufzippe und angestrengt hinaus in die Dunkelheit starre. Hinter jedem Vogelpfeifen ein Äquivalent zu meinem Wecker, den ich nicht überhören darf, hinter jedem Gurren ein Erdmännchen, das von unten gegen die Erde klopft und uns eine philosophische Vorlesung halten will.

Als Paul mich am Morgen fragt, wie ich geschlafen habe, sage ich: »Wilde Träume.«

Paul sagt: »Die hast du doch immer.«

Es ist so heiß, dass ich kaum atmen kann. Ich laufe nah an den Häuserwänden entlang, auf der Schattenseite. Der Schweiß rinnt mir in den Nacken, fließt zwischen meinen Brüsten auf den Bauch. Ich ärgere mich, dass ich eben am Brunnen nicht mehr getrunken habe, vornübergebeugt, umzingelt von kreischenden Kindern.

»Wir haben wirklich kein Wasser mehr?«, fragt Paul hinter mir. Ich erwidere nichts, drehe mich noch nicht einmal zu ihm um, alles zu anstrengend. Bei der nächsten Abzweigung bleibe ich stehen.

»Wollen wir mal links?«, frage ich, während Paul schnaufend aufholt.

»Können wir machen.«

»Ja, ich weiß. Sollen wir?«

»Hm.«

»Was ist denn jetzt überhaupt unser Plan?«

»Weiß nicht«, murmelt Paul und tupft sich mit einem Taschentuch den Schweiß von der Stirn.

»Lass das«, sage ich. »Das erinnert mich an alte, dicke Männer in der Bahn.«

Ich weiß, dass er die Augen verdreht, auch wenn ich gerade in die andere Richtung schaue. Ich kann es ihm kaum verübeln.

»Also?«

»Ja, lass uns meinetwegen links gehen«, sagt Paul.

»Nein, ich meine, was jetzt unser Plan ist.«

Ich starre ihn an und versuche uns beide von außen zu sehen. Zwei glühende Gesichter, glänzend und rot, in denen von Sonnenmilch fettige Haarsträhnen kleben. Ich muss lachen.

»Was ist?«, fragt Paul.

»Ach, ich dachte nur, wie blöd das ist, dass wir jetzt hier stehen und schwitzen und uns anzicken.«

Er grinst.

»Komm mal her!«, sage ich und strecke die Arme nach ihm aus. Er bückt sich zu mir hinunter und ich umfasse mit meinen Händen seinen nassen Nacken, drücke meine Lippen auf seinen von der Anstrengung geöffneten Mund. Wir knutschen bestimmt fünf Minuten lang. Ich habe ganz vergessen, wie das ist, Knutschen, denke ich, als wir uns langsam wieder voneinander lösen.

Amboise ist einer der hübschesten Orte, die ich je gesehen habe. Als ich das Paul gegenüber erwähne, schmunzelt er nur und macht mich darauf aufmerksam, dass ich so gut wie jeden Ort, den wir zusammen besucht haben, als einen der hübschesten ausgemacht habe.

Aber wirklich: Wie das Schloss über der Stadt thront und unsere Schritte zwischen den Gassen überwacht. Wir haben es heute Morgen als Allererstes besichtigt. Es ist auch von innen hübsch anzusehen, dieses Majestätische, Prunkvolle, es machte mich seltsam wehmütig.

Wie sogar die Ladenketten in der Einkaufsmeile charmant wirken. Wie hübsch und aufgeräumt die Häuser ausschauen.

Wir machen Rast in einem Café, im Schatten der Markise.

»Wäre schön, wenn jetzt bald mal die Sonne untergehen könnte«, sagt Paul.

»Nicht, dass wir uns das jetzt jeden Tag wünschen. Wäre schade um den Urlaub.«

»Trotzdem.« Paul beugt sich vornüber und lässt die Arme baumeln. »Ich wünsche es mir trotzdem.«

Die Kellnerin kommt mit einem Tablett raus. Ich winke hektisch, als ihr Blick unseren Tisch streift.

»Une carafe d'eau, s'il vous plaît«, sage ich langsam und so deutlich, wie es nur geht.

Als sie wieder verschwunden ist, lacht Paul leise in sich hinein.

»Was denn? Das ist einer der wenigen Sätze, die ich mir aus dem Phrasenbuch merken konnte!«

»Was kannst du denn noch?«

»Je ne parle pas français? Bonjour? Oui? Non? À? Au revoir? Voulez-vous coucher avec moi?«

»Tu es la femme la plus jolie du monde«, summt Paul.

»Merci? Was heißt das?«

Die Kellnerin bringt eine Karaffe Wasser.

»Siehst du?«, sage ich. »Es hat funktioniert.«

Die Loire schimmert so türkisgrün, wie ich noch nie einen Fluss habe türkisgrün schimmern sehen. Die Strömung ist stark, man soll nicht darin baden gehen, aber es halten sich längst nicht alle an die Warnung. Auch wenn es schon einige Todesfälle gegeben haben soll, wie wir gestern von unseren Zeltnachbarn erfahren haben.

Wir ducken uns unter die spärlich gesetzten Bäume entlang der Promenade, schleppen uns bis zu unserem Zelt und lassen uns erschöpft auf die warme Luftmatratze sinken, die wir zum Lüften nach draußen gezogen haben. Von unserem Platz aus haben wir einen schönen Blick auf die Loire und das Schloss.

Ich kneife die Augen zusammen. Das Blätterdach über uns hebt und senkt sich mit jedem Windhauch. Sonne funkelt zwischen dem hellen Grün und dem dunklen Geäst. Ich drehe mich auf die Seite. Paul ist eingeschlafen. Seine Hände hat er auf dem Bauch gefaltet. Sein Mund steht ein wenig offen, und in dessen Winkeln sammelt sich weißer, feinporiger Schaum.

Ich spiele, den Ellenbogen auf die weiche Matratze gestützt, mit den Bändchen seiner Leinenhose. Ich habe die Anstrengung der langen Fahrt noch immer in den Gliedern. Die vielen Autobahnschilder und das surrende Motorengeräusch des Mietwagens. Die Tankstellen, die immer teurer, und die Toiletten, die immer schmutziger wurden. Ich bin froh, endlich hier zu sein. Ich schließe die Augen.

Ich wache davon auf, dass ich mich selbst wild am Hals kratze. Eine zerdrückte Ameise klebt an meinem Finger und unter meinem Nagel, ich wische sie im Gras ab.

Paul steht einige Meter vom Zelt entfernt, nahe der Böschung, die zum Fluss hin abfällt, und tippt auf seinem Handy rum. Ich richte mich auf. Meine nackten Beine sind bis zu den Oberschenkeln von roten Flecken übersät. Ich berühre sie vorsichtig. Es brennt wie Sau.

»Scheiße«, murmle ich und rutsche von der Matratze. Paul erschrickt, als ich ihn von hinten mit meinen Armen umfasse. Er lässt das Handy sinken.

»Wem schreibst du?«

»Niemandem.«

»Ah.«

»Kennst du nicht. Was wegen Uni.«

»Ist das nicht total teuer aus dem Ausland?«

Er lächelt und nimmt meinen Kopf in seine Hände.

»Quatsch«, sagt er und küsst mich. Als er sich von mir gelöst hat, frage ich nicht weiter und zeige auf meine Beine.

»Ich hab mich total verbrannt. Du hättest mich wecken können.«

»Scheiße, ja. Guck mal hier –«, er zeigt auf seine Füße, »ich habe mir die Seiten meiner Fußsohlen verbrannt! Die Seiten! Der Fußsohlen! Übel, oder? Und das in der Abendsonne! Tut saumäßig weh.«

»Wie spät ist es eigentlich?«

»Danke für dein Beileid. Halb neun?« Er wirft einen Blick auf das Handydisplay. »Fünf nach halb neun.«

Ich nicke. Bald geht die Sonne unter. Bald könnten wir uns in ein Restaurant setzen, unter Lichterketten, und Wein trinken.

»Dann geht ja bald die Sonne unter«, wiederhole ich meinen Gedanken laut.

»Ja. Gott sei Dank.«

Das Restaurant hat zwar keine Lichterketten, dafür aber einen leckeren Hauswein und eine gute, lebendige Stimmung. So lebendig, dass man kaum sein eigenes Wort verstehen kann. Während ich an meinem Glas nippe, versuche ich nicht daran zu denken, dass keine Preise auf der Karte zu finden waren, bete, dass wir nicht unser halbes Urlaubsbudget schon am zweiten Tag verprassen. So oder so sollte ich die günstigen Restauranttipps in unserem Reiseführer mal genauer angucken.

Paul erzählt eine Geschichte von einem Freund von ihm, der den letzten Sommer mit seiner Freundin in Südfrankreich verbracht hat.

»Die Provence stelle ich mir auch unglaublich schön vor.«

»WAS?«

»Die Provence stelle ich mir unglaublich schön vor, hab ich gesagt!«

»Ja, aber jetzt sind wir ja erst mal hier, oder?«

»Hä? Warum bist du denn so zickig?«

»Ich bin nicht …« Ich atme aus. »Tut mir leid. Wie lange dauert es denn von hier aus dahin? Also in die Provence?«

»Keine Ahnung. Bestimmt ein bisschen. Ist ja fast ganz unten. Ich wollte damit auch gar nicht andeuten … Wir können doch einfach schauen, wie es so läuft, oder?«

»Ja. Das ist gut.«

»Was?«

»DAS IST GUT!«

Ich zähle innerlich bis drei und versuche mich zu beruhigen.

»Wir haben übrigens ein paar Neue in der Serie«, sage ich. »Emilys Figur wird bisexuell und beginnt eine Affäre mit einer Frau aus ihrem Heimatort.«

»Aha«, sagt Paul. »Cool.«

»Weißt du, in den letzten Monaten hatte sie doch diese Sache mit dem Gutshofbesitzer von der Konkurrenz, der ist vor fünf Folgen aber gestorben.«

»Oh«, sagt Paul.

»Das scheint dich ja wahnsinnig mitzureißen.«

»Ich muss gestehen, ich war ein wenig faul mit Gucken in letzter Zeit. Der Flow der Geschichte fehlt mir also an einigen Stellen …«

Ich kichere und werfe ein Stück Brot nach ihm.

»Blödmann.«

»WAS?«

Ich beuge mich über den Tisch. »Blödmann!«

Paul schnellt von seinem Stuhl auf und drückt mir einen Kuss auf den Mund.

»Du weißt, dass ich sonst keine Sekunde der berühmten Gutshofsaga meiner noch berühmteren Freundin verpasse«, sagt er mir ins Ohr und nimmt schnell wieder auf seinem Stuhl Platz, lehnt sich zurück.

»Du bist so bescheuert.«

Im Dämmermorgen das leise Gluckern des Flusses. Die Campingplatzerde ist taufeucht, durch die Bäume schimmern die Häuser auf der anderen Flussseite hindurch. Ich wickele mich in Pauls großen Wollpullover, die milde Luft legt sich auf meine Haut, auf meine brennenden Augen, es fühlt sich angenehm an. Paul hat im Halbschlaf versucht, mich zu beruhigen. Sch, sch, sch. Alles ist gut. Wein nicht, Kleines.

Ich blinzele. Die Ruhe des Morgens ist zauberhaft. Das Zauberhafte legt sich auf meine Unruhe.

Meine Träume sind schrecklich plakativ. Meine Albträume sind es noch viel mehr. Diesen habe ich öfter, dezent variiert, und der geht so: Ich habe ein Baby. Es hat einen Namen, den ich nicht ausgesucht habe und der mir nicht gefällt. Ich habe es von einem Mann, den ich nicht liebe. Ich liebe das Baby. Ich vergesse aber sogleich, dass ich es geboren habe. Also stirbt das Baby. Als mir einfällt, dass ich ein Baby habe und es vernachlässigt habe, ist es längst zu spät, und alles Betteln, alles Bitten hilft nicht.

Aus diesen Träumen wache ich weinend auf. Und Paul tröstet mich: Sch, Kleines.

Ich krieche zurück ins Zelt und lege mich wieder hin. Paul murmelt etwas, schlingt seinen Arm um mich. Ich drücke meinen Kopf an seine Schulter, reibe mein Gesicht an seinem T-Shirt, lege meine Hand auf seinen warmen Bauch.

»Alles okay, Babe?«

»Ja«, sage ich leise. »Alles okay.«

»Meine Prinzessin«, murmelt Paul, »ich bin so wahnsinnig verliebt in dich«, räkelt sich, schmatzt, lässt den Atem wieder gleichmäßig fließen. Ich schließe die Augen und grinse in seinen T-Shirt-Stoff hinein.

»Paul, mir ist was richtig Krasses passiert!«, platzt es beim Frühstück aus mir heraus. Wir haben die Luftmatratze wieder nach draußen gezogen und unseren kleinen Campingkocher daneben gestellt. Es riecht nach Gummi und frisch gebrühtem Kaffee.

»Noch krasser als Sonnenbrand an den Seiten der Fußsohlen?«

»Viel krasser.«

»Schwer vorzustellen.«

»Ich schwöre.«

Paul guckt skeptisch. »Okay.«

»Bist du bereit?«

»Ich bin bereit!«

»Ich hatte einen Orgasmus.«

»Oh je. Sag jetzt bitte nicht, dass das krass ist.«

»Im Schlaf!«

»Du hattest was?«

»Einen Orgasmus! Im Schlaf! Krass, oder?«

»Heute? Heute Nacht? Im Zelt? Nachdem du die Albträume hattest?«

Ich nicke. Paul sieht so perplex aus, dass ich laut auflachen muss.

»Das ist krass, oder?«

»Auf jeden Fall. Ich dachte, das haben nur Männer.«

»Tja. Siehst du mal.«

»Ohne Anfassen?«

»Ich hab nichts gemacht! Ich schwöre, ich hab nichts gemacht. Ich bin davon aufgewacht. Ich konnte es selbst kaum glauben.«

»Mann, Nora, warum hast du mich nicht geweckt? Ist ja voll sexy.«

»Hallo, ich hab selbst noch halb geschlafen.«

Ich grinse, Paul verzieht den Mund zu einer Schnute.

»Komm, lass mal googeln«, sage ich und stoße ihn an. »Wo ist dein Handy?«

»Was willst du denn da googeln?«

»Na ja, ob das normal ist.«

»Hattest du Sex im Traum?«

»Ja. Draußen. An einem Zaun. Mit irgendeinem Vorgesetzten oder so. Keine Ahnung.« Ich stocke. »Aber nicht, dass du jetzt denkst, ich habe erotische Fantasien mit Vorgesetzten!«

»Hast du die denn?«

»Nein! Also … anscheinend schon, aber nicht bewusst. Glaube ich.«

Paul stützt die Ellenbogen auf. Die Luftmatratze bewegt sich unter uns. Der Gummistoff klebt an meinem Rücken und an den Unterseiten meiner Beine.

»Das ist so merkwürdig. Ich krieg mich echt nicht mehr ein.« Ich starre durch die Baumwipfel in den fleckigen Himmel. Plötzlich spüre ich eine Hand auf meinem Schenkel und wie Paul zu mir rüberrobbt. »Hey …« Ich spüre seine Lippen auf meinem Unterarm, an meiner Taille, auf meinem Bauch. »Lass uns wenigstens ins Zelt gehen«, murmle ich.

Beim Sex verliere ich immer wieder meine Konzentration.

»Ist alles in Ordnung?«, fragt Paul.

»Kannst du mich fester anfassen?«

Paul fasst mich etwas fester an.

»Noch fester«, sage ich.

Paul drückt meine Handgelenke in die Matratze. Wenige Augenblicke später lockert sich sein Griff und Paul sieht aus, als würde er gleich kommen.

»Nicht loslassen, bitte«, sage ich ihm ins Ohr.

»Mann, Nora.«

»Was denn?«

»Mach dies, mach das.«

»Ich kann doch wohl sagen, was ich mir wünsche!«

»Ja, aber ich kann mich nicht in einen Vorgesetzten verwandeln, der dich am Zaun hart von hinten nimmt.«

»Jetzt mach aber mal einen Punkt«, sage ich.

Wir bewegen uns nicht mehr. Ich spüre, wie Pauls Erektion in mir verschwindet. Ich habe keine Lust zu streiten. Ich streiche ihm durchs Haar, über den Nacken.

»Komm her.«

Paul guckt erst skeptisch. Dann macht er doch weiter. Schweißperlen stehen auf seiner Stirn. Ich drücke ihn fester an mich. Er stöhnt auf.

Ich liege auf Pauls Bauch, unsere Körper klebrig, das Zelt ist von innen mit Feuchtigkeit überzogen. Der Tag hat längst begonnen, Kinder spielen, Gesprächsfetzen von vorbeigehenden Campinggästen driften zu uns herüber.

Ich frage mich, ob das mit dem Sex ein Problem zwischen uns ist oder eines, das nur ich mit Paul habe. Während alles andere bei uns von Tag eins an hervorragend gepasst hat, ist Sex der

Teil unserer Beziehung, der nie mühelos funktioniert hat. Paul sieht zwar weniger ein Problem als ich, hat sich aber im Laufe der Zeit sehr bemüht, mir entgegenzukommen, auch wenn ich behaupten würde, dass sein Ehrgeiz in den letzten Monaten wieder abgenommen hat.

Ich finde es ehrlich gesagt gar nicht leicht, an etwas zu arbeiten, von dem ich weiß, dass es mit anderen von alleine funktioniert.

Das einzige Mal, als Paul und ich versucht haben, zusammen einen Porno zu gucken, haben wir nach drei Minuten feststellen müssen, dass uns das rein gar keinen Spaß bringt, weil wir uns in unserer Erregung beobachtet gefühlt und sie deshalb verborgen haben. Wer will schon zugeben, dass er es heiß findet, wenn ein mäßig ansehnlicher, hechelnder Mann in Kochschürze einer nackten Brünetten zuraunt, was für ein schmutziges Muschi-Häschen sie ist und sie daraufhin gekünstelt aufstöhnt. Nein, zusammen Pornos angucken, das scheint nichts für uns zu sein. Meine Kollegin Emily, die mittlerweile auch meine Mitbewohnerin ist, sagt, dass wir uns einfach selbst beim Sex filmen sollten, weil das die besten Antörner sind, aber ich komme mir ein bisschen seltsam dabei vor, Paul das vorzuschlagen, und außerdem kann ich mir nicht vorstellen, dass ich vor Geilheit umkippe, wenn ich mir meine Problemzonen in unvorteilhaften Positionen anschauen muss.

»Man kann hier Kanus mieten«, sagt Paul. »Habe ich vorhin beim Brötchenholen gesehen.«

»Echt? Cool.«

»Wollen wir?«

»Heute?«

»Warum nicht?«

»Okay«, sage ich und löse mich von der glitschigen Matratze. »Wer zuerst fertig ist!«

Ich hätte gern eine Videoaufnahme von uns in unseren orangenen Schwimmwesten, wie wir die Loire hinunterpaddeln und alles um uns herum so wahnsinnig grün und idyllisch ist. Ich hätte gern eine Tonaufnahme vom Wind, um sie mir in Nächten anzuhören, in denen mir das Schlafen schwerfällt, und ein Kissen, in das die Wärme eingenäht ist, um an kalten Nachmittagen meine Hand darauflegen und mir den Sommer einbilden zu können. Ich hätte gern ein Parfum, das so riecht, wie wenn Paul in meiner Nähe ist und der Himmel strahlend blau.

Die Strömung ist stark, wir treiben schnell voran. Nach einer knappen Stunde halten wir an einer kleinen Insel. Das Kanu ziehen wir auf den schmalen Sandstreifen, dahinter ist ein Stück Wiese, auf das wir uns zum Picknick niederlassen.

Ich flechte einen Kranz aus wilden Blumen und Gras und setze ihn Paul auf den Kopf. Wir haben Baguette gekauft und weichen Käse. Ich reiße ein Stück Brot nach dem anderen ab und schiebe es mir zusammen mit großen Brocken Brie in den Mund. Ich habe das Gefühl, es ist das Leckerste, was ich je gegessen habe.

Der Himmel ist dermaßen blau, er hat die Farbe von den Milchpackungen, die bei den Verwandten in Irland auf dem Frühstückstisch stehen.

Ich mache ein Foto von Paul mit seinem Smartphone, von ihm und dem Blumenkranz auf seinem Kopf.

»Wehe, du postest das auf Facebook«, sagt Paul.

Paul hat ein Smartphone, aber kein Facebook. Ich habe Facebook, aber kein Smartphone.

Paul macht ein Foto von mir, mit seiner analogen Kamera, wie ich grad ein großes Stück Baguette abreiße, um den Mund tausend Krümel und Käsereste.

»Du bist gemein. Mach doch mal ein schönes Foto von mir.«

»Du bist immer schön.«

»Schleimer.«

Paul redet davon, dass er eine Installationsserie plant, die daraus besteht, dass ich an verschiedenen Orten Baguette mit Käse esse.

»Das wird dein Durchbruch, Baby«, sage ich.

»Oder deiner«, sagt Paul.

Ich muss lachen.

Paul sagt: »Ich liebe dich.«

Ich sage: »Sag nicht so oft ›Ich liebe dich‹, du weißt doch, dass man das nicht soll, das nimmt den Worten die Kraft, wenn du sie so inflationär gebrauchst.«

»Ich liebe dich. Ichliebedich. Ichliebedichichliebedichichliebedichichliebedich.«

Wir cremen uns zum dritten Mal an diesem Tag mit LSF 50 ein. Die Produktion hat mir verboten, allzu braun zu sein, wenn ich zurückkomme. Und Pauls Haut verbrennt schneller als Stroh, wie er sagt. Auf der Insel und dem Wasser gibt es aber nur die knalle Sonne und keine Kompromisse.

»Darauf habe ich mich gefreut«, sagt Paul und streicht mir Sonnenmilch über die Schultern. »Diese Abenteuer-Camping-Romantik.«

»Ich bin auch froh hier zu sein. Richtig, richtig froh. Wenn ich nur daran denke, jetzt im Studio zu stehen und die ganzen schlecht gelaunten Grimassen ertragen zu müssen … Nee. Oh Gott.«

»Die vermissen dich bestimmt auch ganz schrecklich.«

»Haha«, sage ich. »Aber im Ernst. Ich stehe in letzter Zeit immer öfter beim Dreh und denke: Wofür das alles? Was mache ich eigentlich hier? Und dann frage ich mich, ob die anderen sich das auch denken, oder ob sie einfach nur glücklich sind, dass sie gutes Geld verdienen und Irgendwas-mit-Medien machen, weißt du? Und warum mich das dann nicht zufrieden macht. Es ist ja nicht das Schlechteste, dafür bezahlt zu werden, ein paar Sätze in die Kamera zu sagen und schöne Kleider zu tragen und permanent mit Puder und warmen Decken umsorgt zu werden. Aber es ist auch so wahnsinnig dekadent und so wahnsinnig bedeutungslos … Bei dir hingegen, du kreierst etwas, du machst dir Gedanken, du beschäftigst dich mit etwas Inhaltlichem. Ich habe so häufig den Drang, etwas Inhaltliches zu machen. Oder wenigstens Teil von etwas Inhaltlichem zu sein. Etwas, das eine Aufgabe hat, eine Vision, einen künstlerischen Wert, egal was, irgendetwas. Weißt du, was ich meine?«

»Klar«, sagt Paul. »Andererseits habe ich nicht das Gefühl, dass das, was ich tue, so viel mehr Bedeutung hat als das, was du tust, das kannst du mir glauben.«

»Du studierst bildende Kunst, Paul!«

»Und wer sagt, dass ›Kunst-Studieren‹ wertvoller ist als gute alte Fernsehunterhaltung?«

»Jetzt wirst du wieder so komisch philosophisch.«

»Ich habe auf jeden Fall auch nicht gerade ein herausragendes Interesse daran, Teil dieses ganzen Kunstmarktgefickes zu sein, und ich fühle mich auch mehr als dekadent, wenn ich mal wieder in meinem staatlich subventionierten Atelier in der Hochschule stehe und Steuergelder in Form von Farben an die Wand klatsche.«

»Paul!«

»Okay, ich übertreibe. Selbstverständlich machen wir uns alle auch großartige Gedanken über unsere Zeit und spiegeln die Welt, in der wir leben.«

»Aber das tut ihr doch wirklich!«, sage ich. »Manche von euch zumindest, will ich doch schwer hoffen. Also, lass gefälligst deine jämmerlichen Versuche, mich an Sinnlosigkeit zu überbieten!«

Paul lacht. Ich liege auf dem Bauch und gucke direkt in Pauls Gesicht. Er liegt neben mir.

»Was machen wir morgen?«

»Schlösser angucken?«

»Schlösser! Oh Gott! Ich bin so froh, dass wir endlich hier sind. Habe ich das schon erwähnt? Ich bin so froh, dass wir hier sind!«

»Nicht, dass meine Prinzessin bei all dem Prunk nicht doch noch Heimweh nach der Fernseharbeit auf dem Gutshof bekommt«, sagt Paul.

»Oh, Monsieur, ich denke, das Zelten wird mich schon genügend erden. Weißt du was, ich glaube, ich mache einen Französisch-Kurs, wenn wir zurück sind.«

»Mh! Dirty Talk auf Französisch!«

»Wir dürfen nicht vergessen, deinen Eltern eine Postkarte zu schicken, das haben wir versprochen.«

Paul legt eine Hand in meinen Nacken.

»Was?«

»Nix«, sagt Paul. »Ich schau dich nur an.«

Pauls Handy klingelt. Er ignoriert es erst. Dann steht er auf und nimmt es aus dem Rucksack.

»Ich geh mal kurz ran«, sagt er und spaziert ein paar Meter Richtung Gebüsch. Ich schließe die Augen und döse ein wenig ein. Ich stelle mir ein tanzendes altes Paar vor. Beide sind um die siebzig und tanzen ganz langsam und schön. Die Frau hat die Augen geschlossen. Sie sieht so glücklich aus. So vollkommen im Moment.

Paul kommt zurück und packt das Handy wieder in den Rucksack.

»Alles okay?«, frage ich.

»Ja«, sagt Paul, lächelt und streicht mir über meine Hand. »Alles super.«

Abends im Mädchen-Waschraum auf dem Campingplatz bin ich ganz allein. Ich spüle mir das Gesicht mit kaltem Wasser ab. Der Wasserhahn ist undicht, er zischt und spritzt mir mein Schlafshirt nass. Ich höre von draußen einen lauten Ruf, es klingt wie ein Fluchen oder ein Geheul wie von einem Tier. Für einen kurzen Moment denke ich: Das war doch Paul.

Es ist wieder still. Ich trockne mein Gesicht ab und gucke

mich im Spiegel an. Meine Haut ist fürchterlich rot und geschwollen. Typisch, denke ich. So blöd muss man auch erst mal sein, sich gleich am Anfang des Urlaubs zu verbrennen.

Wir haben die Luftmatratze so im Zelteingang platziert, dass wir mit den Köpfen draußen liegen. Mein Mund schmeckt nach Zahnpasta. Ich liege mit dem Gesicht in der Mulde zwischen Pauls Arm und seiner Brust. Ich höre meinen Atem. Ich nestele an Pauls Boxershorts rum. Er reagiert nicht. Ich streiche mit der flachen Hand über seinen Bauch. Ich ziehe sie zurück.

»Was ist los?«

»Nichts ist. Alles gut.«

»Okay.«

»Ich bin nur müde.«

Paul dreht sich auf die Seite. Ich liege da und gucke starr ins Nichts. Ich formuliere Sätze in meinem Kopf, nur um sie gleich wieder zu verwerfen.

Was fällt dir ein?

Du würdest mir doch sagen, wenn etwas ist, oder?

Nachts wache ich davon auf, dass Paul in sein Kissen weint. Erst bin ich mir nicht sicher, was für ein Geräusch das ist und woher es kommt. Vielleicht der Wind, der durch die Baumkronen heult. Oder ein Tier. Oder ein Kind aus einem der Nachbarzelte.

Aber dann spüre ich Pauls bebende Schultern neben mir auf der Luftmatratze. »Paul?«

Das Schluchzen verstummt für einen Moment. Ich rücke nah an ihn heran und lege meine Hand auf seinen klebrigen Rücken. Presse meine Lippen gegen sein zitterndes Schulterblatt und schmiege meine Stirn gegen den Schweiß und das Beben.

»Wach auf, ich bin da, ich bin doch da. Alles ist gut, Paul.«

Das Schluchzen wird wieder stärker, und irgendwann klingt es nicht mehr so, als versuche er es zu unterdrücken, es klingt nur noch bodenlos verzweifelt, und mir treten Tränen in die Augen, so habe ich ihn wirklich noch nie erlebt, in den neunzehneinhalb Monaten nicht, und in meinem Kopf drehen sich die Spiralen, was es wohl sein könnte, das ihn derart unglücklich macht, und warum um Himmels willen er nichts gesagt, mich nicht geweckt hat.

Vielleicht will er sich trennen, denke ich plötzlich und die Idee kommt mir so furchtbar naheliegend vor, dass ich schockiert von meiner eigenen Naivität ein Stück von Paul zurückweiche. Vielleicht trägt er es schon länger mit sich herum und hat es jetzt bestätigt gefunden, am Anfang unseres Urlaubs. Und will es mir nicht sagen und damit den Urlaub vermiesen, auf den ich so lange hingefiebert habe.

Eine Weile liegen wir so da, Paul weinend und ich meinen Gedanken nachhängend, bis ich ein schlechtes Gewissen bekomme und einen zweiten Anlauf starte.

»Paul … Hey Paul. Alles gut. Es wird doch alles gut. Sch. Sch.«

Und ich klemme meine Arme um seine Arme und wiege so gut es geht seinen großen, schweren Körper hin und her. Ich versuche mich ein Stück weit aufzusetzen und seinen Oberkörper in meinen Schoß zu ziehen. Es gelingt mir nur so halb. Ich drehe sein Gesicht zu mir, was er nach anfänglichem Widerstand geschehen lässt, und wische ihm mit dem Handrücken die Tränen und den Rotz aus dem Gesicht.

»Was ist denn los?«, flüstere ich. »Oh Paul.«

Paul tastet nach meiner Hand und drückt sie ganz fest. Er bemüht sich ruhiger zu atmen, das Schluchzen unter Kontrolle zu kriegen.

»Ich liebe dich, Nora«, presst er hervor, um dann wieder laut aufzuschluchzen.

»Ich liebe dich auch. Ich liebe dich so sehr.«

Lauras Mutter hat vorhin Paul angerufen und gar nichts ist okay, nichts ist super. Laura ist Pauls Exfreundin. Laura hat Essstörungen, seit mehr als zehn Jahren. Angefangen hat das also, als Laura ein Teenager war; da waren Paul und Laura noch ein Paar. Paul und Laura waren sogar ziemlich lange zusammen. Laura war Pauls erste große Liebe. Sie haben das gleiche Gymnasium besucht, Laura war eine Stufe unter ihm. Sie ist knapp zwei Jahre jünger als Paul, siebenundzwanzig müsste sie sein, weil Paul ja im September Geburtstag hat. Lauras Mutter hat Paul angerufen, weil Lauras Mitbewohnerin Laura ohnmächtig in ihrem Zimmer gefunden hat. Sie wurde ins Krankenhaus gebracht. Ihr Zustand ist kritisch. Lauras Mutter hat am Telefon geweint. Lauras Vater hat in Lauras Leben nie eine Rolle gespielt. Lauras Mutter hat Paul gebeten, zu kommen. Paul hat gesagt, er ist in Frankreich. Da hat Lauras Mutter noch mehr geweint.

Die Nacht ist so still, wie es die Nächte in Kleinstädten immer sind. Im Fluss spiegelt sich der helle Mond und verleiht ihm etwas Unwirkliches. Ein paar Wolken wattieren den königsblauen Himmel. Und Pauls Knie schlottern, trotz der Hitze und des Schlafsacks, den ich ihm um die Schultern gewickelt habe.

»Und jetzt?«, sage ich leise.

»Keine Ahnung«, sagt Paul.

»Wenn du ... Also, ich meine, wollen wir ...«

»Ja. Ich spreche morgen früh mit der Rezeption.«

»Oh. Okay.«

Mein Hals fühlt sich ganz betäubt an. Ich spüre eine, natürlich völlig ungerechtfertigte, Wut in mir hochsteigen.

Sie ist fast gestorben, flüstert mein Kopf mir entsetzt zu. Wie egoistisch kann man sein, ätzt mein Bauch zurück.

»Ist es dir lieber, wenn wir jetzt gleich aufbrechen?«, sage ich.

»Nein«, sagt Paul. »Das bringt nichts. Und wir werden unseren Schlaf noch brauchen. Komm«, er lächelt mich müde an, »lass uns zurück ins Bett gehen.«

Ich stelle mir vor, wie Laura in einem Krankenhausbett liegt, das viel zu groß für sie aussieht, abgemagert bis auf die Knochen, künstlich ernährt mit allen möglichen Schläuchen. Es fällt mir schwer, mir das vorzustellen, ich habe ja wirklich einfach keine Ahnung. Ich stelle mir vor, wie viele Krankenschwestern in frisch gestärkten Krankenschwesterkostümen um sie herumwuseln, wie die Ärzte bedeutungsschwer und ernst nicken und wichtige Zahlen in ihren Unterlagen notieren. Ich denke, dass ich mir gar nicht vorstellen kann, wie Laura bis auf die Knochen abgemagert aussieht, weil ich sie nur von Fotos kenne und auch nur von zwei, dreien.

Paul ist so erschöpft und leer geweint, dass er schnell einschläft. Ich bleibe wach, ich muss aufholen mit all den Gedanken, die mir durch den Kopf schießen wie kleine Raketen. Ich muss meine Gefühle sortieren, die schrecklich durcheinandergefallen sind und jetzt an den ganz falschen Stellen liegen und dort unbequem herumdrücken.

Wenn man so lange zusammen gewesen ist, wie Paul mit Laura zusammen gewesen ist, wenn man jemanden so lange geliebt hat, wie Paul Laura geliebt hat – wie fühlt sich das an? Und wie fühlt sich das an, wenn dieser Mensch auf einmal so furchtbar krank wird und man sich vollkommen hilflos danebenstehen sieht? Wie fühlt sich das an, wenn man zwar den Menschen verlassen hat, aber einem dennoch viel an ihm liegt, und wenn man weiß, dass es dem Menschen immer noch nicht gut geht? Wie geht man damit um? Fühlt man sich schuldig?

Ich taste nach meinem Handy. Ich habe noch ein paar Euro Guthaben. Ich tippe eine SMS an Mama und Papa und eine an Emily. Ich habe keine Lust, ohne Vorwarnung in das Liebesnest reinzuplatzen, dass sie sich bestimmt mit Patrick in unserer Wohnung eingerichtet hat.

Dann drehe ich mich auf die Seite, lege meine Hand auf Pauls Brust und schließe die Augen.

IM KLINIKGARTEN WACHSEN VIELE ROSEN. Neben den Bänken wuchern sie in verschiedenen Rosatönen, so üppig, dass sie mich ganz benebeln. Paul ist oben auf Lauras Zimmer.

Ich warte draußen auf dich, jetzt störe ich doch nur, habe ich gesagt und bin raus in den Klinikgarten.

Aber selbst hier, auf einer Bank sitzend und nichts tuend, komme ich mir nun wie ein Störenfried vor.

Paul ist fünfeinhalb Jahre mit Laura zusammen gewesen. Fünfeinhalb Jahre, das ist mehr als doppelt so lange, wie Paul und ich zusammen sind. Ich bin bisher nie eifersüchtig gewesen, in keiner Beziehung, auch auf Laura nie, aber jetzt verunsichert mich die lange Zeitspanne ihrer Liebesgeschichte auf einmal und die Nähe, die noch immer zwischen beiden bestehen muss.

Obwohl das natürlich total toll ist! Und ja auch sehr für Paul spricht und seine Qualität als Mensch! Yeah!

Ich verkneife es mir, auf meinem Handy nach der Zeit zu schauen. Es ist sicher noch keine halbe Stunde vergangen, seit wir uns in der Cafeteria getrennt haben.

Ich versuche mir vorzustellen, wie sie miteinander sprechen. Ob er ihre Hand hält? Bestimmt tut er das, Paul ist ein sehr körperlicher Mensch, er fasst fast immer denjenigen an, mit dem er gerade spricht, und wenn es nur eine flüchtige Berührung am Ärmel ist. Und Laura ist ja nicht irgendjemand.

Ich denke, dass ich so gut wie nichts über sie weiß. Ich weiß nur, dass sie mit sechzehn magersüchtig geworden ist. Die Beziehung ist natürlich auch daran zerbrochen, hat Paul gesagt, als ich ihn danach gefragt habe, aber nicht nur daran.

Und dann hat er mich allein durch seinen Blick derart mit Zuneigung überschüttet, dass meine Knie ganz doll zu Pudding geworden sind.

Paul und ich, das ist bombenfest.

Pauls und mein Lieblingsessen: Wiener Schnitzel mit viel Zitrone, in einem Biergarten, in dem die Sonne den Servicekräften große nasse Flecken unter die Arme treibt.

Pauls und meine Vorlieben im Bett: Kein Trara, bloß keine Romantik. Danach Duschen.

Pauls und meine Lieblingsfarbe: Paul grün, ich blau.

Pauls und meine Rituale: Freitags Fisch, sonntags »Tatort«.

Was Paul sagt, wenn er mich auf ein bevorstehendes Bundesligaspiel vorbereiten möchte: Du und deine Freundin, ihr habt euch ja auch ewig nicht mehr gesehen, oder?

Warum Paul und ich niemals richtig wütend aufeinander sein können: Wir können den Standpunkt des anderen stets gut nachvollziehen.

Uns kann niemand was, und eine Magersucht kann uns erst recht gar nichts.

Ich fühle mich schlecht, weil ich mehr mit meiner eigenen Unsicherheit beschäftigt bin als mit Laura und ihrer Krankheit. Ich weiß, dass Magersucht eine sehr ernst zu nehmende Krankheit ist, ich nehme sie auch sehr ernst, aber ich muss zugeben: Ich finde sie ungemein schwer nachzuvollziehen. Dass es dabei gerade um Essen gehen muss. Essen ist auf meiner Prioritätenliste ja ganz weit oben.

Natürlich mache ich mir Sorgen um Laura, aber fast noch mehr Sorgen mache ich mir um Paul. Ich weiß, dass ihn die Krankheit während der Beziehung schon an seine Grenzen gebracht hat, und ich sehe ihn noch immer vor mir, in Amboise, im dunklen Zelt, die Sorge, die Angst, die Panik. Die Hilflosigkeit.

Eine Schwester kommt mit einem älteren Herrn im Rollstuhl den Weg entlang. Kurz denke ich, der ältere Herr verzieht seinen

Mund zu einem Lächeln. Aber vielleicht bilde ich mir das auch nur ein.

Ich halte mich ein zweites Mal davon ab, in meiner Tasche nach meinem Handy zu kramen.

Plötzlich kommt mir ein Gedanke, von dem ich mich frage, warum er mir nicht früher gekommen ist: Was, wenn Laura wegen Paul einen so schlimmen Rückfall erlitten hat? Was, wenn Laura Paul unter Druck setzt und Paul nichts dazu sagt, um mich zu schützen? Und vor allem: unsere Verliebtheit zu schützen?

Aber wenn es wirklich so wäre, hätte ich das nicht längst bemerken müssen? Oder war ich derart blind? Im nächsten Moment erscheint mir der Gedanke schrecklich dumm und albern. Sie sind immerhin schon fast sechs Jahre auseinander, also ungefähr genauso lange, wie sie auch zusammen waren.

Ich rolle mein Shirt hoch und fasse mir an meinen Bauch, greife mir dann mit beiden Händen an meine Hüften.

Ob das wohl merkwürdig ist für Paul: mit meinem Körper zusammen zu sein, meinen Körper anzufassen, nach all den Jahren mit Laura? Klar habe ich darüber schon mal nachgedacht. Klar habe ich Paul in einem schwachen, weinerlichen Moment schon mal gefragt, ob er schmale Körper lieber mag. Paul sagt immer nur, dass für ihn mein Körper der schönste Körper der Welt sei und ich mich jetzt endlich abregen solle. Damit ist das abgehakt.

Vielleicht geht er deswegen so gern mit mir zum Essen aus: weil es mit mir geht?

Genervt von meinem Kopf und seinen banalen Gedanken hole ich jetzt doch mein Handy hervor. Es ist 11:35 Uhr und ich habe eine neue Nachricht. Von Paul.

»Willst du nicht doch hochkommen? Zimmer 214, wenn du durch die Cafeteria gehst, rechts und dann im zweiten Stock.«

Laura liegt da, ganz still, ganz friedlich, ihr Atem regelmäßig. Die halb geschlossenen Augen hat sie zur Decke gerichtet, die Arme hat sie von ihrem Körper gestreckt, die Handflächen liegen offen da. Alles an ihr wirkt lose. Und überall stecken Kabel und Sachen in ihr drin, die versuchen, dieses Lose an ihr aufzufangen, sie zusammenzuhalten. Es ist gar nicht so anders als in meiner Vorstellung.

Das Bett neben Laura ist leer, das Laken zerknüllt. Vielleicht hat ihre Zimmernachbarin ja Besuch und ist unten, bei den Getränke- und Snackautomaten. Die werden ja wohl nicht zwei Essgestörte in ein Zimmer stecken.

Vor Lauras Bett auf einem grauen Plastikhocker und neben einem großem Strauß Sonnenblumen sitzt Paul, die Ellenbogen auf die Knie gestützt. Er dreht sich zu mir um, als ich leise gegen den Türrahmen klopfe; lächelt, als er sieht, dass ich es bin.

»Hey«, murmle ich und spüre eine große Verlegenheit in mir hochsteigen.

»Hey«, sagt Paul. Er wirkt viel ruhiger als in den letzten vierundzwanzig Stunden und viel erschöpfter. Aber die dunkle Schatten zeichnende Erschöpfung in seinem Gesicht ist nichts gegen die in Lauras. Noch nie habe ich etwas so Schmächtiges, so Zerbrechliches gesehen wie dieses Wesen in dem überdimensional erscheinenden, weiß bezogenen Krankenhausbett.

»Wie geht es Laura?«, flüstere ich und rutsche zu Paul auf den Hocker.

»Besser«, sagt Paul.

Laura flackert mit den Augenlidern.

»Schläft sie?«

»So was Ähnliches, ja.«

Paul greift mit beiden Händen meine Hüften und zieht mich näher zu sich auf seinen Schoß. Ich streiche ihm vorsichtig übers Haar.

»Und dir? Wie geht's dir?«

»Bisschen müde«, sagt Paul und lächelt.

Er hat das schönste Lächeln und das weicheste Haar auf der ganzen weiten Welt.

Wir spazieren zu Pauls Wohnung. Ich habe mich bei Paul eingehakt, ab und an drücke ich mein Gesicht an seinen Arm und atme den warmen Geruch seiner Haut ein. Die Lebendigkeit in den Straßen, die sommerliche Fröhlichkeit der Gesichter kommt mir einerseits unpassend vor, andererseits bin ich auch froh darüber, weil sie etwas von dem kalten Krankenhausmief vertreibt, der sich in meinem Innern eingenistet hat. Als wir vor seinem Haus stehen, drücke ich seine Hand.

»Soll ich mit hochkommen?«

Er schüttelt langsam den Kopf. »Ich glaube, du solltest nach Hause gehen, Baby. Das waren anstrengende Tage.« Er berührt meine Nase mit der Fingerspitze, stupst sie leicht an. »Und ich bin echt müde.«

Ich merke erst jetzt, dass mir die Möglichkeit, er könne mich nicht mit zu sich heraufbitten, gar nicht ernsthaft in den Sinn gekommen ist. Ich bin sogar fest davon ausgegangen, dass ich bei ihm schlafen werde. Es mir geradezu peinlich, dass ich jetzt überrascht bin und mich sogar ein bisschen verletzt fühle.

Ich schaffe es zu nicken. Ich schaffe es, »Klar« zu sagen und es einigermaßen selbstverständlich klingen zu lassen. Ich küsse ihn einmal auf den Mund und einmal neben den Mund und dann noch mal zwischen Nase und Mund.

»Ich ruf dich morgen an«, sage ich und drücke wieder seine Hand.

Paul nickt abwesend. Ich schaue ihm nach, wie er den Schlüssel ins Schloss steckt, wie er die Tür öffnet und ins Treppenhaus verschwindet. Er dreht sich nicht zu mir um.

Emily liegt auf ihrem Bett vor ihrem Laptop. Sie liegt auf dem Bauch, hat Kopfhörer auf und nickt mit dem Kopf zur Musik. Ihre blonden Korkenzieherlocken wippen auf und ab. Ich lasse mich neben sie sinken und berühre dabei ihren Arm.

»Boah, hast du mich erschreckt!«

Sie schiebt sich die Kopfhörer in den Nacken und rollt sich zur Seite.

»Na, alles okay? Wie war's im Krankenhaus?«

»Schrecklich«, sage ich.

»Oh je.«

»Sexy Hotpants«, sage ich und zeige auf ihre Shorts.

»Hm. Danke. Aber jetzt erzähl mal.«

»Ach, es ist alles so traurig. Sie sieht wirklich furchtbar fragil aus. Und sie ist ja auch so groß, das verstärkt es irgendwie noch.«

»Aber ist sie gesundheitlich wieder stabil?«

»Glaub schon.«

»Und Paul?«

»Paul …« Ich habe einen kleinen Kloß im Hals. »Ja, geht so.«

»Tut mir leid wegen eures Urlaubs.«

»Ach«, sage ich. »Das ist ja jetzt wirklich das Unwichtigste. Holen wir nach. Und bei dir? Gibt's was Neues bei der Arbeit?«

»Nö, nicht wirklich. Ich bin ganz schön erschöpft, ich habe fast jeden Tag durchgedreht. Aber sonst ist eigentlich alles beim Alten.«

»Verstehe.«

»Oh, nein, warte! Wir kriegen ein neues Catering.«

»Oha!«

»Ja, hoffentlich ist es besser als das jetzt hier. Und hoffentlich verschwindet dann auch diese Giftziege. Ich werde dafür plädieren, dass wir Club-Mate in den Getränkeschrank reinbekommen.«

»Das sind doch gute Neuigkeiten.«

»Das wird schon alles wieder, Nora.«

»Ja«, sage ich. »Bestimmt. Ich mache mir nur so Sorgen um Paul.«

Emily klopft neben sich auf die Matratze. »Komm, wir gucken ein bisschen Schrottfernsehen.«

»Ich glaube, ich gehe lieber ins Bett.«

»Okay. Auch gut.«

»Arbeitest du morgen?«

»Ja.«

»Ich bin ein bisschen neidisch. Dass du arbeiten gehen kannst. Wer hätte das gedacht?«

Ich stehe auf. Emily lächelt.

»Gute Nacht, Honey.«

»Gute Nacht, Liebling.«

—

Es ist der Sonntag nach unserer Rückkehr aus Frankreich. Ich helfe Pauls Mutter Marlies in der Küche. Sie hat wie jeden Sonntag einen großen Braten vorbereitet. Der wundervolle Duft kriecht in jede Ritze der Hundert-Quadratmeter-Altbau-Wohnung.

Pauls Vater ist im Wohnzimmer und brütet über dem defekten Staubsauger, typisch Theodor. Marlies macht einen Witz über die klassische Rollenverteilung in ihrem Haushalt. Paul selbst ist noch nicht aufgetaucht.

»Er hat gesagt, er kommt«, sage ich entschuldigend.

»Weißt du denn, wo er ist?«

»Im Krankenhaus, vermute ich«, sage ich und mache mir im gleichen Moment Vorwürfe, nicht neutral genug geklungen zu haben. Hastig versuche ich das Thema zu wechseln: »Wie läuft es im Laden?«

Pauls Mutter hat einen kleinen Blumenladen, keine drei Straßen von der Wohnung auf St. Pauli entfernt, in der sie seit über zwanzig Jahren wohnen. Manchmal schenkt Marlies mir übrig gebliebene Sträuße, die so groß sind, dass ich sie nicht mit einer Hand tragen kann und für die ich zu Hause gar keine passenden Vasen habe.

»Ganz gut«, sagt Marlies und steckt einen kleinen Finger in die Soße. »Viele Hochzeiten, aber das ist ja immer so, den ganzen Sommer über.«

Es klingelt an der Tür.

»Ich gehe schon«, sage ich, lege das große Messer zur Seite und eile zur Tür.

»Paul?«

»Ja, ich bin's.«

Als er in die Wohnung kommt, frage ich nicht, wo er so lange geblieben ist. Aber dass er wahrscheinlich wieder bei Laura war, nagt an mir. Das ist ein Gefühl, das sich wahrscheinlich am ehesten zwischen Eifersucht und Schuldbewusstsein einordnen lässt. Mir kommt es vor, als hätte ich alle möglichen Abstufungen zwischen diesen beiden Polen in der vergangenen Woche durchlaufen. Paul hat jeden Tag von früh bis spät bei Laura verbracht. Das Wetter war nicht gut. Ich habe die Vormittage verschlafen und die meisten Nachmittage bei Ansgar, Core und Pit in meiner alten WG rumgehangen; immer etwas unruhig und auf Nachricht von Paul wartend. In mein altes Zimmer ist ein nettes, blondes Mädchen namens Frida eingezogen. Ich kannte sie bisher nur flüchtig. Einen Abend habe ich nun komplett allein mit ihr in der WG-Küche verbracht; wir haben Wein getrunken und uns kichernd über die Macken der drei Jungs ausgetauscht. Wie Pit einen Hang dazu hat, tagelang den gesammelten Weltschmerz in sich aufsaugen zu wollen, Core sich endlos darüber auslassen kann, wie fahrradunfreundlich Deutschlands Städte sind, und Ansgar seine Nudeln nie ohne Maggi-Fix essen mag.

Beim Essen scheint Paul abwesend. Marlies, Theodor und ich sprechen über die Bücher, die wir zuletzt gelesen haben, über den Laden, über Theodors Arbeit als Journalist und die Situation der Mediengruppe und irgendwann allgemein über die Zukunft und Überlebenschancen der Printmedien. Marlies erzählt von Pauls kleiner Schwester Karoline, die in Berlin Biologie studiert, und von Kolja, seinem Bruder, der auf eine neue Kamera spart und von dem sie nie wissen, wann er nach Hause kommen wird, und wie schwer es ist, nun auch das letzte Kind langsam loslassen zu müssen.

Paul bemüht sich noch nicht mal darum, sich am Gespräch zu beteiligen.

Nach dem Essen gucken wir Fernsehen. Paul sitzt in einem Sessel, ich setze mich zu seinen Füßen auf den Teppich und klemme meinen Oberkörper zwischen seine Waden. Paul murrt ein wenig. Erklärt, dass er wieder seine Rückenschmerzen hat. Ich verdrehe innerlich die Augen, schenke dem keine weitere Beachtung und bleibe genau so sitzen. Der »Tatort« ist verlässlich unspektakulär, wir trinken Tee und essen aus England mitgebrachte Digestiv-Kekse.

Es ist alles wie immer, und alles ist anders.

—

Als ob die Welt ein schlechtes Gewissen hätte, entscheidet sich der Sommer, noch mal alle Reserven auszuschöpfen, und flutet die Stadt mit Wärme und Helligkeit. Aber ich weiß nichts damit anzufangen.

Emily dreht immer noch jeden Tag und kommt meist völlig erschöpft von der Arbeit. Paul fährt immer noch jeden Tag ins Krankenhaus, auch wenn es Laura etwas besser zu gehen scheint und sie mittlerweile in ein anderes Zimmer verlegt worden ist.

Meinetwegen brauchte es diese erzwungene freie Zeit jetzt nicht. Ich zähle die Tage. Vor ein paar Wochen hätte ich nicht im Traum gedacht, dass ich so denken würde. Ich hatte mich gefreut, vor der Serie zu flüchten. Ich hatte die Nase gestrichen voll von all dem Studiomief, von all den uninspirierten Drehbüchern, von all dem Gezicke zwischen den Schauspielern und dem Team. Jetzt habe ich ernsthaft Sehnsucht danach.

Meine Rettung ist, dass Hamburg genügend Ablenkung zu bieten hat. Einmal kriege ich Emily überredet, spätabends mit mir ins Freiluftkino im Schanzenpark zu gehen, und dann noch ein zweites Mal; ein anderes Mal hauen wir uns im Kuchnia in der Talstraße erst die Bäuche mit Piroggen voll und geben uns anschließend mit Wodka-Drinks die Kante. Einmal treffe ich mich spontan mit Frida, spaziere mit ihr an den Landungsbrücken entlang und diskutiere die Zukunftsperspektiven von Seriendarstellern, etwas, was auch Emily und ich gern und ausgiebig tun, mich aber immer etwas illusionslos zurücklässt.

»Also bist du eigentlich so eine Art ›Fernsehstar‹«, sagt Frida.

»Äh«, sage ich. »Nee, also ... Nein.« Ich schüttle den Kopf. »Nee, echt überhaupt nicht. Das höchste der Gefühle ist, dass ich ab und an mal einen Brief mit der Bitte um eine Autogrammkarte bekomme. Oder dass mir jemand über die Facebookseite schreibt.«

»Hast du dann auch so eine Fanseite?«

»Ja. Müssen wir haben, von der Produktion aus. Präsenz zeigen, Zuschauerbindung, bla, bla.«

»Und, was machst du da so? Also was postest du?«

»Ab und zu ein Foto vom Set. Oder von einer Veranstaltung. Ich hasse das total. Ich bin nicht so der Zwinker-Smiley-Ich-hab-euch-alle-lieb-Mensch.«

»Wieso, ist das sonst üblich?«

»Ja, glaub schon.«

»Interessant.«

»Na ja, wie man's nimmt.«

—

Die Tage vergehen zäh, aber sie vergehen. Dann sind Paul und ich mit Luise und Ansgar zum Essen verabredet. Sie hätten eine Überraschung, hat Ansgar am Telefon gesagt. Etwas zum Anstoßen.

Luise und Ansgar warten am Gänsemarkt. Ich sehe sie von meinem Fahrrad aus, sie hocken bei der Bushaltestelle neben ihren Fahrrädern und essen Eiscreme. Luise trägt ein blaues Sommerkleid, Ansgar einen alten Strohhut auf dem Kopf. Ich umarme erst Luise, dann Ansgar. Vielleicht ein wenig fester als sonst.

»Wo ist Paul?«, frage ich.

»Oh«, sagt Luise. »Der hat gerade angerufen und gesagt, dass er zu müde ist. Und er musste noch was erledigen.«

»Echt?«

»Hat er dir nicht Bescheid gesagt?« Luise sieht mich etwas mitleidig an. »Vielleicht hat er dich nicht erreicht?«

»Macht ja nichts. Habe ich euch eben für mich allein.«

Wir gehen in ein italienisches Bistro in der Neustadt. Als wir auf die Bestellung warten, schiebt Ansgar mir ein Foto über die karierte Tischdecke. »Guck mal.« Seine braunen Augen strahlen mich erwartungsvoll an.

Ich schaue auf das an den Rändern zerknickte Bild. Es zeigt ein kleines Haus, oder was davon übrig ist, in einem verwilderten Garten.

»Was ist das?«

»Ein Grundstück.«

»Habt ihr das gekauft?«

Ansgar nickt.

»Nein!«

»Doch!«, sagt Ansgar. Luise lächelt.

»Wie krass!«

Unser Essen kommt. Ansgar dreht Spaghetti auf seine Gabel.

»Gefällt es dir?«

Ich beginne ebenfalls zu essen und schaue wieder auf das Foto. »Es sieht hübsch aus. Ich meine, so viel erkennt man ja jetzt nicht. Aber doch, total, es sieht hübsch aus.«

»Es ist in einem ziemlich schlechten Zustand«, sagt Luise. »Aber Ansgar ist der festen Überzeugung, dass wir es retten können.«

»Sicher«, sagt Ansgar. »Wird viel Arbeit, aber es wird.«

Mir wird auf einmal klar, dass Luise und Ansgar sich nie mit Kosenamen ansprechen. Vielleicht ist das das Geheimnis, denke ich. Das Geheimnis von acht Jahren Beziehung. Wer es acht Jahre miteinander aushält und dabei auch noch glücklich wirkt, bei dem muss es schließlich irgendein Geheimnis geben.

»Und wie könnt ihr euch das leisten?«

»Es war sehr günstig«, sagt Luise.

»Luise bekommt in dem neuen Job ordentlich mehr Gehalt«, sagt Ansgar. Er wischt seine Hand an einer Serviette ab, zückt sein Smartphone und ruft Google Maps auf. »Hier, da ist es –« Er drückt seinen Finger gegen einen Punkt auf der Karte. »Genau hier. Und da –«, er scrollt ein Stück nach unten, »da ist schon der nächste See.«

Luise und ich beugen uns über die Karte. Luise küsst Ansgar auf die Wange.

»Ach, wie schön«, murmle ich. »Dann können wir euch da ja vielleicht mal besuchen kommen.«

»Mal?«, sagt Luise. »Dauernd, will ich doch hoffen!«

»Dauernd!«, sage ich. »Ständig! Stündlich!«

Ich schreibe Paul eine SMS: »Was ist los? Kommst du später noch zu mir?«

Ich versuche mir vorzustellen, wie Paul, Luise, Ansgar und ich um einen alten Holztisch in einem verwunschenen Garten sitzen, versuche mir vorzustellen, wie wir frisch gepressten Apfelsaft trinken, Salat essen, uns mit Tüchern und Brillen vor der Hitze schützen, in Büchern und Zeitungen blättern, uns schlechte Witze erzählen. Ich versuche mir vorzustellen, wie wir um ein Lagerfeuer sitzen, Ansgar auf der Gitarre klimpernd, wie wir Rinderbrühe schlürfen und eine Runde Stadt, Land, Fluss nach der anderen spielen, versuche mir vorzustellen, wie wir durch die dustere Landnacht wandern, uns aneinander festklammernd. Ich versuche mir vorzustellen, wie wir es uns zwischen Isomatten und muffigen Wolldecken bequem machen, wie wir uns an den Händen halten, wie wir mit Geäst und Sand im Haar und zwischen den Zehen einschlafen, wie die Eule ruft und die Fliege zum zwanzigsten Mal gegen die Fensterscheibe knallt. Ich versuche mir all das vorzustellen, ich sehe verschwommene Bilder, und ich denke plötzlich: Ich glaube nicht daran. Ich kann es mir vorstellen, aber die Vorstellung erscheint mir wahnsinnig abwegig.

Paul schreibt: »Ja. Bis später.«

Luise und Ansgar bestellen eine Runde Sekt. Weil wir ja anstoßen wollten. Wir stoßen an.

»Wann geht es bei dir wieder los?«, fragt Luise.

»Am Montag«, sage ich. »Ich freue mich irgendwie schon voll.«

»Geht es dir denn gut da zur Zeit?«

»Ja, doch. Also, für immer ist das nichts, das ist klar. Aber für den Moment ist es voll okay.«

Zu Hause bin ich nachdenklich, ohne nachdenklich sein zu wollen, und fühle mich unfähig, etwas Sinnvolles zu tun; ich schaffe es noch nicht mal, auf Facebook oder auf *Spiegel Online* oder StumbleUpon rumzusurfen, es langweilt mich alles. Ich will, dass Paul kommt. Ich will ihn sehen. Ich nehme mir vor, besonders nett zu sein, besonders umsichtig und besonders unnervig.

Als sich gegen elf der Schlüssel im Schloss dreht, sitze ich gerade in der Küche, höre der leisen, beruhigend monotonen Stimme des Radiomoderators zu und kratze Kerzenwachs von der Tischplatte. Ich springe auf. Seit ein paar Monaten haben wir jeder die Schlüssel zur Wohnung des jeweils anderen. Ich erkenne Paul an der Art, wie er den Flur betritt. Alle Vorsätze zerschellen.

»Was war los? Wir waren doch verabredet! Warst du im Krankenhaus oder was?«

»Ja.«

Paul lässt seinen Rucksack auf den Boden fallen. Ich gehe zu ihm und schiebe meine Hände unter sein T-Shirt.

»Du siehst nicht gut aus. Geht's dir gut?«

Paul antwortet nicht. Ich drücke meinen Kopf an seine Brust. »Hm?«

Paul drückt mich von sich weg, bückt sich, um sich die Schuhe aufzubinden. Ohne Vorwarnung schießen mir Tränen in die Augen.

»Ey, geht's noch?«

»Was?«

»Du kannst mich doch nicht einfach so wegschubsen!«

»Ich will meine Schuhe ausziehen.«

Seine Stimme klingt kalt. Mit einem Mal empfinde ich Verachtung für ihn.

Ich platze gleich vor Zorn, aber Paul bemerkt das nicht mal. Ich gehe zurück in die Küche, beiße die Zähne zusammen und mache den Wasserkocher an. Und ich meine es so, ich beiße die Zähne richtig fest aufeinander, mein Kiefer knackt, der ganze Bereich um meinen Mund und um meine Nase herum beginnt zu schmerzen. Ich warte darauf, dass Paul in die Küche kommt, mich in den Arm nimmt, sich entschuldigt, auch wenn es nicht so wirken soll, als ob ich darauf warte. Ich höre, wie Paul durch den Flur in mein Zimmer geht. Ich höre, wie er sich aufs Bett schmeißt und meinen Laptop aufklappt. Ich höre, wie er anfängt, sich YouTube-Videos reinzuziehen, wie er lacht, wie er sich die Kissen unterm Kopf zurechtrückt. Einer von uns beiden ist definitiv verrückt. Ich höre ihn und bekomme gar nicht mit, dass der Wasserkocher längst aufgehört hat zu kochen, merke nicht, dass mir Tränen übers Gesicht laufen und auf die Arbeitsfläche tropfen. Wie aus Sekundenschlaf erwacht, wechsle ich den Sender im Radio und drehe es lauter. Kendrick Lamar. *The Art of Peer Pressure.* Ich denke immer, das ist bestimmt das schönste Lied für einen ersten Kuss. Heimlicher Traum von mir.

Ich lasse das mit dem Tee und gehe in mein Zimmer. Ich lehne mich in den Türrahmen. Paul liegt da, genau so, wie ich es mir ausgemalt habe. Mit dem Kopf auf einem Haufen zusammengedrückter Kissen, die Beine überkreuzt. Barfuß. Den Laptop auf dem Schoß, das Gesicht blau angeleuchtet.

Er schaut kurz auf. Falls es ihm auffällt, dass ich geweint habe, merkt man es ihm nicht an.

Paul, das ist meine erste Bezugsperson. Paul, das ist derjenige, bei dem es nie eine Fassade gab, die ich nicht durchschaut habe. Mit Paul kann ich über alles sprechen, über die banalsten und alltäglichsten Dinge, genauso wie über Großes, Wesentliches, alles Entscheidendes. Ich muss bei Paul nie darüber nachdenken, ob etwas falsch rüberkommen könnte, denn wenn es falsch rüberkommt, ist es mit zwei Sätzen aus dem Weg geräumt. Paul, das ist totales Vertrauen. Und nicht dieser Fremde, der jetzt auf meinen Kissen liegt, mit meinem Laptop im Schoß.

Ich warte.

Ich warte darauf, dass er vom Krankenhaus erzählt, wie er es die letzten Tage immer gemacht hat. Warte darauf, dass er sich dafür entschuldigt, dass er mich einfach versetzt hat. Warte darauf, dass er sich nach meinem Tag erkundigt.

Irgendetwas hält mich davon ab, nein, nicht irgendetwas, sondern die Fremdheit hält mich davon ab, ein zweites Mal an diesem Abend auf ihn zuzugehen. Gleichzeitig ahne ich, dass von ihm nichts kommen wird.

In der Wohnungstür knackt nun ein Schlüssel. Keine zwei Sekunden später hallt Emilys lautes »Hallo« zu uns herüber. Paul zuckt nicht mal mit der Wimper.

Ich löse mich aus dem Türrahmen und gehe wieder in die Küche, wo Emily gerade ihren Einkauf auf dem Esstisch ausbreitet.

»Alles okay?«, fragt sie, als sie mein finsteres Gesicht sieht.

»Ja, alles gut«, sage ich leise.

Ich setze mich auf einen der Stühle und beobachte sie dabei, wie sie Mozzarella, Zucchini, Zitronen und Nüsse auspackt.

Emily schaut mich an. Ihr Blick fragt noch mal: Alles okay?

Ich hole tief Luft. »Später«, murmle ich.

—

Der erste Tag zurück am Set von »Das Gutshaus« kommt mir vor wie eine einzige große Party. Ich könnte ständig jeden umarmen. Lasse, der in der Serie den fiesen Kontrahenten des schönen Prinzen Ferdinand spielt, fragt, was denn mit mir los sei, »du Flummi, du mit deiner guten Laune immer«, und ich kann mich noch nicht einmal über ihn ärgern.

Lasse und ich haben hauptsächlich über Emily miteinander zu tun. Emily und Lasse kennen sich schon ewig, sie sind ungefähr gleichzeitig bei »Das Gutshaus« eingestiegen.

Im Dachzimmer wuseln Techniker umher, befestigen Kabel und richten das Licht ein. Patrick bindet mir ein Tongerät ans Bein, unter den edlen Minirock. Die neue Garderobentussi geht schockiert dazwischen. Ich verdrehe die Augen. Die Ton- und Licht-Jungs sind entspannter als die meisten Aufnahmeleiter, Ausstatter und Regisseure zusammen – und als die Schauspieler sowieso. Patrick, der Tonmann, hat zwei kleine Kinder. Und seit ein paar Monaten nun schon was mit Emily. Was natürlich keiner wissen darf.

Emily steht in einem glitzernden Partykleid am anderen Ende des Zimmers, zwischen zwei Stehlampen, und kaut an ihren Fingernägeln. Sie sieht verdammt großartig aus. Wie eine richtige Märchenprinzessin eben, nicht wie eine Vorabend-Fernsehprinzessin, die nur vorgibt, eine zu sein, eigentlich jedoch aus ärmlichen Verhältnissen kommt und eine düstere Vergangenheit in ihrer Heimat Frankreich besitzt.

In der Szene, die wir gleich drehen werden, hat sie sich endlich ein Herz gefasst und will mich einweihen. In letzter Sekunde stürmt dann aber mein Onkel ins Zimmer, und Emilys Geheimnis bleibt für weitere zehn Folgen im Dunkeln ihres Herzens vergraben.

»Wo ist Stefan?«, ruft der Regisseur jetzt. Stefan ist der Kameramann, der schon vor meinem Urlaub die meisten Folgen gedreht hat.

»Kommt gleich«, ruft der Aufnahmeleiter zurück.

»Ey, wir haben hier echt Zeitdruck.«

Emily und ich tauschen einen Blick. Schon verrückt, wie schnell das geht, denke ich. Jetzt bin ich schon zwei Jahre hier. Der Gutshof ist mir vertrauter, als mir eigentlich lieb ist. Aber jetzt gerade, unter diesen Umständen, fühle ich mich beschützt und getröstet von dieser Vertrautheit.

Um den Gutshof, der sich knappe zwanzig Minuten außerhalb von Hamburg befindet, liegt ein schmaler Waldstreifen und dahinter gibt es Felder und vereinzelt Industriegebäude.

Zum Gutshof selbst gehören das Gutshaus, zwei riesige Stallgebäude und Scheunen, in denen die Garderoben, Teile der Technik und die Maskenräume untergebracht sind. Zwischen Stallungen und Gutshaus stehen Bierbänke und Schirme zum Aufenthalt für das Team, wenn dort nicht gerade gedreht wird. Geht man in das Gutshaus hinein und tritt auf der anderen Seite wieder hinaus, steht man auf einer großen Rasenfläche, im hinteren Teil gespickt mit Obstbäumen und geschützt von einer hochwachsenden Hecke.

Die meisten von uns wohnen in Hamburg und fahren morgens mit dem Auto die halbe Stunde hier raus. Mit der Bahn ist die Anbindung komplizierter. Ein paar von den älteren Darstellern, ein, zwei Lichtjungs und oft auch die Regisseure wohnen in Berlin und pendeln für das Wochenende nach Hause.

Nach Drehschluss, der heute ungewohnt früh ausfällt, gehen Emily und ich über die Scheunenwiese gemeinsam zum Parkplatz. Lasse ruft ein »Tschüss« von der anderen Seite rüber, Emily und ich winken. Ich öffne die Beifahrertür ihres VW Polos.

»Meinst du, das Bezirksamt hat jetzt noch offen?«

Emily schaut auf ihr Handy. »Gut möglich. Ich kann dich vorbeifahren.«

Das Kundencenter im ersten Stock ist hell und hat eine freundliche Atmosphäre. Es ist gut besucht, die Menschen sitzen auf Wartestühlen, lesen Zeitung oder füllen Formulare aus.

Ich erkläre dem Beamten am Empfangsschalter, dass ich einen neuen Personalausweis beantragen möchte, bekomme die entsprechenden Formulare ausgehändigt und finde einen Platz zwischen einer Mutter und einem pummeligen Jungen im Teenageralter.

Im Warteraum ist auch dieser Typ. Er steht da, an die Wand gelehnt, mir schräg gegenüber. Hört Musik und guckt mich an. Und guckt auch nicht wieder weg, als ich seinen Blick erwidere.

Ich hole meine Textseiten für nächste Woche aus der Tasche und beginne die Dialoge in Gedanken durchzugehen. Ich kann mich nicht konzentrieren, also schaue ich zu der Anzeige, auf der die Wartenummern aufgerufen werden. Schaue zurück zu dem Typen, der jetzt auf seinem iPhone herumtippt. Er ist schlank und drahtig, sein T-Shirt ist ein wenig zu kurz, das Haar ist dunkelbraun und der Schnitt ausgewachsen. Er hebt den Kopf. Diesmal halte ich seinem Blick stand. Ich lächle. Er lächelt zurück.

Ich stelle mir vor, wie das jetzt wäre: zu ihm hingehen, ihm meine Nummer zustecken. Würde ich mich eh nie trauen, aber vorstellen kann man sich es ja mal. Ich stelle mir vor, wie er nackt aussieht. Bestimmt muskulös, aber ein bisschen zu dünn für meinen Geschmack. Ich stelle mir vor, wie er im Bett ist. Ob er gerne redet dabei? Ob er sich nimmt, was er will? Jemand, der so herausfordernd guckt – könnte schon sein. Voll die tantigen *Shades-of-Grey*-Fantasien habe ich hier. Das kann ich besser. Blowjob auf dem Bezirksamt Eimsbüttel! Nee. Spontane Nummer im Hotel! Mit Sexspielzeug! Nee. Komm schon, Nora. Blind Date im SM-Club auf dem Kiez! Mit einem leitenden Angestellten des Bezirksamtes noch dazu! Und zehn Prostituierten! Oh jemine. Der hotte Typ guckt wieder auf sein Telefon. Meine Wartenummer wird aufgerufen.

Der Bus kommt erst in sieben Minuten. Ich schaue in den strahlenden Augusthimmel. Zähle die Wolken und dann die roten Autos. Hole meinen Text aus meinem Beutel und stopfe ihn gleich wieder zurück. Überlege, was ich mit dem verbleibenden Tag anfangen soll. Ich will eigentlich nicht nach Hause gehen. Wo der Himmel so blau ist. Und mein Kopf so durcheinander. Aber ich bin auch zu faul, mir etwas anderes zu überlegen.

Patrick und Emily sitzen auf dem Balkon und trinken Weißwein.

»Oh hey!«, sagt Emily. »Das ging aber schnell!«

Sie ist im Bademantel. Patrick nickt mir zu. Er sieht etwas unangenehm berührt aus. Sieht er jedes Mal. Finde ich witzig. Nach all der Zeit, die er schon regelmäßiger Gast bei uns ist.

Im Schatten ist es recht kühl. Emily und Patrick haben sich Decken mit nach draußen genommen. Emily hat ihre Beine auf seinen Schoss gelegt, seine feingliedrige, mit Leberflecken gepunktete Hand liegt auf dem Stück nackter Haut, das aus dem Deckenberg herausragt.

»Willst du auch?«, fragt Emily und zeigt auf die Weinflasche.

»Nein danke«, sage ich. »Ich mache eine Alkoholpause.«

»Echt? Schon wieder?«

»Die letzte ist doch voll lange her! Ich glaube, ich gehe noch mal laufen.«

»Oh je, laufen auch noch? Sport und kein Alkohol. Du Streber!«

»Ich versuche nur, mit dir mitzuhalten, Spatzerl!«

Ich schnüre meine Joggingschuhe und jogge zum Planten un Blomen. Es dämmert. Laute, klassische Musik tönt aus dem Park. Schon von Weitem kann ich die choreografierten Wasser-Licht-Fontänen sehen. Publikum hat sich auf den Wiesen darum versammelt. Als ich bei der Kreuzung angekommen bin, an der ich normalerweise abbiege, wenn ich eine kleine Runde laufe, nehme ich den anderen Weg. Ich laufe und laufe, ich bekomme Seitenstechen, ich laufe langsamer weiter. Nach einer Weile bin ich in einem Bereich des Parks, den ich noch nie gesehen habe. Meine Orientierung ist weg. Ich habe kein Wasser und kein Geld dabei. Ich fluche leise vor mich hin, drehe mich in verschiedene Richtungen. Alles sieht gleich aus. Ein paar Hundert Meter links von mir ist eine Kirche. Schon kurz nach halb zehn.

Als ich irgendwann doch noch zu Hause ankomme, ist Patrick weg.

»Wo warst du denn so lange?«

»Hab mich verlaufen. Alles gut bei euch?«

»Ja.« Emily zögert. »Also na ja, wie immer halt.«

»Noch immer keine Verliebtheitsgefühle?«

»Nee. Alles gut. Mach dir keine Sorgen.«

Ich nicke.

»Lasse hat heute erzählt, dass die Folgen ab nächster Woche von einer anderen Kamerafrau gefilmt werden.«

»Ah ja?«

»Ja.«

»Wechseln die gerade das komplette Team aus, oder was? Ich spring schnell unter die Dusche, okay?«

»Okay.«

Bevor ich ins Bad gehe, drücke ich ihr einen Kuss auf die Wange.

»Wäh, du bist voll nass geschwitzt!«, quietscht Emily.

—

»Im Freibad muss man Pommes essen, sonst ist es kein richtiger Freibad-Besuch«, sagt Paul und schiebt sich drei Pommes auf einmal in den Mund. Die Mayo-Ketchup-Soße trieft von seinen Fingern und tropft auf seine nackten Beine. Die Sonne knallt heute mit einer Aggressivität auf die Liegewiese, dass es einem Angst macht. Vom Becken klingt das Gekreische kleiner Mädchen herüber, die sich von den Jungs ins Wasser schubsen lassen.

»Und Bum-Bum«, sagt Paul. »Eigentlich muss man sich danach noch ein Bum-Bum-Eis holen.«

Ich suche in der Pappschachtel nach einer Pommes, die noch nicht vollständig durchweicht ist. »Findest du auch, dass die ranzig schmecken?«

»Nee.«

»Hm.«

»Ist das ein neuer Bikini?«

»Nee, wieso? Voll alt.«

»Sieht gut aus.«

»Danke.«

»Sieht oben rum gut aus.«

»Danke. Aber das liegt nicht am Bikini. Das liegt daran, dass ich die Pille wieder nehme.«

»Hä?«

»Hab ich das nicht erzählt?«

»Doch. Aber was hat das jetzt damit zu tun?«

»Meine Brüste sind gewachsen.«

»Echt?«, sagt Paul und macht Anstalten, nach meinen Brüsten zu greifen.

»Lass das!«, lache ich und packe ihn am Handgelenk. »Du hast Frittenfinger!«

Es fühlt sich merkwürdig an, wie wir uns hier gegenseitig Normalität vorgaukeln. Während Paul sich schuldig fühlt, weil er seine freie Zeit nicht mit Laura im Klinikgarten verbringt, und ich mich darüber ärgere, dass wir, statt zum See rauszufahren, nur ins Freibad gegangen sind, weil das viel näher an der Klinik dran ist, und natürlich darüber, dass Paul nur mit mir ins Freibad gegangen ist, um mich für den geplatzten Urlaub zu entschädigen, und darüber, dass er das gleich hätte lassen können, weil er mit den Gedanken eh nur bei Laura ist.

»Ich war am Montag beim Bezirksamt.«

»Ah ja?«

»Ja, weil mein Perso doch fast abgelaufen war.«

»Ah ja.« Paul leckt sich Ketchup aus dem Mundwinkel. »Und?«

Ich denke an den Typen und an den albernen Mini-Augenkontakt-Flirt zwischen uns. Ich frage mich, ob ich gerade ernsthaft in Erwägung gezogen habe, Paul davon zu erzählen, und was das bitte bezwecken hätte sollen.

»Ach. Nur so.«

»Mhm. Wollen wir gleich noch mal rein?«

Der Beutel mit den nassen Schwimmsachen schlägt gegen mein Bein. Paul ist schweigsam, ich plappere belangloses Zeug vor mich hin. Erzähle von der Arbeit, von einer Freundin aus Frankfurt, die nach Südamerika auswandert, von einem Artikel über die Chancengleichheit des Bildungssystems in Deutschland, den ich in der Zeitung gelesen habe.

»Das ist doch übel«, sage ich, »wenn du von deinem Lehrer auf die Hauptschule geschickt wirst, nur weil er Vorurteile gegen deine Eltern hat. Und deine Eltern sind zu gutgläubig, um zu widersprechen.«

»Mhm«, sagt Paul.

Ich denke: Normalerweise würde er mir jetzt eine Palette an Gegenargumenten servieren, mir in manchen Punkten zustimmen, aber meine allgemeine Aufregung relativieren. Dann würde ich mich kurz ärgern, weil ich nicht so klug und gebildet bin wie er und weil ich meine Thesen nicht mit genügend Fakten untermauern kann, ich würde mir vornehmen, wieder mehr zu lesen, aufmerksamer mit den Nachrichten zu sein und vor allem: mir mehr Dinge zu merken. Aber wenigstens würden wir uns unterhalten.

»Paul?«

»Hm?«

»Alles okay?«

»Ja.«

»Wirklich?«

»Ja, geht so, ne.«

»Wieso? Irgendwas Spezielles?«

»Na ... Ich frage mich schon, wie das weitergehen soll.«

»Mit Laura?«

»Ja, natürlich mit Laura.«

»Ach so. Klar.«

Ich schlinge die Träger des Beutels um meine Hand und drücke ihn mir gegen den Bauch. Feuchtigkeit dringt in den Stoff meines T-Shirts ein.

»Und?«

»Was und?«

»Was denkst du?«

»Was ich denke? Puh. Ich denke: Scheiße, jetzt wiederholt sich das alles. Ich denke: Scheiße, ich kann das nicht noch mal machen, ich schaffe das einfach kräftemäßig nicht.«

»Aber du bist nicht mehr ihr Freund, Paul.«

»Das hat doch nichts damit zu tun!«, sagt Paul und schaut mich an, als stünde ich vollkommen neben mir.

»Finde ich schon«, sage ich. »Ich verstehe ja, dass du dich verantwortlich fühlst, dass du ihr helfen willst, aber die Situation ist schon noch mal eine andere.«

»Was? Das Letzte habe ich akustisch nicht verstanden«, sagt Paul.

»Die Situation ist jetzt einfach anders!«

»Ich hätte sie einfach schon beim ersten Mal nicht alleine lassen dürfen«, sagt Paul.

»Du hast sie doch nicht alleine gelassen! So ein Schwachsinn!«

Paul brummt etwas Unverständliches.

»Was?«, sage ich.

Pauls Telefon klingelt. Er schaut auf das Display. Ich meine, aus den Augenwinkeln Lauras Namen aufblinken zu sehen.

»Da muss ich kurz rangehen«, sagt Paul.

»Ist das Laura?«

Paul macht eine unbestimmte Kopfbewegung.

»Nicht wirklich jetzt, oder?«, sage ich. Es klingt viel gehässiger, als ich es meine.

Paul lässt sich zurückfallen, geht ans Telefon.

Ich verziehe meinen Mund zu einem Lächeln, damit meinem Gehirn die entsprechenden Signale weitergeleitet werden, und summe alle Lieder aus meiner Kindheit vor mich hin; alle, die mir einfallen.

IN PAULS KÜCHE HÄNGT EIN FOTO. Direkt über der Spüle, neben dem Gewürzregal. Darauf ist Paul zu sehen. Er sitzt am Küchentisch in der Ecke, er hat die Beine übereinandergeschlagen und hält eine Kaffeetasse in der Hand. Gleich dahinter ist die Tür zum Balkon. Der Balkon in Pauls WG geht, genau wie bei Emily und mir zu Hause, von der Küche ab. Auf dem Foto ist die Balkontür offen und Laura kommt gerade von draußen herein. Sie ist sehr schmal, aber längst nicht so schmal, wie sie im Krankenhaus aussah. Der Fotograf hat das Foto in dem Moment geschossen, als Laura ihn entdeckt hat. Sie lacht in die Kamera. Ich finde, sie sieht sehr glücklich aus. Ich würde das Paul gegenüber natürlich nie erwähnen, aber ich finde auch, dass sie ziemlich selbstzufrieden aussieht. Ihr einer Arm stützt sich am Rahmen ab, ihr rechtes Bein tut einen Schritt nach vorn, ist mitten in der Bewegung eingefroren. Ihr braunes Haar ist zu einem wilden Dutt kunstvoll aufgetürmt und gibt ihr etwas Verwegenes, Lässiges.

Pauls Blick auf dem Bild richtet sich auf Laura. Er lächelt ebenfalls, aber es ist ein zartes Lächeln. Er trägt eine kurze Sporthose, auf seinen Beinen ist dichter, heller Flaum zu erkennen. Seine Füße stecken in Adiletten, sein weicher Bauch drückt sich durch das lindgrüne T-Shirt. Bei ihm kann ich mich nicht entscheiden, ob ich finde, dass er in diesem Moment glücklich aussieht oder überhaupt nicht. Ich weiß nicht, ob es Bewunderung oder Sorge ist, die ich dort in seinen Augen sehe. In jedem Fall liegt eine große Wärme in seinem Blick. Es ist genau die Wärme, in die ich mich mal so sehr verliebt habe.

Vielleicht hat mir dieses Foto früher deshalb nie Angst gemacht. Jetzt aber macht es mir Angst.

Am Anfang, als ich neu in Hamburg war und noch bei Ansgar in der Vierer-WG gewohnt habe, haben wir viel häufiger Zeit bei Paul verbracht als jetzt. Pauls Mitbewohnerin Katrin war fast nie da, und wenn sie da war, schlief sie meistens. Damals arbeitete sie noch im EGO und in der Pony Bar. Jetzt arbeitet sie nur noch im EGO. Sie ist öfter zu Hause, und sie hat öfter ihren Freund zu Besuch, den Paul und ich beide nicht besonders gut leiden können. Er hat manchmal so komische Sarrazin-Anwandlungen.

Ich erinnere mich, dass Paul sagte – an einem der ersten Abende überhaupt, die ich bei ihm verbrachte –, dass er, nachdem er mit zwei kleinen Geschwistern aufgewachsen sei, immer gedacht habe, alleine zu wohnen müsse das höchste aller Gefühle bedeuten. Ich erinnere mich, wie er lachte, als hätte er etwas Dummes gesagt, und dann hinzufügte, dass er sich jetzt manchmal dabei ertappe, wie er die Musik extra laut aufdrehe, damit Katrin mal aus ihrem Zimmer gekrochen komme und mit ihm einen Tee trinke.

Ich mache mir einen Tee. Ich hole die Blechdose aus der Vorratskammer, die mit dem grünen Tee, der ein bisschen nach Milch schmeckt, weil die Blätter über Milch gedämpft worden sind.

Ich habe Paul mal gefragt, wer das Foto geschossen habe. Es kommt mir Ewigkeiten her vor, dass ich das gefragt habe. Es war eine Zeit, in der Laura vor allem einfach ein Mädchen war, das Paul früher einmal sehr viel bedeutet hatte.

Mein kleiner Bruder Kolja, hat Paul geantwortet und gegrinst. Er hat die letzte Stunde Mathe geschwänzt, und weil er nicht nach Hause konnte, ist er mich besuchen gekommen. Ich glaube, sie hatten in der Schule grad irgend so ein soziales Foto-Projekt, deswegen hatte er die Kamera dabei. Das hat er gesagt. Und dann hat er mich an den Hüften gepackt und gefragt: Wie wäre es eigentlich, wenn wir ins Schlafzimmer rübergehen?

Ich weiß es noch ganz genau.

In der Haustür dreht sich ein Schlüssel. Es ist Katrin. Ich höre es an der Art, wie sie den Flur betritt. Ein bisschen grob, und sie schmeißt ihre Sachen auf die Kommode.

»Hallo!«, rufe ich.

»Hallo«, kommt es gedämpft zurück. Sie verschwindet durch den Flur direkt in ihr Zimmer. Ich gieße mir Tee ein. Wo bleibt eigentlich Paul schon wieder? Der wollte doch nur Reis und Kokosmilch holen.

Paul kocht ein unfassbar leckeres grünes Curry. Bei unseren ersten Dates hat Paul immer für mich gekocht. Irgendwann hat mich der Kostümtyp, der damals noch da war, getadelt, weil ich nicht mehr in meine Jeans reingepasst habe. Weil ich nicht auf die Kochkünste meiner neuen Liebe verzichten wollte, habe ich meine Trägheit überwunden und angefangen, regelmäßig laufen zu gehen. Kalorienausgleich. Die dunklen Seiten meiner Serienarbeit. Ich hasse es, auf mein Gewicht achten zu müssen.

Dass das auch schon knapp zwei Jahre her ist, denke ich. Komplett irre.

»Komplett irre, dass wir uns schon zwei Jahre kennen, oder?«, sage ich beim Essen zu Paul.

»Komplett irre?«

»Ja, findest du nicht?«

»Seit wann sagst du ›komplett irre‹?«

»Darf ich das nicht sagen, oder was?«

»Bist du komplett irre?? Natürlich darfst du das nicht sagen! Du komplette Irre!«

»Höhöhö«, mache ich.

»Tötötö«, macht Paul. »Müssen wir das dann feiern? Zweijähriges?«

»Nein!«, rufe ich. »Wir feiern doch nicht unseren Jahrestag, du bist ja …« Wir grinsen uns an. »Du spinnst ja!«

»Gut, weil ich wüsste auch gar nicht, welches Datum.«

»Ich auch nicht«, sage ich. »Und ab wann zählt man da überhaupt? Ab der ersten Begegnung? Ab dem ersten Sex? Ab dem ersten Mal, als wir den anderen jemandem als festen Partner vorgestellt haben?«

»Vielleicht sollten wir einfach was anderes feiern. Was Kreativeres. Das erste Mal, als wir voreinander auf Toilette gegangen sind, zum Beispiel.«

»Paul!«

»Was denn? Gefällt dir nicht, der Vorschlag?«

»Wenn es nach mir ginge, würden wir immer noch nicht voreinander auf Toilette gehen, das weißt du genau.«

»Du Spießbär.«

»Nenn mich nicht ›Spießbär‹!«

»Wenn es nach mir ginge, würden wir uns einander keine Kosenamen geben«, äfft Paul mich nach.

»Ja«, sage ich, halb gespielt, halb ernst. »Ich denke halt langfristig. Für die Langfristigkeit unserer Beziehung ist es weder gut, voreinander auf Toilette zu gehen, noch, den anderen mit blöden Namen zu verniedlichen. Ich spreche aus Erfahrung.«

»Sie spricht aus Erfahrung!«

»Stell dir vor!«

»Schnuckelchen, du hast Soße am Kinn.«

Nach dem Essen spüle ich ab. Das ist eine unserer Beziehungsregeln: Wenn einer kocht, spült der andere ab. Meistens kocht Paul, meistens spüle ich ab. Was manche Dinge betrifft, wie zum Beispiel Aufgabenteilung im Haushalt, halte ich viel von Beziehungsregeln. Emily hat mir von einem befreundeten Paar erzählt, das die Regel aufgestellt hat, dass jeder das Recht auf ein Mal Sex pro Tag hat. Man muss dieses Recht natürlich nicht jeden Tag einfordern, aber man hat es zumindest theoretisch. In unserer Beziehung wäre eine derartige Regel nicht einhaltbar. Ich würde den Sex einfordern, Paul würde schlechte Laune bekommen, und schon hätten wir uns wieder mal wegen der Sexproblematik in die Haare bekommen.

Paul sitzt am Tisch und kritzelt in ein Heft.

»Gehen wir jetzt noch ›Tatort‹ gucken?«, frage ich.

Ich trockne die letzte Schüssel ab und stelle sie ins Regal.

»Raus? In eine Bar?«

»Ja, ich dachte.«

»Ah, echt? Ich bin so müde. Diese Woche war echt anstrengend. Und ich muss morgen in die Uni, Kram organisieren …«

»Ansgar hat auch angeboten, dass wir bei ihm …«

»Willst du unbedingt ›Tatort‹ gucken?«, unterbricht mich Paul. »Die sind doch eh so grauenvoll in letzter Zeit.«

»›Tatorte‹ sind meistens grauenvoll. Darum geht es ja auch nicht beim ›Tatort‹ gucken.«

»Und was ist, wenn wir streamen?«

Ich könnte jetzt kämpfen und eine schlechte Stimmung riskieren, aber meine Vermutung ist, dass Paul mich eher einfach allein zum »Tatort«-Gucken bei Ansgar schicken würde. Oder aber wir machen es uns gemütlich, streamen und haben wenigstens Zeit für uns. Vielleicht ist es besser so, sonst bin ich auch morgen früh am Set so matschig.

»Okay«, sage ich und klemme das Geschirrtuch hinter den Ofengriff. »Baust du auf?«

Am Anfang des Sommers, am See. Einer der ersten wirklich heißen Tage. Paul und ich im Wasser. Die planschenden Kinder, nah beim Ufer, nah bei den Eltern. Die Eltern mit weißem Fleisch, das über den Gummibund ihrer Badehosen hinwegwabert. Das müssen wir konservieren, jetzt, dieses Zwischenuns. Das wird ja nicht so bleiben. Nie und nimmer wird es das. Das wird zerbröseln, morsch werden, sich langsam auflösen. Dann ist das Einzige, was uns noch bleibt, unsere Erinnerung, an die wir uns klammern müssen, um weitermachen zu können. Paul, behaarte Beine, unter der Wasseroberfläche wie silbriges Feengras. Die kalten Strömungen, und gleich im Anschluss die warmen.

Nach dem »Tatort« setzen wir uns noch auf den Balkon und trinken einen heißen Kakao. Wir schweigen und schauen auf die schwach beleuchtete Straße.

»So viel schwerer die Sache mit Laura auch für dich ist«, sage ich, »ich bin nicht gut darin, es nicht schwer zu finden, wenn du weißt, was ich meine.«

»Hm«, sagt Paul. »Doch, ich glaube schon.«

»Wenn du wenigstens mit mir darüber reden würdest!«

»Was soll ich denn darüber reden?«, sagt Paul.

»Es wäre so viel einfacher, wenn ich das Gefühl hätte, ich könnte dir helfen, dir zur Seite stehen. Wie auch immer das aussehen mag.«

»Quatsch«, sagt Paul. »Ich will gar nicht, dass du mir zur Seite stehst. Wozu denn? Die Einzige, der man zur Seite stehen muss, ist Laura.«

»Vielleicht könnte ich ja noch mal mitkommen ins Krankenhaus?«

»Das wäre nicht so besonders gut, glaube ich.«

»Wieso nicht? Am Anfang wolltest du das doch auch.«

»Das ist doch jetzt was völlig anderes.«

»Aber warum denn?«

»Hä, na weil sie jetzt nicht mehr in einem Krankenhausbett liegt, sondern da ihr eigenes Zimmer hat. Das ist viel weniger eine Pflege- als eine Wohnsituation. Wir gehen viel spazieren. Und sie hat immer schlechte Laune. Sie ist depressiv. Was sollst du denn da?«

»Für dich da sein?«

»Jetzt hör doch endlich mal auf mit diesem ständigen Für-dich-da-sein!«

»Mann, Paul! Manno.«

»Manno Paul, manno Paul, manno Paul.«

»Das ist nicht fair.«

»Ja, ja.«

Ich trete vor lauter Überspannung mit dem Fuß gegen einen Blumenkübel. Ein dumpfes Scheppern erklingt. Paul lacht leise auf.

»Boah. Du kannst manchmal echt so ein zickiger Kotzbrocken sein«, sage ich.

»Ja, ich liebe dich auch, Nora.«

—

Ich zittere in meinem dünnen Trägerkleidchen. Die Obstbäume haben schwer zu tragen an ihren reifen Früchten, die ersten haben schon matschig-braune Druckstellen bekommen. Es ist windig und kühl. In der Serie haben wir Winter, aber selbst im Winter tragen Fernsehprinzessinnen eben Kleidchen unter ihren feinen Mänteln, wenn der Anlass es hergibt. Und dazu Riemchenpumps und zarten Goldschmuck.

Eine Gruppe Statisten tritt aus dem Gutshaus ins Freie. Ein paar Frauen haben vom Kostüm Diademe aufgesetzt bekommen, andere stapfen in zuckergussfarbenen Ballerinas durch den Teppich aus Kunstschnee.

Ich erhasche einen Blick nach drinnen. Im Festsaal sind lange Tafeln mit weißen Tischdecken und filigranem Porzellan eingedeckt, aufwendige Blumengestecke gleichmäßig im Raum verteilt, Girlanden zwischen den Kronleuchtern aufgespannt.

Thea wirkt völlig aufgelöst. Sie flattert von Schauspielerin zu Schauspielerin, trägt Rouge und Lippenstift auf und kommandiert die Assistentin herum, die sich heute um das Make-up für die Männer kümmert.

Ich muss ehrlich zugeben, dass alles ein bisschen so aussieht, wie ich mir als Teenager mal meine eigene Hochzeitsfeier vorgestellt habe. Fehlen natürlich nur die bunten Blumenkränze auf den Köpfen der Gäste. Ich wollte immer, dass die Gäste bunte Blumenkränze auf meiner Hochzeit tragen.

Die Statisten versammeln sich vor dem Haus, um für einen Hochzeitsfotografen zu posieren beziehungsweise für den Schauspieler, der den Hochzeitsfotografen spielt. Ihr gekünsteltes Gelächter dringt zu mir herüber. Ich setze mich auf einen der Plastikstühle und beobachte das chaotische Treiben. Es muss unglaublich anstrengend sein, Statist zu sein. Man wird nicht nur schlecht bezahlt, sondern vor allem schlecht behandelt. Und zwar von allen. Von der Regieassistenz, die der einzige Ansprechpartner ist. Vom Catering, das einem Reste oder einen Topf schleimige Suppe serviert. Von den Schauspielern, dem Aufnahmeleiter, den Setrunnern. Jeder fühlt sich als etwas Besseres. Jeder, ganz gleich, wie weit unten in der Hierarchie, fühlt sich als vollwertiges Teammitglied und somit als etwas Besseres. Ich auch. Ich benehme mich bestimmt genauso ekelhaft.

Ich gehe rüber zur Scheune, in der die Garderoben untergebracht sind. Emily ist noch nicht da. Ich habe heute Morgen den Bus und die Bahn zur Arbeit genommen. Das ist immer anstrengend, wenn wir arg versetzt Drehbeginn haben, vielleicht bin ich deshalb heute so mürrisch. Ich befreie mich von meinen Riemchenpumps und reibe mir über die zahlreichen Druckstellen an meinen Füßen und Zehen. »Alles scheiße«, knurre ich in mich hinein.

Emily kommt zur Tür reingestürmt.

»Bin ich zu spät?«, ruft sie, nach Luft schnappend. »Scheiße, ich bin zu spät, stimmt's? Mist, Mist, Mist.«

»Entspann dich, die sind doch noch total beschäftigt mit ihrer Traumhochzeits-Vorbereitung.«

»Aber auf der Dispo steht –«

»Ja, auf der Dispo. Willst du 'ne Aprikose?«

Ich halte ihr eine Tüte mit getrockneten Aprikosen hin und Emily greift hinein.

»Ah so … Weil, ich dachte … Dann kann ich ja noch eine rauchen. Kommst du mit raus?«

Wir stehen an die Scheunenwand gelehnt und es ist mir egal, ob mein Kleid vom groben Gemäuer schmutzig werden könnte und wie die Garderobiere das wohl findet.

»Warst du gestern Abend noch bei Paul?«

Ich nicke. »Er hat das ganze Wochenende bei Laura im Krankenhaus verbracht. Er war fix und fertig. Wir haben was gekocht.«

»Und? Wie geht es ihr?«

»Laura?«

»Mhm.«

»Okay. Na ja, eigentlich glaube ich, es geht so. Er macht sich Sorgen. Er möchte nicht mit mir darüber sprechen.«

»Na ja, er ist bestimmt ganz froh, sich nicht die ganze Zeit mit derselben Sache beschäftigen zu müssen.«

»Vielleicht, ja«, murmle ich und merke selbst, dass es nicht sonderlich überzeugt klingt. Und dann füge ich hinzu: »Weißt du: Ich tue mein Bestes.«

»Natürlich tust du das«, sagt Emily.

»Aber manchmal habe ich so eine Aggression in mir, ganz schlimm. Ich würde ihn dann am liebsten anschreien, dass ich auch noch da bin, aber das geht ja nicht, und dann schäme ich mich, ich schäme mich so krass.« Meine Stimme kommt mir dickflüssig vor. Dickflüssig, zäh und klebrig. »Ich bin ein schlechter Mensch. Ich schaff's einfach nicht. Ich schaffe es nicht, ihm in der Sache eine Stütze zu sein.«

»Blödsinn.«

»Doch! Das ist so. Ich versage total. Und das Schlimmste ist: Ich weiß noch nicht mal, ob ich ihm eine Stütze sein will. Manchmal fällt es mir sogar schwer nachzuvollziehen, warum er sich überhaupt so viele Gedanken macht. Also natürlich habe ich Verständnis. Aber was ist denn mit ihren Freunden? Was ist mit ihrer Familie?«

»Die sind doch bestimmt auch für sie da. Man kann in einer solchen Situation schließlich nicht genug Unterstützung bekommen.«

»Nein, ich glaube, das sind sie eben nicht«, sage ich. »Und deswegen lastet sich Paul das alles auf. Er fühlt sich schuldig. Er fühlt sich schuldig, dass er sie damals verlassen und ihr somit die einzige wirklich bedeutende Vertrauensperson genommen hat. Zumindest habe ich nicht den Eindruck, dass ihre Mutter einen sehr guten Zugang zu ihr hat. Sonst hätte sie Paul ja nicht aus dem Urlaub zurückgeholt, oder? Da muss man schon verzweifelt sein.«

Emily nickt. Aus irgendeinem Grund macht mich das aggressiv. Sie soll aufhören mit ihrem scheiß Verständnis. Die ganze Welt soll aufhören mit ihrem scheiß Verständnis. Ich habe kein Verständnis. Mein Verständnis ist aufgebraucht. Mein Verständnis ist kaputt, ausgebeult und ranzig.

In einer Welt, in der ich ein besserer Mensch bin und mehr im Einklang mit mir selbst, reagiere ich nicht derart hilflos auf eine solche Herausforderung. Im Gegenteil: Ich bin souverän und gutherzig. Ich gebe meinem Partner den nötigen Raum für eine Krise, durch die er nun mal hindurchmuss, in der ich aber nichts verloren habe. Ich gebe ihm den Rückhalt und die Wärme, die er braucht, wenn er erschöpft nach Hause kommt. In einer Welt, in der ich ein besserer Mensch bin, muss ich mir keine zynischen Kommentare verkneifen, weil mir erst gar keine zynischen Kommentare in den Sinn kommen. Ich fluche nie heimlich in mein Handtuch hinein, ich wünsche mir keine Hexerei vom Himmel, die den Tag ungeschehen macht, an dem sich die Wege von Paul und Laura kreuzten, ich sitze nicht frustriert und mit einem Becher Ben & Jerry's im Magen in der Küche, sondern bereite brav die Tomatensoße für die Spaghetti vor, falls Paul später hungrig ist, ich weine nicht hysterisch auf dem Weg zur Arbeit, nur weil er gestern Nacht nicht mehr zu mir kommen wollte, ich bin einfach insgesamt leichter zu ertragen und einfach insgesamt nicht so wahnsinnig anstrengend.

»Ich hasse mich so sehr dafür«, flüstere ich.

Emily nimmt meine Hand. »Das macht es nicht besser. Für niemanden.«

»Ich weiß. Ich weiß.«

Emily schnippt ihre Zigarette auf den Boden und drückt sie mit der Schuhspitze aus.

»Trotzdem. Es muss sich etwas ändern. Ich muss an mir etwas ändern. Meine Probleme kommen mir so banal vor, im Gegensatz zu dem, was Laura durchmacht. Wenn Paul wenigstens mit mir reden würde. Er verschließt sich so vor mir. Manchmal sehe ich ihn an und erkenne ihn kaum wieder. Unser gemeinsamer Humor ist irgendwie abhanden gekommen. Ich wünsche mir so oft, dass wir wenigstens über diese blöde Situation lachen könnten …«

»Hey komm schon, jetzt hör mal auf … Diese Situation, das ist ja nicht für immer.«

—

Paul hat Geburtstag. Er wird neunundzwanzig. Aber feiern will er nicht. Höchstens etwas trinken gehen oder zu Ansgar in die WG. Um Mitternacht stoßen wir mit einem Glas Sekt an, ich singe »Happy Birthday, lieber Paul« und Pauls Eltern rufen an und singen »Viel Glück und viel Segen«, und das im Kanon.

Ich stelle den Wecker auf halb sechs Uhr morgens. Es kostet mich einiges an Überwindung, aber ich schaffe es tatsächlich, mich aus dem Bett zu quälen. Paul murrt nur kurz auf, schläft dann aber weiter. Er schnarcht ein bisschen.

Ich tappe schlaftrunken in die Küche. Das Licht blendet mich. Ich werfe einen Blick in Katrins Zimmer, sie scheint noch zu arbeiten, vielleicht schläft sie auch bei ihrem Freund. Ich gähne. Das wird hart, denke ich. Aber gut.

Ich mache mich an die Arbeit. Ich backe Pauls Lieblingskuchen, mit Himbeersahne und Schokoladenbiskuit. Während das Biskuit im Ofen ist, springe ich schnell unter die Dusche. Ich trage das Parfüm auf, das Paul so mag, und binde meine Haare zu einem Pferdeschwanz.

Ich hole die von Marlies gesponserten Blumen aus dem Versteck hinter der Besenkammer und richte sie in einer großen Vase an. Ich hänge Luftballons zwischen die Regale, streiche eine von zu Hause mitgebrachte Tischdecke glatt und verteile Luftschlangen, Glitzer und Smarties darauf. Ich arrangiere die Geschenke. Ich schneide den Biskuit in zwei Hälften, verteile die Himbeersahne auf die eine Hälfte und lege die andere darüber. Jetzt noch mal mit Himbeersahne bestreichen, mit frischer Minze und Pistaziensplittern dekorieren.

Zufrieden und etwas erschöpft betrachte ich mein Werk. Es ist mittlerweile kurz vor sieben. Ich decke den Tisch mit zwei Tellern und Gläsern, Orangensaft und Lachs. Ich mache Kaffee und schäume Milch auf. Ich stecke neunundzwanzig Kerzen in den Kuchen, zünde sie an, stelle das Ganze auf ein Tablett und balanciere es in Pauls Zimmer. Draußen ist die Sonne schon aufgegangen, das Licht ist mild und ein bisschen nebelig ist es auch.

Ich singe leise, wieder »Happy Birthday«. Paul blinzelt. Die Kuchenkerzen flackern. Er reibt sich die Augen und richtet sich auf, sein Haar steht zu allen Seiten ab. Er lächelt. Ich setze mich zu ihm auf die Bettkante und stelle das Tablett auf seinen Schoß.

»Alles Gute, Baby«, sage ich und grinse.

»Danke«, sagt Paul und macht einen Kussmund.

»Ich glaub, du musst bald auspusten.«

Paul kneift die Augen fest zusammen.

»Ich hoffe, du wünschst dir was richtig, richtig Gutes«, sage ich.

»Was richtig, richtig Gutes?« Paul überlegt. »Okay, ich habe was richtig, richtig Gutes.«

»Nicht sagen!«

Paul öffnet die Augen und pustet alle Kerzen mit einem Atemzug aus.

Ich klatsche. »Bravo, bravissimo, Monsieur!«

»Bin ich ein krasser Hecht, oder wie?«, sagt Paul und nickt selbstzufrieden.

»Megakrasser Oberhecht. Komm, es gibt Frühstück.«

Als Paul die dekorierte Küche sieht, drückt er mich fest an sich. Ich lächle und atme seinen Geruch ein. Seinen vertrauten, schönen, herben Geruch.

»Gibst du mir bitte noch ein Brötchen?«, sagt Paul.

Es ist schon sein drittes. Ich werfe ihm eins zu und muss gähnen.

»Willst du deine Geschenke nicht aufmachen?«

»Doch«, sagt Paul und schneidet sein Brötchen entzwei. »Doch, doch. Mach ich gleich.«

Er beugt sich über den Tisch und küsst mich auf die Nasenspitze.

»Danke, Baby. Danke, ja? Für alles. Himbeersahneschokobiskuit, I am a lucky bastard!«

»Indeed, my dear, indeed. You are.«

»Welches soll ich zuerst aufmachen?«

»Das große.«

Paul packt das große Geschenk aus. Es ist in Seidenpapier eingeschlagen und mit einem großen, blauen Band umwickelt. Er tastet das Geschenk ab, bevor er es auspackt.

»Ein paar Wollunterhosen!«, ruft er.

Ich muss lachen.

»Ein wollener Ganzkörperanzug?«

»Ja, genau. Jetzt mach schon auf!«

»Ein Seidenpyjama? Topflappen? Geschirrtücher? Popopolster?«

Er reißt das Seidenpapier auf und faltet den Inhalt auseinander.

»Ein Pulli! Tadaa!«, sage ich.

»Ein Pulli!«, sagt Paul. Er macht ein gerührtes Gesicht.

»Für den Winter!«, sage ich.

»Für den Winter. Wie schön.« Er grinst, beugt sich wieder über den Tisch und schmatzt mir auf die Wange. »Danke, Brausebär.«

»Brausebär?«

»Engelslocke, Honigmäulchen, Brausebär. Danke.«

Er belegt eine Brötchenhälfte mit Lachs und beißt hinein.

»Gefällt er dir?«

»Voll.«

»Du musst ihn anprobieren!«

»Ja, mach ich, mach ich. Jetzt das kleine?«

»Okay«, sage ich. »Hast du noch genug Kaffee? Willst du noch?«

»Nur wenn du sowieso noch einen machst …«

Ich setze neuen Kaffee auf. Paul packt das kleine Geschenk aus. Ich weiß nicht, warum mein Herz so übertrieben klopft. Es soll sich mal abregen. Ich wische die Küchenplatte ab und schaue Paul aus dem Augenwinkel zu. Er hat das Geschenk schon ausgepackt und dreht es zwischen seinen Fingern. Es ist ein geknüpftes Armband. Das Muster war so kompliziert, ich bin fast ausgerastet beim Knüpfen.

»Gefällt es dir?«, frage ich.

»Es ist hübsch«, sagt Paul. Er schaut hoch zu mir und lächelt. »Kaffee fertig?«

»Wirklich? Nicht zu bunt?«

Paul schüttelt den Kopf.

»Ich habe es selbst gemacht«, sage ich.

»Oh, echt? Schön!«, sagt Paul.

Die Art, wie er das sagt: Ich fühle mich ein bisschen vor den Kopf gestoßen.

»Soll ich es dir ummachen?«

»Mhm«, sagt Paul. »Warte, gleich, ich muss krass aufs Klo.«

Er legt das Armband neben sich auf das Gewürzregal und verschwindet Richtung Bad. Ich schäume Milch auf.

—

In den Supermarktregalen stapeln sich bereits die Kürbisse neben den Pfifferlingen neben der letzten Ernte heimischer Erdbeeren. Die Pflaumen neben den Kirschtomaten, die Pfirsiche neben den überteuerten Blaubeerschalen und kistenweise Süßkartoffeln neben Pastinaken und Rüben und anderer Art von Wurzelgemüse. Ich liebe diese Zeit zwischen Sommer und Herbst genauso sehr wie den späten Frühling, wenn der Rhabarber kommt und man zu Tagliatelle grünen Spargel machen und den Salat schon mit bunten Blüten dekorieren kann.

Wie eine Wahnsinnige trage ich deshalb Tüten voller Dinge nach Hause und wenn ich meine Beute auf dem Küchentisch ausbreite, weiß ich oft nicht, was ich mit so viel Essen überhaupt anstellen soll.

Ich sitze gerade in der Maske und warte auf mein Anschluss-Make-up, als eine SMS von Paul kommt. Dass Laura heute entlassen wird und gehen darf, steht da drin, und dass sie für eine Weile zu ihrer Mutter zurückziehen wird, damit die sich kümmern kann.

Ich versuche ihn anzurufen, er geht nicht ran.

Wenig später die zweite SMS. Dass er Laura zur Mutter fährt und dass er nicht weiß, wann er nach Hause kommen wird.

Ich lehne mich zurück, betrachte die vielen Döschen und Tuben vor mir auf dem Tisch, betrachte mein Spiegelbild. Die dunklen Haare, streng zurückgebunden. Widerspenstiger Flaum am Ansatz. Die hellen Augen. Erste, feine Fältchen. Die blasse Haut, unter der bläulich die Adern hervorschimmern. Lippenstiftreste auf den trockenen Lippen. Ich versuche, mich für Laura zu freuen. Sofort kommt es mir vor wie die größte Heuchelei. Ich denke: Hoffentlich bedeutet das, dass der ganze Scheiß jetzt endlich ein Ende hat.

Am Abend erreiche ich Paul dann doch noch.

»Wie ist es gelaufen?«

»Okay. Ganz gut.«

»Möchtest du, dass ich vorbeikomme?«

»Nein, nicht nötig.«

»Bist du sicher?«

Paul schweigt. Ich stelle mir seinen Gesichtsausdruck vor. In meiner Vorstellung ist sein Gesichtsausdruck genervt. Das macht mich ein bisschen wütend. Also die Vorstellung. Warum hat er das Recht, genervt zu sein, und warum gestehe ich es mir selbst nicht zu? Wenn ich nicht dauernd so um ihn herumschleichen, sondern selbstbestimmt agieren würde, vielleicht würde das alles besser machen.

»Paul.«

»Ich schlafe schon fast im Stehen ein. Ich kann ja morgen zu dir kommen.«

»Okay.« Ich knülle einen Brief von der Krankenkasse zu einer Kugel und werfe die Kugel gegen die Wand. »Melde dich, wenn du was brauchst, ja?«

»Mhm. Gute Nacht.«

»Gute Nacht, Baby.«

Paul legt auf. Ich hätte ihm wirklich gern noch etwas gesagt. So etwas wie: Ich vermisse dich. Oder: Ich liebe dich. Oder: Du fehlst mir.

—

Emily und ich haben eine verlängerte Mittagspause. Wir nutzen sie, um zum Hafen zu fahren, Fischbrötchen zu essen und anschließend durch Ottensen zu bummeln. In einem kleinen Laden, der sonst vor allem hübschen Krimskrams wie Küchenutensilien, Kissen und Decken verkauft, setze ich mir eine Brille mit Gummi-Nase und Schnauzer auf. Einen von diesen Scherzartikeln, die es früher in den Neunzigern auch im Urlaub am Strandkiosk zu kaufen gab, neben Liebestrankpulver und Calippo und aufblasbaren Delfinen. Ich gucke Emily an und sie prustet sofort los.

»Warum lachst du denn so?«, frage ich mit gespielt tiefer Stimme und sehe sie mit weit aufgerissenen Augen durch die dicken Brillengläser an.

Emily kann sich kaum halten vor Lachen. Die Frau hinter der Ladentheke wirft uns einen bösen Blick zu.

»Oh«, ruft Emily, schnappt nach Luft, beruhigt sich ein wenig und zieht eine Schale aus dem Regal. »Die ist hübsch, guck mal.«

»Aaaaaaaaah«, sage ich. »Seeeehr hübsch, seeehr hübsch. Wirklich hübsch.«

Emily gackert sofort wieder los.

»Jetzt ist aber auch mal gut, die Damen!«, sagt die Frau hinter der Ladentheke.

Wir verstummen schlagartig, überrumpelt vom Grad der Humorlosigkeit.

»Da ist aber jemand lange nicht mehr gevögelt worden«, raunt Emily mir zu.

Ich ziehe sie aus dem Laden.

»Halt mal kurz«, sagt Emily und drückt mir ihre Tasche in die Hände. »Ich will mir eine drehen.«

»Ich fürchte, das war nicht sehr damenhaft von uns, meine Liebe«, sage ich tadelnd.

»Nein, Darling«, erwidert Emily kopfschüttelnd. »Ganz und gar nicht damenhaft, ganz und gar nicht.«

Ich denke übrigens schon manchmal heimlich, es wäre schön, mich ein bisschen mehr ladylike zu fühlen. Ein bisschen mondäner, kultivierter, makelloser. Ich gehe deshalb wahnsinnig gern zum Brazilian Waxing. Obwohl ich zugeben muss, dass sich das Gefühl der Damenhaftigkeit in Grenzen hält, während ich flach auf dem Bauch auf einer Plastikpritsche liege und meine Pobacken auseinanderziehe, damit mir die perfekt manikürte Depiladora großzügig heißes Wachs auf meine intimsten Stellen klatschen kann. Ich mache mir dann eher Sorgen, ob ich immer noch so viele Pickel am Po habe, und schneide Grimassen in das Schutzpapier.

Manchmal fühle ich mich für ein paar Momente ernsthaft ladylike, wenn ich einfach nur die Straße hinunterspaziere und vielleicht ein schönes Kleid trage oder meine Frisur gerade mal nicht zu einer Katastrophe verkommen ist. Mit erschreckender Zuverlässigkeit habe ich mir aber keine fünf Minuten später beim Versuch, über eine Absperrung zu springen und die U-Bahn zu erwischen, das komplette Bein aufgeschrammt oder beim Versuch, einen Joghurt zu essen, die Hälfte davon auf meinen Klamotten verteilt.

Paul findet das sympathisch. Er ist der Meinung, ich solle mir meine Vorbilder eben in den eher tollpatschigen Kinorollen suchen, dann würde ich mich vielleicht nicht ganz so außerirdisch fühlen. Ich wisse doch, dass er keine Barbiepuppe zur Freundin möchte, das habe er schon nicht aus Versehen so ausgesucht.

Du hast mich doch nicht ausgesucht, habe ich gesagt.

Was denn sonst? Ich hab dich ausgesucht und du mich. Und jeden Tag danke ich dafür einem Gott, an den ich nicht glaube, ob du es glaubst oder nicht.

—

Paul liegt auf meinem Küchenboden und macht Rückenübungen. Zwischendurch schreit er leise auf.

Er hat eine schreckliche Nacht gehabt, hat er gesagt, es sei alles gerade einfach viel zu viel für ihn, und das Projekt, das er vor Semesterbeginn fertigstellen wollte, bereite ihm ebenfalls Kopfschmerzen. Er hat erzählt, dass Laura gestern furchtbar schlechte Laune gehabt hat, noch schlechter als sonst, dass man beinahe sagen könne, sie habe sich mit Händen und Füßen dagegen gewehrt, zu ihrer Mutter gefahren zu werden, die arme Mutter sei eh schon völlig fertig mit den Nerven und sei vor Paul fast in Tränen ausgebrochen.

»Und wie geht es jetzt weiter?«, frage ich, als er gerade eine kurze Trainingspause einlegt.

»Sie bleibt erst mal da. Bis die Ärzte der Meinung sind, dass sie wieder stabil genug ist. Sie wird sich schon einkriegen.«

»Und geht sie jetzt wieder zur Uni?«

»Nee, erst mal nicht.«

»Verstehe.«

Ich schaue ihn an. Paul schaut auf seine Hände.

»Mann, ey, ich hab mich voll verbrannt.«

»Oh, das auch noch. Schlimm? Wann? Und bei was denn?«

»Gestern. Beim Kaffeekochen.«

Ich betrachte die kleine rote Stelle an Pauls Handrücken.

»Vielleicht wäre es aber doch gar nicht so schlecht, wenn sie wieder in die Uni geht?«

»Keine Ahnung. Mann, das tut echt höllisch weh, hast du irgendwas zum Draufmachen?«

»Traumeel-Salbe vielleicht. Im Bad.«

Paul steht auf, sagt »Au!«, fasst sich an den Nacken und geht ins Bad.

»Du müsstest zu Hause auch noch das Combudoron haben, das hatten wir im Urlaub dabei.«

»Ich find's nicht!«, ruft Paul aus dem Badezimmer, dabei kann er doch noch gar nicht richtig geguckt haben.

»In der grünen Box auf dem Regal!«

»Hier ist nichts!«

Ich hole tief Luft und verdrehe die Augen.

Ich höre Paul jammern, »Aua« und »Verdammt«.

Wenn ich jemals einen Sohn bekommen sollte, und das fände ich super, werde ich alles daransetzen, ihn nicht zur Wehleidigkeit zu erziehen. Aber wirklich alles.

EMILY SITZT AM STEUER, ich neben ihr, in schlabbrigem Wollpullover, Leggings und Sneakers, die Haare noch feucht, das Gesicht wie immer auf dem Weg zur Arbeit ungeschminkt. Ich fühle mich erschöpft. Ich bin dankbar dafür, dass es Emily gibt. Die nicht spricht, auch nicht das Radio anmacht, einfach fährt und zwischendrin zu mir rüberguckt.

Gestern Abend war ich bei Pauls Mutter und habe mit ihr ein wirklich gutes Gespräch geführt. Pauls Familie ist mir über die letzten Jahre sehr wichtig geworden. Manchmal stelle ich mir eine Zeit vor, in der Paul und ich nicht mehr zusammen sind, und allein schon die Vorstellung, dass ich dann weniger Zeit mit seinen Eltern verbringen könnte, bricht mir das Herz.

Emily weint. Erst ganz leise. Aber als sie merkt, dass ich es gemerkt habe, bricht es hemmungslos aus ihr heraus. Ich lege meine Hand auf ihre Schulter.

»Komm, lass uns rechts ranfahren.«

Wir sind auf dem letzten Stück der Strecke zum Gutshof, wo man zwischen orange gefärbtem Laubwald und offenem Feld entlangfährt. Emily stellt das Auto im Schotter am Fahrbahnrand ab. Ich beuge mich zu ihr hinüber. Sie hat ihre Hände jetzt in ihrem Schoß verknotet, ihr Kinn liegt auf der Brust und ihr ganzer kleiner Körper bebt unter der Wucht ihres Schluchzens. Ich streiche ihr die blonden Locken aus der Stirn. Ich frage mich, was ich schlechte, furchtbare Freundin in der letzten Zeit verpasst haben könnte. Vielleicht war ich einfach zu eingenommen von mir selbst in den letzten Wochen. Vielleicht hat Emily versucht mir etwas zu sagen, und ich habe es schlicht nicht mitbekommen.

»Was ist denn passiert? Emily, hm? ... Sch, sch ... Oh Gott, was ist denn los?«

Ihr Schluchzen ist wirklich herzzerreißend. Ihre Wimperntusche läuft in schwarzen Bächen ihre Wangen hinunter. Sie leckt sich eine Träne von der Oberlippe und versucht sich wieder zu beruhigen. Aber sie bekommt nicht mal richtig Luft.

Mir fallen nur Floskeln ein: Tief durchatmen. Ganz ruhig. Alles wird gut. So was. Ich sage sie trotzdem, drücke ihre Knie und warte.

Emily wischt sich den Rotz mit ihrem Pullover-Ärmel weg und setzt an: »Es ist nur ... Er hat ...« Der nächste Heulkrampf schwappt in ihr auf. »Er hat gesagt, er will mich nicht mehr treffen«, presst sie heraus und schluchzt erneut auf.

»Patrick?«

Emily nickt und weint und weint und weint. Ich drücke sie an mich.

»Oh je. Aber ... Oh je. Ist ja gut. Tief durchatmen.«

Langsam beruhigt sie sich wieder etwas. Ich suche die Zigaretten in Emilys Handtasche und halte ihr eine hin, stecke sie ihr in den Mund. In der Ablage finde ich ein Feuerzeug. Emily raucht und starrt apathisch auf die leere Straße vor uns.

»Wann hat er das denn gesagt?«, frage ich.

»Gestern«, sagt Emily. Ihre Stimme klingt belegt vom vielen Schluchzen. »Bevor er die Kinder abgeholt hat.« Sie schnippt die Asche aus dem halb offenen Fenster. Neue Tränen steigen ihr in die Augen. »Wir haben beim Portugiesen bei ihm um die Ecke gefrühstückt.«

»Und du glaubst nicht, dass ...«

»Diesmal ist es endgültig, hat er gesagt.« Sie holt Luft. »Er hat gesagt, dass er nicht mehr so weitermachen kann, dass er die Kontrolle verliert und dass er sich das nicht leisten kann, vor allem wegen der Kinder.«

»Und du? ... Letzte Woche hast du doch noch gesagt, dass du

selbst darüber nachdenkst, es zu beenden. Weil er so verliebte Andeutungen gemacht hat.«

»Ja, ich weiß«, sagt Emily leise. »Es ist ja wahrscheinlich auch das Beste. Ich habe mich wohl ein bisschen überschätzt … Ich hätte nicht gedacht, dass es mich so aus der Bahn wirft, weißt du?« Emily muss lächeln. »Oh Mann, manchmal kommt mir mein Leben echt klischeebeladener vor als diese Vorabend-Serie.«

Ich muss auch lachen.

»Ach Quatsch. Das ist unmöglich.«

Ein Auto fährt an uns vorbei. Wir werden viel zu spät kommen. Aber wen kümmert das? Der Wind lässt die Baumkronen rascheln.

»Doch, voll.« Emilys Stimme hat zu alter Form zurückgefunden. »Ich meine, eine Mittzwanzigerin, die eine Affäre mit einem vergebenen Vater von zwei Kindern eingeht. Schlimmer geht es doch überhaupt nicht.«

»Er könnte verheiratet sein«, sage ich.

»Das stimmt natürlich.«

»Und in einer Bank arbeiten.«

»Ja. Wo du recht hast, hast du recht.«

»Oder er könnte Professor für Philosophie sein und du seine Studentin!«

»Okay, ja, du …«

»Aber nein, er ist ein Tonmann! Tadaa! Und er glaubt nicht an die Ehe!«

»Du bist so bescheuert«, grinst Emily.

Am Abend koche ich für Paul und mich asiatisch. Ich nehme mir vor eine tolerante Freundin zu sein. Er wird schon sehen, wie gut ich das kann! Ich kriege das hin, Baby. I'm a locker-flockig-easy-going-in-every-situation-chick. Peng peng!

»Es gibt Essen«, sage ich.

»Ich komme gleich«, sagt Paul, auf meinem Sofa ausgestreckt, ohne von seinem Smartphone aufzusehen.

»Okay.«

Ich gehe zurück in die Küche und verteile Salat und Reisnudeln auf die Teller, gebe das Rindfleisch und etwas Sesam darüber.

»Paul!«, rufe ich. »Essen!«

Ich setze mich hin. Easy going, Nora. Chill Bill. Als er nach ein paar Minuten immer noch nicht da ist, stehe ich wieder auf und gehe in mein Zimmer.

»Mann, Paul«, sage ich. Locker-flockig gone with the wind.

»Sorry«, sagt Paul und legt schnell sein Telefon weg. »Ich soll nächste Woche arbeiten, ich musste das noch mit den Leuten von der Uni klären, ich hatte da eigentlich versprochen, bei der Vorbereitung zur Vollversammlung am Start zu sein.«

Paul arbeitet neben seinem Studium für eine kleine Galerie in der Innenstadt. Er zieht dann ein weißes Hemd und eine schwarze Hose an, was sehr sexy an ihm aussieht, und serviert den Gästen Sekt und charmante Blicke.

»Es wird kalt.«

»Tut mir leid, Babe«, sagt Paul und gibt mir im Vorbeigehen einen Klaps auf den Po.

Eine entspannte Freundin zu sein heißt ja nicht, dass ich mir alles gefallen lassen muss, denke ich. Ich finde meine innere Mitte wieder und folge ihm zurück in die Küche.

»Ich würde gern das Internet in dieser Wohnung abschaffen, aber sogar das würde ja nichts mehr bringen, wenn ihr alle diese Teile habt. Du guckst mehr auf dein scheiß Telefon als auf mich.«

»Ach, Baby«, sagt Paul und steckt sich ein Stück Fleisch in den Mund.

»Nee, ich meine das ernst, das ist voll belastend«, sage ich und setze mich ihm gegenüber. »Wenn ich dich immer zehnmal rufen muss, bevor du dich von diesem Ding losreißen kannst. Vielleicht sollte ich dafür sorgen, dass mein Zimmer eine smartphonefreie Zone wird.«

»Das wäre ja mal voll albern.«

»Wieso? Ich wette, ganz viele Beziehungen gehen heutzutage an einer solch banalen Sache wie dem Internet zu Bruch.«

»Ja, ja«, sagt Paul. »Ich weiß, und alles ist schrecklich, und die Welt geht bald unter.«

»Das habe ich nicht gesagt.«

»Gibt's noch mehr Nudeln?«

»Ein bisschen.«

»Willst du auch?«

Ich schüttle den Kopf. Paul steht auf und holt sich Nachschlag.

»Stell dir vor, eines Tages liegen wir zusammen im Bett und du fängst an, deine E-Mails abzurufen, während ich hoffnungslos versuche, dich heißzumachen.«

Paul lacht. »So weit kommt's noch.«

»Na ja, wer weiß, vielleicht wirklich! Oder wenn wir alle irgendwann mal so Chips im Kopf haben sollten, dann ist es noch schlimmer, dann kann man vom Partner unbemerkt Filme gucken, wenn einem mal gerade langweilig ist. Oder Pornos, weil man sich anders sowieso nicht mehr in Stimmung bringen kann. Stell dir vor!«

»Pornofilme im Kopf, während wir vögeln?«

Ich nicke.

»Klingt doch gut«, sagt Paul.

»Oh, nein, sag das doch nicht! Niemand wird sich mehr lieben, alle werden noch mehr mit sich selbst beschäftigt sein, als sie es sowieso schon sind, das ist das Ende, Paul, die Pornogeneration wird ihren tragischen Höhepunkt in der subjektiv-visuellen Pornowiedergabe erleben und dann endgültig am Ende sein mit ihrer Fähigkeit, echte Gefühle zu fühlen ...«

»Also doch Weltuntergangsszenarien.«

»Darauf läuft immer alles hinaus. Let's face it, Paul, es läuft darauf hinaus.«

»Wo ist eigentlich Emily?«

»Im Kino«, sage ich. »Sie hatte heute einen kleinen Zusammenbruch.«

»Patrick?«

Ich nicke. Emily geht immer ins Kino, wenn es ihr schlecht geht. Das ist ihr Allround-Heilmittel. Weil sie sich da völlig ihrem Leid hingeben kann und doch aus ihrem beschränkten Horizont herausgerissen wird, wie sie sagt.

Paul schiebt sich die letzte Gabel Nudeln in den Mund. »Oh, und Baby, übrigens, denkst du an den Text?«

»Welchen Text?«

»Na, die Übersetzung. Für die Galerie. Um die ich dich gebeten habe.«

»Ah so, das. Ja, mach ich. Tut mir leid, hab ich ein bisschen verdrängt. Und? Hast du was von Laura gehört?«

Paul macht ein undeutliches Geräusch.

»Was?«

»Ja«, sagt Paul. »Nicht wirklich was Neues. Der Arzt hat gesagt, sie soll jetzt erst mal zu Hause ankommen. Sich wieder einfinden. Dinge unternehmen.«

»Verstehe.«

Nach dem Essen schlafen wir miteinander. Ich habe Schmerzen. Es brennt fürchterlich, sobald sich Paul nur ein bisschen unvorsichtig in mir bewegt. In den letzten Wochen sind sie schlimmer geworden, diese Schmerzen, aber bis jetzt konnte ich es ganz gut ausblenden. Heute ist es kaum auszuhalten. Ich kann mich nicht konzentrieren.

»Warte, Paul …«, sage ich leise.

»Was ist denn?«

»Das funktioniert so irgendwie nicht.«

Paul löst sich von mir und rutscht ein Stück zur Seite.

»Was meinst du?«, sagt er.

»Ich weiß nicht, es tut schon wieder so weh, ich …« Ich nehme seine Hand und führe sie an mein Gesicht. »Vielleicht … könntest du mich erst mal nur streicheln?«

»Klar«, sagt Paul. Er fährt mit seiner Hand über meine Wange und über mein Kinn. Ich schließe die Augen. Ich versuche, alle überflüssigen Gedanken aus meinem Kopf zu verbannen, mich auf seine Hand und die Bewegungen zu konzentrieren. Seine Hand wandert meinen Rücken hinunter, streift meine Brüste. Ich halte die Luft an. Paul richtet sich auf. Er beginnt, meine Brust zu kneten und mit der anderen Hand gefährlich an meinem Oberschenkel hinaufzugleiten. Ich halte ihn auf.

»Warte«, sage ich.

»Was ist denn?«

»Bitte, erst mal nur streicheln«, sage ich. Es kostet mich Überwindung, es wiederholen zu müssen. Aber reden, denke ich. Nur durch Reden kann es besser zwischen uns werden.

»Mache ich doch!«, sagt Paul.

»Du bist zu schnell«, sage ich.

In Pauls Augen blitzt Genervt-Sein auf.

»Okay«, sagt Paul.

»Okay«, sage ich.

Wir küssen uns. Paul fährt über meine Beine, meinen Bauch. Er küsst mich am Hals. So sehr ich mich auch bemühe, ich werde das Gefühl nicht los, dass er jetzt nicht mehr bei der Sache ist, keinen Spaß daran finden kann. Mir ist elend.

Was soll ich tun? Wie kann ich jemanden dazu bringen, mir zu zeigen, dass er mich sexy findet, indem er mich sexy findet? Wie kann ich ihn davon überzeugen, jeden Zentimeter Haut zu erkunden und darin völlig aufzugehen? Es hilft nichts, wenn ich es will. Wenn er es nicht will, bringt es mir auch nichts. Ich merke das. Es törnt mich ab.

Warum geht es mit manchen Männern und anderen Männern nicht? Warum ging es in der Vergangenheit so oft mit Männern, die ich gar nicht besonders toll fand, und warum geht es nicht mit dem Mann, den ich liebe? Ist es einfach eine Sache der Chemie, die zwischen uns nicht funktioniert? Ist es etwas, das wir irgendwann mal doch noch erlernen können? Hat es etwas mit der aktuellen Situation zu tun?

Die Wahrheit ist: Ich kann die Male an zwei Händen abzählen, an denen Paul und ich wirklich richtig guten Sex hatten. Sex von der Sorte, bei der man die Welt um sich herum vergisst. Natürlich haben wir oft guten Sex. Befriedigenden Sex. Aber Sex, der alles zum Erliegen bringt – das ist, zwischen uns, hart erarbeitetes Gut. Und das war er schließlich auch, bevor die Sache mit Laura losging.

Paul will in mich eindringen. Ich schiebe ihn von mir weg.

»Was ist denn jetzt schon wieder?«

Ich ziehe mir mein T-Shirt wieder an und suche zwischen den Laken nach meiner Unterhose. Ich stehe auf. Paul stöhnt, macht einen aggressiven Laut und schlägt auf sein Kissen ein. Ich mache die Tür zum Flur auf.

»Nora!«, ruft Paul.

»Ich gehe nur kurz auf den Balkon.«

»Gut«, sagt Paul. »Gute Nacht.«

Ich nehme meinen iPod vom Küchentisch und hocke mich draußen gegen die Balkonwand, setze mir meine Kopfhörer auf und drehe *Dry Your Eyes* von den Streets laut auf. Mir ist kalt. Ich balle die Hand zur Faust und schiebe sie mir in den Mund. Das ist doch zum Verrücktwerden. Jetzt, wo wir uns gerade wieder annähern könnten. Jetzt, wo alles anders sein sollte. Aber nein, wir rennen immer wieder in die gleichen Sackgassen, mit vollem Karacho. Kein Wunder, dass uns das beiden irgendwann wehtut. Dieses *Easy-easy-easy*-Ding ist so was von nicht meins. Hey Cro, deine Millionen Klicks können mich mal am Arsch lecken!

Am nächsten Morgen, als der Schlaf die Enttäuschung vorerst beiseitegeschoben hat, klopfe ich an Emilys Zimmertür.

Keine Reaktion.

»Guten Morgen, mein Herz! Aufstehen! Wir sind spät dran, wir müssen uns beeilen!«

Wenn Emily müde genug ist, und das ist sie häufig, würde sie sogar eine Panzerinvasion verschlafen. Ich drücke die Türklinke hinunter und mache mich bereit, eine verknautschte Emily mit den Füßen voran aus dem Bett zu ziehen, aber: Keine Spur von Emilys Füßen, geschweige denn vom Rest von Emily. Sofort macht sich Panik in mir breit. Ist sie vorm Kino entführt worden? In die Alster gefallen? Nach Australien ausgewandert?

Die weitaus wahrscheinlichere Variante ist die, dass sie nach dem Kino noch ausgegangen ist, um ihren Kummer zu ersäufen. Ich mache mir Vorwürfe, gehe in mein Zimmer. Paul schläft noch. Er sieht friedlich aus. Ich schnappe mein Handy und rufe sie an. Mailbox. Verfickte Scheiße, Emily, denke ich. Außerdem kann ich heute unmöglich zu spät kommen, ich bin gleich in den ersten drei Bildern.

Ich gucke im Flur nach, ob Emilys Autoschlüssel da hängt. Kann ich einfach ihr Auto nehmen? Sie könnte ja jede Minute nach Hause kommen und selbst damit losfahren wollen. Im Flur herrscht vollkommene Stille. Unwahrscheinlich, denke ich, springe unter die Dusche, ziehe mich an, drücke Paul einen Kuss auf die Stirn, nehme den Autoschlüssel vom Haken und eile die Treppe hinunter.

Auf der Fahrt versuche ich fünf weitere Male, Emily zu erreichen. Als auch der letzte Versuch erfolglos bleibt, rufe ich das Produktionsbüro an und melde sie krank. Ich warte bis Mittag, wenn sie sich bis dahin nicht gemeldet hat, fange ich an sie zu suchen.

Als ich zwischen zwei Bildern in meiner Garderobe bin, sehe ich, dass Emily tatsächlich versucht hat, mich anzurufen. Ich rufe sofort zurück.

»Emily, wo zum Teufel bist du?«

»Oh Gott«, sagt Emily. Ihre Stimme ist um ungefähr fünfzig Oktaven nach unten gerutscht. »Scheiße«, sagt sie. »Ich hab verschlafen.«

»Wo bist du denn?«

»Keine Ahnung, bei irgend so einem Typen.« Emily gähnt. »Ich bin aus dem Pudel geflogen.«

»Du bist was?«

»Ja. Ficken, ey. Hab mich mit der Barkeeperin angelegt. Die dachte, dass ich ihr den Freund ausspannen will. Hausverbot.«

»Du hast Hausverbot im Pudel bekommen? Das ist cool. Herzlichen Glückwunsch.« Ich wische einen Apfel an meinem Kleid sauber und beiße hinein. Es spritzt zu allen Seiten. »Jetzt sag bloß nicht, der Typ neben dir ist ihr Freund?«

»Keine Ahnung«, sagt Emily und stöhnt.

»Okay, du Sexbombe. Schlaf dich aus, ich hab der Produktion schon Bescheid gesagt.«

—

Emily soll auf ihr Patenkind aufpassen. Die Freundin, der das Kind gehört, ist an diesem Sonntag bei einem spirituellen Yoga-Workshop. Erst gehen wir in das Aquarium bei Hagenbecks und gucken dem Krokodil beim Chillen zu, dann kaufen wir uns Pommes und fahren in den Stadtpark zum Drachen-steigen-Lassen.

Es hat etwas sehr Rührendes, Emily mit Lukas zu beobachten. Lukas ist fünf Jahre alt. Nebeneinander sehen Emily und Lukas aus wie aus einer Benetton-Werbung oder einem Spot für Toffifee oder einem Vorzeigefamilie-Instagram-Account. Die schöne junge Frau mit den blonden Korkenzieherlocken und der abgetragenen Kaschmir-Strickjacke mit goldenen Knöpfen zu der dunkelblauen Jeans und der im roten Anorak steckende, niedliche Junge mit den wilden dunklen Locken und kohlschwarzen Augen, die er von seinem marokkanischen Vater hat.

Im Gegensatz zu mir kann Emily richtig gut mit Kindern. Sie ist fürsorglich, aber nicht im Geringsten die gestresste Überglucke, die vor Sorge kaum geradeaus gucken kann. In der Bahn spielen wir Ich-sehe-was-was-du-nicht-siehst und Emily macht kreative Grimassen mit Lukas' übrig gebliebenen, mayogetränkten Pommes.

»Mit Essen spielt man nicht!«, ruft Lukas.

»Ups«, sagt Emily, verwandelt zwei Pommes in Vampirzähne und faucht mit weit aufgerissenen Augen.

Lukas quietscht vor Vergnügen.

»Seine Mutter legt sehr viel Wert auf sehr viele Dinge«, raunt Emily mir zu, während Lukas schon zur Tür vorrennt und aufmerksam aus dem Fenster starrt. »Wenn sie erfährt, dass Lukas heute Pommes essen durfte ... von McDonald's!!«

Wir haben zwei Drachen mit. Einen selbst gebastelten mit Holzkreuz und schönem Transparentpapier und einen gekauften aus buntem Nylonstoff. Wir schaffen es tatsächlich, beide Drachen in die Luft zu bringen, obwohl weder Emily noch ich besonders viel Erfahrung im Drachen-steigen-Lassen haben. Der Wind ist kräftig, Emily hilft Lukas, den bunten Drachen festzuhalten und im Slalom zu lenken, während ich den selbst gebastelten Drachen an der kurzen Leine halte, aus Panik, der Wind könnte das Transparentpapier zerfetzen.

»Immer wenn ich mit Lukas zusammen bin, stelle ich mir vor, wie Patrick mit seinen Kindern ist«, sagt Emily auf dem Heimweg. Lukas döst auf ihrem Schoß, sie streichelt ihm über den Kopf.

»Ja«, sage ich. »Das verstehe ich. Vermisst du ihn sehr?«

»Ach, ich weiß nicht. Irgendwie schon. Aber irgendwie bin ich gleichzeitig auch erleichtert ... Ich meine, dass wir uns ständig sehen, ist natürlich schon krass. Ich glaube, es wäre einfacher, wenn das nicht wäre.«

»Klar.«

»Aber so ist es nun mal jetzt. Kann man nichts machen.«

»Schreibt er dir noch?«

»Nein. Also, kaum.«

»Hast du seine Freundin eigentlich mal irgendwann gesehen? Also in echt?«

»Ein Mal«, sagt Emily langsam. »Das war, bevor es angefangen hat. Vor zwei, drei Jahren. Bei einem Grillfest. Aber ich kann mich kaum erinnern. Ich weiß nur noch, dass sie die ganze Zeit neben Patrick stand und sich mit niemandem unterhalten hat. Das ist mir aus irgendeinem Grund in Erinnerung geblieben.«

Sie hebt Lukas von ihrem Schoß runter. Er blinzelt verschlafen. »Komm, Lukas, wir sind da«, sagt Emily. »Mama wartet bestimmt schon mit dem Abendessen.«

—

»Paul, was hältst du eigentlich von offenen Beziehungen?«, sage ich und beiße in mein Brot. Joghurtsoße läuft mir über die Finger. Wir sind zum Falafelmann gegangen, weil wir beide zu müde und zu faul waren, uns was zu kochen.

»Nicht besonders viel, wieso?«

»Ach, ich habe nur darüber nachgedacht.«

Paul schaut mich misstrauisch an.

»Findest du es wirklich so abwegig?«, sage ich.

»Ja«, sagt Paul. »Total. Mit wem möchtest du denn schlafen, für den du diesen Status der offenen Beziehung benötigst?«

»Mit niemandem. Ich habe nur darüber nachgedacht.«

»Fragst du das, weil wir es jetzt ein Mal nicht richtig hinbekommen haben, miteinander zu schlafen?«, sagt Paul.

»Nein«, sage ich. »Vielleicht ein bisschen«, sage ich.

»Ich glaube kaum, dass dafür eine offene Beziehung die Lösung ist«, sagt Paul.

»Das meinte ich ja auch nicht so.«

»Aha.«

»Wirklich. Egal. Lass uns über was anderes sprechen.«

»Wenn wir alt sind und keinen Bock mehr aufeinander haben, können wir meinetwegen in den Swingerclub gehen, um unser Liebesleben aufzupeppen.«

»Echt? Und das ist dann okay, oder was?«

»Klar. Da bin ich ja dabei. Das ist was anderes.«

»Aha.«

»Für Swingerclubs bin ich voll zu haben.«

»Okay. Deal.«

»Deal.«

»Wie war es heute in der Uni?«, frage ich.

»Okay«, sagt Paul. »Ein Mädchen von so einem jungen Kunst-Magazin war da. Hat sich meine Arbeiten angeschaut. Hat mich gefragt, ob ich was für die machen will.«

»Das ist ja grandios!«

»Videostills und Fotodokumentationen von den Installationssachen. Und ein Text würde dazu verfasst werden, von irgend so einem Kunsthansi.«

»Das ist echt cool, Paul«, sage ich. »Das freut mich für dich. Glückwunsch, wirklich. Wie heißt das Magazin denn?«

»Ich hab's ja eh abgesagt.«

»Wie ... What?«

»Ich will das nicht machen.«

»Aber warum denn?«

Paul wischt sich mit der Serviette über den Mund und trinkt einen Schluck Ayran.

»Keine Ahnung, wozu. Das ist voll zeitaufwendig. Und Geld gibt es auch nicht.«

»Aber das wäre doch total gut für dich, mal irgendwo gefeatured zu werden. Das ist doch egal mit dem Geld.«

»Nee, das ist mir zu albern.«

»Wieso ist dir das denn zu albern?«

»Dann gibt es eine Release-Party und so eine Art Präsentation, und dann muss ich da blöd rumstehen und Hände schütteln. Das kann ich mir echt sparen.«

»Was? Aber das ist doch total cool! So eine Ausstellung, oder wie? Verstehe ich nicht, das wolltest du doch.«

»War ja klar, dass dir das wieder gefällt«, sagt Paul neckend, aber ich lese in seinem Unterton puren Ernst heraus.

»Warum denn? Ich finde es einfach cool für dich. Du solltest solche Chancen nutzen. Wenn du sogar schon gefragt wirst! Andere müssen Klinken putzen gehen und nichts kommt dabei rum.«

»Bist du fertig?«, sagt Paul, zeigt auf meinen leeren Becher Ayran und einen Rest Brot und räumt unseren Müll zusammen.

»Ich habe Paul gefragt, ob er sich eine offene Beziehung vorstellen kann. Beziehungsweise, wie er theoretisch dazu steht«, flüstere ich und schlürfe den Rest von meiner Fanta durch einen Strohhalm, damit der von Thea eben frisch nachgezogene Lippenstift nicht verwischt. Emily wird gerade ausgeleuchtet und darf nicht von ihrer mit Klebeband markierten Position abrücken.

»Und, wie hat er reagiert?«

»Sehr entschieden«, sage ich.

»Das glaube ich gern«, sagt Emily.

»Er hat in etwa gesagt, das wäre ein Vorschlag, der im Unterton beinhaltet, dass es eine konkrete Person gibt, mit der ich gerne schlafen würde.«

»Und gibt es die?«

»Nein!«, sage ich. »Darum geht es doch auch gar nicht. Ich bin mir nur einfach nicht sicher, ob Monogamie als Konzept wirklich das Wahre für mich ist. Ich schaue mich um und denke, wenn es für so viele andere nicht durchhaltbar ist, dann ist es für mich erst recht nicht durchhaltbar. Findest du gar nicht?«

»Ich kann mir nicht vorstellen, meinen Typen mit jemandem zu teilen, sogar, wenn man es wirklich schaffen könnte, das auf das rein Sexuelle herunterzubrechen. Nee, ich glaub, da würde ich echt durchdrehen.«

»Aber mit ...« Das Team steht weit genug entfernt von uns weg. Ich senke trotzdem die Stimme zu einem noch leiseren Flüstern. »Mit Patrick war das ja auch irgendwie ein Teilen.« Kaum ausgesprochen, fühle ich mich augenblicklich schlecht deswegen. Ich kann echt ein dermaßen unsensibler Tollpatsch sein. Ich sollte vielleicht einfach prinzipiell meinen Rede-Output runterschrauben.

»Ja … Das stimmt schon. Aber erstens ist es ja nicht so, dass ich ihn liebe. Das macht schon was aus, glaube ich. Und zweitens glaube ich nicht … nein, das ist jetzt zu vermessen.«

»Was?«

»Ach. Ich wollte sagen, dass ich mir nicht vorstellen kann, dass die noch viel Sex haben, seine Freundin und er. Aber das ist mehr so eine Vermutung.«

»Aber guck mal, wenn wir doch alle wissen, dass die sexuelle Anziehung im Schnitt nach spätestens drei Jahren nachlässt, wenn so viele von uns daran scheitern, das Begehren füreinander in dem Maße aufrechtzuerhalten, dass niemand anderes Platz darin finden kann … Hast du schon mal einen Ratgeber gelesen? So liebesmäßig?«

»Um Gottes willen, nein! Du?«

»Nein«, sage ich. »Aber vielleicht hilft mir das, um diese Krise zu überstehen.«

»Vielleicht solltest du auch einfach Yoga machen. Ich war letztens mit Lasse beim Yoga. In Bahrenfeld. Da gibt es so ein Bikram-Studio. Wir konnten danach zwar kaum noch gerade stehen, aber es war total geil.«

Ein Fiepen geht durch den Raum. Eine Rückkoppelung.

»Oh fuck, jetzt ist nicht mein Tongerät an gewesen, oder?«

Ich nestele das Gerät unter meinem Kleid hervor.

»Nora!«, sagt Emily, in ihren Augen blankes Entsetzen.

»Ah nee, alles gut«, sage ich. Ich sehe ihren Ausdruck und muss ein bisschen kichern. »Oh Gott, sorry, Emily. Wirklich. Entschuldigung. Alles gut. Du darfst atmen.«

»Oh Gott. Ich. Hätte. Dich. Umgebracht.«

Die Aufnahmeleiterin klatscht laut in die Hände. Sie ruft das Team zusammen.

»Bereit machen zum Drehen! Emily steht, Nora bitte aus dem Bild. Wir sind so weit.«

—

Zehn Euro für zehn Tage kostet das Bikram-Yoga als Begrüßungsangebot, das scheint mir ein gutes Preisleistungsverhältnis für den Anfang. Vielleicht, denke ich, reicht es ja, wenn ich zehn Tage lang Yoga mache bis zum Umfallen und dann nie wieder. Vielleicht bin ich ja nach zehn Tagen schon kuriert.

Jetzt, nach den ersten zwanzig Minuten, kann ich mir allerdings nicht mal vorstellen, dass ich diesen Tag überlebe. Ich muss mich zwingen, weiterzuatmen. Und das ruhig. Ich muss ruhig atmen. Sonst kippe ich nämlich wirklich um.

»Aufstehen, weitermachen, versuch es, du bist schließlich nicht zum Rumsitzen hergekommen!«, ruft der Typ mit dem Mikro auf dem Podest. Die knappen Shorts schneiden in sein Fleisch.

Schnaufend stehe ich auf. Schweiß rinnt meinen Rücken und meine Beine entlang. Mein Kreislauf. Verdammt. Ich sehe nach vorn in den Spiegel. Fixiere mein Gesicht, meine Augen. Nicht aufgeben, Nora. Bloß nicht aufgeben, diesem Typen da die Befriedigung geben und all den anderen auch. Ich strecke die Arme aus, krümme meinen Oberkörper, umfasse mit den Händen meinen rechten Fuß und kicke das Bein nach vorne. Es zieht wie Sau, ich beiße die Zähne zusammen, bohre jetzt geradezu den Blick in mein Spiegelbild. Ich spüre, wie mein linkes Knie nachgeben will.

»Lock das Knie, lock das Knie!«, ruft der Typ.

Ich spüre, wie mir die Balance entgleitet, ich spüre, wie ich schwanke, ein großes, schwerfälliges Etwas.

»Halten, halten, noch ein bisschen, geht an euer Äußerstes, geht an euer Äußerstes, fast geschafft ... Uuuund ... kommt langsam wieder hoch.«

Von meinen Schläfen tropft es auf das Handtuch unter mir. Ich stemme die Hände in die Hüften, halte den Kopf gesenkt, mache kurz die Augen zu. Ich glaube, ich kotze gleich. Die Hitze brennt in meinem Nacken. Diese scheiß Hitzestrahler. Vierzig Grad Celsius hat der Raum, stand auf dem Infoflyer. Vierzig verdammte Grad. Und das ist erst der Anfang. Der Anfang von neunzig Minuten, die mir jetzt schon wie eine Ewigkeit vorkommen.

Ich schaue mich um. Fast nur Frauen hier, zwei, drei Männer. Der direkt neben mir zum Beispiel. Etwa Ende vierzig. Knallblaues Höschen. Braungebrannt, wahrscheinlich Solarium. Sehr drahtig, wahnsinnig muskulös. Ab und zu zieht er geräuschvoll die Nase hoch. Und er schwitzt noch mehr als ich.

Die Frau in der Mitte ist mir schon beim Reinkommen sofort aufgefallen. Sie trägt einen schwarzen Sportbikini. Ihre Haare sind toll: kurz und dunkel. Ihr Körper ist auch toll. Aber diese beiden perfekten Körper sind eher die Ausnahme im Raum.

Der Yogalehrer ruft zur nächsten Übung. Ich gehe in die Knie, schiebe meine Handflächen unter meine Fersen, lege meinen Kopf auf die Knie.

»Zieh, zieh, zieh, weiter, noch ein bisschen, noch ein bisschen!«

Allein dass ich hier bin, ist für mich schon ein großer Erfolg. Immerhin das habe ich geschafft. Nach all den Monaten guter Vorsätze, mehr für meine Gesundheit zu tun. Und noch habe ich den Raum auch nicht verlassen und abgebrochen. Laut Infoflyer ist das erst mal das Ziel: nicht den Raum zu verlassen. Für den Rest solle man sich nicht überfordern. Das komme dann schon, der Körper gewöhne sich an die Temperatur, gewöhne sich an die Anstrengung.

In der Umkleide riecht es nach Bodylotion. Ich sitze auf der Bank, die Beine von mir gestreckt, den Kopf an die Wand gelehnt, und trinke lauwarmes Wasser. Zwei Freundinnen reden über die Typen, die sie am Wochenende aufgerissen haben. Die Frau im Sportbikini zieht sich aus und geht zur Dusche, ich schaue ihr hinterher. Krasser Körper, wie gesagt. Ich kann kaum noch denken, so erschöpft bin ich. Ich frage mich, ob Laura theoretisch die Willenskraft hätte, sich durch diese neunzig Minuten durchzukämpfen, ohne zusammenzubrechen. Vorstellen könnte ich es mir irgendwie. Ich warte, bis mein Puls sich beruhigt hat, stehe auf, streife mir die nassen Sachen vom Leib und klemme mir das Duschhandtuch unter den Arm.

Das kalte Wasser wie Nadelstiche. Ich halte mein Gesicht in den Strahl und komme so langsam wieder zu mir. Toll, denke ich, dass ein bisschen Yoga so eine Wirkung haben kann. Wenn Leute sagen, sie fühlen sich wie neugeboren, ist es wahrscheinlich genau das hier, was sie meinen.

Im Vorraum stehen Tee und Obst bereit. Ich nehme mir einen Apfel und beiße hinein, er schmeckt süß und mehlig.

Irgendwo, in der hintersten Ecke meines Herzens, schwillt ein neuer Stolz in mir auf, den ich sofort als unmittelbare Folge des Bikram-Yogas festmache. Gemischt mit einer ordentlichen Portion Trotzigkeit. Ich bekomme das in den Griff. Ich werde das alles in den Griff bekommen.

Auf dem Nachhauseweg entdecke ich ganz hinten in der Bahn Pauls kleinen Bruder mit ein paar Skater-Freunden.

»Hey Kolja!«

Kolja sieht mich an, als müsste er kurz überlegen, wer ich bin. Sein Blick ist seltsam glasig. Nicht glasig, wie wenn Leute einen geraucht haben. Eher als hätte er sich vielleicht was anderes reingezogen, denke ich. Kolja ist dauernd in Schwierigkeiten mit der Schule wegen chronischen Schwänzens und diverser Drogenexperimente. Paul musste ihn sogar schon von der Polizeiwache abholen, damit die Eltern nichts mitkriegen. Das war vielleicht ein Mordsstress.

»Nora, hey.«

Er fährt sich mit einer teenagerhaft verlegenen Geste durch

die lange Goldmähne. Seine Freunde checken mich mit ihren Blicken. Sie tragen Röhrenhosen und das Haar über die pickelige Stirn gekämmt. Das einzige Mädchen in der Runde hat ihre Augen dick mit schwarzem Kajal umrandet und einen Oversize-Hoodie an. Vielleicht ist das dieses Mädchen, von dem Paul vermutet, dass Kolja in es verknallt ist.

»Alles klar?«

Kolja nickt. »Ja«, sagt er gedehnt. Er versucht, sich zusammenzureißen. »Wir waren skaten. Und du?«

»Ich war beim Yoga«, sage ich und hebe zum Beweis den Beutel mit der Yogamatte an.

»Ah«, sagt Kolja. »Cool.«

»Und sonst? Alles gut?«

»Ja, alles cool«, sagt Kolja.

»Was macht die Fotografie?«

»Jaaa«, sagt Kolja. »Nicht so viel grad. Hab nicht so viel Zeit grad.«

»Cool«, sage ich.

Kolja schaut mich verunsichert an. Ich lache. Die Bahn fährt in meine Haltestelle ein. »Na gut, ich muss dann mal. Dann euch einen schönen Tag noch. Sehen wir uns Sonntag bei deinen Eltern?«

»Mhh …«, macht Kolja. »Mal gucken.«

»Okay!«

Ich hebe die Hand zum Abschied. Ich frage mich, ob das jetzt peinlich für ihn war, dass ich vor den Freunden seine Eltern auch nur erwähnt habe. Aber so was ist einem doch mit siebzehn nicht mehr peinlich.

»Ich hab vorhin in der Bahn deinen Bruder getroffen«, sage ich und klettere mit Teller und Toast neben Paul auf das Bett. Die aktuell gefühlte Wahrheit von Schauplätzen unserer Beziehung: Pauls Bett, mein Bett, mein Sofa, unsere Küchentische. Wobei wir schon viel mehr bei mir sind. Bei mir gibt es keine Katrin, die nachts um drei plötzlich laute Techno-Musik hört. Und bei mir ist es irgendwie häuslicher, gemütlicher.

»Ja? Das heißt, er lebt noch?«

»Haha. Was soll das denn heißen?«

»Ach, ich habe ihn einfach lange nicht zu Gesicht bekommen. Wie war's beim Yoga?«

»Gut. Anstrengend. Ich habe am Bahnhof einen Aushang gesehen für Spanischkurse.«

»Ah ja?«

»Soll ich einen Spanischkurs machen?«

»Ich dachte, du wolltest erst noch einen Französischkurs machen. Aber mach doch. Musst du doch mich nicht fragen.«

»Ich will halt viele Sprachen lernen.«

»Ja? Was denn noch?«

»Also Spanisch ... Schwedisch! Schwedisch ist schön. Oder Dänisch. Und ja, Französisch. Und Italienisch. Damit ich, wenn ich wieder mal für eine Italienerin gehalten werde, auf Italienisch antworten kann, dass ich keine Italienerin bin.«

»Chinesisch. Ist gut für den Lebenslauf. Falls du doch noch mal was Seriöses machen willst.«

»Ja, oh Gott. Aber nee. Dann lieber Japanisch. Oder was ganz anderes. Schweizerdeutsch! Ungarisch! Farsi!«

»Ich würde gern richtig gut Französisch sprechen. Und ich würde gern Türkisch lernen. Das will ich schon voll lange.«

»Echt?«

»Ja, seit ich ungefähr so groß bin –« Paul misst mit der Hand eine Höhe eines Kindes vom Boden ab. »Türkei in my heart forever.«

»Okay, jetzt Länder. Was ist mit Ländern? Auch Türkei?«

»Ja, in Istanbul würde ich schon gerne mal leben.«

»Ich auch. Unbedingt. Ich hab nur Angst vor der Überschwemmung, oder was da immer prophezeit wird.«

»Vor allem hast du Angst, Baby.«

»Das stimmt nicht. Na gut, das stimmt ein bisschen. Aber ich kann sie gut verdrängen, die Ängste. Okay, also Istanbul.«

»Ja. Aber vorher noch Vancouver. Am allerliebsten würde ich nach Vancouver ziehen.«

»Vancouver? Nicht wenigstens Toronto?«

»In Vancouver hast du alles. Das Meer und die Berge. Und Filmindustrie gibt es da auch, du kannst eine Karriere in der kanadischen Fernsehlandschaft starten. Macht bestimmt eh mehr Spaß als hier.«

»Hm … Das muss ich recherchieren, wie mir Vancouver so gefällt.«

»Glaub mir, Vancouver ist der Shit.«

»Warst du da damals auf deiner Weltreise?«

»Nee.«

Plötzlich entsteht eine Pause, die sich zunehmend mit Spannung auflädt.

»Mit Laura war ich mal da. Vor Ewigkeiten.«

»Ah«, sage ich. Ich beiße von meinem Toast ab. Mit vollem Mund spreche ich einfach weiter. »Also … Ich möchte in Stockholm leben. Und in Belfast. Und in San Diego. Und in Valencia.«

»Also überall.«

»Und Marokko.«

»Vielleicht hättest du doch Diplomatin werden sollen? Oder Auslandskorrespondentin?«

»Mit meinem journalistischen Talent? Sicher nicht.«

»Ich kann mir das eigentlich ganz gut vorstellen. Du mit Notizblock und Bleistift hinterm Ohr … Und Lesebrille … Doch, hat was.«

»Früher oder später werde ich bestimmt sowieso wieder in Berlin landen. Also, wenn ich das mit dem Schauspiel durchziehen möchte. Fast alle Schauspieler leben in Berlin oder in München, glaube ich. Oder ich bleibe hier stecken.«

»Oder du bist so erfolgreich, dass du von überall eingeflogen wirst, ganz egal, wo du lebst.«

»Klar. Mit hoher Wahrscheinlichkeit wird genau das der Fall sein.«

»Jetzt sei doch nicht so pessimistisch. Ich möchte nicht in Berlin leben.«

»Jetzt sei doch nicht so eingeschränkt.«

»Ich bin nicht eingeschränkt, ich will nur einfach nicht nach Berlin.«

»Aber es kann doch sein, dass es dich aus irgendeinem Grund dahin verschlägt?«

»Nein.«

»Okay, lassen wir das. Kinder. Wie viele Kinder werden wir haben?«

»Fünf.«

»Fünf? Das ist zu viel! Seit wann willst du denn fünf? Zwei haben wir gesagt.«

»Das haben wir nie gesagt! Das ist viel zu wenig. Wir brauchen mindestens vier. Meinetwegen auch sechs.«

»Dann müssten wir ja bald anfangen.«

»Meinetwegen können wir auch bald anfangen. Meinetwegen können wir sofort anfangen«, sagt Paul.

»Dafür bin ich zu jung.«

»Stimmt, du bist jung. Du bist echt verdammt jung, wenn ich es mir recht überlege. Was habe ich mir nur dabei gedacht? Oh oh oh …«

»Ich muss vorher noch Karriere machen. Ich kann nicht so viele Kinder haben. Ich habe gar keine Zeit dafür.«

»Haha, hast du das gerade wirklich gesagt?«

»Was?«

»Ich muss vorher noch Karriere machen?«

Paul tut etwas, das ich als ein Kichern beschreiben würde, wenn es nicht Paul wäre. Bei Paul klingt nichts nach einem Kichern.

Ich stopfe ihm ein Stück Toast in den Mund. Paul hält meine Hand fest.

»Elsa, Selma, Lars, Malte, Oskar«, sage ich. »Und Elias. Josefine.«

»Malte? Nee! Lars geht auch gar nicht.«

»Warum nicht?«

»Leonie. Flavia. Carla. Lukas. Benjamin.«

»Hm … Neee.«

»Jetzt sei doch nicht so eingeschränkt, Nora!«

Ich schmunzele.

»Machst du dir eigentlich Sorgen um Kolja?«, frage ich.

»Hm?«, macht Paul und guckt irritiert.

»Er sah so komisch aus, als ich ihn vorhin getroffen habe.«

»Oha, da bist du jetzt aber zwischen den Themen gesprungen.«

»Aber es ist alles okay, oder?«

»Ja … Was meinst du denn damit, er sah komisch aus?«

»Ach, keine Ahnung. Vielleicht habe ich mir das auch nur eingebildet.«

»Bekifft?«

»Nee, eben nicht. Aber vielleicht auch einfach bekifft, ja.«

»Noch hat er für dieses Jahr keine Verwarnung bekommen, soweit ich das überblicke. Komm, wir schlafen mal, oder? Ich schlafe jedenfalls gleich ein.«

Im Bad putzen wir nebeneinander Zähne und spucken abwechselnd ins Waschbecken. Ganz am Anfang, ein paar Wochen nachdem wir uns kennengelernt hatten, als wir zum ersten Mal gemeinsam Zähne geputzt haben, sagte Paul: Pärchenstyle. Und ab da waren wir eigentlich ein Paar, wenn ich es mir recht überlege. Initiation durch Zähneputzen.

Möglicherweise ist Zähneputzen noch schädlicher als voreinander auf Toilette gehen, denke ich. Weniger offensichtlich, aber umso schleichender und hinterhältiger, wenn es darum geht, die erotische Anziehung zwischen zwei Menschen zu zerstören. Wir schlafen in Löffelchenstellung ein, was ich als Begriff an sich hasse, aber als Einschlafposition sehr gern habe, und wir tun es, ohne dass einer von uns auch nur die geringsten Anstalten macht, sexuelle Handlungen einzufordern.

—

Wir sind fast durch mit unserem Einkauf im Biosupermarkt, als mir einfällt, dass ich Emily ihren Lieblingsquark mitbringen sollte.

»Bin sofort wieder da«, sage ich und lasse Paul mit dem Wagen zwischen Marmeladen- und Keksregalen stehen. Beim Kühlregal schnappe ich mir zwei Packungen von dem Kräuterquark und noch eine Packung Salami, als eine ältere Frau mich anspricht.

»Entschuldigung, sind Sie nicht die Schauspielerin?«

»Die Schauspielerin?«, wiederhole ich überflüssigerweise. Für einen kurzen Moment spiele ich mit dem Gedanken, es zu verleugnen, aber da ist es schon zu spät.

»Ja, wie schön, dass ich Sie mal treffe! Also in echt. Ich schaue ›Das Gutshaus‹ schon seit vielen Jahren, müssen Sie wissen.«

»Ach ja?«

»Ja. Und Charlotte von Kern … Sie sind mir ganz besonders ans Herz gewachsen. Sie sind so nett und natürlich!«

»Danke schön«, sage ich und wippe nervös von einem Bein aufs andere, weil ich Paul nicht warten lassen will.

»Sie sehen ein bisschen aus wie meine Nichte, wissen Sie.«

»Oh. Wirklich, ja?«

»Ja«, die Frau beginnt in ihrer Manteltasche zu wühlen. »Die gleichen dunklen Haare … Aber was Ihr Onkel da neulich mit Ihnen gemacht hat … Also das war wirklich furchtbar gemein.«

»Ja, das war … Oh bitte, ich muss wirklich …«, versuche ich zu protestieren, als ich sehe, dass die Frau entschlossen durch all ihre Taschen guckt, um das Foto ihrer Nichte zu finden.

»Ah! Hier. Da haben wir's.«

Die Frau zieht ein Foto von einer jungen Frau aus dem Portemonnaie, die mir nicht im Entferntesten gleicht. Ich resigniere und betrachte nun aufmerksam das Bild. Das Mädchen ist einige Jahre älter als ich und hat einen exotischen Einschlag, den ich schwer zuordnen kann.

»Und die Haut, die blasse Haut. Und auch die Augen, nicht wahr? Sehen Sie. Sehr apart, sehr apart. Sagen Sie, woher kommen Sie? Aus Deutschland?«

»Ja«, sage ich. »Aber mein Vater ist Ire.«

»Ahhh«, sagt die Frau, reißt ihren Mund und ihre Augen weit auf und sieht mich staunend an.

Paul kommt hinter der Tiefkühltruhe zum Vorschein.

»Nora?«

»Sorry«, sage ich. »Ich bin gleich da!«

Die Frau sieht interessiert zu Paul rüber. »Ihr Freund?«

»Ja …« Ich nicke lächelnd. »Mein Freund.«

»Wie nett.«

»Ja. Sehr nett.«

»Meine Nichte …«

»Kommst du, Nora?«, ruft Paul.

»Es tut mir wirklich sehr leid«, unterbreche ich die Frau und lege ihr eine Hand auf den Arm. »Aber wir müssen wirklich los. Ich wünsche Ihnen alles Gute.«

»Oh, natürlich, natürlich. Ihnen auch alles Gute, Ihnen auch. Alles Gute für Sie.«

»Grüßen Sie Ihre Nichte von mir.«

»Das mache ich. Da wird sie sich freuen. Viel Erfolg weiterhin, meine Liebe, viel Erfolg.«

»Auf Wiedersehen.«

Ich gehe schnell zu Paul und lege den Quark und die Salami in den Einkaufswagen. Wir gehen zur Kasse.

»Was wollte die denn?«

»Ach, ganz süß, die hat mich erkannt. Aus der Serie. Wollte mit mir über ihre Nichte reden.«

»Ist das der richtige Quark?«

»Ja klar.«

—

In den nächsten Wochen versuchen Paul und ich unsere Schwierigkeiten zu bewältigen, indem wir einfach weitermachen. Unsere Taktik für unsere Schwierigkeiten im Bett lautet: Wir schlafen kaum miteinander. Ich habe immer weniger Lust auf ihn, und der Gedanke an die Schmerzen verbannt sie fast vollkommen. Tun wir es doch, muss ich manchmal mittendrin abbrechen und auf Toilette rennen. Auf dem Klo sitzend muss ich dann weinen, weil das Wasserlassen so wehtut. Wie bei einer Blasenentzündung, nur noch zehntausendmal schlimmer. Da eine Blasenentzündung schon die Hölle auf Erden ist, bin ich mir nicht sicher, ob ich lebend aus dem Badezimmer rauskommen werde. Paul versucht mich zu trösten. Ich bete mir vor, dass es bestimmt bald besser werden wird. Ich will mir einfach nicht eingestehen, dass mein Körper seine eigene, sture Art hat, meine Gefühle zu spiegeln.

ICH KRATZE IN DEN FROST auf der Fensterscheibe. Emily schlägt die Fahrertür zu und geht den Trampelpfad hinunter. Ich folge ihr. Die Wollmütze kratzt an meinem Kopf, der Mantelkragen an meinem Hals.

Der See ist gefroren. Es sieht aus, als sei er am Steg festgefroren. Rundherum verdorrtes Gras und Schilf und in ihrem Verwesungsprozess erfrorene Blätter.

Der See ist nur wenige Autominuten vom Set entfernt. Heute ist mir der Trubel und die stickige Luft im Essraum dermaßen zu viel gewesen, dass ich regelrecht Platzangst bekommen habe. Zum Glück ist Emily jetzt mit mir raus und hierhergefahren, um ein bisschen frische Luft zu schnappen.

»Alles okay?«, fragt Emily.

»Ja, alles okay. Tut mir leid«, sage ich.

»Was tut dir leid?«

»Ich habe das Gefühl, ich bin zur Zeit keine besonders lustige Gesellschaft. Ich möchte nicht immer so traurig sein.«

»Bist du denn so oft traurig?«

»Nein, eigentlich nicht, und wenn ich es bin, möchte ich es nicht sein. Und zur Zeit habe ich schon das Gefühl, dass ich oft traurig bin. Aber so grundlos.«

»Na ja, man wird ja auch mal traurig sein dürfen. Das ist bestimmt nur der November-Blues. Klassiker.«

»Wenn ich traurig bin, fühle ich mich schwach. Ich hasse es, mich schwach zu fühlen.«

»Bist du traurig wegen Paul?«

»Wegen Paul?« Ich knicke Eisschilf ab. »Wegen Paul … Ich

weiß nicht … Wahrscheinlich schon. Wahrscheinlich bin ich wegen Paul manchmal so traurig.«

»Ich dachte, es wäre wieder ein bisschen besser in letzter Zeit.«

»Ich weiß. Ich weiß nicht. Nein. Ach, Emily, ich möchte dich nicht damit nerven.«

»So ein Blödsinn.«

»Es ist nur … es ist nicht mehr wie vor dem Sommer. Die Sicherheit in mir ist weg. Ich meine, was ist das Ziel einer Beziehung? Für mich sieht das Ziel so aus: Es gibt Milliarden Menschen auf der Erde. Es gibt einen Überfluss an potenziellen Partnern. Aber egal, wie viele es sind, du bist die Person, für die ich mich entschieden habe. Und es ist mir egal, wer in manchen Aspekten besser zu mir passen würde, du bist es und damit basta. Ich glaube an uns und dafür bin ich bereit, Schwierigkeiten in Kauf zu nehmen, dafür bin ich bereit zu kämpfen, dafür bin ich bereit Sex-Abenteuer auszuschlagen. Weißt du, was ich meine?«

»Hm«, sagt Emily. »Und das mit Paul ist nicht so?«

»Es war mal so«, sage ich. »Es gab mal eine Zeit, in der ich keine Sekunde lang das Bedürfnis verspürt habe, jemand anderen anzufassen, mit jemand anderem zu flirten. Ich weiß, alle sagen, es ist normal, dass diese Innigkeit oder Ausschließlichkeit, oder wie auch immer man das definieren mag, irgendwann verloren geht. Aber ich vermisse es. Und irgendwo auf der Strecke habe ich auch diesen … diesen Glauben verloren, diesen unerschütterlichen Glauben an unsere Beziehung. Und ich warte, dass er wiederkommt, ich hoffe und bete und warte, aber so langsam … Ich werde müde, weißt du.«

»Aber«, Emily schaut ein wenig verwirrt, »das hat jetzt nichts mehr mit Laura zu tun, oder?«

»Das ist ja das Schlimme«, sage ich. »Ich dachte, wenn das mit Laura besser wird, geht es auch uns wieder besser. Aber irgendwie ist das Gegenteil der Fall. Plötzlich reißen überall große

Krater auf, die aber in Wahrheit gar nicht jetzt erst aufreißen, sondern schon lange da sind, die ich aber bei all der Fixierung auf Laura vollkommen übersehen zu haben scheine. Und … in die fallen wir jetzt hinein. Tolles Bild, oder?«

»Wahnsinnig poetisch, Nora«, nickt Emily mit gewichtiger Miene. »Wirklich wahnsinnig poetisch.«

»Hab ich dir schon mal erzählt, dass Paul seine Weltreise damals vorzeitig abgebrochen hat, weil er so Heimweh nach Hamburg hatte?«

»Ja?«, sagt Emily.

»Habe ich neulich erfahren. Ich dachte davor immer, dass er früher zurückkommen musste, damit er die Aufnahmeprüfung für die Hochschule für bildende Künste machen konnte.«

»Macht das einen Unterschied?«

»Ja, total«, sage ich. »Vielleicht bin ich da zu streng, aber von einer so groß angelegten Reise zurückzukommen, weil man Heimweh hat, weil man seine Stadt und seine Freunde und sein Leben vermisst, nach all dem Aufwand, wenn man eh ein paar Monate später zurückgekommen wäre – das finde ich schon sehr inkonsequent.«

»Aber er ist ja trotzdem gereist. Und doch auch gar nicht so kurz. Glaub mir, da gibt es ganz andere Kandidaten.«

»Ich weiß auch nicht, warum ich mich daran so aufhänge. Vielleicht weil ich Angst habe, dass er im Grunde seines Herzens Hamburg nie verlassen will, ganz gleich, wie oft wir rumspinnen und davon träumen, woandershin zu gehen. Ich habe wirklich eine Scheißangst, in Hamburg kleben zu bleiben.«

Der See ist nicht groß, nach einer Dreiviertelstunde sind wir ein Mal ganz rumspaziert und sitzen wieder im Auto. Emily drückt mir eine Thermoskanne in die Hand.

»Hier«, sagt sie. »Da ist Ingwertee mit Honig und Grog drin. Das wird dich aufmuntern.«

»Emily!«, rufe ich lachend. »Ich bin entsetzt!«

»Entdecke das Feuer in dir, Baby.«

Ich drehe den Verschluss auf und gieße mir einen Becher ein. Der Ingwer schmeckt herrlich scharf, die wärmende Wirkung des Alkohols tritt sofort ein.

»Irgendwie muss man ja diese Hamburger Winter überstehen«, sagt Emily. Sie streckt die Hand aus. »Gib auch mal einen Schluck!«

—

Die Köpfe der Rentner verschwinden im Dampf, der aus dem beheizten Außenbecken in die kalte Luft hinaussteigt. Ich stoße mich vom Beckenrand ab und tauche drei Züge durch das mit künstlichem Licht durchflutete, türkisfarbene Wasser. Ich tauche wieder auf, schnäuze Chlor und Rotze aus der Nase. Meine Lunge sticht. Ich werfe einen Blick auf die Uhr, deren langsam kriechende Zeiger den Takt der Abendschwimmer begleiten. Ich bin erst seit fünfzehn Minuten drin und schon völlig außer Atem. Eine ältere Dame überholt mich, ihr Fuß kickt gegen meinen Schenkel. Ich beiße die Zähne zusammen und zähle mit: Und eins, und auftauchen, und zwei, und auftauchen.

Als ich durch den Plastikvorhang zurück in die warme Halle schwimme, fühle ich mich gleichzeitig durchgefroren und verschwitzt. Im Duschraum schnattern drei Frauen mit breitem Kreuz und buschigem Schamhaar. Waren bestimmt alle auf der Schnellschwimmer-Bahn unterwegs. Ich wringe meinen Badeanzug aus, rubble mein Gesicht ab. Tappe mit meinen durchweichten, quietschenden Birkenstock-Latschen zur Umkleidekabine. Ich muss mir echt endlich mal ein paar Flipflops zulegen. Ich ziehe mich an und gehe meine Haare föhnen.

Paul und ich lümmeln auf dem Teppich in seinem Zimmer. Paul zeigt mir auf mein Drängen hin Videoclips von einer neuen Serie, an der er gerade zusammen mit einem Mädchen aus der Bühnenklasse arbeitet. Im Hintergrund läuft Chet Baker. Paul geht die Clips viel zu schnell durch, ich verliere die Geduld.

»Wenn du keinen Bock hast, sie mir zu zeigen, dann halt nicht«, sage ich.

»Ich bin einfach noch nicht glücklich damit.«

Er legt das iPad zur Seite. Er hat es sich neu gekauft. Wir hatten einen Streit deswegen. Er sagt, er brauche die Geräte für seine Arbeit. Ich sage, für das Geld könnten wir zusammen ein Wochenende irgendwohin fliegen.

Ich ändere meine Sitzposition. Paul liegt auf dem Rücken. Er kreuzt die Arme unter seinem Kopf und schaut mich an. Ich schaue ihn auch an. Fühle mich ihm nah, fühle mich ihm fern. Eine überwältigende Traurigkeit steigt in mir auf.

»Wir müssen etwas tun, Paul. Wir verlieren uns. Ich will dich nicht verlieren.«

»Was meinst du mit ›etwas tun‹?«

»Etwas unternehmen. Brettspiele spielen. Ins Theater gehen. Händchen halten. Bungeejumpen. Mir egal, Hauptsache, wir tun etwas.«

Pauls Gesichtsausdruck verändert sich nicht, er guckt mich völlig emotionslos an.

»Etwas, das uns als Paar wieder ein wenig näher zusammenrücken lässt.«

»Sind wir denn auseinandergerückt?«

»Klar«, sage ich. »Voll. Wir machen viel seltener schöne Dinge zusammen. Als früher. Ich meine, ich will das ja nicht totreiten, aber allein schon wegen Laura sind wir auseinandergerückt. Also nicht wegen ihr, das ist ja nicht ihre Schuld. Aber du warst schon viel in der Klinik und so. Findest du denn gar nicht, dass wir auseinandergerückt sind? Das kann ich nicht glauben.«

»Okay«, sagt Paul langsam, als würde er erst in diesem Moment mit Nachdenken beginnen. »Gut. Dann tun wir etwas.«

»Gut. Was machst du morgen? Ich hab frei. Wir könnten einen Ausflug machen.«

»Oh, verdammt. Morgen kann ich nicht. Wirklich nicht, Nora. Ich habe eine Konsultation mit meinem Prof.«

»Eine Konsultation?«

»Ja, oder wie auch immer man das nennt. Ich habe eine Idee für eine Skulptur und will das morgen mit ihm besprechen. Der Termin steht schon seit Wochen.«

»Eine Skulptur?«

»Ja, so was Gemischtes. Was ist denn mit dem Wochenende? Oder Freitag?«

»Ich muss in den Wochenplan gucken, aber ich glaube, Freitag habe ich auch frei.«

»Du hast aber viel frei zur Zeit, oder?«

»Ja, voll nervig.« Ich hole meinen Laptop vom Schreibtisch und öffne meine E-Mails. »Ich muss sowieso mal mit der Produktion reden. Nicht, dass sie mich noch aus Versehen rausschreiben.«

»Vielleicht droht dir ein tragisches Schicksal.«

»Das sowieso.«

»Warum?«

»Na ja. Früher oder später droht eben jedem in dieser Serie ein tragisches Schicksal.«

—

Der Tag: diesig. Einer von der Sorte, an denen man der Sonne nicht einmal den Hauch einer Chance ausrechnet. In der U-Bahn träge und müde Gesichter. Dazwischen wir, mit dem festen Vorhaben, heute eine gute Zeit miteinander zu verbringen.

Paul hält sich an einer Schlaufe fest, ich lehne an dem Kunststoffglas, das den Rücken der Sitzbank verlängert. Es ist stickig, ich kann den Schweiß riechen, der sich aufstaut unter Daunenjacken, unter Kunstpelzmänteln, Fleecekapuzen. Die Menschen starren auf den Boden des Waggons, der mit schlammigen Fußabdrücken bedeckt ist, oder auf die Zeitung ihres Nachbarn oder durch die zerkratzten Scheiben hindurch in die vorbeirasende Dunkelheit.

Ich beobachte Paul, wie er wieder und wieder unruhig den Kopf wendet. Sein Hals wirkt umzingelt von diesem grellroten Schal, den ich ihm immer auszureden versuche. Ich beobachte Paul und dabei wird es mir ganz warm in meiner Magengrube. Ich beobachte ihn und bin so versunken in seine Mimik, die mir vertrauter nicht sein könnte, in seine Bewegungen.

»Bist du wirklich sicher, dass wir richtig sind?«

»Was sagst du?«

»Du hast doch gesagt, du hast den Plan.«

»Ja, ja. Ach Scheiße. Wo sind wir denn? Mist.«

An der nächsten Station steigen wir aus und warten auf dem gegenüberliegenden Bahnsteig auf die nächste Bahn zurück. Paul grummelt vor sich hin.

Wir steigen am S-Bahnhof Blankenese aus. Das Treppengebiet, das als Ausflugsziel schon seit einer Weile auf meiner To-do-Liste steht, soll nicht weit von hier sein. Es schneit ganz leicht, die Luft schimmert hellsilbern.

Paul lässt sich ein paar Schritte zurückfallen.

»Alles in Ordnung?«

»Ja. Sag mal, drehst du nächste Woche jeden Tag?«

»Ich glaub schon.«

»Ah, okay.«

»Wieso?«

»Nur so.«

Ich lächle, warte, bis er aufgeholt hat, und nehme seine behandschuhte Hand in meine behandschuhte Hand. »Ende nächster Woche haben wir mal wieder so eine komische Außenlocation auf dem Drehplan. Prinzessinnen in der Pampa.«

»Fancy«, sagt Paul.

»Superfancyawesome«, gebe ich lachend zurück.

In Blankenese sticht mir die Gepflegtheit der Straßen ins Auge, der Starbucks, untergebracht in einem dunklen, kubischen Neubau, die Damen in ihren feinen Mänteln und die Jugendlichen, offensichtlich alle aus gutem Hause stammend.

Wir gehen die Straße runter, an Boutiquen und Blumenläden und Bankfilialen vorbei. Gehen, bis es nicht mehr geradeaus geht, biegen rechts in die Straße ein, wo ein Schild das Treppengebiet ankündigt. Schon von hier können wir die Elbe erblicken. Ich drücke Pauls Hand. Es fühlt sich beinahe an, als würden wir einen Ausflug in eine fremde Stadt unternehmen.

Die ersten Treppen hüpfe ich geradezu hinunter. Die Häuser schmiegen sich eng aneinander, viele mit Reed bedeckt und winzigen Fenstern, mit hübschen, aber jetzt winterlich kargen Vorgärten. Andere haben teuer aussehende Eingangstüren aus Holz, an einem Hang steht ein moderner, gläserner Bau, von einem Haus stehen nur noch die Grundmauern und ein Mann schaufelt ganz alleine etwas Schutt in seine Schubkarre.

»Das ist so hübsch«, sage ich. »Guck mal, dieser Aufgang hier.«

Paul nickt. Mit diesem leicht versonnenen Blick, den ich an ihm so gerne mag.

»Erinnert mich auch ein bisschen an die Schweiz«, sage ich. »Oder so. An irgendetwas erinnert es mich jedenfalls total.«

Es dauert nicht lange und wir sind unten angekommen, vor uns das Wasser. Schollenverkrustet. Eine graue, trübe Landschaft. Am anderen Ufer die Kräne und Container, links davon das Airbus-Gelände. Wir spazieren noch etwas weiter Richtung Innenstadt. Ich habe so eine Freude an der frischen Luft, sogar an der Kälte, die meine Knie müde macht, dass es fast schon albern ist.

Wir reden und reden, und es fühlt sich an, als hätten wir das lange nicht derart intensiv getan. Einfach miteinander zu sein und sich auszutauschen. Nur selten kommt uns ein Jogger entgegen, es gibt kaum Einkehrmöglichkeiten auf der Strecke, und so ist da nur das Wasser neben uns und der Spazierweg und oben, hinter den Bäumen, die Elbchaussee. Als wir am Fähranlegesteg Teufelsbrück ankommen, fühle ich mich durchgepustet und rosig und Paul näher, als es in den letzten Monaten überhaupt mal der Fall gewesen ist.

Ich kann nicht fassen, dass ich in all der Zeit, die ich schon in Hamburg wohne, kein einziges Mal mit der Fähre gefahren bin. Ich bin aufgeregt wie ein kleines Kind. An Bord suchen wir uns Plätze am hinteren Ende und ich schaue zu, wie die Fähre sich vom Anleger entfernt und in einer scharfen Kurve auf die Elbe hinausfährt. Unter uns in Bewegung geratenes Wasser, von einem majestätischen Frachter verursacht, das uns sogleich in eine Schieflage bringt und mich begeistert Pauls Hand ergreifen lässt.

»Mit dir ist es lustig, Paul.«

»Was meinst du, lustig?«

»Lustig eben. Ich hab noch nie so viel Spaß gehabt mit einem Mann. Ich hab unheimlich viel Spaß mit dir.«

»Ich hab auch Spaß mit dir, Nora.«

»Wusstest du, dass ich schon aufgegeben hatte, bevor wir uns kennengelernt haben?«

»Was aufgegeben?«

»Einen Mann wie dich kennenzulernen.«

»Aber als wir uns kennengelernt haben, warst du gerade mal zwanzig.«

»Ich hatte eben schon immer einen Hang zum Melodramatischen.«

»Manchmal schau ich dich an und kann mein Glück kaum fassen.«

»Echt?«

»Klar echt.«

»Du spinnst.«

»Du bist die Frau, mit der ich immer zusammen sein wollte.«

»Echt? Immer schon?«

»Ja. Also fast. Seit ich viereinhalb war.«

»Du spinnst. Weißt du, worauf ich jetzt Lust habe, Paul? Auf ein Leberwurstbrot.«

»Oder auf Wokgemüse.«

»Hä, nee, das ist ja voll was anderes.«

»Oder auf Döner!«

»Du hast immer Lust auf Döner, Paul.«

»Stimmt.«

»Klar stimmt's. Ich kenne dich ja auch in- und auswendig.«

»Meinst du?«

»Klar. Ich weiß das. Du weißt es vielleicht nicht, aber ich weiß das.«

»Du spinnst.«

»Hey, wir müssen hier raus!«

Wir kommen zu spät. Paul läuft leichtfüßig über die Rampe und hüpft auf das Festland. Als ich ihm gerade folgen will, werde ich von der einfahrenden Rampe hochgehoben.

»Jetzt spring schon!«, ruft Paul.

»Oh Gott!«, rufe ich, die Rampe bewegt sich schon vom Ufer weg, und ich springe und ich lande hysterisch lachend vor Schock neben Paul auf dem Steinboden. Jemand brüllt uns etwas von der sich bereits entfernenden Fähre hinterher.

»Mein Herz!«, sage ich und fasse mir an die Brust. »Alter!«

Als ich mich wieder etwas beruhigt habe, gehen wir Richtung S-Bahnhof Altona.

»Frierst du?«, sagt Paul.

»Ein bisschen.«

»Willst du meine Jacke haben?«

»Nein, passt schon, die zwei Minuten.«

In der Goldenen Gans bestelle ich einen Kakao mit Schlagsahne und Paul eine Johannisbeerschorle. Das Restaurant ist fast komplett leer. Lediglich zwei Tische weiter sitzen eine Frau und ein Mann bei Tee und Weißwein. Schweigend ins Gespräch vertieft, denke ich.

Unsere Getränke kommen. Ich drücke meine noch immer klammen Finger gegen das Porzellan. Paul schaut aus dem Fenster. Hinaus auf die sich verdunkelnde Straße, auf die Gestalten mit ihren hochgeschlagenen Mantelkragen, auf das Glimmen der ersten Weihnachtslichter. Das Murmeln am Nebentisch schwillt an. Ein »Du musst doch nur ›Ja‹ sagen! Einmal ›Ja‹ sagen und alles ändert sich! Verdammt!« fällt heraus und kullert zu uns herüber. Ich schaue zur Seite. Der Mann ist halb aufgesprungen, stützt sich mit den Handflächen auf der Tischplatte ab. Die Frau hält den Kopf gesenkt und die Hände im Schoß gefaltet, aber da ist nichts Unterwürfiges an ihr.

Ich kann nicht anders, als hinzuhören, nach Stichworten zu suchen, die mich auf eine Fährte bringen könnten. Aber ich höre nur einzelne Satzfetzen.

»… der dich anfassen darf … der dich streicheln darf … der alles mit dir machen darf … der für dich da sein darf.«

Die Frau murmelt etwas, ich kann sie nicht verstehen, es frustriert mich.

»Willst du ihm denn eine reale Chance geben?«, sagt der Mann, jetzt wieder laut genug. Er hat sich wieder hingesetzt. »Willst du ihm die geben?«

Die Frau antwortet zu leise.

Der Mann wieder: »Wenn du jetzt sagst ›Ich will‹, wenn du jetzt sagst … Willst du denn eine Zukunft?«

Willst du denn eine Zukunft?, wiederhole ich in Gedanken. Was für ein dummer Satz. Ich schnappe die Wörter »Heiratsantrag«, »ins Bett gehen« und »Probejahr« auf und ein bestimmtes »Da stehe ich zu!«.

»Das musst du mir nicht umdrehen, das bist du und nicht ich«, sagt der Mann. Und dann sagt er: »Ich hätte mich nicht getraut, da was zu sagen.«

Eine Affäre, mutmaße ich. Eine langfristige. Vielleicht geht es um ihren Mann. Und er sagt, dass, wenn sie jetzt sage, dass sie sich für ihn entscheide, alles gut werde. Am Anfang dachte ich noch, es sei ein Paar, das sich trennt. Aber jetzt hält er sie am Arm und sie reden miteinander, als ob es Hoffnung gäbe.

Ich denke: Als ob es Hoffnung gäbe.

Er ist bestimmt Mitte, Ende vierzig. Sie vielleicht Anfang. Beide sind fein gekleidet. Keiner von beiden sieht aus, als hätte er Kinder. Aber was maße ich mir schon an.

Ich schaue zu Paul. Er studiert konzentriert die Speisekarte.

Jetzt sagt der Mann sehr laut: »Ja! Dann sag ›Nein‹!«, und ich denke, den Satz, den muss ich mir merken.

»Willst du was essen?«, fragt Paul.

»Was Kleines vielleicht«, sage ich. »Oder nein, was Großes. Ich habe einen Mordshunger.«

Die Kellnerinnen decken die Tische für den Abend ein. Nur unsere Ecke wird ausgespart. Unsere, und die des Paares. Wir bestellen Königsberger Klopse.

Paul und ich liegen in meinem Bett. In meinem Bett, das so weich ist, wie nichts anderes weich sein kann, in das man hineinsinkt, zwischen die Laken, die plusterigen Federdecken, die Kopfkissen. Mein Bett, das sich an unsere Körper schmiegt, so wie wir uns aneinanderschmiegen. Mein Bett, das in der milden Dunkelheit des Zimmers liegt, auf dem hellen Holzboden steht, unter der gräulich-weißen Stuckdecke.

Pauls Haut schimmert golden, ist transparent und überall von feinen blonden Härchen überzogen. Sein Atem geht ruhig, ich spüre ihn an meinen Handgelenken, an meinem Schlüsselbein.

Ich liebe dich, denke ich. Ich liebe die Art, wie deine Mundwinkel nach unten rutschen, wenn du dich entspannst. Ich liebe deine Hände, deine Leisten, deine Nase, deine Zähne. Und dein rechtes Ohr lieber als das linke. Ich liebe dich. Dein Innerstes.

Deine Intelligenz, deine Schlagfertigkeit, deinen Optimismus. Deine Zweifel, deine Stimmungsschwankungen. Ich liebe dich selbst dann, wenn du kaum Zeit für mich hast oder vergisst, dein schmutziges Geschirr abzuwaschen. Ich liebe deine hässlichen T-Shirts mit den Pseudosprüchen und wie viel du fluchst, wenn du Fußball guckst.

Paul zuckt. Seine Schulter stößt gegen meinen Brustkorb. Ich schließe die Augen halb und rolle mich näher an ihn ran, noch näher, sodass jetzt kaum noch ein Spalt zwischen uns ist. Paul murmelt etwas. Murmelt meinen Namen, murmelt »Was machst du?«, bewegt sich, küsst mich auf die Schulter, schlingt seine Arme um meine Hüften.

Und ich denke: Das ist es, Nora. Alles, was du immer wolltest.

Als ich das nächste Mal aufwache, ist es stockduster. Nur der Herzschlag des MacBooks blinkt in regelmäßigen Abständen auf. Mein Rücken ist nass, ich habe Durst, ich schlage die Decke zurück und rutsche ein Stück hoch. Ich sollte das Fenster öffnen. Wasser holen. Mir was anderes anziehen. Stattdessen lasse ich meine Hand neben mich gleiten, über Pauls Bauch, runter zu seiner Leiste, über seinen Po. Ich streiche mit den Fingerspitzen seinen Rücken hoch, umfasse seinen Nacken, übe sanft Druck aus.

Ich spüre eine Hand auf meinem Schenkel. Ich schließe die Augen. Ich atme etwas tiefer. Mein Körper ist mir unheimlich präsent. Der Schweiß, die Schwere. Die Hand wandert meinen Schenkel hinauf, bleibt auf meinem Schambein ruhen, übt ebenfalls Druck aus. Ich sinke. Sinke tiefer in mein Bett, das so weich ist, wie nichts anderes weich sein kann.

Es fühlt sich anders an. Die ganze Zeit über schweigen wir, nur unser Atmen und das Reiben unserer Körper durchbricht die Stille. Es fühlt sich anders an, weil die Konzentration eine andere ist, die Reduzierung des Moments eine andere. Es fühlt sich anders an, weil sich die Vertrautheit mit einer seltsamen Fremdheit vermischt, einer Fremdheit, die durch das Entfernen entstanden ist, durch den Abstand, durch die wenigen einander gewidmeten Nächte, durch all das, was wichtiger war in den letzten Wochen. Aber in diesem Moment ist es eine Fremdheit, die mir gefällt. Die meinem Körper gefällt. Und danach bin ich erschöpft wie lange nicht mehr. Und befriedigt. Und erfüllt. Und glücklich.

—

Am Sonntag sind wir wieder bei Pauls Eltern. Außer uns und Pauls Schwester Karoline, die für das Wochenende in Hamburg ist, ist noch ein befreundetes Paar zum Essen gekommen. Beide sind so Mitte vierzig, arbeiten als Architekten und beide sind unfassbar gut angezogen. Der Mann heißt Lothar, die Frau hat einen komplizierten Namen, den ich schon vergessen habe, während sie ihn ausspricht.

»Und du, Nora? Was machst du eigentlich? Studierst du auch?«, sagt die Frau von Lothar, als wir mit dem Hauptgang schon fast fertig sind.

»Nein.« Ich lache etwas und schiebe die Gabel auf dem Teller zurecht. »Ich arbeite für eine Serie.«

»Ah.« Die Frau von Lothar sieht verwirrt aus. »In welchem Bereich? Also …«

»Als Darstellerin. Ich spiele.«

Ich wünsche mir gerade sehr, sagen zu können: Ich studiere Physik. Mit einem Schwerpunkt, der so kompliziert klingt, dass ich ihn kaum aussprechen kann. Oder wenigstens: Ich mache ein Praktikum in einem Unternehmen, das nachhaltige Produkte herstellt. Oder: Ich mache eine Schusterlehre.

»Ah.«

»Ja.«

»Und das ist …«

»Die heißt ›Das Gutshaus‹, die Serie.« Ich winke ab. »Muss man nicht kennen.«

»Nora kriegt jede Woche Fanpost von süßen, alten Damen«, schaltet sich Paul ein.

»Dazu muss man wissen, dass es in der Serie um eine Adelsfamilie geht. Und unzählige hochdramatische royale Affären.«

Lothar und seine Frau nicken interessiert. Theodor kommt mit dem Nachtisch.

»Wie bist du denn eigentlich dazu gekommen, da mitzuspielen?«, fragt Karoline.

»Durch ein Casting«, sage ich. »Durch meine Agentur. In Berlin.«

Theodor verteilt die Panna cotta auf kleine Emaille-Schalen und reicht sie herum.

»Wolltest du das schon immer machen?«, fragt Karoline weiter. Die anderen sind abgelenkt von der Panna cotta.

»Nee, nicht direkt. Aber seit ich in der Schule in der Theater-AG war, war das schon immer irgendwie ein Wunsch.«

»Und wie bist du dann da reingekommen?« Karoline grinst. »Ich stell voll viele Fragen, sorry.«

»Karoline wollte auch ganz lange Schauspielerin werden, wusstest du das?«, sagt Marlies.

»Mama …«, sagt Karoline.

»Was denn?«, sagt Marlies.

»Nee. Echt? Das hast du mir ja noch nie erzählt. Und was ist draus geworden?«

»Ach, ich weiß nicht«, sagt Karoline. »So sicher wusste ich das auch nicht. Biologie hat mich auch interessiert. Und ich hab mich irgendwie nicht getraut. Ist ja schon auch unsicher. Ich glaube, ich bin mehr so der Sicherheitstyp.«

Ich schiebe mir einen Löffel Panna cotta in den Mund.

»Aber es ist ja auch noch nicht zu spät, es doch noch mal zu probieren, wenn du Lust hast.«

»Ja«, sagt Karoline. »Hm. Aber sag noch mal, wie bist du da reingekommen, wie hat das angefangen?«

»Keine Ahnung. Ich glaube … Einmal, als ich noch zu Hause in Frankfurt gelebt habe, während des Abiturs, habe ich im Internet einen Casting-Aufruf gefunden, der nicht schlecht klang, und habe mich da beworben, mit einem Video. Und dann wurde ich wirklich eingeladen, ich habe mein Taschengeld in ein Zugticket gesteckt und bin nach Berlin gefahren. Das Casting war eine absolute Katastrophe, aber danach habe ich mich entschieden, nach der Schule nach Berlin zu gehen und es zu versuchen, so all-in-mäßig.«

Die Aufmerksamkeit der anderen richtet sich nun wieder auf unser Gespräch.

»Wieso war das Casting denn eine Katastrophe?«, fragt Karoline.

»Ich musste singen«, sage ich. »Und ich kann nicht singen.«

»Oh«, sagt Karoline und schmunzelt mitleidig.

»Das war echt richtig schlimm.«

»Oh oh«, sagt Karoline. »Aber warum hast du es dann gemacht? Also, wenn du da schon der Meinung warst, dass du nicht singen kannst?«

»Keine Ahnung. Chance ist Chance. Oder halt auch nicht, aber ich dachte damals, glaube ich, einfach, dass es gut ist, irgendwo anzufangen. Und mir war auch nicht klar, dass man wirklich gut singen muss, ich dachte, es geht mehr um den Ausdruck oder so. Das war echt peinlich. Die Wände zum Warteraum waren so saudünn, dass man alles, wirklich alles hören konnte. Irgendwann wurde ich reingerufen und bin schon fast im Boden versunken bei der Vorstellung, dass die anderen Bewerber mich gleich auch hören werden. Aber ich konnte ja auch schlecht umkehren. Also bin ich rein und habe angefangen zu singen, und nach der ersten Strophe haben die drei Männer vor mir angefangen zu lachen, und ich habe abgebrochen und gefragt, was los sei, obwohl ich das natürlich schon wusste, und ich war irgendwie sauer, aber gleichzeitig war es mir auch egal, es war eine ganz komische Mischung.

Der eine Mann hat vor sich hin geprustet und gesagt, dass es nicht an mir liege und dass ich weitermachen solle, und dann habe ich den kompletten Songtext vergessen und … ach, es war einfach schrecklich.«

Karoline guckt mich mit großen Augen an. Paul hält sich die Hand vor den Mund. Er gähnt gequält.

»Als ich rauskam, saßen da ein paar Leute in meinem Alter. Ein Junge mit Gitarre hat mich gefragt, wie es ankam, und ich habe es ihm gesagt, und er meinte dann ganz nett und ernsthaft: ›Ja, ich glaube, man muss einfach wirklich singen können.‹«

»Oh Gott!«, ruft Karoline.

»Und dann bin ich in den Zug nach Frankfurt gestiegen und habe am nächsten Tag meine Abi-Prüfung geschrieben.«

»Ich hätte nie wieder einen Fuß in ein Casting gesetzt!«

»Es konnte ja nur noch besser werden!«

»Und deine Eltern?«

»Wie sie das fanden, meinst du?«

Mama und Papa haben mich prinzipiell immer dazu ermuntert, das zu tun, was ich wirklich wollte. Aber als das Rollenangebot für »Das Gutshaus« kam, ist auch keiner von beiden in Begeisterungsschreie ausgebrochen. Mama mit ihrer vorzeitig beendeten Musikerkarriere im Rücken ist meinem Traum gegenüber bis heute ziemlich skeptisch.

»Hm. Die würden, glaube ich, schon lieber sehen, dass ich erst mal studiere, statt in einer Vorabendserie rumzuhüpfen«, sage ich. Ich grinse und schiebe mir einen Löffel Nachtisch in den Mund. »Boah, die Panna cotta ist der Hammer, Theodor!«

ZU DEN SCHÖNSTEN SACHEN, die Hamburg zu bieten hat, zählen die späten Abendstunden an der Alster. Wenn das Licht sich auf der Wasseroberfläche bricht und sich in den Bäumen verfängt – das ist so schön, dass mir jedes Mal das Herz wehtut. Fast noch schöner aber, oder mindestens genauso schön, ist der Einbruch der Dämmerung am Hafen, das Zeitfenster, wenn ein farbenprächtiger Himmel gegen das Funkeln der in Dunkelheit getauchten Kräne eingetauscht wird. Jetzt im Winter, wenn die Schollen auf dem Wasser treiben, sieht das besonders toll aus.

Ich sitze im Oberstübchen, meinem Lieblingsrestaurant. Das Spektakel lässt sich von hier aus am allerschönsten betrachten. Vor mir stehen eine dampfende Schüssel Pastinakensuppe und ein Glas Wein. Bombenkombi.

Wenn ich in der Nähe bin, komme ich oft hierher. Zum Rausschauen, zum Zeitunglesen, zum Alleinsein. Aber auch mit Paul war ich schon ein paarmal hier essen.

Ich schaue also der Dämmerung zu und denke, dass Hamburgs Zauber mich vielleicht manchmal mit so unmittelbarer, unvorhersehbarer Wucht erwischt, weil mir die Stadt – trotz der Zeit, die ich schon hier bin – stets etwas fremd bleibt. Es ist, als ob wir uns nicht richtig zu greifen bekommen, diese Stadt und ich. Auch wenn ich mich in ihr aufgehoben fühle, auch wenn mir ihre Straßen und Plätze vertraut sind, auch wenn sie mich umarmt und schöne Zeiten mit mir teilt. Hamburg ist wie eine Affäre, von der ich weiß, dass sie nur ein begrenztes Haltbarkeitsdatum hat, und die es deshalb so gut und intensiv wie möglich auszukosten gilt.

Als ich nach Hause komme, steht Emily mit gepackter Tasche im Flur und sucht ihren Schlüssel.

»Gehst du zum Sport?«

»Nee ...«

»Komm, ich helfe dir suchen.«

»Ich dachte, ich hab ihn ... irgendwo ...«

Emily kaut auf ihrer Unterlippe herum. Sie ist hübsch zurechtgemacht, die Haare trägt sie aufwendig zurückgesteckt und um ihre Augen glänzt ein grünlich-bronzener Schimmer.

»Wo willst du denn hin?«

Ich suche die verschiedenen Jackentaschen ab.

»Ich ... Kann es sein, dass ich ihn in der Garderobe liegen gelassen habe? Seltsam. Mann, es ist immer das Gleiche ...«

Aus der Tasche von Emilys schwarzer Lederjacke ziehe ich ihren Schlüsselbund mit dem Comicanhänger hervor.

»Der hier?«

»Oh! Du hast ihn! Gott sei Dank. Ich habe Patrick schon vor zwanzig Minuten gesagt, dass ich gleich beim Obststand bin.«

»Patrick?«

»Ja«, sagt Emily und stopft den Schlüssel zwischen einen Schal und ihre Waschtasche. »Wir fahren ein paar Tage ans Meer.«

»Mit Patrick?«, wiederhole ich unnötigerweise.

»Ja, Nora«, sagt Emily. »Mit Patrick. Willst du mir jetzt eine Standpauke halten?«

»Ich bin nur überrascht. Ich dachte ... Warum hast du mir denn nicht erzählt, dass es wieder angefangen hat? Dachtest du, ich würde das doof finden, oder wie?«

»Ich ... nein, ich habe nicht gedacht, dass du doof reagieren würdest.«

Sie atmet tief ein und aus.

»Ich weiß selbst nicht, wie ich es finden soll. Ich war ja auch eigentlich froh, dass es vorbei war, dass es eine klare Entscheidung gab. Ich ... keine Ahnung, es sind nur ein paar Tage.«

»Und seine Familie?«

»Ist nicht da. Bei ihren Eltern.«

»Vielleicht ist es ja auch gar nicht so schlecht, wenn ihr noch mal ein bisschen Zeit für euch habt.«

»Weißt du: Ich fühle mich wie ein kleines, unreflektiertes Mädchen, das dem Begehrtwerden nicht widerstehen kann.«

»Blödsinn.«

»Doch, doch, ein bisschen ist da schon was dran, glaube ich.«

Ich drücke ihr einen Kuss ins Haar.

»Komm, du bist spät dran.«

Nachdem Emily gegangen ist, lege ich mich auf das Sofa und rufe Paul an, um ihn zu fragen, ob er den Abend bei mir verbringen möchte. Eine Stunde später ist er bei mir.

»Was ist denn mit Emily?«, fragt Paul.

»Die ist weggefahren. Mit Patrick.«

Paul guckt erstaunt. »Ich dachte ...«

»Dachte ich auch«, sage ich.

»Oh je.«

»Na ja.«

Ich mache Tee. Wir lümmeln uns zusammen aufs Sofa.

»Schon interessant eigentlich, dass man mit einem abgeschlossenen Politikstudium mehrere Jahre als Seriendarstellerin arbeiten kann«, sagt Paul.

»Wie kommst du denn jetzt da drauf?«

»Habe ich einfach grad drüber nachdenken müssen.«

»Aha. Und wieso? Heißt ja nicht, dass man nichts im Kopf haben kann, wenn man sein Geld mit leichter Unterhaltung verdient.«

»Sag ich ja auch nicht. Mich wundert es nur, dass ihr da nicht früher oder später die Decke auf den Kopf fällt.«

»Und bei mir wundert es dich nicht?«

»Na ja, erstens bist du ja nicht so lange dabei wie Emily und zweitens weiß ich von dir, dass du darin jetzt nicht unbedingt deine Bestimmung siehst.«

»Und ich habe kein abgeschlossenes Politikstudium.«

»Mann, du musst doch nicht wieder alles gleich auf dich beziehen.«

»Ich glaube, Emily findet es zur Zeit einfach gemütlich, einen festen Job zu haben, der relativ entspannt ist und ihr Spaß macht.«

»Ja, das verstehe ich ja auch.«

»Außerdem kann es doch durchaus sein, dass sie sich auf lange Sicht für eine Laufbahn entscheidet, die wieder mehr auf das Inhaltliche ausgelegt ist.«

»Weißt du, wie sie überhaupt dazu gekommen ist?«

»Sie macht das, seit sie drei Jahre alt ist oder so.«

»Drehen?«

Ich nicke.

»Krass«, sagt Paul. »Hat die ehrgeizige Eltern oder was?«

»Keine Ahnung, ich glaube, die Mutter war schon ein bisschen so drauf.«

»Ich bin froh, dass meine Eltern mich nie in irgendetwas gesehen haben und sich daran dann festgebissen haben. Stell dir vor, du verbringst deine komplette Jugend auf dem Tennisplatz. Ätzend.«

»Ich dachte, du findest es schade, dass deine Eltern nicht strenger mit dir waren, als du in einem Anfall pubertärer Trotzigkeit beschlossen hast, mit dem Trompetespielen aufzuhören.«

»Aber das ist nicht ganz das Gleiche, oder?«

»Wahrscheinlich nicht, nein.«

»Verdammt, ist das gemütlich«, sage ich und strample vor lauter Überspannung mit den Beinen. »Ich raste aus!«

Paul balanciert ein Tablett mit zwei Tiefkühlpizzen und einem Krug frisch gepresstem Saft ins Bett.

»Achtung, wackelig.« Er stellt das Tablett neben mich auf die

Matratze und richtet sich vorsichtig auf der anderen Seite des Bettes ein. »Was gucken wir?«

»›Game of Thrones‹, oder?«

»Echt jetzt? Wollen wir nicht zur Abwechslung einen Film gucken? Die Spinatpizza ist leider nicht ganz knusprig geworden.«

»Macht nichts.« Ich nehme mir ein Stück und schiebe mir das weiche Ende zwischen die Zähne, zucke aber sofort zurück. »Heiß!«, sage ich.

»Was hältst du davon, wenn wir einen alten Woody Allen gucken?«

»Oder ›Vertigo‹. Ich habe immer noch nicht ›Vertigo‹ gesehen.«

»Ich aber. Wir können was anderes von Hitchcock gucken, wenn du willst.«

»Oder wir gucken doch ›Game of Thrones‹.«

»Seit wann willst du eigentlich immer nur Serien gucken?«

»Seit ein paar Monaten. Aber seit wann willst du denn nicht mehr ›Game of Thrones‹ weitergucken? Am Anfang warst du doch auch voll drin.«

»Will ich ja, aber nicht die ganze Zeit.«

»Ah.«

»Oder wir gucken die Verfilmung von *Der Große Gatsby*?«

»Haben wir das zusammen gesehen?«

»Was?«

»Die Inszenierung am Schauspielhaus? Das mit der riesigen Torte?«

»Natürlich haben wir das zusammen gesehen, deswegen sag ich's ja.«

»Wann war das noch mal?«

»Letzten Winter. Also. Kann ich dich jetzt zu was anderem überreden?«

»Wir könnten ja auch eine andere Serie anfangen!«

Paul lässt sein Stück Pizza wieder aufs Tablett fallen und guckt mich mit weit aufgerissenen Augen an.

»Das war ein Scherz, Paul«, sage ich. »Kein besonders guter, aber es war einer.«

—

In der Galerie, in der Paul jobbt, findet eine Ausstellungseröffnung statt. Es läuft ruhige elektronische Musik, es gibt Wein und Wasser, Paul und zwei andere Mädchen in weißen Blusen reichen Häppchen. Ich habe Gustav mit dabei. Jedes Mal, wenn ich mich mit ihm treffe, versichert sich Paul bei mir, ob er auch wirklich schwul ist.

Die ausgestellten Fotografien zeigen Naturabbildungen mit inszenierten Momenten darin – eine Puppe zwischen Ästen in einem nächtlichen Wald, ein bräunlich-roter Fleck in einer paradiesischen Strandkulisse –, und Gustav und ich wissen beide nicht so recht, was wir davon halten sollen. Es gibt auch ein paar kleinere, abstrakte Collagen, sie gefallen mir deutlich besser. Sie sind bunter und etwas verspielt. Gustav rümpft die Nase, er findet sie »verzuckert«.

»Weißt du«, sage ich, »ich kenne niemanden, der seinem eigenen Geschmack so sehr misstraut, wie ich.«

Wir schauen uns alles an und dann stehen ein bisschen blöd in der Gegend rum und nippen an unseren Gläsern. Ich frage mich, wer sich ausgedacht hat, dass Vernissagen immer so ablaufen müssen. Ich kann mich nie ganz einer Empfindung von Wichtigtuerei erwehren. Immer wird fleißig gesmalltalked, superrelevant in der Gegend rumgestiert und arrogant aneinander vorbeigeguckt. So etwas wie Spaß scheint mir aber nie jemand zu haben. Wenn es nach mir ginge, könnte alberne, aber tanzbare Musik aufgelegt werden, und wer keine Lust darauf hat, kann ja immer noch in der Ecke stehen. Bei Theaterpremierenfeiern, Bergfesten oder Freiwillige-Feuerwehr-Bällen kriegen sie es doch auch hin.

Gustav erzählt von seinem letzten Praktikum, das er im Rahmen seiner Journalisten-Ausbildung an der Henri-Nannen-Schule absolvieren musste. Es war wohl ziemlich zermürbend. Gustav und ich haben uns vor einem Jahr über eine gemeinsame Bekannte aus Berlin kennengelernt und angefreundet.

Gustav lebt mit seinem Freund zusammen in der Nähe von der Osterstraße. Der Freund ist Brasilianer und Grafiker in einer Werbeagentur in der Hafencity. Einmal war ich mit Gustav zusammen bei ihm im Büro, weil Gustav ihm ein Ladegerät vorbeibringen sollte und Gustav und ich in der Nähe essen gehen wollten. Gustavs Freund sitzt oft bis Mitternacht an irgendwelchen Kampagnen. Ich weiß noch, wie ich damals dachte, dass mein Job zwar mindestens genauso wenig gesellschaftlich relevant ist, ich aber wenigstens pünktlich Feierabend machen kann beziehungsweise für eventuell angefallene Überstunden auch bezahlt werde, was, rein egoistisch gesehen, und vielleicht sogar politisch, irgendwie korrekter ist.

»Und? Alles cool bei euch?«, fragt Paul und hält uns ein Tablett mit in Chicorée-Blättern serviertem Hummus und Oliventapenade unter die Nase.

»Ich weiß nicht, ob wir so ewig bleiben«, sage ich. »Vielleicht gehen wir noch in eine Bar irgendwo.«

»Okay.«

»Kommst du dann auch?«

»Puh …«, sagt Paul. »Keine Ahnung, wie lange das hier noch geht.«

»Na ja, ich kann dir ja schreiben, wo wir sind.«

»Okay.«

»Wann kann ich denn mal zu einer Ausstellung von dir kommen?«, sagt Gustav.

»Ach …«, sagt Paul und wiegt den Kopf. »Dafür müsste ich erst mal ein paar Arbeiten zusammenbekommen und ehrlich gesagt … Ob diese Welt hier überhaupt etwas für mich ist …«

»Warst du nicht dabei, als Paul letzten Februar seine Videoarbeiten gezeigt hat? Die waren toll!«

Gustav schüttelt den Kopf. »Nicht, dass ich wüsste.«

»Es waren sogar mehrere Galeristen interessiert.«

Noch während ich es ausspreche, ahne ich, dass Paul mir später vorwerfen wird, was er mir oft vorwirft: Dass ich es lieber hätte, wenn er ehrgeiziger mit seiner Kunst wäre, dass ich mir einen erfolgreichen Partner wünsche, dass ich mich an Oberflächlichkeiten aufhalte. Ich argumentiere dann, dass ich es eben schade finde, wenn sein Talent im Sand versickert, und am Ende streiten wir uns über Sinn und Zweck der Kunst.

Ich gebe ja zu, dass ich in mancher Hinsicht ehrgeiziger bin, als es mir selbst lieb ist, aber Paul kann derart unehrgeizig sein, dass es mir manchmal schwerfällt zu verstehen, was er überhaupt will – mit seinem Studium und seinem Leben.

Glücklich sein, Freunde haben, eine Familie gründen, sagt Paul dann, und daran sollte es natürlich rein gar nichts auszusetzen geben.

Einmal hat Paul mir vorgeworfen, dass es mir wahrscheinlich am liebsten wäre, wenn er sein Medizinstudium nie abgebrochen hätte und ich mich sicher an der Seite eines in naher Zukunft sehr erfolgreichen Chirurgen wähnen könnte.

Mich hat selten ein Satz von ihm derart getroffen. Es war schlichtweg nicht wahr. Und das wusste und weiß Paul sehr genau. Als Künstler bewundere ich Paul, und ich finde durchaus, dass er mehr aus sich machen könnte.

Gustav und ich gehen ins Le Lyon. Das ist nicht weit weg von der Galerie und sehr nobel. Wir haben Lust, irgendetwas Dekadentes zu machen. Ich klopfe an die Tür. Am Eingang werden uns unsere Mäntel abgenommen. Drinnen setzen wir uns an die Bar, ich bestelle einen Gin-Basil-Smash und Gustav lässt sich etwas mit Maracuja und Sekt mixen.

»Diese zwei Männer«, sagt der Barmann und beugt sich zu

uns über den Tresen. »Die sitzen an einem Platz, der für vier reserviert ist.« Er nickt mir zu. »Was glaubst du? Ich wette eine Runde Champagner darauf, dass sie auf zwei Männer warten.«

Ich folge seinem Blick zu der Ecke, in der zwei alt gekleidete Typen mit Jungengesichtern an ihren Cocktails nippen.

»Heißt das, ich muss das Gegenteil wetten?«

Der Barmann schaut mich an und macht eine zustimmende Kopfbewegung.

»Hm«, sage ich und trinke einen Schluck von meinem Drink. »Lass mich kurz nachdenken. Zwei Männer, sagst du, ja?«

Der Barmann nickt. »Hundertpro.«

»Und wenn du recht hast?«

»Geht der Champagner natürlich auf dich.«

»Aua«, sage ich. »Na gut. Ich sage: zwei Frauen.«

»Okay.«

»Aufregend«, sage ich.

»Total«, sagt der Barmann und zwinkert mir zu.

»Oh je. Jetzt hab ich Angst.«

Während ich meinen Gin-Basil-Smash zügig austrinke und Gustav von einem Tanzstück auf Kampnagel erzählt, das ihn sehr beeindruckt hat, wandert mein Blick nun immer wieder zur Eingangstür. Ich kann mich gar nicht richtig auf das Gespräch konzentrieren. Gustav ist inzwischen bei der Sinnlosigkeit vom Wassersparzwang in Deutschland angekommen, als der Barmann ein Tablett mit drei Champagnergläsern vor uns abstellt.

»Zwei Frauen, ein Mann«, sagt er.

Ich drehe mich wieder zu der Ecke hin.

»Oh, aber um fair zu bleiben, das ist wirklich kein besonders eindeutiges Ergebnis«, sage ich.

»Aber du hattest prozentual mehr recht als ich.«

Ich lache. Wir stoßen an.

»Auf deine weibliche Intuition«, sagt Gustav spöttisch.

»Auf Dekadenz und Freundlichkeit«, sage ich.

Um drei Uhr morgens sind wir noch immer im Le Lyon. Paul meldet sich nicht.

—

In der Woche drauf ist Emily wieder da. Am Set ist es jeden Tag gleich langweilig. Samstagfrüh sitze ich in eine Wolldecke eingemummelt am Küchentisch und gucke eine Serie. Emily backt eine Käsetorte für ihr Patenkind Lukas, der morgen Geburtstag hat.

»Was guckst du da?«

»›Girls‹.«

Emily füllt die Käsemasse in eine Form auf Mürbeteigboden und schiebt das Ganze in den vorgeheizten Ofen.

»Es wird immer besser.«

»Hab's nie gesehen.«

»Du hast ›Girls‹ noch nie gesehen?«

Ich drücke auf Pause. Emily wischt sich ihre Hände an der Schürze ab und setzt sich mir gegenüber.

»Mir geht dieses Mädchen auf die Nerven.«

»Lena Dunham? Sie ist ein verdammtes Genie!«

Emily sortiert die Post auf zwei separate Stapel. »Aha. Na ja, wenn du meinst.«

»Weißt du, wie oft ich mir vorstelle, wenn ich unglücklich mit der Arbeit bin, also, weißt du, wie oft ich mir vorstelle, wir würden nicht diesen öffentlich-rechtlichen Schmalz drehen, sondern auch nur annähernd so etwas Gutes wie ›Girls‹?«

»Du verehrst diese Frau.«

»Diese Frau ist gerade mal so alt wie wir und hat schon eine Serie für fucking HBO entwickelt.«

»Ja, und?«

Emilys Gleichgültigkeit erscheint mir völlig absurd. Ich stehe auf und lasse mir ein Glas Wasser einlaufen.

»Weißt du, vielleicht ist das unsere Marktlücke. Wir sollten eine Art ›Girls‹ für den deutschsprachigen Raum entwickeln.«

»Mhm.« Emily schaut konzentriert auf unsere gemeinsamen Rechnungen. »Ist der Strompreis irgendwie hochgegangen?«

»Ich merke schon, ich werde dich bekehren müssen.«

»Ach komm, wir haben doch oft einen unterschiedlichen Geschmack, was Filme und Bücher betrifft.«

»Kann sein. Trotzdem bin ich überzeugt, dass selbst du lieber bei ›Girls‹ als bei ›Das Gutshaus‹ mitspielen würdest. Wie lange bist du jetzt bei der Serie?«

»Keine Ahnung, vier Jahre?«

»Mh. Bei mir sind es immerhin schon gut über zwei. Am Anfang hätte ich mir nicht ausmalen können, dass ich überhaupt länger als ein Jahr bleibe.«

»So ist das Leben. Es holt einen ein.«

»Oho, hört, hört.«

»Hast du den Dauerauftrag für den Internetvertrag eingerichtet oder ich?«

»Ich.«

Ich fahre mit der U-Bahn. Vor mir eine Tasche voller frischer Kräuter. Der Geruch von marokkanischer Minze, Koriander, Thai-Basilikum und Thymian verbreitet sich im Waggon.

Die U-Bahn hält, drei französische Kinder stürmen zur Tür rein, gefolgt von ihren Eltern und einem Kinderwagen. Sie sind laut und bunt gekleidet, und bei ihrem Anblick geht mir das Herz auf. Dafür, dass ich Anfang zwanzig bin, tickt meine biologische Uhr für meinen Geschmack viel zu laut. Abgesehen davon ist meine Beziehung gerade wirklich nicht in dem Zustand, um solche Gedanken zulassen zu können. Wir bekommen es jetzt gerade wieder so auf die Reihe, Normalität herzustellen. Es reicht locker, wenn ich erst in ein paar Jahren Kinder bekomme, denke ich und versuche irgendwie gegen meine Hormonausschüttungen anzuarbeiten. Draußen pastellfarbene Landungsbrücken-Winter-Idylle.

Ich steige St. Pauli aus und gehe das Stück zum Blumenladen. Paul und Marlies sitzen hinten und haben gerade Mittag gegessen.

»Wollen wir schon los?«, fragt er.

Ich nicke.

»Hier, nehmt die Rosen mit«, sagt Marlies.

»Ach Mama, echt?«, sagt Paul. »Ich meine … Rosen.«

»Für die Küche! Das ist doch hübsch!«

Bei Paul ziehe ich meine Stiefel aus und stelle sie vor die Wohnungstür. Paul legt eine Schallplatte auf. Er singt inbrünstig eine Arie mit, fläzt sich auf sein Bett und zieht seinen Laptop auf den Schoß. Ich gehe in die Küche und trinke drei Gläser Leitungswasser.

»Baby, das mit Weihnachten steht alles, oder?«, ruft Paul.

Ich stelle das Glas ab, wische mir über den Mund und gehe zurück zu ihm. Mama und Papa verbringen die Feiertage bei Papas Schwester in Irland. Sie haben mich gefragt, ob ich mitkommen will. Marlies und Theodor haben mich ebenfalls eingeladen, Weihnachten mit ihnen zu verbringen; ich habe mich entschieden, hierzubleiben.

»Ja, das steht.«

»Hm?«

»Alles cool. Bleibt, wie geplant.«

»Cool.«

Ich nicke.

»Boah, ich muss dir dieses eine Lied noch zeigen, warte, hier …«

»Paul.«

»He? Guck mal hier! Ist das nicht fett?«

Ich setze mich neben ihn. Paul spielt das Lied ab. Eine neuseeländische Elektro-Rock-Band.

»Geil, oder?«, sagt Paul.

»Ja, geil.«

Ich greife Paul ins Haar, drücke meinen Mund auf seine Stirn.

»Paul?«

»Mhm.«

»Wir kriegen das schon wieder hin, oder?«

»Hm?«

»Kannst du mir sagen, dass alles gut wird? Bitte.«

»Klar wird alles gut. Wieso soll denn nicht alles gut werden?«

Weil ich zweifle, denke ich. Weil ich dich nicht mehr anschaue und fest davon überzeugt bin, dass ich mein Leben mit dir verbringen will.

»Weiß nicht«, sage ich.

Ich fühle mich hilflos und deplatziert. Ich muss an Julia Roberts in »Notting Hill« denken. Einer meiner all-time favourites. Wenn sie diesen Satz aufsagt. *Ich bin doch nur ein Mädchen, das vor einem Jungen steht und ihn bittet, es zu lieben.* Ich kann diesen Satz im Schlaf aufsagen, seit ich neun bin. Obwohl es bei mir eher heißen müsste: Ich bin doch nur ein Mädchen, das vor einem Jungen steht und ihn bittet, ihm zu versichern, dass es ihn liebt.

»Weißt du, manchmal habe ich das Gefühl, ich bin so selbstverständlich für dich«, sage ich leise und etwas trotzig und sachte begleitet von der Ahnung, dass ich vom Eigentlichen abzulenken suche. »Als ob du gar nicht mehr daran denkst, dass ich jemand bin, den du verlieren könntest.«

»Aha«, sagt Paul. »Willst du mich verlassen?«

»Nein, Mann. Ich versuche doch gerade, etwas zu retten.«

»Aber ich soll dich so behandeln, als ob du mich jederzeit verlassen könntest. Ich soll Angst haben, dich zu verlieren. Das willst du? Ernsthaft?«

»Das habe ich falsch formuliert, tut mir leid. Natürlich will ich das nicht. Ich versuche dir nur zu erklären ... Ach, weiß auch nicht. Vielleicht ist es nichts.«

»Genau. Genau so sieht es aus: Als ob es nichts ist.«

Wie sarkastisch er sein kann. Wie unfassbar anstrengend und blöd und ignorant. Warum können wir uns nicht wie ein normales Paar streiten? Wir streiten nie wie ein normales Paar. Ich weiß gar nicht, ob wir überhaupt streiten. Ich rede auf ihn ein wie eine Besessene und er verzieht nur das Gesicht oder zickt ein bisschen rum. Wir werden selten ausfallend, wir beschimpfen uns nicht, wir werfen nicht mit Dingen um uns. Wir diskutieren uns noch nicht einmal in Grund und Boden. Sondern ich diskutiere mich selbst in Grund und Boden. Und am Ende bin ich so schlau wie vorher. Es ist zum Kotzen.

Ich möchte ihn packen und ihn anschreien. Ich möchte schluchzen und sagen: Erinnerst du dich denn nicht? Weißt du noch, wir sind immer aufs Land gefahren, und unterwegs haben wir uns an der Tanke ein Capri-Eis gekauft, und das haben wir beim Fahren gelutscht, und die Fenster waren offen, und draußen die Felder mit Kornblumen und Mohnblumen und wilden Margeriten? Weißt du noch, dieses eine Mal, du ans von der Sonne erhitzte Autoblech gelehnt, ich in kurzen Jeansshorts im Gras, und nur das Summen der Insekten, ab und an ein Flugzeug oder ein Wind, der die Autobahn zu uns herübertrug? Ich vermisse das, Paul, ich vermisse die Sommer, in denen alles klebrig war, aber süßklebrig, und in denen unsere Auseinandersetzungen nicht mehr waren als kurze aufziehende Gewitter, diese Sommer, in denen wir noch dachten, dass es sich lohnt zu streiten. Das vermisse ich. Dass wir nicht schon von vornherein resignieren, dass wir uns Zeit lassen, dem anderen zuzuhören, dass wir tatsächlich daran glauben können, dass sich etwas ändert, wenn wir nur beharrlich bleiben. Ich weiß, das ist naiv, so zu sein, und auch, sich danach zu sehnen. Aber wann waren wir das letzte Mal naiv miteinander? Sag mir das, Paul. Wann waren wir das letzte Mal neugierig aufeinander? Und wann mit ganzem Herzen ineinander?

Einmal hast du etwas zu mir gesagt, damals auf dem Land. Du hast gesagt: Versprich mir, dass du mir immer alles erzählst, und ich habe nur vage genickt, denn sicherlich konntest du das nicht wörtlich gemeint haben, sicherlich meintest du damit alles Wichtige, alle Dinge, die mich bedrücken oder dich etwas angehen, aber auch dazu konnte ich nur vage nicken, denn ich habe noch nie gewusst, ob Ehrlichkeit in einer Beziehung immer die beste Wahl ist. Man muss es doch sicherlich aushalten können, wenn die Liebe zu jemandem gelegentlich unsichtbar wird, und um das auszuhalten, braucht es doch schon Kraft genug, und das sollte man doch nicht seinem Partner aufbürden. So habe ich gedacht. Solange sie wiederkommt, die Liebe. Aber jetzt? Was ist jetzt klar? Was denke ich jetzt?

Aber ich packe ihn nicht, ich schreie ihn nicht an und ich bespreche nichts davon mit ihm. Ich gucke einfach nur ins Leere, sage, dass ich wahrscheinlich meine Tage bekomme, denke, dass jetzt bestimmt jede Feministin tot umfallen würde, verdränge diesen Gedanken und schlage vor, Sushi zu bestellen.

Wenn ich so tue, als wäre nichts, wenn ich mitspiele oder das tue, was sich für mich wie mitspielen anfühlt, könnte man wirklich meinen, es gäbe keine Probleme in unserer Beziehung. Wir essen Sushi, wir lachen über eine britische Comedyshow, wir trinken Grüntee und stecken unsere in dicke Socken eingepackten Füße unter Deckenberge.

Bevor wir ins Bett gehen, versuche ich Paul zu verführen. Er blockt meinen Versuch ab.

»Was ist los?«, sage ich, darum bemüht, nicht gekränkt zu klingen.

»Nichts«, sagt Paul. »Ich bin nur krass fertig.«

»Ich brauche das, Paul. Ich brauche es, dass wir heute miteinander schlafen.«

»Oooch …«

»Rede mit mir!«

»Mann, müssen wir jetzt wirklich auch noch darüber sprechen?«

»Ich will halt mit dir drüber reden.«

»Jetzt?«

»Ja.«

»Ja«, sagt Paul, sichtlich genervt. »Gut, dann lass uns reden.«

Ich denke: Du verdammtes Arschloch. Ich sage: »Willst du denn nicht, dass das hier funktioniert?«

»Meine Erfahrung ist, dass Dinge, die man unbedingt will, sowieso nicht klappen. Also habe ich mir angewöhnt, nicht mehr so viel zu wollen.«

»Das sagst du nur, um mich zu provozieren.«

»Das Letzte, was ich will, ist, dich zu provozieren. Ich will einfach nur schlafen, Nora. Ich muss nämlich gleich wieder aufstehen.«

Ich will etwas sagen, aber ich bringe nichts heraus. Ich bin so wütend, ich möchte ihm verletzende Worte an den Kopf werfen, mich anziehen und gehen. Stattdessen liege ich da, während die Wut sich in Form von kleinen Klümpchen in meinem Hals festsetzt, starre auf die Person neben mir und kann es nicht fassen, dass Paul jetzt ernsthaft einschläft und schon schnarcht.

Fünf Minuten verstreichen, in denen ich mit mir ringe. Zieh dich an, flüstert mein Kopf. Geh zur Tür raus. Mach irgendeine Aktion. Sonst wachst du auf und ihr tut so, als sei nichts gewesen. Ich weiß, dass ich zumindest dieses eine Mal tun sollte, was mein Kopf mir sagt.

Ich warte eine weitere Minute. Ich wecke ihn.

Paul murrt.

»Das ist jetzt nicht dein Ernst«, sage ich.

»Hm?« Er stützt den Kopf auf. »Was … was hast du gesagt?«

»Das ist jetzt nicht dein Ernst«, wiederhole ich. Meine Stimme zittert. Warum gehe ich nicht? Warum, verdammt, schaffe ich es nicht, einfach zu gehen?

»Was ist nicht mein Ernst?«

»Dass du jetzt einschläfst.«

»Hä? ... Okay.« Er atmet durch. Mich ärgert, dass er von außen betrachtet cooler aus dieser Sache rauskommt, als ich es tue. Er kommt immer cooler weg, bei allem. Ich will auch mal die Coole sein. Ich schaffe es nicht. Ich bin so ein Mädchen. Ein Mädchen, das dauernd reden will, dauernd Probleme hat, dauernd etwas verändern will, sich dauernd missverstanden fühlt. Aber ich kann es einfach nicht ändern.

»Also, was ist?«

»Das verletzt mich.«

»Was verletzt dich?«

»Wenn du so bist. Wenn ich versuche, mit dir über meine Bedürfnisse zu sprechen, und du einfach einschläfst.« Ich denke an den Superpsychologenrat Nummer eins: Nicht »du« sagen, sondern »ich«.

»Ich fühle mich blöd dabei«, sage ich. »Als ob ich ständig quengele. Ich fühle mich vor den Kopf gestoßen.«

»Hm«, macht Paul.

»Und es macht mir zu schaffen, dass du nicht mit mir schlafen willst. Das ist einfach so.«

»Ach komm, jetzt ...«

Ich starre ihn an.

»Ich vermisse es so, dich kennenzulernen«, flüstere ich. »Ich weiß, es gibt nichts Vorhersehbares mehr, was man vermissen kann, aber ich vermisse es ganz fürchterlich. So sehr, dass ich mir Sorgen mache, es anderswo suchen zu wollen. Verstehst du, ich habe Angst, jemanden kennenzulernen, wie ich dich einmal kennengelernt habe. Ich habe Angst, für diesen Jemand zu allem bereit zu sein, wie ich für dich einmal zu allem bereit war. Ich habe Angst, dass mein ganzes Beziehungsleben ein einziger Teufelskreis sein wird, weil das Vermissen und die Suche und das Finden und das Verlieren sich im Kreis hinterherlaufen und laufen und laufen, und ich nie verstehen werde, wie man aus diesem Kreis ausbricht, ohne zu stolpern. Aber ach, stolpern. Was rede ich? Besser: Ich habe nie verstanden, wie man den richtigen Zeitpunkt erkennt, um zu stolpern. Wann es sich zu stolpern lohnt. Ich wüsste gern, ob du dieser Zeitpunkt bist. Also ich glaube, es zu wissen, andererseits weiß ich auch gar nichts. Andererseits weiß ich vielleicht nur, dass ich mir selbst so wenig über den Weg traue, dass es wehtut.«

»Also hast du doch einen anderen?«

»Mann, Paul. Hörst du mir überhaupt zu?«

»Wo ist denn dein Problem? Ich kann einfach überhaupt nichts richtig machen.«

»Das stimmt nicht«, sage ich leise. Vielleicht hat er recht, denke ich. Vielleicht ist nicht er das Problem, sondern ich. Vielleicht suche ich an einer Stelle nach einer Lösung, an der es einfach keine geben kann. Vielleicht habe ich überhaupt nicht das Recht, ihn erst zu kritisieren und dann beleidigt zu sein, wenn er keine Lust auf mich hat.

Ich schaue zu Paul. Er hat die Augen schon wieder geschlossen und atmet schwer. Jetzt schläft er endgültig.

—

Die Weihnachtsbeleuchtung in der Innenstadt ist pompös. Das Alsterhaus kleidet eine glitzernde Lichterfassade, Weihnachtsgrüße in jeder erdenklichen Sprache leuchten mir entgegen. Aus aufgebauten Buden und vom Christkindlmarkt beim Rathaus duftet es nach Glühwein und gebrannten Mandeln, nach Rostbratwürsten und Schmandkuchen. Menschen strömen aus den Geschäften. Ein paar neue Schuhe von Görtz, ein Kleid von H&M, eine Teemischung für den Onkel, für den einem sonst nichts anderes einfällt.

Am Set verteilt das Catering jetzt jeden Tag Weihnachtsschokolade, Dominosteine und Zimtsterne aus der Packung. In den

Produktionsbüros und Aufenthaltsräumen sind Plastikbäumchen aufgestellt, während die Studiosets schon mit Weidenkätzchen und frühlingshafter Deko ausgestattet sind. Die Dreharbeiten gehen noch bis kurz vor Heiligabend, dann ist für ein paar Wochen Pause. Emily hat sich einen Lammfellmantel zugelegt und liegt oft damit zugedeckt auf dem Sofa im Aufenthaltsraum. Sie ist ständig müde. Fast alle kennen nur noch ein Thema: Die Weihnachtsfeier. Letztes Jahr fand sie auf einem Schiff statt, und ein hohes Tier der Produktionsfirma knutschte mit einer Praktikantin auf der Tanzfläche rum; die Location für dieses Jahr ist noch geheim und über mögliche Skandale wird fleißig gerätselt.

Die Überraschungslocation ist eine große Fabrikhalle in der Hafencity, inmitten von Baustellen und geisterhafter Weite, nur wenige Meter vom Wasser entfernt. Beim Eintreten bin ich erstaunt, wie viele Menschen sich hier versammelt haben. Wo kommen die alle her? Ich schnappe mir ein Sektglas von einem Tablett. Die meisten Gesichter sind mir schon bekannt oder kommen mir zumindest bekannt vor, aber einige habe ich auch noch nie gesehen.

Die Musik ist viel zu leise und viel zu cool. Die Beleuchtung ist von einem alles verschluckenden Rosaviolett. Ich bin zu spät, das Essen ist gerade vorbei, die Teller werden vom Catering-Personal zusammengeräumt. Auf der Tanzfläche tanzen die Kostümmädels und ein wild um sich wedelnder Regieassistent.

Emily steht mit Patrick und Lasse an der Bar. Ich gehe zu ihnen. Wir trinken Wodka-Cranberry.

»Woher kommen die ganzen Leute?«, frage ich.

»Vom Studio«, sagt Emily.

»Aber letztes Jahr war es doch nicht so voll.«

»Klar!«, sagt Emily. Sie wendet sich zu Patrick. »Tanzen wir?«

Patrick zögert kurz, lässt sich dann aber von ihr auf die Tanzfläche ziehen. Lasse und ich bleiben allein zurück.

»Und das Essen? War gut?«

»Nee«, sagt Lasse. »War nicht so.«

»Und, gab es eine Rede?«

»Mhm, irgendein Fuzzi von der Produktionsfirma und einer vom Sender. Ganz großer Käsekuchen, wenn du mich fragst, die haben sich die ganze Zeit nur gegenseitig die Eier gekrault.«

»Klingt ja nicht gerade spektakulär.«

Daniel kommt zu uns. Daniel ist der jahrelange Star und offizielle Mädchenschwarm der Serie. Obwohl »Mädchenschwarm« bei unserem Format ein dehnbarer Begriff ist: Seine weibliche Fangruppe hat sicherlich ein Durchschnittsalter von mindestens sechzig Jahren. Lasse und der schöne Daniel unterhalten sich. Ich fühle mich fehl am Platz. Ich schlendere durch die Halle, hinter Glasscheiben in der Ferne das dunkle Schimmern der Elbe. Was für eine steife Veranstaltung das hier ist. Ich gucke auf meinem Handy nach der Uhrzeit. Halb zwölf schon. Wenn sich nicht bald etwas ändert, wird es knapp mit legendärer Feierei.

Die Raucher stehen in einem überdachten Außenbereich. Alle wirken betrunken und krampfhaft darum bemüht, Spaß zu haben. Ich halte meinen zweiten fancy Wodka-Cranberry in der Hand. Ich denke: Ich habe überhaupt keine Lust, mich zu betrinken. Ich hätte vielleicht Lust, mich zu betrinken, wenn ich mich in einer Hütte auf einer verschneiten Alm befinden würde, mit Backerbsensuppe und Kräuterlimonade oder so. Aber hier fühlt sich das geradezu verzweifelt an. Ich tausche meinen Drink an der Bar gegen ein Leitungswasser. Daniel und Lasse sind verschwunden. Emily winkt mich zur Tanzfläche herüber. Emily und Patrick benehmen sich nicht besonders vorsichtig. Aber das Letzte, was ich will, ist, mich jetzt hier vor den beiden als Moralapostel aufzuspielen. Sonst scheint es auf dieser Party bislang keine aufregenden Geschichten zu geben. Hoffentlich sind am Ende nicht Emily und Patrick der Skandal. Sowieso komisch, dass sich bislang noch keiner über die beiden das Maul zerrissen hat.

Ich stehe draußen am Wasser, über das Geländer gebeugt. Es drückt kalt und hart durch den dünnen Stoff meines Kleides. Das pinke Licht von drinnen reflektiert bis auf die Wasseroberfläche. Ich trinke mein Leitungswasser aus, es ist schon mein drittes, und stelle das Glas auf den Boden.

Von drinnen Gelächter und Rufe. Das dumpfe Wummern eines Schlagerhits. Es ist wirklich saukalt. Die Lichter des Hafens blitzen auf, vermischen sich zu einem diffusen Funkeln. Ein riesiger Dampfer bewegt sich lautlos durch die milchig schimmernde Dunkelheit am Horizont. Sieht schön aus. Dass die Welt aber auch immer wieder so schön aussehen muss. Unverschämtheit.

Ein Luftzug. Etwas wird mir übergestülpt. »Ey«, sage ich. Ein paar Kopfhörer. Darauf laut *Nightcall* von Kavinsky. Vom »Drive«-Soundtrack. Ich drehe den Kopf zur Seite. Emily. Der seidige Stoff ihres Kleides flattert im Wind. Sie schaut hinaus in den Hafen. Dann lächeln wir uns an. Die tiefe Stimme, das treibende Schlagzeug. *There's something inside you / It's hard to explain.* Dass es aber auch immer wieder so schöne Lieder geben muss. Auch eine Unverschämtheit.

Das Lied verstummt. Das nächste, das Emily abspielen lässt, ist von Soap&Skin, *Cry Wolf.* Das nächste von SOHN. Eins trauriger als das andere. Das nächste von Tim Bendzko. Ich lache laut auf. Emily grinst.

Wir stehen da, nebeneinander und frierend, ich mit Musik auf den Ohren, Emily ohne, und gucken aufs Wasser.

—

Ich komme grad vom Joggen, als mir eine Gestalt in unserer Straße auffällt. Ich erkenne sie nicht gleich. Ihre Haare sind anders als beim letzten Mal – zu einem hohen Pferdeschwanz gebunden, und ihre schmale Silhouette wird von den vielen Pullis und Schals und Jacken kaschiert, mit denen sie sich eingedeckt hat, als wäre sie ein verdammter Kleiderständer. Sie tigert vor unserer Haustür auf und ab, nur sieht sie dabei nicht wie ein Tiger aus, eher wie eine Gazelle, aber keine junge, rehähnliche, sondern eine ältere, eine, die gelernt hat, sich stolz auf ihren schmalen Stelzen fortzubewegen, und dennoch erschöpft wirkt.

Ich bleibe ein paar Schritte vor der Haustür stehen. Den Schlüssel in der Hand, eine Atemwolke vor meinem Gesicht. »Hallo, Laura.«

Laura setzt ein Lächeln auf. Ein breites, ganz und gar unscheues Lächeln; ein Lächeln von der Sorte, wie es auf diesem Foto in Pauls Küche zu sehen ist. Ein Lächeln, das dazu geschaffen ist, Herzen zu öffnen, und meines aber nur umso fester verschließt.

»Hi!«, sagt Laura. »Nora, richtig?«

Ich nicke stumm. Ich kann nicht anders: Ich bin einfach zu überrascht.

»Ich weiß, du warst im Sommer mal mit in der Klinik, nicht wahr?«, fügt Laura entschuldigend hinzu. »Aber da war ich nicht gerade aufnahmefähig. Aber ich kenne dich ja aus Pauls Erzählungen. Wow, deine Augen sind ja wirklich wahnsinnig blau!« Ich spüre, wie mir die Röte ins Gesicht schießt. Laura lächelt. Sie nickt Richtung Tür. »Kann ich kurz mit hochkommen?«

Ihre offene, unverblümte Art bringt mich noch mehr aus dem Konzept, als es ihre bloße Anwesenheit sowieso schon tut. Ich zwinge mich, ihr Lächeln zu erwidern.

»Klar«, sage ich und schließe die Haustür auf.

Emily ist nicht zu Hause. Wir gehen in die Küche und ich biete Laura etwas zu trinken an. Ich sage: »Setz dich doch«, aber Laura zieht es vor, zu stehen, und tiger-gazellt nun weiter in meiner Küche herum. In meiner Küche, denke ich. Laura! In meiner Küche! Dass ich auch noch vom Laufen kommen muss. Ausgerechnet.

»Hübsch habt ihr's hier«, sagt sie. »Du wohnst hier doch nicht alleine, oder?«

»Nein, mit einer Freundin. Von der Arbeit.«

Ich stelle Laura ein Glas Leitungswasser hin. Sie trinkt es gierig aus.

»Ah«, sagt sie. »Cool. Und wie lange schon?«

»Ein Dreivierteljahr bald. Noch nicht so lange.«

Laura nickt.

Ein spöttischer Teil von mir denkt: Ich hätte ihr Saft oder Milchkaffee gar nicht erst anbieten zu brauchen, war doch klar, dass sie Wasser trinkt.

»Du spielst bei ›Das Guthaus‹ mit, stimmt's? Hab ich ein paarmal in der Klinik gesehen. Ist es cool da? Macht's Spaß?«

Ein eitler Teil von mir denkt: Wenn du mich ein paarmal in der Serie gesehen hast, warum hast du dann damit kokettiert, dass du nicht weißt, wie ich aussehe? Ein sanfterer Teil von mir wird allmählich durchlässig für Lauras einnehmenden Charme, für ihr Honigkuchenpferdgrinsen.

»Ist ein Job«, sage ich. »Passt schon.«

Passt schon, denke ich. Das sage ich nie: Passt schon.

»Hm«, sagt Laura und nickt wieder. Sie betrachtet die gerahmten Bilder, die über der Arbeitsfläche hängen: Ein Filmplakat von einem Kinofilm, in dem Emily als Kind mitgespielt hat. Ein Poster, das ich aus der Eremitage in St. Petersburg mitgebracht habe. Ein Bild, das Lukas für Emily gemalt hat. Zwei kleinere Schwarz-Weiß-Fotografien, die Kolja mir zu meinem letzten Geburtstag geschenkt hat. Eine davon zeigt Paul lachend vor dem Blumenladen. Das andere den Hamburger Hafen. Lauras Aufmerksamkeit verweilt am längsten auf den Bildern von Kolja. Ich frage mich, ob sie sich denken kann, dass sie von Kolja stammen.

»Hör mal«, sagt sie dann und dreht sich schwungvoll zu mir um. »Ich wollte dir sagen, dass ich dir und Paul nicht im Weg stehe. Ich weiß, dass es die letzten Monate schwierig für dich war. Ich weiß, dass es schwierig war, dass Paul so viel Zeit mit mir verbracht hat und all das. Ich weiß nicht, ob ich damit so cool hätte umgehen können wie du.« Laura lacht. »Jedenfalls: Mir ist es wichtig, dass du weißt, dass ich kein Interesse an Paul habe, also als Liebespartner. Interesse an ihm als Person habe ich natürlich schon, das ist ja klar.« Wieder ihr Lachen. »Aber alles andere, das ist lange vorbei zwischen uns.«

Ich lache höflich mit, aber mein Lachen ist unsicher, und mein Mund ist trocken. Ohne dass ich etwas dagegen tun könnte, breitet sich eine pelzige Wut darin aus; ganz langsam, aber unaufhörlich zieht sie sich durch meine Kehle, kriecht mir in den Nacken. Die seltsamsten Gefühle überschlagen sich in der Wäschetrommel meines Herz-Magen-Darms.

Ich bin wütend, weil Paul mit Laura über mich gesprochen hat. Ich bin wütend, weil Laura so nett ist. Ich bin wütend, weil ich mich klein und plump und unwohl und jung neben ihr fühle. Ich bin sogar wütend, weil sie einen Punkt daraus machen muss, dass sie nicht in Paul verliebt ist. Und ich bin wütend auf mich selbst, weil ich darin meine Liebe zu Paul degradiert sehe. Ich bin wütend, weil meine Wut mir derart ungerechtfertigt erscheint. Ich möchte mehr Gründe haben, um wütend sein zu dürfen, nicht weniger. Ich möchte auf andere wütend sein, und das mit gutem Gewissen, nicht immer nur auf mich selbst. Ich habe es satt, dass meiner Wut ständig der Boden unter den Füßen weggezogen wird.

»Oh, okay«, sage ich. Und dann, weil ich so wütend und überfordert und traurig und alles zugleich bin, sage ich: »Danke.« Was meine Wut auf alles sofort ins Unendliche katapultiert.

Als Laura wieder weg ist, wird mir erst klar, was mich am allerwütendsten macht. Nämlich die Tatsache, dass Laura überhaupt gar nicht der Kern unserer Probleme ist. Vielleicht war er es sogar nie. Laura, das war bis jetzt ein guter Ablageplatz für undefinierte Unzufriedenheit, aber vielleicht habe ich sie immer nur als Entschuldigung benutzt, all die Monate hindurch. Vielleicht hatte unsere Beziehung schon lange Risse, aber ich war einfach zu ängstlich, um sie mir einzugestehen. Laura musste sie sichtbar machen für mich. Der Gedanke tut so weh, dass ich schreien möchte. Dadurch, dass Laura mich besucht hat, nur diese halbe Stunde unwirkliche Wirklichkeit in meiner Küche, dadurch, dass sie nicht länger ein schwammiges Phantom der Vergangenheit ist, sondern eine Konkretheit hat, die allen Fantasien ihren Schrecken raubt, hat sie mich gezwungen, mir einzugestehen, dass sie überhaupt nicht das Problem ist.

Und deshalb bin ich wütend.

Auf sie.

Auf mich.

Auf die ganze verdammte Scheißwelt.

Ich ziehe mir meine Laufsachen aus, lege sie über einen Küchenstuhl und gehe nackt durch die Wohnung ins Badezimmer. Ich stelle die Dusche auf heiß und lasse die Brause auf meinen Kopf und meine Schultern gerichtet. Die Wut weicht langsam aus meinem Körper und macht Platz für die Erschöpfung. Ich meine, eigentlich weiß ich ja längst, dass Laura nicht das Problem ist. Eigentlich ist Laura, zumindest für uns als Paar, in immer weitere Ferne gerückt. Eigentlich ist das alles nur alte, längst verbrauchte Wut. Eigentlich gibt es wirklich keinen Grund für meine Wut. Eigentlich kann ich mich mal gehörig abregen.

»Laura war gestern bei mir«, sage ich und schnippe ein Stück Rindenmulch über den Spielplatzzaun zurück.

»Was?«, sagt Paul.

»Laura war gestern bei mir«, wiederhole ich. »Stand einfach vor der Tür.«

»Echt?«, sagt Paul. Er klingt mäßig überrascht. »Ist ja strange. Und, was wollte sie?«

»Mir sagen, dass sie uns nicht im Weg steht.«

»Ernsthaft?« Paul lacht. »Das ist ja nett von ihr.«

»Wusstest du was davon? Also, dass sie das vorhatte?«

»Natürlich nicht!«, ruft Paul. »Aber passt zu ihr. Der große Auftritt.«

Wir biegen um die Ecke, passieren den Bäcker und die Geldautomaten.

»Hast du mit Laura über uns geredet?«

»Über uns? Keine Ahnung. Bestimmt. Ist ja auch schwer, nicht über uns zu reden. Du machst schließlich einen großen Teil meines Lebens aus.«

»Redest du mehr mit Laura über mich als mit mir über Laura?«

»Nora!«

»Schon gut, ich frag ja nur.«

»Ich glaube, ich werde krank«, sagt Paul und fasst sich an den Hals, zurrt sich den roten Schal fester. Ich reagiere nicht darauf.

Eine Weile gehen wir schweigend nebeneinanderher.

»Ich glaube, ich bin nicht glücklich«, sage ich irgendwann.

»Hm?«, sagt Paul.

»Ich glaube, ich bin nicht glücklich«, sage ich. Ich bleibe stehen. Ich schaue Paul an. Er bleibt ebenfalls stehen.

»Was meinst du?«

»Na, das. Dass ich nicht glücklich bin halt.«

»Inwiefern? … Generell?«

»Generell, generell, keine Ahnung, jetzt meine ich gerade nicht das Generelle, jetzt gerade meine ich uns. Unsere Beziehung.«

»Und was heißt das jetzt?«

»Weiß nicht. Das halt. Ich bin nicht glücklich in unserer Beziehung.«

»Und was soll ich jetzt machen?«

Ich schweige.

»Hm?«, macht Paul.

Ich stelle mir vor, wie das wäre: Jetzt einfach fortzurennen. Um die Ecke, und zack hinter der nächsten Mülltonne verstecken. Einfach nicht mehr hervorkommen. Weihnachten alleine verbringen.

In die Regionalbahn steigen und blind in irgendeinem fremden Bundesland aussteigen. Gans mit Rotkohl und Klößen in einem Gasthaus essen. Durch Fichtenwälder stapfen, vielleicht Bambi Hallo sagen. Eine Karte in den Briefkasten schieben: Macht euch keine Sorgen, ich bin nur kurz mal frische Luft schnappen. Frohe Weihnachten!

»Laura hat einen Job gefunden«, sagt Paul.

»Was?«

»Sie arbeitet jetzt in einem Klamottenladen am Grindel. Übergangsweise. Um wieder in einen Alltag reinzufinden.«

Ich starre ihn an. Hypnotisiert von seiner Ignoranz. »Schön«, sage ich.

DA ICH ES NICHT ERTRAGE, so kurz vor Weihnachten allgemeiner Disharmonie ins Auge zu blicken, beschließe ich, zu vertuschen, vor allem mir selbst gegenüber, dass ich mich unglücklich fühle mit Paul.

Wenn ich eines in dieser Beziehung über mich gelernt habe, dann ist es das: Ich kann mich ziemlich gut selbst austricksen. Ich kann an einem Tag vor Verzweiflung Wände anschreien und am nächsten Tag alles doch nicht mehr so schlimm finden, kann mich einlullen in Gewohnheit und Vertrautheit, kann mir einreden, dass es von all dem Reden auch nicht besser wird, sondern dass es mehr bringt, einfach gar nicht zu reden und abzuwarten. Ich kann sehr gut heile Welt spielen, ich kann mich sehr gut vertrösten, ich bin ein Eins-a-Verdränger. Und es trifft sich gut, dass das auch auf Paul zutrifft. Obwohl ich natürlich aufs Ganze heruntergebrochen nicht so konsequent im Verdrängen bin wie er, womit ich mir selbst erkläre, dass ich stets diejenige sein muss, die etwas ausdiskutieren will.

Luise lädt mich zum Advents-Plätzchenbacken ein. Ein paar andere Freundinnen von ihr sind auch da. Während wir alle tratschend und mit Mehl bestäubt in Luises Küche herumwuseln, schaffe ich es sogar zu verdrängen, dass ich mich dabei schrecklich unemanzipiert fühle und dass es mir im Zweifel lieber wäre, irgendwo breitbeinig rumzusitzen und im Hosenanzug Whisky zu trinken, obwohl ich an sich wirklich gerne backe.

Ich schaffe es zu verdrängen, dass mir die Gutshof-Weihnachtsfeier noch mal vor Augen geführt hat, wie wenig ich mich mit dieser Serien-Welt identifiziere, dass ich mit den meisten Leuten nicht wirklich etwas anzufangen weiß und wie sehr ich mich in meinem Beruf im Grunde doch langweile.

Es ist das dritte Mal, dass ich Weihnachten nicht gemeinsam mit meinen Eltern verbringe. Das erste Mal war in der zehnten Klasse, als ich für ein Dreivierteljahr als Austauschschülerin in Kanada war, das zweite Mal haben Mama und Papa in einer verschneiten Hütte in Norwegen Urlaub gemacht, ich musste aber arbeiten. Das war zu meiner Berlinzeit, nach dem Abitur.

Ich nehme Paul das Versprechen ab, dass wir als kleine Entschädigung im neuen Jahr meinen Eltern einen Besuch abstatten.

In Pauls Familie sind die Rituale anders als bei uns. Zu Hause bin ich für das Essen am Heiligabend zuständig, wir dekorieren den Baum, zünden Kerzen an und singen, begleitet von Mama an der Bratsche, irische Weihnachtslieder. Geschenke werden am nächsten Morgen beim Frühstück ausgepackt. Der Rest des Tages geht für die Zubereitung und das Verzehren des Truthahns drauf, meistens kommen Freunde vorbei und am 26. spielen wir von früh bis spät Canasta, Scrabble und Scharade.

Bei Paul steht der Christbaum mehrere Wochen vor dem Fest fertig dekoriert in der Wohnung, und auch die meistens Geschenke liegen schon verpackt darunter. Pauls Schwester Karoline kommt aus Berlin, lümmelt mit dem kleinen Bruder Kolja auf dem Sofa rum und lässt sich ein neues Spiel auf seinem iPad zeigen. Marlies macht Wiener Würstchen und Kartoffelsalat, Paul deckt den Tisch. Nach dem Essen wird eine Klassik-Playlist angemacht und reihum werden die Geschenke gereicht.

Von der Familie bekomme ich eine Decke geschenkt, die so ähnlich auch hier auf dem Sofa liegt und von der ich immer sehr schwärme. Außerdem bekomme ich eine kleine, hübsche Vase. Ich verschenke, auch auf Pauls Anraten hin, Dr.-Hauschka-Produkte, eine Salatschüssel, ein T-Shirt und selbst gemachte Kekse. Von Paul bekomme ich eine goldene Kette. Ich schenke ihm einen Bildband und eine Cap.

Das Einzige, was sich wirklich sehr ähnelt, ist der Alkoholkonsum: Ab einer bestimmten Uhrzeit fließt der Whisky, bis alle schläfrig-gemütlich und leicht beschwippst, allen voran Kolja, in den Sofapolstern verschwinden.

Als Paul und ich zu mir nach Hause stapfen, müssen wir uns immer wieder aneinander festhalten. Emily ist nach München zu ihrer Mutter gefahren. Ich stecke die vielen Lichterketten, mit denen ich mein Zimmer dekoriert habe, in die Steckdose, mache uns einen Ingwertee mit Schuss und Musik an. Es ist alles total festlich und romantisch, denke ich beseelt; voll im Verdrängungsmodus. Ich bin froh, dass ich mich entschieden habe, hierzubleiben. Ich habe das Gefühl, das haben wir auch als Paar gebraucht. Wir kuscheln uns in Jogginghosen und Kapuzenpullis in mein Bett und schlafen ein.

—

Sie sitzen mir gegenüber, auf den blauen, mit dunklen Mustern durchzogenen, abgewetzten Sitzen. Beide haben ihr Gesicht zum Fenster gewandt. Die eine den Blick in die stöbernde Schneelandschaft, die andere die Augen geschlossen, die Lippen leicht geöffnet, Musik im Ohr. Ich verspüre das dringende Bedürfnis, sie zu malen, diese beiden Mädchenfrauen, und bedaure sehr, dass ich sie niemals so malen könnte, wie ich es wollen würde.

Ich finde beide sehr hübsch. Auch wenn sie es nicht im klassischen Sinne sind. Die linke, die Hinausschauende, hat braune Augen, die die Bezeichnung »mandelförmig« wirklich verdienen. Ihre Nase ist sehr gerade, mit einem feinen Huckel direkt in der Mitte und einer filigran zulaufenden Spitze. Ihre Haut ist ungeschminkt und sieht pudrig aus. Vielleicht ist auch »samtig« das richtige Wort. Und auf ihren Wangen tummeln sich die Schönheitsflecken wie dunkle Sterne. Die andere, deren Kopf im Schlaf die Seiten gewechselt hat, hat ein Muttermal am Hals, in der ersten Mulde, einige Zentimeter entfernt von einem schlichten, goldenen Kreuz. Ihr rotbrauner Pony reicht bis zu dem großzügig gezogenen, lilafarbenen Lidstrich.

Der Zug nach Frankfurt ist überfüllt. Paul steht oder hockt die Fahrt über im Gang und weigert sich, mit mir zu tauschen. Wir haben, weil ich so gut im Verdrängungsmodus bin, eine äußerst harmonische Woche hinter uns. Silvester haben wir mit Luise und Ansgar bei ihnen auf dem Land verbracht und es war ganz wunderbar. Wir haben auf dem Feuer erhitztes Gulasch gegessen, ein paar einsame Raketen in den nachtschwarzen Himmel geschossen, ein paar Knallfrösche zertrampelt, uns vor dem einzigen funktionierenden Kachelofen in Decken und Schlafsäcke eingemummelt und uns Gruselgeschichten erzählt.

In Hamburg gab es keinen Schnee, aber hier ist der vorbeiziehende Nachmittag in stilles Weiß getaucht. Die Landschaft hauptsächlich Wald. Sie erinnert mich an die russischen Kindermärchen, die uns früher in der Schule vorgelesen wurden. Es ist, als ob ich plötzlich einen Teil von mir und meiner Geschichte wiedergefunden hätte. So vertraut die Erinnerung, so groß die Nostalgie. Ähnlich, wie wenn man auf Gerüche trifft, die einen auf einen bestimmten Moment in der Vergangenheit zurückwerfen.

»Kennst du das?«

»Hm?« Paul beugt sich ein Stück zu mir runter.

»Wenn Gerüche einen ganz stark an etwas erinnern? Wenn etwas, was sehr weit zurückliegt, auf einmal völlig präsent ist, ohne dass man es konkret benennen könnte?«

»Glaub schon.«

Er guckt aus dem Fenster.

»Hoffentlich gefällt deinen Eltern mein Geschenk, Baby«, sagt er plötzlich, dreht sich zu mir und rempelt dabei aus Versehen einen Mann an. »Oh, Entschuldigung!«, ruft er laut und schäkert noch ein, zwei Sätze mit seinem Opfer hin und her. »Aber ich bin mir ziemlich sicher, dass sie letztes Mal noch gesagt haben, dass sie dringend eine neue Lampe für das Gästebad bräuchten. Oder meinst du, dass sie in der Zwischenzeit schon eine gefunden haben?«

»Keine Ahnung«, sage ich.

»Aber es könnte eigentlich schon sein, dass sie sich eine besorgt haben, 'ne? Was meinst du?«

»Woher soll ich wissen, ob sie eine Lampe für das Gästebad haben, Paul?«, sage ich lachend. »Jetzt hör auf, dir deswegen Stress zu machen. Also wirklich. Die freuen sich, dass wir da sind.«

In Frankfurt wartet Mama am Bahngleis auf uns. Ich habe versucht, sie davon abzubringen, uns abzuholen, aber das hat nicht geklappt. Während wir die Innenstadt hinter uns lassen, läuft im Radio irgendein Programm mit starken Frauenstimmen und Mama quetscht uns über die Zugfahrt aus.

»Mama, es war eine Zugfahrt, kein Survival-Trip!«

»Für mich war es schon ein Survival-Trip«, sagt Paul. »Ich habe geschlagene vier Stunden im Gang verbracht.«

»Ich habe dir mindestens zehnmal angeboten, zu tauschen, komm mir jetzt nicht damit!«

Paul grinst, streckt seinen Arm zu mir auf die Rückbank aus und legt eine Hand auf mein Knie. »War doch nur Spaß, Giftzwerg.«

Ich schaue ihn wütend an.

»Wir hatten wahnsinnig schöne Sitznachbarinnen, oder?«, sagt Paul.

»Oh, fandest du die auch so schön? Die waren so schön, 'ne? Mama, ohne Scheiß, das waren die schönsten Mädchen, die ich je gesehen habe!«

»Aber längst nicht so schön wie du, mein Herz.«

»Boah, Paul«, sage ich, kann mir aber ein Lächeln nicht verkneifen.

»Wir haben jetzt eine Sauna im Garten«, sagt Mama zu Paul.

»Eine Sauna?«

»Ist die etwa schon fertig?« Ich lehne mich ein Stück zu den anderen beiden vor. »Das ging aber schnell.«

»Du warst einfach lange nicht mehr da, Sweetiepie.« Meine Eltern nennen mich Sweetiepie und Darling, seit ich denken kann. Ich ertrage es lustigerweise viel besser, wenn meine Eltern oder Freunde mir Kosenamen geben, als wenn Paul es tut. »Dein Zimmer haben wir jetzt auch umgebaut.«

»Na endlich«, sage ich und dann an Paul gewandt: »Mama und Papa haben sich Ewigkeiten geweigert, mein Kinderzimmer aufzulösen ... Typisch Einzelkind-Eltern.«

Mama schaut mich tadelnd im Rückspiegel an.

»Wisst ihr schon, ob ihr diesen Sommer wegfahrt?«

Ich fische mit der Gabel eine Spaghetti aus dem Topf mit kochendem Wasser.

»Papa will nach Island.«

»Oh!« Ich lasse die Gabel sinken. »Ich will auch nach Island.«

»Kannst ja mitkommen.«

Paul kommt in die Küche. Er fasst mich an den Hüften, streicht mit dem Daumen über den Stoff meines T-Shirts.

»Soll ich schon mal den Tisch decken, Susanne?«

»Das wäre lieb, Paul«, sagt Mama. »Am besten die tiefen Teller.«

»Es reichen drei Teller«, sage ich zu Paul. »Papa ist noch in Irland. Irgendjemand feiert Geburtstag. Kommt aber Sonntagvormittag zurück. Oder, Mama?«

Mama nickt.

»Ach stimmt«, sagt Paul. »Das hattest du mir ja auch schon erzählt.«

»Wie geht es deinen Eltern, Paul?«, fragt Mama.

»Ganz gut«, sagt Paul. »Mamas Laden hält sich wacker und Papa arbeitet viel, aber ich glaube, bei ihm ist auch alles ganz gut. Er findet es halt schade, dass er nicht mehr so oft Reportagen im Ausland machen kann.«

»Ist Theodor immer noch in der gleichen Redaktion?«

»Ja, aber die kürzen an allen Ecken und Enden.«

»Ach, aber schön, dass es ihnen gut geht. Du musst ihnen liebe Grüße von uns ausrichten, ja?«

Paul nickt.

»Oh, wir dürfen morgen nicht vergessen, bei deinem Onkel anzurufen, Nora«, sagt Mama dann. »Kannst du mich erinnern? Wir erinnern uns gegenseitig, okay?«

»Ja, Mama. Wir erinnern uns gegenseitig.«

Ich lache und gebe ihr einen Kuss auf die Stirn.

Nach dem Essen schmeißen wir die Sauna an, und während die sich aufheizt, spielen wir eine Runde Monopoly. Ich bin erleichtert, dem Hamburg entflohen zu sein, das in den letzten Monaten derart an unser aller Nerven gezehrt hat. Ich merke, wie froh ich bin, zu Hause zu sein. Und seltsamerweise merke ich auch, wie ich mich entspanne, weil Paul hier einfach nur zu Gast ist und sich Mama sehr um uns bemüht. Und wie gut es mir tut, dass er sich mir gegenüber bemüht. Klingt blöd. Aber es ist die Wahrheit.

Zwischen den Saunagängen springen wir nackt im Garten herum, bewerfen uns mit Schneebällen und knutschen unter den zuckergussüberzogenen Ästen der alten Linde, während Mama drinnen vor dem Kamin ihr Buch liest. Ich habe Angst, diese Idylle mit Worten zu zerstören. Mittlerweile sind die wirklich heilen Momente zwischen uns rar und kostbar geworden. Wie ich jetzt so juchzend vor Paul davonlaufe, überkommt mich eine spontane Zuversicht, die ich in Bezug auf uns nur noch selten verspüre.

Später, als wir uns im Gästezimmer aneinanderschmiegen und ich, erfüllt von der Saunawärme und dem gemütlichen Geruch von Kindheit, fast eingeschlafen bin, sagt Paul: »Ich will mit dir schlafen.«

»Was?«, murmle ich.

»Ich will mit dir schlafen«, wiederholt Paul.

»Jetzt?«

»Ja.«

»Aber wir sind doch bei meinen Eltern«, sage ich. »Und außerdem bin ich müde.«

Ich ziehe mich ein Stück näher an Pauls Körper und schließe wieder die Augen. »Du bist echt merkwürdig.«

»Warum?«

»Na ja …« Durch die Decken und Arme und T-Shirts klingen meine Worte genuschelt. »Weil du halt ausgerechnet jetzt mit mir schlafen möchtest. Und das dann so ankündigst. Du hättest mich ja auch einfach anfassen können.«

»Schläfst du mit mir?«

Ich muss lachen. »Nein. Mann, ich kann mich hier sowieso nicht entspannen!«

»Früher war das auch kein Problem.«

»Ja, ja.«

Paul schiebt seine Hand in meine Schlafanzughose, zwischen meine Beine.

»Paul!«

»Was denn?«

»Hab ich doch gesagt!«

»Bitte«, sagt Paul.

»Hast du gerade ›bitte‹ gesagt?«

»Ja.«

»Oh Gott. Jetzt müssen wir schon ›bitte‹ zueinander sagen, wenn wir Sex haben wollen. So weit ist es gekommen. Schrecklich.«

Paul küsst mich auf den Mund. Sein harter Schwanz drückt gegen meinen Bauch.

»Okay, aber nur, wenn wir Analsex haben können«, sage ich.

Paul lässt von mir ab.

»Warum das denn jetzt?«, sagt er. »Sonst magst du das doch gar nicht so sehr.«

»Jetzt hab ich aber Lust drauf. Außerdem habe ich Angst, dass es sonst wehtut.«

»Äh … Okay«, sagt Paul und sieht leicht verwirrt aus.

»Weil das doch manchmal so brennt, Mann … Ich bring dich um, wenn du nicht vorsichtig genug bist.«

Paul spuckt auf seine Hand. Er grinst. »Weswegen du mich alles schon umbringen wolltest. Ich schreibe dir bald mal eine Liste, du Mörderfreundin.«

»Pff …«, mache ich, drehe mich auf die Seite und ziehe mir die Schlafanzughose aus. Ich will noch etwas sagen, aber da sind schon Pauls Lippen an meinem Hals und seine Hände überall.

Ich träume: Ich bewege mich durch Räume. Sie gehören nicht zwangsläufig zusammen, ich bin immer wieder in einem anderen Raum, es ist nicht klar, wo sich diese Räume befinden. Ich liege in einem Strohhaufen. Ich rede mit meinem Vater über ein Thema, das uns beide nicht interessiert, aber es ist unmöglich, von diesem Thema loszukommen, und zwar für uns beide unmöglich. Ich sitze an einem großen Buffet. Ich habe unfassbar großen Hunger, aber gerade als ich mir die erste Gabel in den Mund schieben will, knie ich plötzlich an einem See und lasse Steine über die Wasseroberfläche springen. Eine Person, mit der ich im normalen Leben fast nichts zu tun habe, stellt sich von hinten kommend neben mich und schaut mir zu. Ich renne in einer großen Wasserblase durch die Stadt. Ich bringe die Blase endlich zum Platzen und werde auf einen Bürgersteig geschwemmt.

Den nächsten Tag verbringen wir dösend auf der Couch und mit einer halben Staffel »Madmen«. Draußen schwemmt jetzt Regen die schöne Märchenkulisse davon und holt die deutsche Tristesse zurück ans Tageslicht, im Kamin knackt das Holz, und wenn einer von uns Hunger bekommt, schlurfen wir in Wolldecken in die Küche und machen uns Sandwiches und eine große Kanne Schwarztee. Mama leistet uns mal Gesellschaft, mal fährt sie in die Stadt, um etwas zu besorgen, mal scharwenzelt sie im Haus herum und »erledigt Dinge«. Das haben Paul und Mama gemeinsam, dieses ominöse »Dinge-Erledigen«.

Am Sonntagmorgen ist Mama schon auf dem Weg zum Flughafen, um Papa abzuholen, als ich aufwache. Paul schläft noch tief und fest. Ich befreie mich leise von seinem Arm und den vielen Decken, schnappe mir ein Paar Socken und einen Sweater aus dem Koffer und schleiche aus dem Zimmer.

Über den Sweater ziehe ich eine Jacke von Papa und an die Füße Mamas alte Wanderstiefel, die sie manchmal für die Gartenarbeit benutzt. Ich gehe durch den Flur, an den Briefkästen vorbei. Der schweigsame Nachbar von oben kommt mir entgegen. Ich grüße ihn. Ich habe seinen Namen vergessen.

Ich trete hinaus auf die Straße, in der ich aufgewachsen bin. Neben unserem Mehrfamilienhaus gibt es nur Einfamilienhäuser in der Straße. Im Kindergarten habe ich vor den anderen Kindern immer so getan, als würde das ganze Haus uns gehören, nicht nur die Gartenwohnung. Ich hatte deshalb lange ein richtig schlechtes Gewissen, aber mittlerweile bin ich zu dem Schluss gekommen, dass solche Art von Protzigkeit eine verzeihliche Sünde für ein Kindergartenkind ist.

Ich spaziere in Richtung Autobahn. Die Autobahn ist zwar in Wirklichkeit ziemlich weit weg, aber früher haben wir uns so orientiert: Richtung Wäldchen oder Richtung Autobahn. Während ich so spaziere, gucke ich mich um. Da oben ist ein Himmel voller Grau. Da vor mir sind Wege voller Fußabdrücke. Etwas weiter weg, an der großen Straße, sind in Mäntel gehüllte Menschen. An der Bushaltestelle ist jemand, der ein trauriges Lied singt, und bei mir, da ist die Kälte an den Händen und da ist der Druck auf dem Herzen. Der Druck, der mich spüren lässt, dass ich meine Verdrängungstaktik nicht ewig aufrechterhalten kann.

Ich vergrabe meine Hände in Papas Jackentaschen. Etwas knistert. Ich fische das Knistern heraus, es ist ein Zitronenbonbon. Es ist ein bisschen sandig. Ich wische es sauber und stecke es mir in den Mund.

Und da sind der Hunger nach Perfektion und das Wissen, dass es sie nicht geben kann. Ich muss endlich aufhören, unsere Beziehung nach derart perfektionistischen Maßstäben zu messen, denke ich und werde dabei ein bisschen melancholisch.

Als ich zurückkomme, ist Paul schon aufgestanden. Er sitzt in der Küche, hört Radio und isst eine Schale Schokomüsli. Ich setze mich, so wie ich bin, in voller Montur, ihm gegenüber. Nur die matschigen Schuhe habe ich mir vor der Tür schon ausgezogen.

»Wo warst du, Pupselchen?«, fragt Paul und leckt ein Schokoplättchen von seinem Löffel ab.

»Du weißt doch, dass ich das hasse, wenn du mir solche Namen gibst«, sage ich ruhig.

»Sei doch nicht so streng«, sagt Paul. »Ich mach doch nur Spaß.«

»Ich bin nicht streng«, murmle ich, beuge mich vor, was mit Papas Parka gar nicht so leicht ist, und blättere die *Frankfurter Allgemeine Sonntagszeitung* auf, die zwischen Notizblock, Serviettenhaltern und Obstkorb auf dem Tisch liegt. Langsam fange ich in den dicken Sachen an zu schwitzen.

»Warst du spazieren?«

»Mhm.«

»Hast du gut geschlafen?«

»Mhm.«

»Willst du einen Kaffee?«

»Das wäre toll.« Ich schaue hoch. »Machst du einen?«

Paul grinst, räumt seine Schüssel in die Spülmaschine und füllt frisches Wasser in die Espressomaschine. Ich bleibe an seinen Bewegungen hängen, schaue ihm auf den Po, auf die Arme, die leichten O-Beine, den breiten Nacken. Paul stöpselt den neuen

Milchtopf von Mama ein und lehnt sich mir zugewandt gegen die Spüle. Wir gucken uns ein bisschen an. Ich gucke und frage mich, ob ich eigentlich noch verliebt bin in Paul oder ob das eh viel zu viel erwartet wäre nach mehr als zwei Jahren Beziehung. Paul reibt sich über den stoppeligen, hellblonden Bart, der sein Gesicht erst recht teddybärig wirken lässt. Ich frage mich, ob ich das eigentlich immer noch so heiß finde wie damals, als wir uns kennengelernt haben. Da bin ich glatt von horny geworden, von diesem schönen, blonden Stoppelbart. Vom Stoppelbart und von der schönen Haut auch.

Paul hat am ganzen Körper helle, weiche, glänzende Haut. Haut wie ein Mädchen. Haut wie ein Pfirsich-Girl, kein Quatsch. Zum Reinbeißen. Ich fand das immer megaheiß. Nee, eigentlich – das mit der Haut finde ich bis heute definitiv megakrass heiß. Aber ich gucke ihn nicht mehr an und werde horny, das nicht. Aber das ist vielleicht auch normal. Man kann ja nicht sein ganzes Leben lang horny bleiben, da wird man ja blöd von.

Ich gucke ihn an und frage mich, warum ich gestern nicht wirklich Lust hatte, mit ihm zu schlafen. Es war dann schon okay, obwohl Analsex mir jedes Mal echt schweinemäßig wehtut. Aber manchmal ist das eben ein guter Schmerz. Und seit ich das mit dem Brennen habe, das so unberechenbar und heftig daherkommen kann, scheint jeder halbwegs berechenbare Schmerz um einiges erträglicher.

»Was ist, he? Mein Grübel-Babe?«, fragt Paul und nickt mir so gangstastyle mit dem Kinn zu.

»Nichts«, sage ich und gucke wieder in die Zeitung.

Wir essen mit Mama und Papa zu Mittag und machen einen kleinen Spaziergang zum Wäldchen. Gegen drei fährt uns Mama zum Bahnhof. Papa ist müde von der Reise und nach dem Spaziergang auf dem Sofa eingeschlafen.

Wir verabschieden uns am Parkplatz. Für den Rückweg haben

wir Plätze reserviert. Es stellt sich aber heraus, dass der Zug leer ist und es auch so ausreichend freie Plätze gegeben hätte.

»Na ja, war ja irgendwie klar«, sage ich und versuche nicht an die aus dem Fenster geschmissenen acht Euro zu denken.

Während der Fahrt bleibt unser Abteil bis nach Hamburg nur spärlich besetzt. Paul und ich sitzen uns versetzt gegenüber, die Füße auf den uns direkt gegenüberliegenden Sitzen. Paul zeichnet in sein Skizzenbuch, döst an die Fensterscheibe gelehnt oder liest in dem Buch von Sofi Oksanen, das ich ihm zu seinem vorletzten Geburtstag geschenkt habe.

Ich bin in einem Zeitungsartikel versunken, als Paul sich plötzlich neben mich setzt. Ich schaue auf. Er schaut mich ernst an.

»Was ist los?«, sage ich und lege die Zeitung beiseite.

»Was ist mit dir los?«, sagt Paul.

»Was soll mit mir sein?«

»Irgendetwas stimmt doch nicht.«

»Du meinst ...« Ich schüttle den Kopf. »Hä? Was meinst du?«

»Ich habe das Gefühl, du distanzierst dich von mir.«

»Echt?«, sage ich. »Hm.«

Paul scheint auf etwas zu warten.

»Na ja ...«, beginne ich. »Ich meine, es ist ja jetzt nichts Neues, dass mir ein paar Sachen zu schaffen machen.«

»In unserer Beziehung«, sagt Paul.

»Ja, natürlich in unserer Beziehung!«

»Ich dachte, in den letzten zwei Monaten ... also, ich dachte, es wäre besser geworden.«

»Ja, ist es ja auch«, sage ich. »Aber manches ...«

»Aber was meinst du denn mit ›manches‹? Was meinst du denn konkret?«

Ich überlege. Die ganzen Zweifel, die ich in den letzten Wochen und Monaten mit mir herumgetragen habe, haben spätestens seit Lauras Entlassung an Kontur und Schärfe verloren. Allerspätestens nach ihrem Auftritt bei mir in der Küche. »Ich weiß nicht«, sage ich langsam. »Das Körperliche vor allem, wahrscheinlich.«

»Der Sex?«

»Ja, ich denke«, sage ich. »Wir schlafen so selten miteinander. Und ... Na ja, ich habe halt das Gefühl, wir sind manchmal nicht auf einer Wellenlänge.«

»Du wolltest doch nicht mit mir schlafen vorgestern.«

»Mann, das hatten wir doch schon. Außerdem haben wir doch dann miteinander geschlafen.«

»Ja, aber ich hatte fast das Gefühl, du müsstest dich dazu zwingen.«

»Blödsinn.«

»Begehrst du mich noch?«

»Was?«

»Ob du mich noch begehrst«, sagt Paul.

»Klar begehre ich dich!«, sage ich.

Ich kann ja schlecht meinem eigenen Freund erzählen, dass er nicht so gut küsst und mich nicht so gut anfasst, wie es andere Männer vor ihm getan haben. Ich wusste das ja schon, als wir zusammengekommen sind, aber ich habe mich trotzdem für ihn entschieden. Weil ich dachte, dass das schließlich nicht das Ausschlaggebende sein kann, wenn man sich in jemanden verliebt und mit jemandem eine Partnerschaft eingeht. Und abgesehen davon ist es wirklich eine Seltenheit, jemanden zu treffen, mit dem Küssen und Anfassen auf diese eine magische Weise funktioniert, dass man den Verstand verliert. Diese Magie – ich habe sie erst drei- oder viermal erlebt.

Vielleicht muss ich mir aber jetzt eingestehen, dass von Anfang an die leise Angst da war, dass dieses winzige Detail an fehlender körperlicher Übereinstimmung ab irgendeinem Punkt in der Lage wäre, unsere Liebe anzunagen, sie Stück für Stück von Zweifeln zu durchfressen und schlussendlich mit einer Wucht zu zerschlagen, der wir in jedem denkbaren Sinne machtlos ausgeliefert sein würden. Vielleicht, denke ich, sind wir kurz vor diesem Punkt. Vielleicht sind wir auch schon an diesem Punkt.

Möglicherweise habe ich anfangs gehofft, dass sich die Magie herstellen kann, wie ich es immer zu Anfang hoffe, egal ob am Anfang einer Beziehung, am Anfang einer Knutscherei, am Anfang einer Affäre, am Anfang eines One-Night-Stands. Aber besonders dann natürlich, wenn ich jemanden treffe, mit dem ich mich besonders gut verstehe. Mit dem ich mir etwas vorstellen kann. Wenn ich so jemanden treffe, dann will ich es doch versuchen, dann will ich doch auf die Magie hoffen dürfen, dann will ich doch nicht bedingungslose erotische Anziehung über potenzielle Seelenverwandtschaft stellen und zu einer Liebe Nein sagen, die ich auf der emotionalen und intellektuellen Ebene durchaus eingehen möchte?

Ich schaue Paul an und überlege, ob ich gerade vor den Scherben meiner Überforderung, meiner hohen Ansprüche und meiner Entscheidungen stehe. Ich stelle mir vor, wie einfach es jetzt wäre, ein paar Worte zusammenzusuchen und sie ihm vor die Füße zu spucken: Ich verlasse dich. Ich will nicht mehr.

Ich bin gerade so unfassbar froh, dass er nicht in meinen Kopf reingucken kann. Pauls Blick guckt sehr skeptisch. Er scannt mein Gesicht regelrecht ab.

»Was ist los, Nora?«

»Ich …« Ich schaue aus dem Fenster. Vorbeirasende Häuser, Felder, Wälder, Kühe, Sonne, Masten, Wolken, Himmel, Gewässer, Menschen, Briefkästen, Zäune. Ich schaue ihn an.

»Ich weiß einfach nicht mehr, ob ich noch verliebt in dich bin«, sage ich schließlich und bin überrascht, wie leicht es mir über die Lippen kommt.

»Puh …«, sagt Paul und atmet laut aus. »Das ist krass.« Er wendet seinen Blick ab. Für einen Moment habe ich den Eindruck, dass er weint.

»Du …«, setzt Paul an und verstummt.

Eine Durchsage dröhnt über die Lautsprecher in unser Abteil.

»Ich geh mal kurz …« Paul steht auf. »Ich muss mal kurz …«

Ich sehe ihm hinterher, wie er den Gang hinuntergeht. Eine große, schwere Ruhe lässt sich in meinen Füßen, Beinen, Armen und Händen nieder, in meinem Bauch, meiner Brust, meinem Kopf.

Paul bleibt über eine Stunde weg. Ich kann mich auf nichts konzentrieren, ich höre mir den »Drive«-Soundtrack an, in voller Lautstärke. Die volle Lautstärke ist mir nicht laut genug.

Als Paul wiederkommt, streift er mich nur kurz mit seinem Blick, setzt sich wieder auf den Platz mir schräg gegenüber, stopft sich seine Jacke in die Ecke, legt den Kopf darauf ab und schließt die Augen. Ich mache kurz meine Musik leiser und überlege, ob ich etwas sagen soll. Versuchen, mit ihm darüber zu reden. Aber ich lasse es bleiben. Wozu jetzt schon wieder reden? Ich drehe den »Drive«-Soundtrack wieder auf volle Lautstärke.

Der Zug fährt in den Bahnhof ein. Wir schultern schweigend unser Gepäck, stellen uns schweigend vor die Zugtür und warten schweigend darauf, dass sie sich öffnet. Wir gehen schweigend zu den Rolltreppen und fahren schweigend die Rolltreppen hinauf.

Oben, bei den Fressbuden, ruft Paul leise: »Nora.«

Ich bleibe stehen. Ich halte mich am Riemen meiner Tasche fest.

Paul holt tief Luft. Wieder dieser skeptische Blick.

»Trennst du dich gerade von mir?«, fragt Paul leise und mit einer Ungläubigkeit in seiner Stimme, die beinahe gruselig ist, weil sie so klar in den Worten liegt.

Dass er das jetzt ausgesprochen hat, hebt die Trennung aus meinem Gedankenraum und macht sie auf einen Schlag zu einer realen Option.

»Im Ernst jetzt?«, sagt Paul. Und dann sagt er, und es klingt wie ein Ratschlag aus einem Hollywood-Melodram: »Tu es nicht. Tu es nicht, Nora. Ich bitte dich.«

»Paul …«, sage ich und bemühe mich, meine Stimme stark klingen zu lassen.

»Ich möchte mit dir zusammen sein«, sagt Paul. »Du bist die Frau meines Lebens.«

»Mann Paul«, sage ich und kann jetzt doch nicht verhindern, dass ich anfange zu weinen.

Ich stehe vor ihm und lege meine Hand auf seinen Arm. Ich zögere. Ich schmiege mich an ihn, ich presse meine Hände an sein Gesicht.

»Verlass mich nicht, Nora. Bitte, verlass mich nicht«, sagt Paul, leise und eindringlich, und es zerreißt mich noch mehr. Sein Körper fühlt sich warm und vertraut an. Ich streiche vorsichtig seinen Schal aus dem Gesicht. Er sieht trotz seiner Größe plötzlich ganz klein und schmächtig und unsicher aus; er sieht aus wie ein Schuljunge, ein Bub, ein Lümmel, und ich könnte schreien, weil ich mich ihm einerseits so nah fühle und andererseits so fern.

Um uns herum rennen Menschen zu ihren Zügen, schwingen ihre Einkaufstüte, umarmen und küssen sich. Ich schäme mich dafür, dass es mir auffällt, dass dafür überhaupt Platz in meinen Gedanken ist.

»Komm, lass uns mal von hier weggehen«, sage ich und wir gehen durch die Bahnhofshalle nach draußen. Kalter Wind schlägt uns entgegen. Tolle Idee, denke ich und muss innerlich fast ein bisschen lachen.

»Boah, Hamburger Schietwetter«, sagt Paul. Er ist ganz blass um die Nase und versucht ein Lächeln. Wir gucken ein paar Minuten blöd in der Gegend rum.

»Und jetzt?«, sagt er.

»Vielleicht ist es am besten, wenn wir uns ein paar Tage nicht sehen«, sage ich.

Pauls Gesicht verzieht sich.

»Gib mir eine Woche«, sage ich schnell, fast bittend sage ich es. »Ich brauche Zeit, glaube ich. Nur ein bisschen. Zeit zum

Nachdenken. Ich bin so durcheinander. Ich weiß gar nicht mehr, wo oben und unten ist. Ich weiß nicht mehr, was ich fühlen soll, was ich fühlen will, was ich fühlen kann. Eine Woche, okay?« Ich greife nach seiner Hand und drücke sie fest. Der Wind pfeift unter unsere Jacken und Schals. »Bitte.«

Am nächsten Morgen klingelt mein Telefon. Ich liege noch im Bett. Es ist Paul. Ich zögere, gehe dann aber doch dran.

»Hey«, sage ich.

»Hey«, sagt Paul.

Ich schweige.

»Hey Baby«, sagt Paul, »ich wollte mich nur mal melden.«

»Paul …«, sage ich.

»Ich weiß, ich weiß. Keinen Kontakt. Nachdenken, Abstand. Tut mir leid. Es fällt mir nur so schwer. Tut mir leid.«

Ich weiß nicht, was ich darauf antworten soll. Ich reibe mir die Stirn mit der flachen Hand. Die ganze Situation, das alles hier: Es ist so bescheuert. So unwirklich.

»Ich vermisse dich«, sagt Paul.

Ich atme ein und aus, es klingt unnatürlich laut.

»Paul, es ist sowieso schwer genug. Ich glaube, wir brauchen das jetzt. Wir beide.«

Ich bin fast ein bisschen wütend auf Paul, dass er die Abmachung gebrochen hat. Wut, denke ich. Ist ja völlig absurd.

»Okay«, sagt Paul. »Nein, ich verstehe das ja. Ich will dir die Zeit geben –«

»Uns die Zeit geben!«

»Ja, uns die Zeit geben, die wir brauchen. Ich will das. Aber ich möchte nur kurz sagen, ich weiß, dass wir es schaffen können, Nora. Ich weiß, dass es geht. Ich habe nachgedacht und ich … Na ja, darüber können wir noch mal in Ruhe reden. Wenn du so weit bist. Aber ich weiß es, okay? Ich kann das.«

»Es geht doch nicht darum, ob du das kannst oder nicht.«

»Doch. Also nein, es geht um uns beide, klar, aber doch, es geht auch darum, dass ich das kann, dass ich mich ändern kann, dass wir wieder so glücklich miteinander sind, wie wir es mal waren.«

Ich will ihm reflexartig widersprechen, aber dann fällt mir auf, dass ich gar nicht weiß, was ich sagen will.

»Und ich weiß, dass es in den letzten Monaten scheiße gelaufen ist, teilweise zumindest, ich bin irgendwie mit Scheuklappen durch die Gegend gelaufen und ich merke erst jetzt, leider erst jetzt, dass ich dir gar nicht richtig zugehört habe, dass ich nicht in dem Maße für dich da war, in dem ich für dich da sein möchte, das möchte ich wirklich, Nora, für dich da sein. Und ein guter Freund sein möchte ich dir, ich möchte dir der beste Freund überhaupt sein …«

»Hör auf«, sage ich leise, aber bestimmt. »Hör bitte auf, Paul.«

Es ist kurz still.

»Ja, du hast recht. Ich … Nimm dir deine Zeit.« Ich höre, wie er ausatmet. »Ich lege jetzt auf. Ja, ich lege jetzt auf, das mache ich. Okay. Ich liebe dich, okay. Melde dich, ja? Bitte melde dich.«

Stille. Es tutet. Er hat aufgelegt.

Am liebsten würde ich jetzt gleich zu ihm fahren, all die sich selbst kleinmachenden Worte, die gerade aus ihm herausgepurzelt sind, wieder in ihn zurückstopfen und ihn umarmen und so tun, als sei nichts gewesen, aber das wäre inkonsequent und zu einfach, und dann würden wir sicherlich sofort in alte Muster zurückfallen. Bestimmt würden wir das. Ich ziehe mir die Bettdecke über den Kopf und wimmere und fluche hinein.

»GUTEN MORGEN, NORA«, sagt Patrick. Ich sitze im Aufenthaltsraum. Ein paar Heizpilze wurden aufgestellt, weil es so kalt ist. Ihr Summen ist ganz leise zu hören. Auf den Tischen stehen geschmacklos gemusterte Pappteller mit Keksen und Gummibärchen. Paul hat sein Versprechen gehalten und mich nicht noch einmal angerufen.

»Morgen!«, sage ich.

»Darf ich mich zu dir setzen?«

Patrick hält eine Schrippe und eine Kaffeetasse in den Händen.

»Klar.«

Ich schiebe meinen Schal und die Zeitung beiseite. Patrick setzt sich neben mich auf die Bank. Krümel bröseln auf seine schwarze Outdoorhose. Einen Moment lang herrscht Schweigen. Ich versuche, mich nicht unwohl dabei zu fühlen.

Ich mustere sein Profil. Die große Nase, die zottelig wachsenden, dunklen Augenbrauen, die Stoppeln am Kinn. Emily findet alle Männer unter vierzig erst mal grundsätzlich uninteressant. Sie behauptet, mit vierzig fangen sie an, anders zu riechen.

Never fuck the company war eine der ersten Sachen, die Emily zu mir gesagt hat, als wir uns vor nun gut zwei Jahren angefreundet haben.

»Na, und wie läuft's?«, sagt Patrick.

»Gut«, sage ich. »Ganz gut. Bei dir?«

»Joa. Muss ja.« Er grinst. Ich grinse ein bisschen gequält zurück. Ich hasse das, wenn Leute »Muss ja« sagen. Das finde ich immer so unfassbar deprimierend. Muss, muss, muss. Als ob. Als ob man irgendetwas muss, ihr Müsser.

»Hm«, sage ich.

»Was liest du denn da?«

»Ach, nur so einen Artikel.«

»Der durchschnittliche Verdienst von Frauen in der Bundesrepublik liegt noch immer deutlich unter dem durchschnittlichen Verdienst von Männern«, liest Patrick laut. »Ah ja. Interessant?«

»Mhm, joa. Schon.«

Mir ist schmerzhaft bewusst, dass ich überhaupt nicht weiß, wie ich mich verhalten soll. Ich wäre Emily zuliebe gerade gern umgänglicher, lockerer, gesprächiger. Mir kommen aber die ganze Zeit Gedanken, die nicht hierher passen, die teilweise sogar sehr befremdlich auf mich wirken: Wie gut Patrick im Bett ist, wie gut er leckt, wie groß sein Schwanz ist. Wie er manchmal wegen seiner Kinder weint und Emily ihn trösten muss.

Patrick hat sein Brötchen aufgegessen. Er wischt die Krümel mit einer Handbewegung von seiner Hose, steht auf, zieht sich den Gürtel zurecht.

»Na denn«, er nickt in Richtung Studio. »Ich muss mal wieder.«

Ich schaue ihm hinterher.

Manchmal frage ich mich, was passiert wäre, wenn ich mich gegen den Serienjob entschieden hätte. Als ich mich dafür entschied, war ich erst wenige Monate zuvor nach Berlin gezogen, um endlich als Schauspielerin einen Fuß in die Tür zu bekommen. Ich hatte mich vorerst von der Idee verabschiedet, an Schauspielschulen vorzusprechen: Ich wollte Filme machen. Mir war natürlich mehr als klar, dass niemand auf mich wartete und dass, seien wir ehrlich, keine Wunder zu erwarten waren, aber ich wollte es wenigstens versucht haben, und zwar jetzt und nicht erst mit Ende dreißig, wie es manche tun, die sich als junge Menschen ihren Traum versagt haben und dann beinahe lächerlich dabei wirken, wie sie ihm viel zu spät doch noch hinterherjagen.

Ich stelle mir vor, was gewesen wäre, wenn ich der Versuchung widerstanden hätte. Wäre ich in Berlin geblieben? Hätte ich mir dort ein Leben aufgebaut? Hätte weiter auf Einladungen zu Castings gewartet wie Tausende andere Schauspielerinnen in der Hauptstadt auch, mich mit Nebenjobs durchgeschlagen und gehofft, dass sie irgendwann einmal vom Himmel fallen würde, die Zusage für eine tolle Rolle? Wäre das naiv gewesen – oder konsequent?

Ganz früher, als Teenager, als ich davon träumte, Schauspielerin zu werden, war für mich immer klar, dass ich nicht in einer Daily Soap spielen würde, und zwar unter keinen Umständen. Dann lieber etwas völlig anderes. Nun ist »Das Gutshaus« nicht direkt eine Daily Soap, aber doch ein tägliches Format mit einem Zielpublikum in der eher betagteren Altersgruppe.

Das Ganze ist nicht trashig, aber die Dialoge sind durchaus dürftig und der Plot wiederholt sich alle paar Monate, nur in verschiedenen Konstellationen.

Ich weiß noch, wie ich nach der Zusage nächtelang die Fürs und Widers hin- und hergewälzt habe, hin- und hergerissen auch zwischen Euphorie über das Erfolgserlebnis und der Angst, meinen Namen für lange Zeit mit einer Sache zu verknüpfen, mit der ich eigentlich nie etwas zu tun haben wollte. Bis am Ende der Woche dann der Umschlag mit dem Vertrag im Briefkasten lag und ich unterschrieb, bevor ich es mir wieder anders überlegen konnte.

Meine Theorie war: Es würde sowieso kaum jemand mitbekommen, was ich da machte. Wer guckt schon vor zwanzig Uhr Fernsehen? Wer guckt heutzutage überhaupt noch Fernsehen?

Die Theorie hat sich aufs Schönste bestätigt. In meiner Welt wissen die meisten Menschen nicht mal, dass »Das Gutshaus« existiert. Als Paul und ich uns Abend für Abend in der Küche von Ansgars WG verquatschten, in die ich damals gerade eingezogen war, und er schließlich aus mir herausgekitzelt hatte, was das eigentlich genau für eine Art von geheimnisvollem Schauspieljob war, für den ich extra nach Hamburg gezogen war, fand er es vor allem ziemlich witzig, dass ich so spät damit herausgerückt war, und nutzte meine Vorurteilsparanoia fortan aus, um mich damit aufzuziehen.

Wenn wir abends alle zusammen unterwegs waren, nannte er mich »meine Prinzessin« oder »Gnädigste« und dabei lallte er meistens ein bisschen.

Einmal kam ich von einem Drehtag nach Hause und mein ganzes Zimmer hing voller kleiner Zettel, aufgespannt an langen, dunkelgrünen Schnüren. Darauf waren Bleistift-Zeichnungen zu sehen. Hintereinander betrachtet ergaben die Zeichnungen eine Geschichte: Ein Drache war traurig darüber, dass ihm alle seine geliebten Prinzessinnen immer von eitlen, humorlosen Schönlingen gestohlen wurden, und das frecherweise, ohne vorher um Erlaubnis gebeten zu haben. Was der Drache nicht ahnen konnte: Die Prinzessinnen hatten sich schon längst alle miteinander verbündet und von ihren jeweiligen Prinzen befreit und hatten dann mit vereinter Kraft ein Boot zusammengezimmert. Nun waren sie auf dem Weg zurück zu ihm. Am Ende lebte der Drache mit vierzig Prinzessinnen auf seinem Berg. Die letzte Zeichnung zeigte den Drachen und seine Prinzessinnen lachend in einem Whirlpool. Darunter stand: Und wenn sie nicht gestorben sind, so leben sie noch heute.

—

Ich will nur schnell ein paar Sachen einkaufen, als ich Emily vorm Joghurtregal entdecke. Sie ist in ihren Trainingsklamotten. Ich schleiche mich von hinten an und lege meine Hände auf ihre Taille.

»Halloooo«, schnurre ich in ihr Ohr.

»Oh Gott, du verdammter Creep.«

»Na, holst du dir ein bisschen Joghurt zum Abendbrot?«

»Pass auf, ich klebe voll«, sagt Emily und schiebt mich ein Stück von sich.

»Warst du laufen?«

»Und gleich gehe ich dancen.«

»Hä?«

»Jazzdancen. Ich fange so einen Kurs an.«

»Echt? Wolltest du nicht mit Kampfsport anfangen?«

»Doch, doch«, sagt Emily. »Aber das hat sich grad so angeboten. Willst du mitkommen?«

»Du hast echt zu viel Energie übrig«, sage ich und schüttle den Kopf.

Emily nimmt sich zwei Vierer-Packungen Naturjoghurt aus dem Fach und ein paar Reihen weiter einen Maxi-Becher Schokoladenpudding.

»Weißt du, ich habe nachgedacht. Ich glaube, ich mache jetzt doch noch meinen Master.«

»Echt? Du willst aussteigen?«

»Nein«, sagt Emily. »Ich bin doch nicht wahnsinnig.« Sie strahlt mich an. »Ich mach einfach ein Fernstudium. Genial, oder?«

Wir gehen an den Saftregalen entlang. Rote Traube, weiße Traube, Banane, Rhabarber, Ananas, Cranberry, rote Johannisbeere, schwarze Johannisbeere, Multi-Frucht, Multi-Frucht-Exotic, Holunderaroma, ohne Zusätze, mit Zusätzen, ohne Fruchtfleisch, mit Fruchtfleisch, weniger Zucker, weniger Säure, mehr natürlich, mehr bio, weniger Spaß, mehr Geld.

»Ich habe das Gefühl, es täte mir gut, mal wieder etwas für mich zu machen. Außerdem –«, sie schnappt sich ein Tetrapak Möhrensaft mit Honig, »wann, wenn nicht jetzt, 'ne?«

»Klingt super«, sage ich. »Und das geht so einfach?«

»Klar. Kostet halt, aber das ist ja nicht das Problem.«

»In Politik?«

»Ich denke schon, aber ich muss noch mal recherchieren, was genau man alles machen kann. Ich fände so was in die Richtung von Friedensforschung gut, weißt du? Oder was in Verbindung mit Wirtschaft oder so. Um wirklich Ahnung zu haben.«

»Na ja, du scheinst ja sehr motiviert zu sein!«

Wir sind mittlerweile beim Fleisch und beim Käse. Ich packe ein paar Dinge in meinen Korb.

»Weißt du, es ist ja nicht so, dass ich mich nicht ständig frage, was zum Teufel ich da eigentlich mache und wohin das führen soll.«

»Hm«, mache ich.

»Der Sinn meiner Tätigkeit beschränkt sich seit vier Jahren darauf, ein paar Omis glücklich zu machen!«

»Das ist doch auch was!«

»Ja …« Emily schiebt ihre Unterlippe vor. »Aber … Es ist alles so … Ich weiß nicht. Manchmal denke ich einfach, ich verschwende meine Zeit mit Banalitäten und ich sollte lieber die Welt retten gehen oder so. Ich habe gestern zufällig Paul auf der Straße getroffen und mit ihm darüber gesprochen und er meinte …«

»Ah! Daher weht der Wind!«

»Ja, aber das beschäftigt mich schon länger. Er hat mich jedenfalls ermutigt.«

»Wann, sagst du? Gestern hast du ihn gesehen?«

»Yep.«

»Und, wie geht es ihm?«

»Ach … Passt schon. Ich meine, was weiß ich, wie soll es ihm schon gehen.«

»Ja, blöde Frage«, sage ich.

»Wann willst du ihn denn endlich mal anrufen?«

»Keine Ahnung … Bald. Morgen vielleicht. Ich weiß einfach nicht …«

»Vermisst du ihn denn gar nicht?«

»Doch.«

»Na also«, sagt Emily. »Also, meine Meinung kennst du: Du wärst schön blöd, euch nicht noch eine zweite Chance zu geben.«

»Zweite Chance. Das klingt irgendwie so traurig und altbacken. Und gönnerhaft.«

Emily wirft mir einen Blick zu.

»Ja, ja, ist ja gut«, sage ich.

Emily ist also zum Jazzdancen und ich liege auf meinem Bett und starre bestimmt schon eine halbe Stunde auf mein Handy und auf Pauls Namen. Mein Daumen liegt mehrere Male auf der Grün-Taste. Aber irgendetwas hält mich davon ab, draufzudrücken.

Ich mache mir einen Tee und eine Schüssel mit Cornflakes, klettere zurück ins Bett und starre wieder auf mein Handy.

Ich lese alte SMS-Nachrichten.

Ich stehe auf und drehe die Heizung auf fünf.

Ich surfe ziellos im Internet herum und lese ein paar belanglose Artikel.

Ich krame Pauls Briefe unter einem Stapel Papier hervor.

Ich frage mich, warum es mich so viel Überwindung kostet, ihn anzurufen. Etwas in mir sträubt sich dagegen, mich bei ihm zu entschuldigen. Aber wer sagt schon, dass Paul eine Entschuldigung von mir erwartet? Hat er sich nicht vor ein paar Tagen bei mir entschuldigt? Stört mich vielleicht, dass das ›Entschuldigen‹ überhaupt im Raum steht? Weil es uns beide schwach wirken lässt? Kann es sein, dass ich mich an so etwas wie Schwäche störe? Das wäre ja völlig bekloppt.

Ich denke: Ich liebe Paul. So einfach kann es sein. Und ich vermisse ihn, vermisse ihn wirklich, habe ihn in den letzten Tagen vermisst, wie ich selten etwas vermisst habe. Ich vermisse, wie er mich ansieht, ich vermisse, wie er riecht, ich vermisse das Vertrauen zwischen uns und ich vermisse seine blöden Sprüche. Ich vermisse, wie er denkt, ich vermisse, wie er tanzt, ich vermisse seine Essgewohnheiten und seine schlechte Laune am Morgen. Ich vermisse es, mit ihm gemeinsam unsere Zukunft zu planen. Ich vermisse, wie er mich zu sich zieht, am Frühstückstisch oder einfach so auf der Straße.

Das Leben ist mir echt eindeutig zu anstrengend. Mit diesen ganzen Entscheidungen, von denen man nie wissen kann, welche richtig und welche falsch sind.

Emily kommt nach Hause, ich springe auf und fange sie gleich im Flur ab.

»Ich finde es übrigens total super, dass du das mit dem Fernstudium machen möchtest«, sage ich.

»Was ist denn mit dir los?«, sagt Emily.

»Wollte ich nur noch mal sagen. Ich hab ein bisschen ein schlechtes Gewissen, weil ich vorhin von dem Thema so abgelenkt habe und wieder nur über mich geredet habe.«

»Ach, du bist ja niedlich«, sagt Emily. »Überhaupt nicht schlimm! Es gab doch auch gar nicht viel mehr zu besprechen mit dem Fernstudium.«

»Hm«, sage ich. »Aber so richtig cool war es nicht. Tut mir leid.«

»Das muss dir wirklich nicht leidtun, Nora.«

Über dem Abend liegt eine dumpfe, winterliche Gemütlichkeit. Ich bin gerade dabei, Ordnung in das Chaos meines Kleiderschranks zu bringen, als Emily, die draußen auf dem Balkon raucht, mich ruft.

»Nora, komm schnell!«

»Warum?«

»Komm einfach!«

Ich ziehe mir meine Alpaka-Socken an, schlüpfe in meine Birkenstock und gehe raus auf den Balkon. Es ist arschkalt.

»Was ist denn?«

»Guck mal!«

Sie zeigt ins Dunkel hinein, in den Nachthimmel über den Häuserreihen. Große, rot-orange leuchtende Papierlampions schweben von der anderen Straßenseite empor, steigen in die Lüfte.

»So schön«, flüstert Emily. Erst jetzt bemerke ich, dass sie vor Rührung weint.

Ein Lampion verfängt sich in dem Geäst eines Baumes, fängt an zu brennen und erlischt gleich wieder. Ich schaue in den Himmel, schaue mir die Lampions an und suche nach demjenigen, der sie anzündet und aufsteigen lässt. Paul steht im Halbdunkel, dick eingepackt, schwach angeleuchtet von einer Straßenlaterne. Mir wird plötzlich ganz butterig vor Zuneigung. Der spinnt ja total! Unsere Blicke treffen sich. Mein Handy vibriert.

Ich lese die SMS: *»This is a song / for my simplest love.«*

Ich schaue wieder zu ihm.

Nächste SMS: *»Yes, you're lovely / with your smile so warm / and your cheeks so soft / there is nothing for me / but to love you / and the way you look tonight.«*

Nächste SMS: *»No woman / no cry.«*

Ich lache.

Nächste SMS: *»There's a limit to your love / like a waterfall in slow motion.«*

Nächste SMS: *»But … When you're with me, Baby, when when you're with me.«*

Nächste SMS: *»Ooooh, sweet lady, I think I'm in love, oooh, I really think I'm in love … I can't believe the way I'm falling for you / Is this love / can it really be true?«*

Nächste SMS: *»If I could hold myself the way you held me / then I wouldn't need you.«*

Nächste SMS: *»Do you believe that there's treasures in the ocean? / Did I say I'm just a boy? / One kiss from you and I'm drunk up on your potion.«*

Nächste SMS: *»Girl, you make me want to feel / things I've never felt before.«*

Nächste SMS: *»You don't have to be on your own.«*

Nächste SMS: *»How deep is your love / I really need to learn / 'Cause we're living in a world of fools.«*

Auf meinem Gesicht hat sich ein Dauergrinsen etabliert. Emily hat sich längst unauffällig vom Balkon verzogen.

Nächste SMS: »Kommst du morgen mit mir ins Theater, bitte?«

Nächste SMS: *»I'm in love with how you feel / I don't see what anyone can see, in anyone else.«*

Nächste SMS: »Bitte?«

Nächste SMS: »Bitte?«

Nächste SMS: »Komm mit mir ins Theater, bitte!«

Nächste SMS: »Bitte, komm mit!«

Nächste SMS: »Bitte.«

Nächste SMS: *»I want you / I need you / I love you.«*

Ich schaue wieder zu Paul. Er steht da und guckt mich an. Ich nicke. Einmal, zweimal, dreimal. Ich forme mit den Lippen: *I want you too / I need you too / I love you too.* Ich sehe, wie Paul wieder zu tippen beginnt.

Nächste SMS: »Ist schon ein bisschen wie Romeo und Julia hier, 'ne?«

»Idiot«, murmle ich grinsend vor mich hin.

Dann gehe ich zurück in die Wohnung, schlüpfe in das nächstbeste Paar Schuhe und renne durch das Treppenhaus runter auf die Straße.

—

Es fühlt sich seltsam an, zusammen mit Paul das Foyer des Thalia Theaters zu betreten. Früher haben wir das öfter gemacht. Manchmal bin ich auch mit Gustav ins Theater gegangen, aber mittlerweile gehe ich meistens alleine. Es ist eine Angewohnheit von mir geworden, nach Drehschluss zu Hause eine Packung Reiswaffeln mit gesalzener Butter hinunterzuschlingen und dann auf dem Spielplan nachzuschauen, was läuft. Oder ich schaue erst gar nicht nach, sondern fahre einfach hin und hoffe auf eine Restkarte, betrete so gut wie ahnungslos den Saal und lasse mich in meinen

Sitz sinken und verschwinde für ein paar Stunden in eine andere Welt. Finde ich einen äußerst angenehmen Zustand. Zusammen mit jemand anderem ist dieser Zustand nicht erreichbar, weil ich dann automatisch die ganze Zeit darüber nachdenke, wie ich das Stück finde, weil man das ja dann später untereinander austauschen muss.

Nach dem Stück, in dem mal wieder viel rumgeschrien und viel Nacktheit präsentiert wurde und das uns beide recht kalt gelassen hat, schlägt Paul vor, noch in eine Bar zu gehen. Ich bin so überrascht, dass ich versucht bin, nach seinem Puls zu fühlen, bis mir klar wird, dass er sich wahrscheinlich einfach wirklich bemüht.

Der Gedanke macht mir das Herz in der Brust gleichzeitig sehr leicht und auch ein bisschen schwer.

Wenig später sitze ich auf Pauls Fahrradlenker und der kalte Nachtwind wirbelt mein Haar auf. Die Stange bohrt sich schmerzhaft in meinen Po, meine Beine zittern vor Anstrengung und immer wieder schreie ich kurz auf, wenn Paul in den Kurven beschleunigt etwa oder wenn er absichtlich Schlangenlinien fährt. Mein Kopf liegt an seiner Schulter und sein Atem streift meine Wange. Die Nacht wirkt unwirklich. Viel zu dunkel, winterlich, viel zu leer.

»Nein!«, schreie ich hysterisch, oder ist es ein Lachen, als Paul plötzlich scharf bremst. Mein Bein rutscht ab und ein Stück meiner Jeans verfängt sich zwischen den Speichen. »Oh Gott, oh Gott.«

»Geht's?«, sagt Paul.

»Ja, alles gut, alles gut«, sage ich und gehe auf zitternden Beinen ein paar Schritte, den Blick auf die Straße gerichtet, die sich sogar ein bisschen dreht.

Als wir unter der S-Bahn-Brücke hindurchgehen, wird es wieder lebhafter um uns herum. Das Schulterblatt ist wie immer bevölkert von jungen Menschen und ihren überteuerten Cocktails. Wir gehen ins Thier und quetschen uns dort an die Bar. Paul legt seine Hand auf mein Bein und bestellt zwei Rhabarberschnäpse und zwei Bier für uns.

Er versucht, eine Unterhaltung über das Stück mit mir anzufangen, aber es ist so laut, dass wir Mühe haben, einander zu verstehen, und ich drifte immer wieder ab, abgelenkt von den Körpern, die sich an mich drücken, um zur Bar zu gelangen. Ich will schon vorschlagen, woandershin zu gehen, aber dann denke ich, dass es das jetzt auch nicht mehr bringt.

»Komm. Ich habe ein bessere Idee«, schreit Paul in mein Ohr.

»Was?«

»Komm.«

Paul ext sein Bier, zieht mich vom Hocker und wir schlängeln uns Hand in Hand durch die trinkende Gesellschaft.

»Was machen wir?«

»Komm.«

»Fahren wir nach Hause?«

Paul schließt sein Fahrrad auf und klopft auf die Stange vor sich.

»Können wir nicht einfach nach Hause? Ich bin echt müde. Wir können meinetwegen auch zu dir.«

»Jetzt steig schon auf.«

Widerspenstig steige ich auf.

»Autsch«, sage ich.

»Kann's losgehen?«

»Ich schwöre, morgen habe ich einen Bluterguss am Po von dieser Stange.«

Paul radelt mich ein zweites Mal durch die Nacht. Er steuert auf den Pferdemarkt zu und biegt nach St. Pauli ab. Gleich zu Hause, denke ich erleichtert und versuche, den Schmerz und die Anstrengung in meinen Beinen auszublenden.

Wir fahren die Wohlwillstraße hinunter und Paul macht eine gute Figur darin, die vergnügungslustigen Nachtgestalten im Slalom zu umfahren.

Seit ich in einer Beziehung bin, hat das Ausgehen im Winter wesentlich an Reiz verloren. Die Alternative, mit einer Tasse Kakao im Bett herumzulümmeln, zu schmusen und Filme zu gucken, hat offensichtliche Vorteile. Wenn das nicht der Grund ist, warum man eine Beziehung überhaupt eingegangen ist. Um an Winterabenden nicht schockgefrostet und erfolglos an U-Bahn-Stationen zu stehen und wie im Wahn die Anzeige zu fixieren: nächste Abfahrt in vierundzwanzig Minuten.

Paul hält an, diesmal sanfter. Ich komme mit den Füßen am Boden auf und steige vorsichtig ab. Wir sind noch vier Blocks von Pauls Wohnung entfernt, zwei Häuser weiter ist der Blumenladen von Pauls Mutter.

»Was machst du? Warum hältst du an?«

Paul schiebt sein Fahrrad Richtung Laden, nimmt seinen Schlüsselbund und sucht nach dem richtigen Schlüssel.

»Paul, was machst du? Es ist arschkalt.«

Er findet den richtigen Schlüssel und steckt ihn in die Tür neben dem Laden.

»Komm, wir müssen den Seiteneingang nehmen.«

»Warum hast du überhaupt den Schlüssel?«

»Musste vorhin noch was für Mama abholen.«

Wir betreten den Laden durch den Flur. Paul stellt sein Fahrrad im Lager ab, es rumpelt und kracht, dann zieht er mich weiter in den Verkaufsraum. Ein überwältigender Geruch von schwerer Süße empfängt uns. Es ist stockduster. Paul tastet nach dem Lichtschalter und flackernd erleuchtet sich Marlies' Paradies.

Alles voller Blumen. Alles voller Rosen und Nelken und exotisch aussehender Gewächse, Chrysanthemen, Schneeglöckchen und Lilien, und draußen, vor dem Schaufenster, die Januarnacht.

»Das können wir doch nicht machen«, flüstere ich, obwohl ich mir nicht sicher bin, warum ich flüstere. »Jemand wird die Polizei rufen.«

»Ach Quatsch«, sagt Paul, macht aber trotzdem die kleine Tischlampe an und das große Licht wieder aus. Ich lehne mich gegen die Arbeitsplatte.

»Wie das riecht. Wahnsinn, nicht wahr?«

Paul hat begonnen, zwischen den Eimern herumzuspazieren und einzelne Blumen zu einem Strauß zusammenzutun.

»Bist du betrunken?«

»Gute Frage«, sagt Paul und fährt in aller Ruhe fort, Blütenköpfe hervorzuziehen.

»Komm, Paul, ich weiß wirklich nicht, ob das eine gute Idee ist, deine Mutter …«

Paul kommt zu mir, kommt dicht an mich heran, sodass sich nur noch der Blumenstrauß zwischen uns befindet.

»Jetzt entspann dich mal, Nora«, flüstert er und sein leicht belustigter Tonfall lässt mich ganz weich werden.

Diese zwei Sekunden, in denen wir uns jetzt gegenüberstehen, unsere Körper so nah beieinander, dass man den Atem des anderen hört und spürt. Diese zwei Sekunden, in denen die Spannung sich bis ins Unerträgliche verdichtet, diese zwei Sekunden, in denen der Moment etwas in mir triggert, diese zwei Sekunden, in denen sein Gesicht das schönste der Welt ist und sein Körper begehrenswert, wie normalerweise nur unbekannte Körper begehrenswert sein können.

Paul lässt den Blumenstrauß fallen. Ich spüre Pauls Hände in meinem Gesicht. Pauls Hände in meinem Haar. Pauls Hände in meinem Nacken. Ich höre endgültig auf zu atmen. Was machen wir hier?, denke ich. Was passiert mit meinem Körper?, denke ich. Das ist doch nur mein Freund, denke ich. Dann höre ich auf zu denken, weil Paul seine Lippen auf meine drückt.

Paul hat feste, weiche Lippen. Feste Hände, die mich fest heranziehen. Ich sacke ein wenig in mich zusammen. Lasse mich auffangen. Presse mich an seine Brust, presse mich zwischen seinen Griff, der sich nur gelegentlich lockert, um mir sanft über die Wange zu streichen. Er küsst mich nicht grandioser als sonst, unser

Küssen ist ein recht gewöhnliches Küssen, aber in diesem Moment macht es nichts. In diesem Moment hat er begriffen, wie er mich packen muss, und vor Glück wird mir ganz schwindelig. Wenn es Momente wie diese geben kann, was soll dann falsch an unserer Beziehung sein? Hier ist der Mann, mit dem ich mein Leben verbringen möchte, und er küsst mich in einem Blumenladen, und wahrscheinlich kann man von außen reingucken, durch die bedruckten Schaufensterscheiben, und wahrscheinlich kann man uns sehen und sehen, wie ich mich an ihn klammere, als würde ich sonst ertrinken, und wahrscheinlich kann man auch sehen, wie er mich auf den Verkaufstresen hebt und seinen Gürtel öffnet und meine Strumpfhose beiseitezieht.

»Moment, Paul.«

»Was?« Sein Atem geht schnell, er sieht mich an.

»Paul, das geht nicht.«

»Was geht nicht?«

Paul hat meinen Rock so weit hochgeschoben, dass ich um die Hüfte zu frieren beginne.

»Da kann man doch reingucken.« Ich zeige Richtung Schaufenster.

»Scheißegal.«

»Nein. Irgendwie … Sorry.«

Paul lässt stöhnend von mir ab.

»Okay, ich lass die Rollläden runterfahren, warte.«

Paul stolpert mit halb heruntergelassenen Hosen in den Flur. Ich muss lachen. Einen Moment später surrt es und die Jalousien kriechen Stück für Stück die Scheibe hinunter.

»Besser?«, fragt Paul, als er wieder vor mir steht. Ich kann die Ungeduld in seinen Augen ablesen.

»Besser«, sage ich, grinse und schlinge meine Arme um seinen Hals. »Viel besser.«

IM FEBRUAR IST DIE ALSTER ZUGEFROREN. Nachdem das Eis nun offiziell dick genug ist und in allen Medien euphorisch das Alstervergnügen angekündigt wird, werden ruckzuck die Buden aufgebaut und halb Hamburg strömt auf die neu geschaffene Fußgängerzone im Zentrum der Stadt.

Mit den Schlittschuhen im Gepäck machen wir uns auf den Weg. Es ist Samstag und der Bus ist rappelvoll. Es ist ein seltsames Gefühl, als wir schließlich mitten auf dem Eis stehen, das Ufer aus der neuen Perspektive betrachten; ein seltsam entzückendes und auf eine Art auch erhebendes Gefühl. Das mit dem Schlittschuhfahren entpuppt sich allerdings als Reinfall. Das Eis ist viel zu unregelmäßig zugefroren, sodass ich ständig über kleine Eisgebirge stolpere, und hinzu kommt, ebenfalls erschwerend, dass sich die Schlittschuhspuren unserer Vorgänger tief in die Eisdecke eingegraben haben.

Die romantische Vorstellung, wie wir schwerelos und Händchen haltend und wie frisch verliebt über die Außenalster gleiten, wird also von zaghaftem Vorwärtssteppen ersetzt, gelegentlich untermalt von verhalten-hysterischen Aufschreien, wenn sich einer von uns auf die Nase packt.

»Du hältst dich an mir fest!«

»Tu ich gar nicht!«

»Klar tust du das!«

»Hahaha, hör auf zu nörgeln.«

»Ich nörgele nicht.«

»Doch, doch, du bist mein Grummeltierchen.«

»Grummeltierchen ... Grummeltierchen ... Das ist echt hart,

Paul. Das ist ein echter Sexappeal-Killer.« Ich lache und falle zum dritten Mal in Folge hin.

»Manno, dieses scheiß Hügeleis, ey.«

»Deine Schlittschuhe sind einfach zu stumpf.«

Ich bleibe wie ein trotziges Kind auf dem Eis sitzen. »Letzte Woche war irgendwie romantischer.«

»Romantischer?« Paul lässt sich neben mich sinken. »Das nennst du ›romantisch‹?«

»Trashig-romantisch. Film-romantisch.«

Letzte Woche, als das mit dem Alstervergnügen noch nicht abzusehen war, haben wir die Schlittschuhsaison im Planten un Blomen bei LED-Beleuchtung und Chart-Musik eingeläutet.

»Megaromantisch!«, sage ich und klopfe mir den Froststaub aus der Jeans.

Im Planten un Blomen konnte man ganz wunderbar Schlittschuh laufen, zumindest theoretisch. Im Planten un Blomen gab es auch so unterhaltsame Dinge zu bestaunen wie oberkörperfreie Hobby-Eiskunstläufer oder toughe Jungs, die Spaß daran hatten, einem den Weg abzuschneiden. Man konnte an der Bande lehnen und sich von der Atmosphäre und der Musik berieseln lassen. Man konnte sich einen Becher Glühwein kaufen und sich dabei fühlen, als wäre man dreizehn und würde zum ersten Mal was gemeinsam mit den süßen Jungs aus der Parallelklasse unternehmen. Wenn ich es mir recht überlege: Ich wäre gerade sehr gerne dreizehn und würde Glühwein mit den süßen Jungs aus der Parallelklasse trinken. Das Kribbeln! Die Glücksgefühle! Die zuckersüße Nervosität!

Aber wirklich nur für einen Abend wäre ich das gern. Ist ja logisch. Das Beste an der Pubertät ist schließlich, dass man sie hinter sich hat.

Wenig später sitzen wir am Rand der Eisfläche und essen mitgebrachte Brote, die Paul heute Morgen noch geschmiert hat. An solchen Tagen sind mitgebrachte Brote das Allerbeste, was einem passieren kann. Nichts würde besser schmecken.

»Ich habe echt voll Glück, dass ich einen Typen zum Freund habe, der sich so gerne mit Essen beschäftigt«, sage ich mit vollem Mund.

»Was?«, sagt Paul, ebenfalls kauend.

Er sieht dabei so süß aus, dass ich lachen muss und augenblicklich in ein Husten ausbreche, weil die ganzen Brotkrümel meine Luftröhre hinunterjagen.

»Ich hab gesagt …« Ich breche wieder in Lachen aus. »Warte … ich … muss … kurz … zu Ende … kauen …«

»Hä?«

»Hör auf!«, japse ich. »Ich kann jetzt nicht lachen, ich esse.«

»Oh. Selbstverständlich. Entschuldige bitte.«

»Erinnerst du dich an diese seltsame Veranstaltung, bei der wir letztes Jahr waren? Die Weihnachtsfeier von der Firma von Emilys Onkel?«

Paul schiebt sich den letzten Bissen Brot in den Mund. »Wo du deinen Monster-Lachkrampf hattest?«

»Ja, und du hast dich völlig ungerührt weiter mit diesem Ehepaar unterhalten, und die waren total irritiert und haben mir immer wieder besorgte Blicke zugeworfen.«

»Du sahst ja auch wirklich besorgniserregend aus. Total verheult und hysterisch.«

»Ich weiß auch nicht, ich fand diese Ansprachen einfach so unheimlich komisch und wie die sich selbst so ernst genommen haben.«

»Das passiert dir immer verlässlich genau dann, wenn es überhaupt gar nicht angemessen ist.«

»Das macht es ja noch schlimmer, je unangemessener, desto schlimmer, ich kann dann einfach nicht mehr aufhören, das geht einfach nicht.«

»Ich habe es schon schwer mit dir.«

»Und ich erst mit dir.«

Paul guckt aufrichtig erstaunt. »Wieso, ich bin doch total pflegeleicht.«

»Genau. Guck mal, hier. Siehst du die grauen Haare?«

»Oh mein Gott, Nora!« Er streckt seine Hand nach mir aus. »Du hast ja graue Haare! Wie süß!«

»Ja, die habe ich alle dir zu verdanken.«

»Ich kann sie dir ausreißen, wenn du willst.«

»Geht's noch?«

»Sexy. Meine Freundin hat graue Haare.«

»Na ja. Zwei, drei.«

»Ach, na ja, ein paar mehr dürften das schon sein.«

»Was?« Ich fasse mir reflexartig an den Kopf. »Dürften oder sind schon?«

Paul zieht mich zu sich. »Don't worry, my love.«

»Be happy«, sage ich.

Abends liegen wir in Pauls Bett und kuscheln.

»Erzählst du mir eine Geschichte?«, frage ich.

»Eine Geschichte? Ich weiß nicht ... Mir fällt keine ein.«

»Von deiner Reise. Eine Geschichte von deiner Reise. Bitte.«

»Du kennst doch die meisten schon ... Von meiner Reise ... Hm. Okay, also gut. Es ist wirklich nichts Spektakuläres.«

»Macht nichts!«, sage ich und nehme mir noch ein zweites Kissen. »Hauptsache irgendetwas. Hauptsache, ich höre deine Stimme.«

»Okay. Also.« Ich mag Pauls Stimme wahnsinnig gern. Ich schließe die Augen. Sie ist tief und ein bisschen rau, also voll bilderbuchmäßig, und sehr, sehr sexy. »Also, Stewart und ich, wir gehen durch die Nacht. Wir sind in Trinidad.«

»Trinidad?«

»Trinidad auf Kuba.«

»Ah so.«

»Also. Wir sind viele, viele Stunden mit dem Bus gefahren, teilweise waren die Straßen vom Regen geflutet und schlammig, wir hatten einen kleinen Unfall –«

»Einen Unfall?«

»Ja, der Bus ist am Straßenrand an ein anderes Fahrzeug geraten und dann stecken geblieben, aber es war nichts Schlimmes oder so. Die Fahrt hat sich halt um ein paar Stunden verzögert.«

»Und dann?«

»Wir sind also spät in Trinidad angekommen. Stewart hatte einen schlimmen Sonnenstich, wir haben zuvor eine Woche in Varadero am Strand verbracht, er sieht aus wie eine leuchtende Boje am Horizont. Nun gehen wir also durch die Nacht. Im Zentrum gibt es so einen großen Platz und da sind so ganz viele Stufen, und die sind komplett übersät mit Menschen. Wir setzen uns dazu. Eine Band spielt und vereinzelte Paare tanzen Salsa dazu. Es werden Mojitos und Cuba Libres in Plastikbechern serviert. Stewart isst eine Tüte Chips und kippt mehrere Mojitos in sich rein. Ich mache mir Sorgen um ihn, bin aber auch etwas genervt …«

»Wie lange wart ihr denn zusammen unterwegs?«

»Bis dahin? Na ja, wir haben uns in Havanna kennengelernt, also schon so knappe zwei Wochen.«

»War das der Gleiche, mit dem du unterwegs warst, als du von dem Pony gefallen bist?«, frage ich.

»Ey«, sagt Paul. »Das war ein echt großes Pony.«

Ich lache leise ins Kissen.

»Und dann?«, frage ich.

»Wir lernen ein Pärchen kennen, das uns überredet, noch auf eine Party zu gehen. Soll in einer Grotte sein. Riesending. Wir gehen einen staubigen, steinigen Weg aus der Stadt raus. Ich unterhalte mich mit dem Paar, was durch Stewarts lallende Ausrufe erschwert wird. Es geht bergauf und wieder bergab und dann ziemlich steil bergauf, und oben, auf einer kleinen Anhöhe, stehen eine Handvoll Menschen vor einer Art Höhle.«

»Das klingt voll spooky!«

»Wir zahlen den Eintritt, und dann müssen wir ganz viele Stufen runter, und es ist wirklich eine richtige Höhle, überall nackte, feuchte Felswände, also vielleicht schon irgendwie spooky. Aber cool. Und dann ist da einfach diese megakrasse Party im Gange. Gefühlt Tausende von Leuten tanzen dicht gedrängt in einer, nun ja, tatsächlich, Grotte mit hohen Decken und überall sieht das so tropfsteinformationsmäßig aus und ich weiß noch, dass ich dachte, wie verrückt das ist. So was habe ich wirklich noch nie gesehen. Auch danach nie wieder. Auf einer Leinwand laufen Videoclips von Modenschauen, Models stolzieren halbnackt über die Laufstege, die Stimmung ist super ekstatisch. Mich überkommt diese Glückswelle, wie man sie manchmal hat, wenn etwas ganz Neues da ist und man sich wie Kolumbus fühlt oder so.«

»Und Stewart?«

»Ja, Stewart …«, sagt Paul bedeutungsschwer.

»Mach's nicht so spannend!«

»Stewart … Ja, Stewart … Stewart ist nicht da.«

»Wo ist er?«

»Ich weiß es nicht. Erst denke ich, er ist an der Bar und holt sich noch etwas zu trinken. Oder er hat jemanden kennengelernt. Aber irgendwann mache ich mir doch Sorgen und suche die ganze verdammte Grotte ab. Ich schaue bei den Toiletten, daneben sind so unterirdische Seen, und ich hab schon die übelsten Albträume, male mir alle möglichen Horrorszenarien aus.«

»Oh Gott, ich glaube, ich wäre gestorben.«

»Das glaube ich auch … Ich frage also ein paar Leute, suche auch das Paar, mit dem wir gekommen sind, aber mein Spanisch reicht natürlich nicht im Geringsten aus, um mich wirklich verständlich zu machen. Irgendwann gebe ich auf und mache mich auf den Weg zurück in die Casa.«

»Und? War er da?«

»Nein. Eben nicht.«

»Oh Gott.«

»Ja. Aber ich war so müde und angetrunken, dass ich trotzdem eingeschlafen bin.«

»Und dann? Wo war er denn?«

»Am nächsten Morgen gehe ich auf die Terrasse hinaus und dann sitzt er da, schichtet sich Papaya, Omelett und Guave auf sein Weißbrot.«

»Hä?«

»Ich habe nie aus ihm rausgekriegt, wo er sich rumgetrieben hat. Er hat behauptet, er kann sich nicht erinnern.«

»Krass«, sage ich.

»Na ja, nicht so krass wie die Geschichte mit dem Pony«, sagt Paul und guckt gespielt entschuldigend.

»Das stimmt. Längst nicht so krass wie die mit dem Pony.« Ich schüttle ernst den Kopf. »Nicht mal annähernd so krass.«

Paul steht in Boxershorts und Unterhemd in der Küche und macht Pfannkuchen. Ich stehe im Türrahmen und beobachte ihn. Seine wippenden Füße, seine auf der linken Hüfte trommelnden Finger. An einer Stelle sind seine Haare platt an den Hinterkopf gedrückt. Und er hat ein bisschen zugenommen.

Paul hat mich noch nicht bemerkt. Ich schleiche mich an und kneife ihm in den Po. »Hey, Sexy.«

Paul zuckt zusammen.

»Mhh, riecht das gut«, sage ich und küsse ihn auf den Hals, grabe meine Hände unter sein Hemd, schlinge meine Arme um seinen Bauch. Sein Duft in meiner Nase: eine Mischung aus Katrins Vanille-Duschgel, Männerdeo und Zahnpasta. Seine Haut an meiner Haut. Weich. Nachgiebig. Warm. Peachy.

»Deckst du schon mal den Tisch?«

»Mhm.«

Paul taucht die Kelle in die Schüssel mit dem Pfannkuchenteig, lässt sie abtropfen und die cremige Masse in die Pfanne hineingleiten. Die karamellfarbene Butter zischt und frisst sich in den Teig hinein, auf dessen Oberfläche innerhalb weniger Sekunden lauter kleine Bläschen blubbern.

»Was brauchen wir?«

»Teller, Gabeln, Messer, Zitrone, Apfelmus und Zucker. Aber den Rohrohrzucker, bitte. Und haben wir noch Saft?«

»Saft?«

»Orangensaft oder so was. Warte mal ...« Er löst sich aus meiner Umklammerung und beugt sich hinunter, um den Vorratsschrank zu öffnen. »Wir hatten doch irgendwo noch eine Packung Hohes C, oder? Von letztens.«

»Du, Paul, hast du eigentlich mal wieder was von Laura gehört?«

»Nicht wirklich«, sagt Paul. »War neulich kurz im Laden bei ihr.«

»Willst du sie nicht mal anrufen?«

»Ja ...« Paul wirkt unentschlossen. »Könnte ich machen, stimmt schon. Ah, hier ist er ja!«

Er stellt den Orangensaft auf den Tisch.

»Mach mal wirklich«, sage ich.

»Sir, yes, Sir«, sagt Paul und drückt mir einen Kuss auf die Wange. »Du hast ja recht. Ich ruf sie an.«

Beim Essen herrscht gefräßiges Schweigen. Die Pfannkuchen schmecken eins a. Ich sage das Paul, und Paul lacht und erwidert, das würde mir nur auffallen, weil sie ihm das letzte Mal so furchtbar misslungen wären.

»Weißt du, dass ich gerade sehr glücklich bin mit dir?«, sage ich zwischen zwei Bissen Pfannkuchen und Paul schaut mich verunsichert über seine Gabel hinweg an und sagt dann: »Ja, ich glaube schon.« Sehr langsam, sehr bedacht sagt er das.

Ich lächle ihn an. Ich esse Pfannkuchen.

—

Bei der Serie finden Veränderungen statt. Es fängt damit an, dass der Darsteller, der den Gutsherren spielt, aufgrund eines besseren Angebots aussteigt und in der Serie deshalb durch einen tragischen Unfall zu Tode kommt. Und es endet damit, dass sich meine Figur, Charlotte, und Daniels Figur, Ferdinand, – selbstverständlich gegen alle äußeren Umstände – ineinander verlieben.

Als ich die Storylines für die kommenden Folgen zu lesen bekomme, ist das Erste, was ich tue, Emily in ihrer Garderobe aufzusuchen. Die Darstellerin, mit der sie sich die Garderobe teilt, ist gerade dabei, ihre Sachen zu packen. Ich halte mich zurück, bis sie sich verabschiedet und die Tür hinter sich geschlossen hat.

»Hast du die Storylines für den nächsten Monat gelesen?«

»Nein«, sagt Emily und zieht eine Nadel aus ihrem kunstvoll geflochtenen Haar. »Wieso?«

»Sieht so aus, als würden Daniel und ich doch noch zu unserem Glück finden.«

Emily starrt mich für einen Moment erschrocken an. »Echt? Oh je!«, ruft sie dann. »Er küsst wie eine Giraffe, die allen Spaß am Leben verloren hat.«

Emily imitiert eine küssende Giraffe, die allen Spaß am Leben verloren hat.

»Irrgs«, sage ich. Emilys Figur hatte vor einer gefühlten Ewigkeit eine Affäre mit Prinz Ferdinand. Das waren die Zeiten, in denen der Gutshof in finanziellen Schwierigkeiten steckte und bevor Ferdinand sich mit einer schönen, ausländischen Gräfin verlobte, die nicht zuletzt auch das nötige Geld mitbringen sollte. Weil die schöne Gräfin irgendwann natürlich die wahren Gründe für den Antrag herausfand, ist diese Ehe längst geschieden. Und nun, nach einer melancholischen Phase des Alleinseins für Prinz Ferdinand, sollen wir zueinander finden: Charlotte und Ferdinand, das romantische Paar, flanierend unter Rosenhecken.

»Ausgerechnet du und Daniel«, sagt Emily. »Witzig!«

»Ja, sehr, sehr witzig, finde ich auch.«

»Ach komm, er ist schon ganz süß … Und sein Body …« Emily schnurrt wie eine Katze und funkelt mich provozierend an. »Vielleicht habt ihr ja mal eine heiße Bettszene zusammen …«

»Hör auf!«, quietsche ich und werfe eine Bluse nach ihr, die auf einem Stuhl rumlag.

Emily hat ihre Sachen zusammengepackt, wir gehen raus. Auf dem Weg zum Auto macht sie sich noch eine Zigarette an. Wir lehnen uns gegen den Kofferraum und gucken über die umliegenden Felder.

»Es ist verrückt, oder? Dass Schönheit wirklich so unwichtig ist bei einem Mann.«

»Nicht allen ist sie unwichtig: Daniel zum Beispiel hat doch ständig Frauen.«

»Gut, dann ist es eben verrückt, wie unwichtig sie mir ist.«

»Und wenn der klügste, witzigste, charmanteste, männlichste, zärtlichste Typ zufällig auch noch wahnsinnig schön wäre?«

»Und auf mich stehen würde?« Ich verziehe den Mund zu einer Schnute. »Hm. Würde ich natürlich nicht Nein sagen. Aber es käme eben an letzter Stelle in der Prioritätenliste.«

»Natürlich. Aber bei Männern ist das hoffentlich genauso.«

»Was?«

»Dass Schönheit an letzter Stelle auf ihrer Prioritätenliste steht. Ach. Schönheit ist eh vergänglich.«

Ich pruste los.

»Ich hatte gestern einen schrecklichen Traum«, sagt Emily dann plötzlich. »Symbolischer geht's nicht.«

»Und zwar?«

»Ich bin einem Ehepaar begegnet, und der Typ war ganz heiß, und dann waren wir zu dritt bei einem Japaner um die Ecke essen, und dann waren wir in einem Haus, und dann hat die Frau kurz weggeguckt, und dann hat der Mann seine Hand zwischen meine Beine geschoben, und statt eines schlechten Gewissens habe ich Triumph verspürt. Triumph! Stell dir vor! Ekelhaft.«

»Na ja ...«, sage ich.

»Und dann haben wir miteinander geschlafen, und die Frau war irgendwie in einem Gebäude gegenüber, und durch die großen Fenster haben sich unsere Blicke gekreuzt. Und dann kam sie rüber und hat mich abgepasst, und ich habe alles abgestritten, aber eher so halbherzig, und ich war voll rotzig, und währenddessen habe ich gemerkt, wie schlecht ich lüge, aber es war mir halt eigentlich auch egal, und dann bin ich irgendwelche Treppen hochgerannt, um den Typen zu warnen, und sie mir hinterher, und im Weggehen habe ich noch zu ihr gesagt: Sorry, normalerweise bin ich nicht so scheiße.«

»Das ist doch eigentlich ganz lustig«, sage ich.

»Nicht lustig. Total schrecklich. Und schrecklich offensichtlich.«

»Was denkst du denn, wie es jetzt zwischen euch weitergeht?«

»Ich weiß es nicht«, sagt Emily, wirft die Zigarette auf den Boden und tritt sie aus. »Ich weiß es wirklich nicht.«

—

Am Wochenende gehen Emily, Luise und ich zusammen auf einen Flohmarkt. Morgens treffen wir uns auf dem Gelände der Alten Rinderschlachthalle. Sehr früh für einen Samstag, an dem wir eigentlich ausschlafen könnten. Wir wühlen uns durch Spitzendeckchen und alte Schmuckschatullen, begutachten Porzellanfiguren, albern mit seltsamen Klamotten herum und prüfen die Qualität von Lampen und Bilderrahmen.

Emily findet einen schönen gold gerahmten Spiegel für den Flur und ich stelle eine Kollektion aus altmodisch-tantigen Tassen zusammen und kaufe mir aus Quatsch einen Cowboylederhut.

Anschließend frühstücken wir im Karoviertel ein spätes Frühstück. Es ist ein windiger, himmelstrüber Tag. Die Menschen verstecken sich in den zahlreichen kleinen Cafés und halten sich an ihren heißen Bechern fest.

Auf dem Weg zurück fängt es an zu regnen, erst nur ein bisschen, dann immer stärker. Luise verabschiedet sich von uns und verschwindet in die nächste U-Bahn-Station. Wir halten unsere Kapuzen fest und laufen nah an den Häuserwänden entlang. Meine Turnschuhe sind trotzdem bald völlig durchweicht. Kurz vorm Ziel befehle ich Emily, schon mal nach Hause zu gehen und sich aufzuwärmen, während ich noch Geld holen gehe. Ich schaue ihr nach, wie sie mit verschränkten Armen durch den Regen davonhuscht.

In der Bankfiliale auf dem Schulterblatt ist es warm und muffig. Es riecht nach Essen und nassem Hund. Meine Haare triefen, kleine Rinnsale rinnen mir übers Gesicht und über die Hände. Meine Strumpfhose klebt an meiner Haut, meine Schuhe sind ein vollgesogener Schwamm und hinterlassen bei jedem Schritt kleine Pfützen. Ich wische mir die verlaufene Schminke unter den Augen weg und krame nach meiner Geldkarte.

Sie ist nicht da.

Ich bekomme eine kleine Panikattacke. Mir fällt ein, dass ich vorhin bei einem kleinen Supermarkt die Wasserflasche und Kaugummis mit Karte bezahlt habe. Ich stürze aus der Bank und renne die Straße zurück durch den Regen. Der Verkäufer an der Kasse hat meine Karte, alles ist gut. Er gibt sie mir, und ich würde am liebsten über den Schalter hüpfen und ihn küssen.

Als ich wieder auf die Straße trete, hat es aufgehört zu regnen. Der Himmel strahlt in frischem Blau, die Luft riecht nach Wiesen und Kuh. In Hamburg riecht es ständig nach Kuh. Das ist voll strange. Aber schön.

Ich hole das Geld und gehe nach Hause. In der Küche steht eine Kanne frisch gebrühter Ingwertee auf dem Tisch, daneben liegt ein Zettel: Bin spontan zum Capoeira-Probetraining. Bis später, sunshine.

Ich lache. Ich schüttle den Kopf. Ich wechsle meine nasse Jeans und die Turnschuhe gegen einen Morgenmantel und dicke Socken und mache es mir mit Tee und Zeitung in der Küche gemütlich.

Nach zwei Tassen Tee habe ich einen Aktivitätsanfall und versuche einen Hocker zusammenzubauen, der schon seit ein paar Wochen in Einzelteilen bei uns auf dem Flur rumliegt. Ich trage alles in mein Zimmer, stecke die Teile ineinander und hämmere drauflos. Drei Mal haue ich mir dabei fast einen Nagel in den Daumen. Als es plötzlich an der Tür klingelt, schrecke ich zusammen und rutsche ein viertes Mal ab. Ich werfe den Hammer auf den Boden und fluche vor mich hin. Ich gehe an die Gegensprechanlage.

»Hallo?«

»Nora …« Emilys Stimme klingt dünn.

»Emily, da bist du ja! Alles okay? Schlüssel vergessen?«

Ich drücke den Summer.

»Nora, kannst du …« Emilys Stimme wieder. Ich meine, zu hören, dass sie kurz aufstöhnt.

»Was zur … Warte, ich bin sofort da.«

Ich lasse den Hörer fallen, schnappe meinen Schlüssel vom Haken und renne auf Socken die Treppe hinunter.

Emily sitzt auf den nassen Stufen vor dem Haus. Sie sitzt leicht zusammengekrümmt und hält sich den Bauch. Ich stürze auf sie zu.

»Was ist passiert?«, rufe ich und hocke mich vor sie. »Alles okay? Was ist los?«

Emilys Jeans ist zerrissen, an den Handgelenken hat sie große Schürfwunden, im Gesicht ein paar kleinere.

»Geht schon«, sagt Emily. »Mir geht es gut, ich habe nur gerade …« Sie krümmt sich noch ein Stück mehr, ihr Ausdruck ist schmerzverzerrt. »Ich hatte nur gerade ein bisschen Kreislauf. Geht schon, geht schon.«

»Jetzt sag doch, was ist passiert? Emily!«

»Ach, ich war auf dem Fahrrad, mir hat so ein Idiot den Weg abgeschnitten. Nichts Wildes.«

Emily sieht nicht gut aus. Mein Blick fällt auf ihr Fahrrad, das neben mir auf dem Gehweg liegt. Das Vorderrad und der Lenker sind ganz verbogen, an ein paar Stellen ist der Lack abgesprungen, obwohl ich mir nicht sicher bin, ob das nicht schon vorher so war.

»Hör auf, die Heldin zu spielen. Ich rufe einen Krankenwagen«, sage ich.

»Quatsch«, sagt Emily.

»Dann fahre eben ich dich in die Notaufnahme«, beharre ich. »Wo steht dein Auto?«

»Um die Ecke«, sagt Emily. »Aber der Schlüssel ist oben.«

Ich laufe schnell nach oben, um Schlüssel und Tasche zu holen. Ich ziehe mir was an und rufe kurz Paul an, der eigentlich gleich vorbeikommen wollte.

Im Auto nörgelt Emily vor sich hin, dass es ihr gut gehe und ich nicht so einen albernen Aufriss betreiben solle. Ich versuche, mich auf den Verkehr zu konzentrieren und nicht vor lauter Aufregung in eine Einbahnstraße einzubiegen.

Die Notaufnahme ist überfüllt. Wir müssen im Wartezimmer Platz nehmen. Um uns herum Kinder mit aufgeschürften Knien in Begleitung ihrer Eltern, ein weinender Teenager mit Freundin, ein paar Erwachsene mit starrem Gesicht. Wir warten mehr als anderthalb Stunden, bis Emily endlich aufgerufen wird.

Während sie untersucht wird, vertreibe ich mir die Zeit mit einem Buch, das jemand hier vergessen hat und das zwischen Infoflyern und dem Lesezirkel rumliegt: *Shantaram*. Paul hat mir irgendwann mal sehr vorgeschwärmt davon.

Nach zwanzig Seiten schaue ich ungeduldig auf mein Handy. Es ist schon spät. Was macht Emily da drinnen nur? Ich schreibe Paul eine Nachricht. Er antwortet mir, dass ich mir keinen Stress machen solle, er gehe dann mit Ansgar und den Jungs Fußball gucken, und fragt, wie es Emily gehe. Ich stecke mein Handy zurück in die Tasche.

Eine halbe Stunde später kommt Emily endlich wieder zurück. Ich klappe mein Buch zu. Sie lächelt.

»Und?«, sage ich.

»Alles in Ordnung«, sagt sie. »Ein paar Kratzer und eine leichte Gehirnerschütterung, das ist alles.«

»Und die Schmerzen von vorhin? Haben sie dich wirklich gründlich untersucht?«

»Ja, ja. Leichte Prellung. Ich soll eine Woche zu Hause bleiben und dann wieder zu einem Arzt gehen. Komm, lass uns raus hier, ich hasse Krankenhäuser.«

Ich auch, denke ich. Und wie.

Im Auto ist Emily sehr still. Wahrscheinlich macht so eine Gehirnerschütterung ziemlich müde. Zu Hause frage ich sie, ob sie noch etwas essen will oder wenigstens einen Tee trinken. Emily schüttelt nur den Kopf. Sie sagt, sie lege sich besser gleich hin und ruhe sich aus. Ich mache ihr trotzdem einen Tee und stelle ihn ihr neben das Bett. Emily hat sich die Decke bis unter die Nase gezogen. Ich weiß nicht, ob sie nur so tut oder ob sie wirklich schläft. Ich schließe leise die Tür hinter mir.

Zurück in der Küche schiebe ich mir eine Tiefkühlpizza in den Ofen und gucke ein bisschen im Internet rum. Mir fällt ein, dass Emilys Fahrrad noch unten im Hausflur steht; ich habe es dort vorhin zwischengeparkt.

Ich gehe kurz runter und schiebe das Fahrrad in den Hof zu den Mülltonnen. Wobei ich es eher halb tragen muss. Das Fahrrad ist wirklich ziemlich verzogen und verbeult. Arme Emily.

Meine Tiefkühlpizza ist noch ein bisschen labbrig, ich hole sie trotzdem aus dem Ofen. Sie reißt mir den Gaumen auf. Ich lerne nie aus meinen Fehlern, denke ich, ich falle immer wieder auf die Tiefkühlpizzen rein mit ihren gaumenzerfetzenden Inhaltsstoffen.

Ich lege mich ins Bett. Ich wünschte, Paul würde jetzt neben mir liegen. Ich spiele mit dem Gedanken, ihn anzurufen, entscheide mich dann aber dagegen. Er wollte ja Fußball gucken gehen und ist jetzt bestimmt noch unterwegs mit den Jungs.

Ich kann nicht einschlafen. Ich erinnere mich, wie Emily einmal gesagt hat, dass sie glaube, dass junge Frauen es heute vor allem deswegen schwer haben, weil sie alles haben können. Wenn man halbwegs gut aussehe und nicht gerade strunzdoof sei – so hat es Emily damals gesagt –, bekomme man als junge Frau die coolen WG-Zimmer, die begehrten Jobs, die guten Männer. Man komme immer in den Türstehern der Clubs vorbei und bekomme in der Strandbar einen Rabatt, man bekomme die guten Noten und sexuelle Abenteuer, man bekomme die Komplimente, und wenn man nicht gerade vorhabe, im nächsten Jahr schwanger zu werden, bekomme man auch die Beförderung. Was für die Überflussgesellschaft gelte, gelte besonders für uns junge Frauen, sagte Emily, und sicherlich lag in ihrer These viel Übertreibung, aber eben auch viel Wahrheit. Kein Wunder, dass wir uns nie zufriedengeben können.

Ich habe fast immer das bekommen, was ich wollte. Außer natürlich zu meiner Teenagerzeit, wo ich mich ständig in Idioten verknallt habe, mit denen ich kein vernünftiges Gespräch führen konnte und bei denen ich froh bin, dass sie mir jetzt nicht an der Backe kleben. Aber als erwachsene Frau, meine ich. Seit ich achtzehn war, ab da ungefähr. Mich hat noch nie ein Mann verlassen. Ich war immer diejenige, die gegangen ist. Ich habe, sowohl als ich nach Berlin gezogen bin als auch jetzt in Hamburg, nicht länger als drei Tage nach einem coolen Zimmer suchen müssen. Wenn ich mich für einen Nebenjob vorstelle, sei es im Café oder im Nachtclub, bekomme ich ihn in der Regel auch. Als ich mich nach der Schule, mit so gut wie keiner Erfahrung, bei Schauspielagenturen beworben habe, stand ich ein paar Wochen später zwischen renommierten Darstellern auf der Agenturhomepage. Ich habe vor der Serie zwar nicht gerade ein gutes Rollenangebot nach dem anderen bekommen, aber ich wurde regelmäßig zu den Castings eingeladen.

Ist Patrick jemand, den Emily haben konnte? Ist ihre Fernsehkarriere etwas, was sie einfach immer haben konnte? Fällt es ihr deshalb vielleicht so schwer, sich zu verlieben, also so richtig, ganz und gar? Hat sie auch deshalb Politik studiert, will sie auch deshalb weitermachen – weil es etwas ist, was sie nicht einfach haben kann, für das sie ausnahmsweise mal kämpfen muss?

Ist Paul jemand, den ich einfach so haben kann? So ein Quatsch, denke ich. Manchmal wünsche ich mir wirklich, mein Gehirn wäre gar nicht erst in der Lage, bestimmte Gedanken zu denken.

Ich wache von einem leisen Klopfen auf.

»Nora?«

Im Türrahmen kann ich Emilys schmale Silhouette gegen das Flurlicht erkennen. Ich richte mich auf. Das Bett knarzt.

»Hey«, sage ich. Meine Stimme klingt heiser. »Alles in Ordnung?«

Keine Reaktion.

»Emily?«

»Ich bin schwanger«, sagt Emily.

Für ein paar Sekunden bin ich unfähig, irgendwas zu sagen. Ich mache das Nachttischlicht an.

»Wie bitte?«

»Ich bin schwanger«, wiederholt Emily. Sie kommt ein paar Schritte in den Raum hinein. Der Ausdruck in ihren Augen ist klar, ihre Stimme fest. »Der Arzt hat es mir vorhin gesagt. Ich bin in der achten Woche.«

»Und? Ist das Kind gesund?«

»Na ja, Kind. Ja, anscheinend schon. Kann natürlich sein, dass der Aufprall etwas auslöst, das man jetzt noch nicht absehen kann. Aber es spielt sowieso keine Rolle.«

»Du willst …«

»Es ist von Patrick, Nora.«

Emily setzt sich auf mein Bett. Ich nehme ihre Hand.

»Und du bist dir sicher, dass du …«

»Ja.«

»Okay.«

»Es muss bald passieren, ich bewege mich zeitlich jetzt schon in einem grenzwertigen Bereich.«

»Aber auch, wenn es von Patrick ist, ich meine, bist du dir sicher, dass …« Ich stocke. In meinem Kopf wirbelt alles durcheinander. Emily, der Unfall, das Krankenhaus, die Autofahrt, das Fahrrad.

»Ich kann jetzt kein Kind bekommen. Ich bin fünfundzwanzig. Ich habe mich noch nicht einmal endgültig entschieden, welchen beruflichen Weg ich einschlagen möchte.«

Ich rutsche etwas zur Seite und Emily kriecht unter meine Bettdecke. Ich schlinge meine Arme um sie und gebe ihr einen Kuss auf den Scheitel.

»So was Ätzendes«, sagt Emily. »Wie blöd kann man sein. Man sollte meinen, ein Mal ist genug.«

Ich drücke sie noch ein wenig fester. Emily hat schon einmal abgetrieben. Da war sie neunzehn und mit einem bekannten Schauspieler zusammen. Der wollte sie heiraten. Emily fand den auch ziemlich gut, aber heiraten wollte sie ihn nicht und Kinder mit ihm haben erst recht nicht. Einer der ausschlaggebenden Trennungsgründe am Ende war, dass der Typ Oralsex eklig fand. Also komplett. Prinzipiell. Emily kann sehr lustig davon erzählen. Der Gedanke an ihre Fröhlichkeit und daran, sie jetzt so verzweifelt und verstört in meinem Arm liegen zu sehen, gibt mir einen Stich ins Herz.

»Und du hast gar nichts gemerkt?«, sage ich leise.

»Nee, das ist ja das Krasse. Nichts. Ich habe einfach nicht … Ich verstehe auch nicht … Das Kondom muss geplatzt sein, ohne dass wir es gemerkt haben. Ich bin eigentlich so supervorsichtig geworden …«

Jetzt bricht Emilys Stimme. »Als der Arzt … Ich dachte echt …« Sie weint.

»Ich weiß«, murmle ich ihr ins Haar. »Ich weiß. Alles wird gut.«

»Kann ich heute bei dir schlafen?«, flüstert Emily.

»Natürlich«, sage ich und drücke sie noch fester an mich. »Natürlich.«

—

Paul steht auf der anderen Seite der Kreuzung. Er schirmt seine Augen gegen die Sonne ab. Die Autos brettern über die Hauptstraße. Keine Spur von sonntäglicher Friedlichkeit. Ich stelle mich an die Ampel und warte auf Grün.

»He«, sage ich.

»He«, sagt Paul. Er lächelt. Ich drücke mein Gesicht an seinen Hals.

»Komisch«, sagt Paul und guckt wieder auf sein Handy.

»Was ist?«

»Ach, nichts«, sagt Paul. »Ansgar antwortet mir nur nicht. Aber ich kann sehen, dass er online ist.«

»Du kannst sehen, ob er online ist?«

»Klar«, sagt Paul.

»Unsere armen Kinder«, seufze ich. »Werden mit all diesen Sachen aufwachsen müssen. Sie werden nie wissen, wie es ist, einen ganzen Nachmittag im Park herumzutollen – ohne zwanzig Anrufe in Abwesenheit von Mama.«

»Sei doch froh. Dann musst du dir keine Sorgen machen.«

»Ich glaube eben, dass Eltern sich heutzutage mehr Sorgen machen. Früher hatte das Kind eine Uhrzeit, wann es zu Hause zu sein hatte, und wenn es dann nicht da war, gut, dann konnte man so langsam anfangen mit dem Sich-Sorgen-Machen. Aber heute … Also, ich glaube, ich würde schon in Panik ausbrechen, wenn das Handy aus ist. Oder mein Kind nicht rangeht. Dann wäre ich sofort felsenfest davon überzeugt, dass es entführt worden ist, und würde mir Stirnlampe, Erste-Hilfe-Set und Pistolengürtel umbinden.«

Paul lächelt.

»Glaubst du, ich werde sehr anstrengend als Mutter?«

»Ich glaube, du wirst eine super Mama«, sagt Paul.

»Ich glaube auch, dass du ein super Papa wirst.«

Ich hake mich bei ihm unter. Drücke meinen Körper an seinen Arm. Wir schlendern los, Richtung Pauls Eltern, wo wir zum Essen erwartet werden.

»Emily ist schwanger«, sage ich.

»Was?«, sagt Paul. Er bleibt stehen und sieht mich aus seinen großen Augen an. Ich löse mich aus seinem Arm.

»Ja«, sage ich. »Krass, oder?«

»Ach du meine Güte.«

»Ja.«

»Aber jetzt sag nicht, von Patrick?«, fragt Paul.

»Doch«, sage ich.

»Ach du meine Güte.«

SCHEINWERFER FLUTEN DAS FELD. Tontechniker knien im nassen Gras, die schwarzen Kapuzen tief ins Gesicht gezogen. Davor, auf einer Plane ausgebreitet, ihr Equipment. Der Regisseur, der schon für die letzten drei Folgen verantwortlich war, unterhält sich über einen Monitor gebeugt mit seiner Assistentin. Und Daniels Lachen schallt durch die Dunkelheit, von irgendwoher, bei den Dixieklos vielleicht.

Ich ziehe mir die Fleecedecke fester um die Schultern und stapfe den schlammigen Weg entlang zum Catering-Bus. Brötchenhälften, ein Topf mit Suppe, Merci-Schokolade. Die Thermoskannen mit Kaffee sind alle fast leer, ich presse aus jeder einen letzten Rest in zwei ineinandergesteckte Pappbecher. Schütte Zucker hinzu und Milch. Rühre die lauwarme Brühe mit einem Plastikstäbchen um und trinke sie.

»Bist du schon umgezogen?«

Die Garderobiere ist plötzlich neben mir aufgetaucht. Sie trägt eine grellgrüne Helly-Hansen-Jacke.

»Mhm.«

»Und die Ohrringe?«

»Oh, Scheiße. Vergessen.«

»Ich dachte, du bist gleich dran.«

»Ja«, murmle ich, »ist ja schon gut.« Denke: Reg dich ab, und beiße in ein Salamibrötchen, das gammlig aussieht und auch genauso schmeckt.

Wenn nur Emily jetzt hier wäre. Wir würden Ratespiele spielen oder blöde Lieder vor uns hin trällern. Uns irgendwie von dieser Scheißkälte ablenken.

»Und … bitte!« Die Klappe fällt. Daniel, der auf mich zugelaufen kommt, mit ausgebreiteten Armen. Das Minzöl, das in meinen Augen brennt.

Einsatz Daniel: »Es tut mir so leid.«

Einsatz ich: »Und mir erst.«

»Tu das nie, nie wieder. Versprichst du mir das, ja? Versprich es mir.«

»Ich verspreche es.«

Tränen strömen mir übers Gesicht, Daniel drückt mir die Luft weg, murmelt mir etwas Romantisches ins Ohr.

»Uuuund … danke!«

Die Garderobiere wirft mir die Fleecedecke über und rubbelt mir über den Rücken. Thea tupft mir mehr Minzöl unters Auge, lässt mich in ein zerknülltes Papiertaschentuch schnauben, kneift mir kräftig in die Wangen. »Schön scheiße siehst du aus, Süße. Sehr gut.«

Daniel echauffiert sich über eine Ansage des Regisseurs. Der Kameramann prüft die nächste Einstellung.

Zwei Mal noch muss ich mir von Daniel sagen lassen, dass ich das nie, nie wieder tun dürfe, das mit dem Verschwinden für eine Woche, damit er sich endlich mal Sorgen macht, und das ja hervorragend funktioniert hat, wie man an dieser wunderbaren Versöhnungsszene jetzt so schön sehen kann. Muss das Gesicht in seinen feuchten, kratzigen Pullover graben und mit erstickter Stimme schluchzen: »Ich verspreche es!« Und mir heimlich ins Fäustchen lachen, weil ich mit meiner Masche genau das bekomme habe, was ich wollte, nämlich ihn, Daniel, also Ferdinand, der nie, nie, nie genug Zeit für mich hat, weil seine Karriere für ihn stets im Vordergrund steht. Und jetzt wird er sie opfern, die Karriere! Für mich! Ha! Wozu braucht er auch schon eine Karriere? Er ist schließlich feinster deutscher Adel. Ein Prinz. Ein Herzensbrecher. Mein Herzensbrecher.

Dann sind alle Einstellungen im Kasten, wie Emily jetzt sagen würde. Sie fehlt mir so sehr. Ich weiß überhaupt nicht, wohin mit meiner Wut und schlechten Laune. Ich weiß auch nicht, wo sie herkommt, vielleicht liegt es auch einfach nur am Wetter oder ist hormonbedingt.

Die Garderobiere steht neben mir, ihre Stimme ist hysterisch. »Oh Gott, was ist das denn? Komm, komm, schnell, umziehen!« Sie zeigt auf einen dunklen Fleck auf meinem Kleid. »War der schon??«

Ihr hängt mir alle so zum Hals raus, möchte ich rufen. Ihr Unglücklichen, mit euren unglücklichen, verdorbenen Leben. Ich möchte nicht so werden wie ihr, niemals möchte ich das, ich möchte nicht auf mein Leben zurückschauen und mich fragen, wo es geblieben ist. Ich möchte meine Ambitionen nicht eintauschen gegen die Bequemlichkeit von Geld und Sicherheit, und ja, ich weiß, das ist eine Position, die sich nicht jeder leisten kann, aber ihr könnt sie euch leisten, die meisten von euch zumindest, und trotzdem versifft ihr in eurer Bequemlichkeit, dass es mich richtig anekelt.

Aber am meisten ekelt mich an, dass ich mit euch versiffe. Dass ich mir die Dinge, die ihr euch schönredet, ebenfalls schönrede. Dass ich so tue, als wäre diese Serie nicht inhaltsleer und repetitiv, als wäre sie nicht ein Verkauf von meinem Gesicht und meinem Körper, als wäre sie keine Zwischenlösung mehr, sondern decke sich mit meinem Ehrgeiz als Schauspielerin. Das kotzt mich so an. Ihr kotzt mich so an. Dass ich mich von euch so runterziehen lasse, kotzt mich so an. Dass ich offensichtlich nicht stark genug bin, um das zu verhindern, kotzt mich so an.

Ich mache eine müde Bemerkung zur Garderobiere, ziehe mich schnell um, gehe noch mal zum Catering-Bus und schaufele mir Merci-Schokolade in die Taschen meines Daunenmantels.

Wir sind in einer Pension nahe des Drehorts untergebracht. Das Beste an diesem Nachtdreh ist die Bezahlung, denke ich und lasse mich auf das Einzelbett fallen. Die Matratze ist viel zu weich.

Aber wahrscheinlich hätte ich heute an allem etwas auszusetzen. Ich zappe einmal durch das Nachtprogramm. Ich hatte nie einen Fernseher, deswegen gibt es bei mir eine gewisse Zwangsstörung, sobald ein Fernseher im Raum steht. Da muss ich dann immer durch alle Programme einmal durchzappen wie eine Verrückte.

Morgen Mittag bin ich noch in einer Szene, die auf einem Pferdegestüt gedreht wird. Keine Ahnung, warum die das nicht auf einem Pferdegestüt drehen, das näher an Hamburg dran ist. Vielleicht hat die Produktion hier einen besseren Tarif ausgehandelt.

Beim Zappen wechseln sich Horoskope mit Teleshoppingkanälen ab und Wiederholungen von lange zurückliegenden Sportereignissen mit Frauen, die sich stöhnend die Brüste kneten. Teleshopping könnte ich ewig zuschauen, das übt eine große Faszination auf mich aus. Ich schalte den Fernseher trotzdem ab. Im Bad liegt neben den Handtüchern ein frischer Bademantel. Das ist der Höhepunkt des Tages, denke ich, entledige mich meiner Klamotten und hülle mich in den Bademantel ein. Er hat sogar eine Kapuze. Jackpot!

Ich reiße die Pensions-Zahnbürste aus ihrer Plastikpackung und nehme meine Zahnpasta aus dem Waschbeutel. Während ich mir die Zähne putze, schlendere ich durchs Zimmer. Ich bleibe am Fenster stehen und schaue in die Dunkelheit hinaus. Man sieht echt gar nichts. Stockduster ist es da. Wer weiß, vielleicht wache ich morgen auf und gucke ins Paradies. Ein bisschen türkisblaues Meer hier, ein bisschen weißer Sandstrand da. Das wäre doch mal was.

Etwas später klopft es an meiner Tür. Verwundert über die späte Störung lege ich mein Buch beiseite, klettere aus dem Bett und binde den Bademantel zu.

Ich öffne die Tür einen Spaltbreit. Auf dem Flur steht Daniel in zerfledderter Jeans und Sweatshirt, was an sich schon mal ein ungewohnter Anblick ist.

»Hi«, sage ich.

»Hi«, sagt Daniel.

Ich bin so verdutzt, ich weiß gar nicht, was ich sagen soll.

»Ich hab versucht dich anzurufen«, sagt Daniel.

»Äh … Mein Handy.« Ich mache eine Geste in den Raum hinein. »Ich habe es schon ausgemacht.« Ich lächle etwas nervös. »Wegen der Strahlen, weißt du.«

Daniel nickt.

»Wieso hast du versucht mich anzurufen?«, frage ich und komme mir irgendwie blöd und naiv dabei vor. »Brauchst du irgendetwas?«

»Nee.« Er guckt an mir vorbei ins Zimmer. »Kann ich kurz reinkommen?«

»Äh … Okay … Klar.«

Ich lasse Daniel rein. Er begutachtet den Schrank, das Bad, die Vorhänge, drückt auf der Matratze rum und lässt sich schließlich aufs Sofa fallen.

»Sieht anders aus als bei mir.«

»Ja?«, frage ich und frage mich gleichzeitig, was das hier werden soll und warum ich jetzt wirklich so blöd und naiv bin.

»Ist kleiner als bei mir.«

»Aha«, sage ich. Sein ganzes aufgeplustertes Auftreten geht mir jetzt schon auf den Geist. Ich bin saumüde. »Dein Zimmer ist also größer«, sage ich. »Wie schön.«

Daniel lacht. »Ach komm schon, so war das nicht gemeint.«

»Ich weiß ja nicht, ob du eine Minibar in deiner Honeymoon-Suite hast, ich hab jedenfalls keine. Aber ich kann dir ein Wasser anbieten.«

»Nee, lass mal«, sagt Daniel. »Aber danke.« Er greift in seine Hosentasche und zieht einen fertig gebauten Joint hervor. »Rauchst du?«

»Nein«, sage ich und mache mir nun nicht mehr die Mühe, meine Müdigkeit zu verbergen.

»Setz dich doch«, sagt er und klopft neben sich auf die Couch.

Ich setze mich aufs Bett. »Bitte … Kannst du nicht hier …« Ich zeige auf den Joint.

»Oh, okay«, sagt Daniel. »Klar.« Er schiebt den Joint hinter sein Ohr.

Ein paar Sekunden sitzen wir uns gegenüber und starren uns an. Mich macht die Situation nervös, und ich weiß nicht, warum. Außerdem fallen mir wirklich meine Augen zu. Ich habe Mini-Zwerge an meinen Wimpern hängen, die mit aller Kraft dran ziehen, ich schwöre. Ich bin kurz davor, ihm zu sagen, dass er aufhören kann mit seinen Spielchen, weil ich garantiert nicht mit ihm ins Bett gehen werde, als Daniel sich vorbeugt, seine Hand nach mir ausstreckt und mit dem Daumen über meine Wange streicht. Ich zucke zurück.

»Du bist schön«, sagt Daniel und guckt mir auf den Mund.

»Okay, Moment«, sage ich und lache und hasse mich selbst für dieses mädchenhafte Lachen. Ich bin schlagartig wach. »Ich …« Ich schüttle den Kopf. »Hä, was geht denn ab, habe ich irgendetwas verpasst? Kannst du mal aufhören?«

Daniel lässt seine Fingerspitzen auf mein Schlüsselbein hinabwandern. Ich bilde mir ein, dass er seine Stimme senkt. »Du weißt schon, dass du das sexyste Mädchen am Set bist, oder?«

Ich schüttle seine Hand ab, sie gleitet nur weiter runter, fällt wie zufällig auf meinen Schoß. Er führt die Hand zurück vor sein Gesicht, dabei streifen seine Finger gefährlich nah an meinem Schambein entlang.

»Ich habe so krass Lust, mit dir zu schlafen«, sagt Daniel.

Bum. Das sitzt. Für einen Moment gibt mein Becken nach und mein Körper reagiert auf das Dreiste, Fordernde mit großem Verlangen.

Ich stehe auf und lache, diesmal aber eher laut und kräftig.

»Komm, hau ab«, sage ich.

»Nora ...«, sagt Daniel gedehnt und grinst mich frech an.

»Du bist so krass dreist, Mann. Ich dachte, das wäre ein Gerücht.«

Gemächlich erhebt sich Daniel vom Sofa. Er scheint für einen Moment unschlüssig, ob er noch etwas sagen soll. Ich gehe zielstrebig zur Tür und öffne sie sperrangelweit. Mache eine Geste: Herausspaziert. Daniel wird die ganze Zeit über dieses freche Grinsen nicht los. Das macht mich wahnsinnig. Ich schließe die Tür. Das Schloss rastet mit einem Klick ein. Ich meine, Daniels Atem durch die Tür spüren zu können. Ich bewege mich nicht vom Fleck. Nach ein paar Minuten entfernen sich Schritte den Flur hinunter.

Ich nehme mein Handy und mache es wieder an. Ich setze mich aufs Bett. Ich schicke eine SMS an Paul. »Du fehlst mir, du sexy Biest.« Mein Herz rast. Ich schäme mich, obwohl überhaupt nichts passiert ist.

—

Am Tag, an dem Emily ihren Termin für die Abtreibung hat, steht sie vorm Spiegel und steckt sich eine letzte störrische Locke mit einer Klammer weg. Sie hat sich eine hellblaue Bluse und eine dunkle Jeans angezogen, bunten Schmuck angelegt und sich sorgfältig geschminkt.

»Das ist das Mindeste an Respekt, was ich dem armen Ding entgegenbringen kann«, sagt sie und wirft einen letzten prüfenden Blick auf ihr Spiegelbild.

Ich schlucke. Das klingt alles irgendwie sehr verwirrend.

»Bist du sicher, dass ich nicht mitkommen soll?«

»Ganz sicher.« Ihr Stimme ist fest. Sie dreht sich zu mir und legt feierlich ihre Hände auf meine Schultern. »Bombensicher, supersicher, atomkraftwerksicher.«

Ich nicke resigniert. »Da bin ich ja beruhigt. Aber na gut.«

Nachdem Emily aus der Tür gegangen ist, verkrieche ich mich aufs Sofa und ziehe die Knie zur Brust. Seit dem Tag des Unfalls hat Emily nichts durchblicken lassen, was auf eine emotionale Unsicherheit in Bezug auf die Abtreibung hätte schließen lassen. Mir gegenüber hat sie es noch nicht mal in Erwägung gezogen, Patrick von ihrer Schwangerschaft zu unterrichten, geschweige denn ihn in die Entscheidung mit einzubeziehen.

Mir ist Emilys Verhalten in der letzten Woche manchmal fast unheimlich gewesen.

Ich verstehe, dass sie sich von ihrer Schwangerschaft distanzieren, sie zu etwas Abstraktem machen muss. Ich verstehe, dass rein rational die Umstände mit Patrick und seiner Familie es nicht erlauben, andere Möglichkeiten auszuloten.

Ich denke: Ich weiß trotzdem nicht, ob ich so handeln würde, handeln könnte. Ich denke: Aber ich bin ja auch wirklich in einer ganz anderen Situation.

Emily erzählt nicht viel vom Termin. Ich versuche zu respektieren, dass sie nicht darüber reden will, versuche mein Ego als Freundin zurückzustellen.

Sie ist krankgeschrieben; ich darf ihr Auto benutzen, um zur Arbeit zu fahren. Morgens, auf dem Hinweg, höre ich Fat Freddy's Drop und Caribou, nachmittags, auf dem Weg zurück, meistens Jay-Z. Oder Kanye West. Oder John Legend. Läuft alles bei mir unter dem Label: Beschützermucke.

Eines Abends, ich bin vor einer Stunde von der Arbeit zurückgekommen und gerade dabei, die Küche zu putzen, ruft Paul an.

»Was machst du gerade?«, sagt Paul. »Hast du Lust, kurz vorbeizukommen? Ich will dir was zeigen. Ich bin im Laden.«

Eine halbe Stunde später parke ich in St. Pauli mein Fahrrad an einem Baum. Paul hockt draußen auf den Stufen und schraubt an einem knallroten Hollandrad rum.

»Ist das Emilys Fahrrad?«, frage ich und küsse ihn zur Begrüßung. Seine Hände und seine Arme sind ölverschmiert. Ich denke: mein Hottie-Boyfriend.

Paul nickt. »Und? Ist die Farbe zu krass geworden?«

»Nein, voll geil!« Ich lasse mich neben ihn auf die Stufen sinken. »Oh Gott, du bist so nett, da wird sie sich bestimmt riesig freuen.«

Paul führt mir die Lichter, die Bremsen und den Rücktritt vor und wischt sich zufrieden die Hände an einem alten Lappen ab, der an seinem Gürtel befestigt ist.

»Wie geht es ihr denn?«, fragt Paul.

»Ganz okay, denke ich«, sage ich. »Den Umständen entsprechend. Sie redet grad nicht gern über sich. Warst du heute in der Uni?«

»Nee, bin seit elf Uhr hier, Mama musste ein Firmenevent beliefern und die neue Aushilfe liegt mit Grippe im Bett. Hm. Na dann werd ich wohl die Tage mal bei euch vorbeischauen. Ich wollte aber noch mal nach einem neuen Sattel gucken.«

»Sie fängt erst nächste Woche wieder an zu drehen. Ist noch krankgeschrieben.«

»Gut … Übrigens«, sagt er und hievt das Fahrrad durch die Eingangstür in den Laden, »ich hab mir das noch mal überlegt. Wegen der Magazin-Sache.«

»Magazin-Sache?«

»Das, wofür ich letzten Herbst angefragt wurde. Was du so toll fandest.«

»Das? Echt? Das ist ja ewig her. Ich dachte, das hast du abgesagt.«

»Ja, deswegen sag ich's ja. Wie es so ist bei diesen semiprofessionellen Angelegenheiten, hat sich das alles eh noch mal verzögert. Und das Mädchen von damals hat mir vor ein paar Tagen eine Mail geschrieben. Und jetzt hab ich auch ein paar mehr Sachen, die ich ganz okay finde, die eine Installation, die ich im Winter gemacht habe. Und das von letztem Jahr. Zusammen geht das vielleicht.«

»Okay, und das heißt?«

»Nichts weiter. Die Ausstellung ist für August geplant. Dann kannst du deinem famous Artist-Boyfriend zujubeln.«

»Für mich musst du nicht famous sein. Und auch nicht Artist. Weißt du doch.«

»Weiß ich doch.« Paul gibt mir einen Kuss. »Weiß ich doch«, wiederholt er.

—

Bei uns in der Garderobe riecht es nach vergammeltem Obst.

»Boah, was ist das denn?«, ruft meine aktuelle Garderobengenossin Julia-nenn-mich-einfach-Jules, die hereingestürmt kommt, ihre Schuhe von sich kickt und sich auf das Sofa fallen lässt.

»Komisch, 'ne?«

»Widerlich. Wi-der-lich.«

Ich ziehe mir mein T-Shirt über den Kopf und hänge es auf den Bügel.

»Nora?« Die Aufnahmeleiterin hat ihren Kopf zur Tür reingesteckt. »Wo bleibst du denn? Du musst in die Maske, hopphopp!«

»Ja, ich komm ja schon.«

Ich will Jules einen Blick zuwerfen, vielleicht die Augen verdrehen, vielleicht Verständnis ernten, aber die steht längst mit dem Rücken zu mir an der Wand, zupft nervös an ihrem Pulli herum und murmelt etwas in ihr Telefon.

Ich schnappe mir mein Kostüm und streife es mir im Rausgehen über. Die Bluse mit den violetten Blümchen. Für die Szene, in der Daniel mir gesteht, dass er mit einer anderen geknutscht hat. Nach all dem Drama um mein Verschwinden! Ich meine, was fällt ihm ein! Bis jetzt bin ich gut damit gefahren, seine anzüglichen Blicke einfach auszublenden. Ich habe gerade echt andere Probleme.

»Was hast du denn mit deiner Haut gemacht? Die ist ja fürchterlich trocken!«

Thea zurrt den Schutzumhang zu.

»Aua. Keine Ahnung.«

Sie schüttelt tadelnd den Kopf und schmiert mein Gesicht mit einer fettigen Creme ein. An der Wand neben dem Spiegel hängen durchnummerierte Fotos von mir, die sich allesamt durch seltsam verzerrte Gesichtszüge auszeichnen. Auf Stickern prangen die Szenennamen, einige sind zusätzlich mit handschriftlichen Notizen versehen: schwarze Klammern, ca. 10 St.; rosa Gloss (MAC).

Wieder die Aufnahmeleiterin: »Wie lange noch, was schätzt du?«

Thea seufzt. »Zwanzig Minuten. Mindestens.«

Die Aufnahmeleiterin ruft laut »Zwanzig Minuten!« in ihr Walkie-Talkie und ist schon wieder weg.

»Ich sag es denen jedes Mal! Ich kann doch nicht zaubern, entweder oder, wenn ich hier meine Arbeit machen soll, müssen sie gefälligst dafür sorgen, dass ihr auch pünktlich hier auftaucht. Sag ich immer. Hört ja nie jemand auf mich. Zum Kotzen ist das.«

»Mh.«

»Hektik, Hektik, Hektik. Stress, Stress, Stress. Was für eine Scheiße das ist. Also wirklich. Ich für meinen Teil bin jedenfalls wieder urlaubsreif.«

»Ja?«

»Total … Also, klar, San Francisco letztes Jahr war schön, aber auch so stressig, weißt du. Ich muss mal ausspannen. Sag ich meinem Freund auch immer. Jens, ich muss mal wieder ausspannen. So richtig, weißt du?«

»Mhm.«

Probleme kann man haben, denke ich.

Als Thea fertig ist mit mir, ist es halb neun und ich habe mich in ein niedliches Püppchen verwandelt. Mein Haar ist in Kringeln auf meinem Kopf festgesteckt, auf meinen Lidern pudriger rosa Lidschatten, auf meinen Lippen Gloss.

Die Aufnahmeleiterin schimpft den ganzen Weg zum Studio vor sich hin, während sie mich vor sich herschiebt.

»Ah, da bist du ja, wir wollten grad mit der Stellprobe beginnen.« Der Regisseur winkt mich heran. Die Scheinwerfer blenden mich. Ich bin müde. Paul hat noch bei der WG vorbeigeschaut und ist erst spätnachts nach Hause gekommen, er wollte nicht, dass ich auf ihn warte, aber ich konnte sowieso nicht schlafen. Das mit Emily nimmt mich mehr mit, als es ihr, glaube ich, lieb ist.

Als ich nach Hause komme, sitzen Emily und Paul in der Küche und spielen Uno.

»Wochenende!«, rufe ich und schiebe einen kleinen Seufzer hinterher. Dinge, die ich mir als Jugendliche vorgenommen habe: Nie einen Job ausüben, bei dem man sich aufs Wochenende freuen muss, weil sonst alles so trostlos ist. Nie in diesen Chor von Erwachsenen einstimmen, die sich am Montag schon auf Freitag freuen. Nie Sätze sagen, wie: Jetzt haben wir es ja fast geschafft. Nie nie nie. »Was machst du denn schon hier?«, frage ich.

»Schon? Es ist halb acht.«

Ich befreie mich von den Taschen und gebe Paul und Emily jeweils einen Kuss ins Haar. Ich bemerke, wie Emily Paul einen Blick zuwirft.

»Wir spielen Karten«, sagt Paul.

»Das sehe ich.« Ich ziehe mir einen Stuhl heran und setze mich zu ihnen an den Tisch.

»Mir ist zu Hause die Decke auf den Kopf gefallen und Emily hat sich erbarmt, mir Gesellschaft zu leisten«, sagt Paul.

Wieder dieser Blick von Emily.

»Ah«, sage ich.

»Nora!«, sagt Emily. »Schau mal, was Paul mir mitgebracht hat!«

Paul legt seine Karten auf den Tisch, kratzt sich etwas verlegen im Nacken.

Emily steht auf, verschwindet und schiebt kurz darauf das reparierte und knallrote Fahrrad in die Küche. Das Fahrrad und Emily strahlen um die Wette. »Und den hier hat Paul mir dazu geschenkt! Ist das nicht goldig?«

Sie zeigt auf einen ebenfalls knallroten Fahrradhelm, der am Lenker baumelt.

»Goldig!«, sage ich, mehr an Paul gewandt.

Emily und ich setzen uns wieder an den Tisch. Erst jetzt fallen mir die vielen Sporttaschen und Tüten neben der Spüle auf.

»Ziehst du grad hier ein oder was ist los?«, frage ich belustigt.

Paul öffnet und schließt seinen Mund. Ich nehme mir eine Handvoll Wasabi-Nüsse, die in einer Schale auf dem Tisch stehen. Meine Beine sind ganz schwer und müde von der Arbeit. Paul räuspert sich.

»Ehrlich gesagt … So was Ähnliches, ja.«

Ich gucke zu Emily. Die hebt die Hände in einer Frag-mich-nicht-Geste. Ich gucke zurück zu Paul.

»Katrins Freund ist aus seiner Wohnung geflogen. Katrin hat mich jetzt nicht direkt rausgeschmissen, aber der hockt da jetzt den ganzen Tag und die streiten sich ununterbrochen … Kennst du ja.«

»Wie, der ist aus seiner Wohnung geflogen?«

»Keine Ahnung, hat wahrscheinlich die Miete nicht bezahlt. Warum fliegt man aus seiner Wohnung? Findest du das jetzt so schlimm, Baby? Ist doch nur übergangsweise.«

»Hast du Emily denn schon gefragt?«

Emily nickt beschwichtigend.

»Es ist … Ich … Kann sie dich denn einfach so raus … Also, das ist doch nicht in Ordnung.«

Paul wirkt irritiert.

»Was ist denn los, Nora? Also, klar ist das nicht in Ordnung.

Verstehe sowieso nicht, warum die sich nicht endlich trennt. Stattdessen verloben die sich. Meine Fresse ... Aber ehrlich gesagt ... Ich habe jetzt auch nicht damit gerechnet, dass das ein Problem ist. Ich bin doch sowieso jeden zweiten Tag hier.«

»Ja, prinzipiell ist das auch kein Problem, ich finde nur ... Egal. Ich hatte einen anstrengenden Tag. Tut mir leid, dass ich dir nicht vor lauter Überschwang um den Hals falle.«

Emily hat sich leise vom Stuhl erhoben und ist im Begriff, sich zu verziehen. Ich fühle mich schuldig. Emily ist gerade diejenige, die Aufmerksamkeit und Liebe braucht. Wir werden doch jetzt nur wieder in Dauerschleife die Wohnung mit unseren Beziehungsproblemen besetzen! Und ich kann mir überhaupt nicht vorstellen, dass Emily das ehrlich okay findet. Das hat sie bestimmt nur aus Höflichkeit Paul gegenüber und aus Rücksicht auf mich gesagt, dass sie das nicht stört.

»Findest du wirklich, dass das der richtige Zeitpunkt ist, um non-stop aufeinanderzuhocken, Paul?«

»Was soll das denn schon wieder heißen?«

»Na ja, ich glaube einfach, dass es zur Zeit noch ein wenig an ... Stabilität mangelt.«

»Eben. Ist doch das Beste, was wir machen können. Alltag teilen. Mehr Zeit zusammen. Predigst du mir doch seit Monaten, dass wir zu wenig Anteil am Alltag des anderen nehmen. Ich verstehe wirklich nicht, wo dein Problem ist.«

»Paul, fast alle Beziehungen gehen in die Brüche, wenn man zusammenzieht. Zusammenziehen, das multipliziert das Konfliktpotenzial. Das Letzte, was ich gerade gebrauchen kann, ist die Multiplikation von Konfliktpotenzial in unserer Partnerschaft.«

»›Partnerschaft‹«, äfft Paul mich nach. »Das ist doch total das Klischee, auf was du da grad aufspringst. ›Multiplikation von Konfliktpotenzial‹. Nur weil ich ein paar Wochen lang ein paar mehr Klamotten als sonst hier habe ... Ist doch total albern.« Paul schnaubt. »Außerdem ziehen wir doch gar nicht zusammen! Ich will nur bei meiner Freundin schlafen, während ich mir was Neues suche, das ist alles.«

»Und mit Emily?«

»Emily hat ausdrücklich zugestimmt.«

»Und was willst du dir Neues suchen?«

»Na ja, eine Wohnung oder so.«

»Aha!«

»Was, ›aha‹?«

»Ja, da fängt es schon an. Eine Wohnung. Das ist völlig unrealistisch, dass du da schnell was findest«, sage ich. »Vor allem bei deinen Ansprüchen.«

»Was heißt hier ›bei meinen Ansprüchen‹?«

»Mann, Paul, du weißt doch, worum es mir geht.«

»Nora! Alter, jetzt reg dich mal ab! Dann geh ich halt zu Ansgar und penn da auf der Couch, wenn du da so ein Fass aufmachst.«

»Nein …«

»Ja, was denn! Ich find's voll seltsam, dein Verhalten gerade. Ich dachte, du freust dich.«

»Ja, tue ich ja auch. Tut mir leid. Ich bin … Wie gesagt …«

»Ganz ehrlich, Baby, wenn wir irgendwie vorwärtskommen wollen, dann kannst du nicht aus allem immer so ein Riesending machen, und vor allem bei so was, also, das ist doch das, was eine Beziehung ausmacht.«

»Ja, ich weiß, tut mir leid. Ist ja auch völlig klar, dass du jederzeit hier wohnen kannst. So meinte ich das …«

»Ach. Auf einmal.«

»… so meinte ich das nicht.«

Ich fühle mich kraftlos.

»Nur diese Selbstverständlichkeit, mit der du das in Anspruch genommen hast.«

»Aber das ist doch es-sen-ziell. Selbstverständlichkeit. In einer Beziehung. In einer Partnerschaft. Sonst kann man es auch gleich lassen. Finde ich.«

»Findest du.«

»Finde ich.«

»So.«

»So.«

Paul steht auf und beginnt, den Tisch aufzuräumen. Ich schaffe es nicht, mich von meinem Stuhl loszureißen.

Ich klopfe an Emilys Zimmertür.

»Herein!«

Ich drücke die Klinke hinunter.

»Hey.«

Emily liegt bäuchlings auf ihrem Bett und schreibt etwas in ein Notizheft. Sie sieht mich erwartungsvoll an.

»Wo ist Paul?«

Ich mache eine Kopfbewegung Richtung Wohnungstür. »Frische Luft schnappen.«

»Ah«, sagt Emily.

»Tut mir leid, ich wollte nicht … Ich will nicht, dass wir uns immer … Gerade jetzt …«

Ich stocke. Emily klopft neben sich auf die Matratze. Ich gehe zu ihr, setze mich mit aufs Bett, falte meine Hände im Schoß.

»Ich fühle mich so albern«, sage ich.

Emily richtet sich auf. »Warum das denn jetzt schon wieder?«

»Wir streiten uns so viel. Wir sollten uns nicht immer streiten. Vor allem nicht hier. Ich habe überhaupt keine Lust, immer zu streiten.« Ich schaue zu ihr auf. »Und jetzt will er auch noch hier einziehen!«

Emilys Lächeln tröstet mich ein wenig.

»Findest du das wirklich so schlimm? Es ist doch nur, bis er was Neues findet.«

»Ich finde es nur … Ich verstehe ihn natürlich, aber andererseits ist es doch sowieso alles grad so heikel, und ich will nicht, dass er … dass wir unsere Beziehung vielleicht deswegen nicht retten können, weil wir noch näher aufeinanderhocken. Und für dich, ist es nicht auch viel zu viel für dich? Nach all dem? … Ich möchte nicht, dass das mit Paul und mir alles andere verschluckt. Du machst so viel durch gerade. Ich will auch für dich da sein.«

»Nora, wirklich, mir geht's gut. Hör auf, dir Sorgen um mich zu machen. Ich bin nicht traumatisiert. Ich bin erleichtert.« Sie guckt sehr bestimmt. »Und du hast auch oft gesagt, dass du dir wünschst, dass ihr euch öfter seht. Vielleicht hat es ja auch etwas Gutes? Hm?«

»Ich war gerade nicht wirklich fair zu ihm, oder? Nicht so nett.«

»Vielleicht, ja.«

»Ich steigere mich so schnell in Sachen rein. Ich kann überhaupt nicht mehr normal mit ihm reden. Ich muss aus allem sofort ein Drama machen.«

Emily drückt meinen Arm. Ich seufze.

»Okay. Ich geh ihn mal anrufen.«

Im Türrahmen drehe ich mich noch einmal um.

»Danke, Emily.«

»Wofür?«

»Dass du da bist. Dass du so toll bist. Weißt du, ich liebe dich nämlich wirklich richtig doll! Und du bist so stark. Das bewundere ich sehr. Und ich verspreche dir auch, nicht mehr mitleidig um dich herumzuschleichen.«

»Ach Nori, du Übertreiberin«, sagt sie grinsend. »Jetzt werd ich gleich ganz rot … Sieh lieber zu, dass du Paul anrufst!«

—

Es ist schon erstaunlich, wie schnell das dann wieder geht. Wie schnell das Grün der Bäume explodiert, wie schnell die Hecken am Straßenrand sich bunt färben. Es ist erstaunlich, wie schnell die Wintermäntel abwegig erscheinen, lästige Fremdkörper, die man so lange um sich tragen musste, bis man sich darin schon völlig auflöste, in Daunen und Wollstoff und doppellagigem Fleecefutter.

In den Drehpausen spielen die Leute jetzt wieder Frisbee oder schießen ein paar Bälle hin und her. Das gute Wetter versöhnt mich mit den Kollegen und mit meiner generellen Abneigung gegen den Job, die ich in den letzten Wochen verspürt habe. Vielleicht ist es doch nicht so schlecht, noch für eine Weile hierzubleiben, denke ich jetzt. Mein Part ist durch die Liebesbeziehung mit Daniels Rolle nun in einen der Haupthandlungsstränge integriert, was bedeutet, dass ich viel drehe und viel Aufmerksamkeit vonseiten der Produktion bekomme, was – es ist furchtbar albern, aber ich kann es nicht abstreiten – natürlich sehr schmeichelhaft ist. Ich werde zum Frühstücksfernsehen des Senders eingeladen, ich bekomme regelmäßiger Wasser und Obst in die Garderobe gestellt und eine persönliche Einladung zu einem Fernsehevent, das Anfang April in einem Fünf-Sterne-Hotel stattfindet. Die einzige Bedingung, die mit dieser Einladung verknüpft ist, ist, dass ich mit Daniel hingehe und wir öffentlich gemeinsam auftreten.

»Und unbedingt zusammen über den roten Teppich gehen«, sagt Petra von der Produktion. »Ein bisschen romantische Publicity kann unseren Einschaltquoten nur guttun.«

»Ich will aber keine romantische Publicity«, sage ich.

»Ach, das habe ich doch nur so dahingesagt«, sagt Petra, »aber fotografiert werden ist eh immer gut, Nora, da hältst du dich schön präsent.«

Als ich Paul davon erzähle, lachen wir uns kaputt, aber am Tag vor der Veranstaltung bin ich doch etwas nervös, ohne dass ich diese Nervosität konkret benennen könnte.

Ich führe Paul eine Reihe von Kleidern vor, und immer wenn er sagt, das ist doch gut, werde ich panisch und weiß erst recht nicht, was ich anziehen soll.

»Wetten, ich knicke um, wenn ich hohe Schuhe anziehe?«, sage ich, und Paul sagt: »Dann zieh halt flache Schuhe an.«

»Das geht nicht«, sage ich, »doch nicht bei so was!«, und Paul verdreht die Augen.

Ich streiche mein Kleid glatt. Meine Knie sind zittrig, meine Schuhe drücken. Ich hätte doch die grauen anziehen sollen, verdammt.

»Worauf wartest du?«, sagt Daniel und gibt mir einen Schubs.

»Mann«, zische ich. »Lass das.«

»Wir gehen da jetzt rüber.«

»Nein. Doch. Warte. Gleich.«

Ich höre schon die Fotografen. Die Blitze. Und ihre Rufe. »Anke! Anke, Anke, hier!«

Daniel packt meine Hand und geht mit mir hinter der Werbewand hervor auf den roten Teppich. Ich blicke in das tosende Blitzlichtgewitter. Frontal. Ausgeliefert. Rechts. Links. Ich habe das Gefühl, sie sind überall. Die Fotografen rufen jetzt nicht mehr »Anke«, sondern »Daniel, Daniel, hier, guck noch mal hierher … Nora! Nora hier!«, und dann steht da auch eine Frau am Teppich mit einem Kamerateam. »Daniel, seid Nora und du jetzt auch privat ein Paar?«

Alles zieht sich in mir zusammen. Gleichzeitig spüre ich Daniels Arm, der mich fester an sich drückt, sehe in den Augenwinkeln sein professionelles Lächeln, das allen Kameras entgegenstrahlt.

»Daniel!« Klick. »Daniel, hier Daniel!« Klick, klick, klick.

Irgendwie gelingt es mir, auf den Beinen zu bleiben und in Daniels festem Griff über den roten Teppich zu kommen.

»War doch gar nicht so schlimm, Babyface, hm?«, raunt Daniel mir ins Ohr. Ein weiteres Fernsehteam fängt uns ab und beginnt, Daniel Fragen zu stellen, die allerdings an mir vorbeiziehen, zu einer diffusen Masse werden, die irgendwo zwischen dem allmählich abebbenden Adrenalin in meinem Körper und den brüllenden Small Talks um mich herum verlorengeht.

Protzige Kronleuchter, unter denen alles funkelt und glitzert. Am Buffet sich stapelnde Himbeertörtchen und Pistazienpralinen, Lachsschnittchen und Käsehäppchen. Und auf der Tanzfläche Deutschlands Stars und Sternchen in steifen, selbstbeobachtenden Posen.

Ich kann mich nicht entsinnen, jemals auf einer derart spaßbefreiten Veranstaltung gewesen zu sein.

Ein bekannter Kino-Regisseur, der gerade eine Gabel Tortellini mit Wildpilzfüllung in sich hineinschiebt, wird von vier perfekt geschminkten, in makellos sitzenden Kleidern steckenden jungen Frauen umringt. Ich erschaudere bei dem Gedanken, dass ich vor ein paar Jahren womöglich auch noch dort gestanden hätte, an fremden, überheblichen Lippen klebend, mich selbst erniedrigend. Dieser Ausdruck, der in den Augen der Frauen liegt, die fehlende Selbstachtung, der Ehrgeiz, dieses Über-Leichen-gehen-für-eine-gute-Rolle-Potenzial: Das alles ruft in mir starke Übelkeit hervor. Vielleicht ist das einfach so, in dieser Branche. Verzweiflung führt zu anbiederndem Verhalten und ohne Anbiedern hat man weniger oder schlechtere Chancen, sich aus seiner Verzweiflung zu befreien. Vielleicht ist das einfach so und ich habe es nie gelernt, mich daran anzupassen. Oder habe ich mich schon längst angepasst? Wie oft bin ich schon Kompromisse eingegangen? War der Tag, an dem ich den Vertrag für diesen Job unterschrieben habe, etwa nicht der größte Kompromiss, den ich je eingegangen bin? Das größte Opfer, der Abschied von meinen Moralvorstellungen und meiner Prinzipien?

Ich gehe zum Buffet und häufe mir fünf Lachsschnittchen, verschiedene Antipasti und undefinierbare Pasteten auf einen großen Teller.

Damals, als der Anruf kam. Ich erinnere mich noch genau an den Tag, natürlich erinnere ich mich noch genau, man erinnert sich eben an die Dinge, die einem wichtig waren. Die etwas Wesentliches verändert haben. Einen Umbruch bedeuteten. Ich saß also in Berlin auf einer Grünfläche ein paar Straßen von dem Café entfernt, in dem ich damals arbeitete, die Hände ins Gras gestützt und auf dem Bauch eine Papiertüte mit Kirschen. Ich hatte in der Zeitung gelesen und meine Finger waren rot von Kirschsaft. Und ich leckte hastig die Finger und griff nach dem vibrierenden Handy, und weil ich die Nummer, die auf dem Display angezeigt wurde, nicht kannte, meldete ich mich mit meinem vollen Namen. Eine Frau war am Telefon. Ich verstand nicht, wer sie war und was sie von mir wollte. Ich fragte ein Mal nach: Mit wem spreche ich noch mal genau? Sie wiederholte das Gesagte. Mein Gehirn arbeitete. Ein zweites Mal nachzufragen traute ich mich nicht.

Die Frau sprach weiter und sagte etwas, und ich konnte ihr kaum folgen, weil ich noch so damit beschäftigt war, mich zu fragen, wer sie war, und sie redete und redete und irgendwann sagte sie: Eigentlich wollte ich Ihnen nur mitteilen, dass Sie die Rolle haben. Und als ich dann immer noch schwieg, fügt sie hinzu: Sie freuen sich doch, oder? Und da begriff ich es erst. Dass sie für die Produktionsfirma arbeitete, also die mit der Serie, für die ich vor ein paar Wochen beim Casting gewesen war, und ich begriff, dass ich umsonst auf eine Nachricht von der Agentur gewartet hatte, denn jetzt, wo ich die Rolle hatte, wurde ich direkt von der Produktionsfirma angerufen, und ich begriff, dass ich die Rolle hatte, und alles sackte in mir zusammen und ich sagte Äh und Ah und noch mal Äh, und dann: Ja, natürlich, natürlich freue ich mich. Aber ich war mir in dem Moment gar nicht so sicher, ob ich mich freute. Und nachdem die Frau noch etwas weitergesprochen und wir aufgelegt hatten, fing ich an zu weinen, und ich hätte nicht sagen können, ob vor Erleichterung oder Freude oder Angst. Und ein Mädchen kam über die Wiese zu mir und drückte mir ein Taschentuch in die Hand und fragte, ob alles in Ordnung sei, und ich nickte und stammelte: Ja, alles in Ordnung, wirklich alles in Ordnung, und dann lachte ich, und das Mädchen sah zwar nicht völlig überzeugt aus, aber ging zumindest wieder zurück zu seiner Decke und seinem Buch.

Ein paar Wochen später packte ich meine Sachen, verließ Berlin nach nur wenigen Monaten und zog nach Hamburg. Und mehr als zweieinhalb Jahre später stehe ich hier, auf wackeligen, unbequemen Schuhen, und häufe mir weitere drei Lachsschnittchen und Nachtischvariationen auf den Teller.

Daniel und ich stehen draußen auf dem Raucherbalkon und pressen uns an das kühle Eisen des Geländers.

»Wollen wir eigentlich bald mal abhauen?«, fragt Daniel und ich spüre, ohne hinzusehen, seinen Blick auf mir ruhen.

»Hä? Wohin?«

»Zu mir zum Beispiel.«

»Jetzt fang nicht wieder damit an.«

»Womit denn?«

»Na, damit«, sage ich, stoße mich, ohne loszulassen, mit den Armen vom Geländer ab und schaue ihm geradewegs ins Gesicht. Sein Ausdruck ist ungerührt, etwas Schelmenhaftes liegt darin. Ein paar Minuten starren wir uns so an, und ich muss mich sehr bemühen, nicht meinen Blick aus Verlegenheit wieder abzuwenden. Schließlich gebe ich auf. Senke den Kopf, zupfe einen imaginären Fussel von meinem Kleid. Bemerke Daniels Hand in meinem Nacken und schließe die Augen, auch, um nicht nachdenken zu müssen vielleicht. Darüber, was es bedeutet, dass ich seine Hand dort zulasse, so ganz allgemein.

In unserem Rücken wird über die Fernsehproduktion der nächsten großen Liveshow geplaudert, ein Sektglas klirrt in der Berührung mit einem anderen, es wird Rauch ausgeblasen und herzhaft gelacht. Daniels Stimme ist ganz nah an meinem Ohr, ein halbes Flüstern, und doch klar und bestimmt, vom gleichen Volumen, wie wenn er in der Mittagspause zwischen Kollegen einen seiner blöden Witze erzählt: »Lass uns miteinander schlafen, Nora.

Deine Brüste sind so sexy. Ich kann schon den ganzen Abend an nichts anderes denken als an deine Brüste. Und an deine Beine. Und an deinen Mund.« Er streicht meinen Nacken entlang, er senkt die Stimme noch ein bisschen mehr. »Ich will deinen schönen Mund ficken, Nora.«

Paul sitzt in Trainingshose auf dem Sofa. »Und? Hattet ihr Spaß?«

»Ihr?«

»Na, Dannydan und du.«

Ich werfe Mantel und Schal auf den Boden und lasse mich neben Paul auf das Sofa sinken.

»Es war ganz okay.«

»Ganz okay?«

»Ja.«

»Das sah aber ein bisschen mehr als ›okay‹ aus.«

»Wie meinst du das?«

»Ich hab euch im Fernsehen gesehen.«

»Im Fernsehen?«

»Drüben auf Emilys Fernseher. So ein Promi-Spezial-Ding auf RTL. Vielleicht war es auch ProSieben.«

Für einen Moment lang weiß ich darauf nichts zu erwidern. Stattdessen starre ich durch das Fenster auf die gegenüberliegenden Häuserfassaden.

Schließlich sage ich: »Bist du eifersüchtig?«, und Paul sagt mit plötzlicher, beunruhigend selbstverständlicher Ruhe: »Habe ich denn einen Grund, eifersüchtig zu sein?«

Ich greife in die Schale mit Chips, die vor Paul auf dem Beistelltisch steht. Ich schiebe mir eine ganze Handvoll Chips auf einmal in den Mund. »Quatsch«, sage ich.

—

Nach der Mittagspause wartet Emily in meiner Garderobe auf mich. Ich erschrecke mich ein bisschen, als ich sie auf dem Sessel in der Ecke entdecke.

»Hey!«, sage ich. »Alles cool?«

Emily zupft beinahe aggressiv an einem neonfarbenen Haargummi in ihrer Hand rum.

»Patrick geht.«

»Oh Mist …«, sage ich und gehe durch den Raum auf sie zu. Emily macht eine leicht abwehrende Geste.

»Aber alles gut.«

»Sicher? … Was ist denn … also, was hat er denn gesagt? Hast du mit ihm gesprochen?«

»Nur kurz. Vor einer halben Stunde. Vor den Toiletten in der Scheune.« Emily lacht etwas ungläubig. »Er hat gesagt, er hält es einfach nicht mehr aus. Er hält sich selbst nicht mehr aus. Und jetzt, nach all dem, natürlich noch viel weniger.«

»Ich wusste gar nicht, dass du es ihm gesagt hast …«

»Doch«, sagt Emily. »Vorgestern.«

»Oh«, sage ich. »Krass.«

»Jetzt geht er.«

»Ja. Das nennt man wohl eine schnelle Reaktion.«

Emily nickt übertrieben: oh ja.

»So ein Scheißdreck das alles«, sagt sie. Ihre Augen füllen sich mit Tränen. Ich strecke meinen Arm nach ihr aus. Sie schüttelt schnell den Kopf.

»Bitte nicht«, lächelt sie gequält. »Sonst fange ich noch an zu heulen.«

Ich beiße mir auf die Unterlippe.

»Es ist ja auch besser so«, sagt Emily. »Ich weiß nicht, was ich erwartet habe.«

»Was hat er denn jetzt gesagt?«

Emily guckt auf ihre Hände und auf das inzwischen zerrupfte Haargummi. »Er war krass sauer.«

»Er war sauer? ... Hätte er das Kind behalten wollen, oder was?«

Emily guckt aus dem Fenster und starrt ins Leere.

»Ich weiß es nicht.«

Ich lasse mich vor sie in die Hocke sinken und lehne meine Stirn gegen ihr Knie.

»Ach Scheiße«, flüstere ich.

Daniel fängt mich auf dem Weg zum Studio ab.

»Hey, Nora«, sagt er. Ich gehe ein bisschen schneller. »Das war ein schöner Abend mit dir.«

»Mhm.«

»Was ist denn los, Kleine?«

Ich bleibe stehen. »Nichts ist los, Daniel. Nenn mich nicht ›Kleine‹.«

»Okay. Gut«, sagt er.

»Ich habe einen Freund«, sage ich. »Ich will nichts von dir. Kapierst du das?«

»Ist in Ordnung.«

»Gut. Dann ist das ja geklärt.«

»Mir gefällt das, wenn du deine Krallen ausfährst.«

Wie er das sagt, das ist ein bisschen sexy. Aber ich wende mich genervt von ihm ab. »Boah, Daniel!«

»Wir sehen uns«, sagt Daniel, nimmt meine Hand und deutet einen Kuss an, wie wir es in der Serie oft machen müssen. Dann verschwindet er.

Jetzt muss ich doch lachen.

»Du bist so derbe schnulzig!«, rufe ich ihm hinterher. »Unfassbar!«

Daniel dreht sich noch mal um. In seinem Lächeln liegt das Selbstbewusstsein künftiger Sieger.

ICH HABE EINEN FREIEN TAG, ich hole Paul von der Uni ab. Ich bringe Charitea und Bagels mit. Paul hebt mich zur Begrüßung hoch, wirft mich über die Schulter und trägt mich ein Stück die Straße runter. Die Flaschen klimpern in meinem Beutel. Ich trommele auf seinen Rücken.

»Lass mich los!«, rufe ich lachend. »Paul!«

Sein großer, schwerer Körper fühlt sich gut an unter mir, stark und sicher, ich strampele trotzdem noch etwas halbherzig mit den Beinen. Schließlich lässt mich Paul sanft auf den Boden zurückgleiten.

»Hier«, sage ich, »ich habe uns was zu essen mitgebracht. Wollen wir nach Hause spazieren?«

Wir spazieren am Wasser entlang. Das Wetter ist für Hamburger Verhältnisse eigentlich sehr mild, aber als mir doch etwas kalt wird, gibt mir Paul seinen Pulli. Ich nenne ihn meinen ›Ritter‹, er sagt: »Softie.«

»Weißt du, was ich dachte?«

»Was?«, sagt Paul und trinkt aus seiner Charitea-Flasche.

»Dass wir ein Essen bei uns machen könnten. Ein paar Leute einladen, kochen, so was. Das habe ich ewig nicht mehr gemacht! Und ich würde gern etwas Schönes für Emily machen. Was meinst du?«

»Top. Wann?«

»Keine Ahnung. Was wäre denn mit dem kommenden Wochenende?«

»Geht, glaube ich.«

»Top.«

»Top.«
»Du bist top.«
»Selber top.«

Die ersten Gäste klingeln um kurz nach acht.
»Sehe ich okay aus?«
»Ja, super.«
»Paul!«
»Du siehst aus wie eine Prinzessin.«
»Du lügst.«
»Stimmt, ich lüge.«
Ich schmeiße einen Handschuh nach ihm. Emilys Zimmertür fliegt auf, sie eilt durch den Flur.
»Wieso macht ihr denn nicht auf?«, ruft sie.
»Sorry! Danke!«, rufe ich zurück. Paul schlingt seine Arme um mich, schiebt mich gegen die Wand und küsst mich auf den Mund. Ich kichere. »Lass das.«
Luises und Ansgars Stimmen hallen durch das Treppenhaus.

Alle sitzen um den großen, ausziehbaren Holztisch in der Küche, wahrscheinlich die größte und beste Investition, die ich in meinem bisherigen Leben getätigt habe. Emily hat mehrere Vasen mit Rosen aus dem Supermarkt aufgestellt. Das Geschirr ist eine wilde Mischung aus unseren Flohmarktfunden und Leihgaben von der WG über uns. Kein Teller passt zum anderen und die Hälfte der Anwesenden trinkt ihren Wein aus Teetassen.

Wir haben vier Töpfe Suppe vorbereitet, drei große Laibe Bauernbrot gekauft und Kräuter-, Knoblauch- und Tomatenbutter selbst gemacht.

Die Stimmung ist gelöst. Die Geräuschkulisse ist eine, die sich ergibt, wenn sich viele kleine Gespräche aufeinanderschichten. Dazu das Geklapper von Besteck auf Keramik, und die französischen Chansons von Emilys Kuschel-Playlist.

Am anderen Ende des Tisches schöpft Paul Suppe aus dem großen Topf, ruft »Noch jemand Nachschlag?«, kleckert daneben, flucht, lacht über einen Witz von Ansgar. Setzt sich wieder hin, schaufelt Suppe in sich hinein.

»Schmeckt super«, sagt Luise neben mir. »Echt, richtig gut.«

»Hat Paul gemacht«, sage ich. »Aber ja, das kann er echt gut. Wenn es nach mir geht, darf er sich liebend gern jeden Tag für das Essen verantwortlich sehen!«

»Ansgar kocht nie«, sagt Luise. »Höchstens mal ein Spiegelei. Er ist das lebende Klischee, was das betrifft.«

»Wir klingen wie zwei alte Tanten, die sich über ihre Männer echauffieren«, sage ich und muss wieder lachen.

»Nora, Baby«, ruft Paul. »Würdest du sagen, du bist erfolgsgeil?«

»Definitiv«, sage ich, setze ein kokettes Lächeln auf und trinke einen Schluck Rotwein. Alle lachen.

»Das ist ihr voller Ernst«, sagt Paul. Alle lachen noch lauter.

»Ich glaube ja, ein bisschen Erfolgsgeilheit ist gar nicht so schlecht«, schaltet sich Gustav dazwischen, der mit seinem Werberfreund gekommen ist. »Ich würde sogar behaupten, dass sie ein Stück weit sogar essenziell ist. Wenn man heute etwas erreichen will, bleibt einem ja gar nichts anderes übrig, als ab und an die Ellenbogen auszufahren.«

»Nora fährt bevorzugt nachts die Ellenbogen aus, um alle Bettdecken zu beschlagnahmen!«, ruft Paul.

»Das macht Luise auch«, sagt Ansgar trocken.

Nachdem Core, Frida, Gustav und sein Macker schon gegangen sind, sitzen Ansgar, Luise, Paul und ich an der offenen Balkontür. Lasse, Emily und Luises großer Bruder sind in Emilys Zimmer. Emily war gut drauf heute. Ich habe den Eindruck, dass es ihr guttut, dass Patrick die Serie verlässt. Dass es endlich mal Klarheit gibt.

»Die eine große Liebe gibt es nicht«, sagt Ansgar und pustet Rauch nach draußen.

»Waaas?«, sagt Luise. »Ansgar! Ich bin entsetzt!«

»Oh, oh«, sagt Paul und grinst Ansgar an.

»Was meinst du denn damit?«, sage ich.

»Ich glaube, du willst mich beleidigen«, sagt Luise. »Was bin ich denn sonst für dich? Also, du bist meine große Liebe, ganz gleich, was du für einen Unsinn daherredest.«

»Wenn du mich nicht hättest, hättest du einen anderen.«

»Das weißt du doch nicht.«

»Und würdest zu ihm sagen, dass er deine große Liebe ist.«

»Ach …«, sage ich und werfe Ansgar einen halb gespielt vorwurfsvollen Blick zu.

»Ich sage ja nur, dass ich nicht an die eine große Liebe glaube. Ich denke, dass es viele große Lieben gibt.«

»Ich kann mich gar nicht entscheiden, ob ich das jetzt wahnsinnig romantisch oder wahnsinnig zynisch finden soll«, sagt Luise.

»An deiner Stelle würde ich mich für wahnsinnig romantisch entscheiden«, schlägt Paul vor. Er lallt ein bisschen. »Das macht es einfacher. Für alle Beteiligten.«

»Ja, absolut romantisch!«, sagt Ansgar. »Ich sage ja nicht, dass ich nicht an die Liebe glaube. Ich bin ein großer Verfechter der Liebe.« Er streicht Luise über den Rücken; eine beiläufige, vertraute Geste, die mich in diesem Moment sehr anrührt, mich beinahe sentimental macht. Ich denke: Ist Paul meine große Liebe? Ist das das größte aller Gefühle, ist das alles, was noch kommen kann – this is it? Und muss es das überhaupt sein?

»Möchte noch jemand Whisky oder einen Schnaps?«, frage ich. »Emily hat unsere Bar ziemlich gut aufgestellt, was das betrifft.«

Später liegen wir in meinem Bett, die Gesichter einander zugewandt. Paul streichelt meinen Kopf, streicht mit den Fingern durch meine Haare. Emily sitzt noch mit Luises Bruder in der Küche, ihr Lachen ist bis zu mir ins Zimmer zu hören. Mir wird warm ums Herz. Ich grinse.

»Das war schön«, flüstere ich.

Paul nickt.

»Das sollten wir öfter machen.«

Paul lächelt und nickt erneut.

»Alle haben deine Kochkünste gelobt!«

»Komm her«, murmelt Paul und zieht mich an der Taille zu sich ran.

»Ich bin froh, dass du hier bist.«

»Hm?«

»Dass du hier wohnst. Dass du da bist.«

»Gar nicht so schlimm, wie du dachtest?«

»Überhaupt nicht.«

»Meine kleine Dramaqueen.«

»Aber echt«, schaffe ich es noch zu sagen, bevor Paul mich küsst.

»Weißt du, Paul …«, sage ich, als ich nach mehrminütigem Rumknutschen Luft holen kann.

»Nein«, sagt Paul.

»Ich habe nachgedacht.«

»Hm?« Er lehnt sich ein bisschen zurück, stopft sich ein Stück Kissen unter den Ellenbogen.

»Keine Angst, nicht über uns. Über die Arbeit.«

»Und was hast du da nachgedacht?«

»Ich glaube, ich bin nicht mehr besonders glücklich dort.«

»Du glaubst?«

»Na ja, ich bin auch nicht derart unglücklich, dass ich rausmöchte. Hat ja auch viele Vorteile. Aber ich dachte, ich ruf mal meine Agentur in Berlin an und frag mal, was die so denken. Auch was die Zukunft betrifft. Vielleicht denken die auch gar nicht an die Zukunft, da bin ich mir bei denen nie so sicher. Aber fragen schadet ja nicht.«

»Ich verstehe nicht ganz. Du willst nicht aufhören oder du willst aufhören?«

»Vielleicht geht ja ein Zwischending. Vielleicht … Also, mein Vertrag für das Jahr läuft sowieso im Sommer aus. Aber ich habe schon das Gefühl, dass die Produktion mich verlängern will. Schon wegen der ganzen Liebesgeschichte. Das zieht ja offenbar auch ganz gut, das mit Prinz Ferdinand und mir.«

»Okay«, sagt Paul.

»Ich weiß nicht, ob das naiv ist, aber ich dachte, vielleicht gibt es eine Möglichkeit, dass die Exklusivität des Vertrags aufgehoben wird. Also, was weiß ich, dass ich Castingangebote annehmen kann und, falls irgendetwas klappt, auch freigestellt werden darf. Soweit ich weiß, haben ein paar andere solche Verträge.«

»Ja?«

»Ja. Das sind zwar nur Gerüchte, die sind ja alle so verklemmt, was Verträge und Co. angeht, aber man munkelt eben.«

»Aber Emily nicht, oder?«

»Nee, Emily nicht.«

»Und warum sollten sie dir einen solchen Vertrag geben und ihr nicht?«

»Ich glaube nicht, dass sie danach gefragt hat.«

Paul macht ein Gesicht, das ich als ein »Na dann?« deute.

»Ich will es wenigstens versucht haben. Und wenn es nicht klappt, kann ich immer noch weitersehen.«

—

»Ich fahr am Freitag nach Berlin«, sage ich zu Emily am Frühstückstisch. Paul schläft noch.

Emily schaut von ihrem Crunchy-Müsli mit frischen Himbeeren auf.

»Nach Berlin? Was machst du in Berlin?«

»Ich treffe mich mit meiner Agentin.«

»Ah ja?«

»Ich will wieder Castings machen.«

»Ah ja?«, sagt Emily wieder.

»Ich will mal wieder etwas machen, mit dem ich mich identifizieren kann. Irgendetwas.«

»Ah.«

»Diese Serie ... sie saugt noch alles aus mir heraus, was ich an Ambitionen hatte, sie vergiftet meine Ambitionen und verschleiert meine objektive Sicht auf das Gute und sie ... sie ist so zukunftslos. Ich will doch nicht mein Leben als Serienschauspielerin leben, das wollte ich nie, und ich hab das Gefühl, wenn ich den Absprung schaffen will, dann jetzt.«

»Absprung ... Wie das klingt ...«, sagt Emily und mir wird plötzlich bewusst, dass ich sie damit angegriffen haben könnte.

»Entschuldigung. So habe ich das nicht gemeint. Aber bei dir ist das was anderes. Du hast schon einen Hochschulabschluss. Und du machst bald deinen Master. Du kannst das mit der Serie noch ein paar Jahre lang machen und wenn du dann irgendwann keinen Bock mehr hast, kann dir das scheißegal sein. Du hast ja eine reale, andere Perspektive.«

»Wieso, klingt ja so, als hätte ich keine weiteren Ambitionen als Schauspielerin.«

»Nein, das wollte ich damit doch nicht sagen. Ich wusste nicht ... Ich dachte, du hast allmählich genug vom Drehen. Ich dachte, deswegen willst du dieses Studium auch machen.«

»Na ja ... Mal sehen. Wer weiß, was die nächsten Jahre so bringen. Aber im Prinzip hast du ja recht, ja.«

»Oder nicht?«

»Doch, doch, eigentlich schon«, sagt Emily und schiebt sich den letzten Löffel Müsli in den Mund. Sie steht auf und lässt heißes Wasser über ihre Schüssel laufen. Irgendwie ist die Stimmung gekippt, und ich bin mir ziemlich sicher, dass es an mir liegt. Besser gesagt: an dem seltsamen Konkurrenzdenken, das kurz zwischen uns aufgeblitzt ist und mir für den Rest des Tages unangenehm in die Magengegend hineindrückt.

Am Set ist eigentlich alles wie immer. Ich weiß nicht, ob ich mir Emilys Kühle vielleicht nur einrede. Auf dem Heimweg halte ich das Schweigen zwischen uns aber nicht aus, das an sich nichts Ungewöhnliches sein müsste, mich heute aber ganz beklommen macht.

»Ich hab das vorhin nicht so gemeint«, platze ich heraus.

»Was meinst du?«

»Das mit dem Schauspiel. Ich wollte nicht damit sagen, dass du keine Ambitionen hast, wirklich nicht.«

»Das weiß ich doch.«

»Ich möchte nicht, dass du sauer auf mich bist.«

»Ich bin doch nicht sauer!«

»Wirklich nicht? Oh Mann, es tut mir leid. Bei dir ist es aber auch wirklich was anderes. Du hast schon so viel Erfahrung, du warst ja sogar ein kleiner Kinderstar!«

»Hm. Na ja. ›Kinderstar‹ ist wohl ein bisschen übertrieben.«

»Okay, aber du drehst schon dein ganzes Leben. Ich hingegen habe das Gefühl, ich stehe noch total am Anfang, es ist grad erst losgegangen und schon trete ich auf der Stelle. Das beunruhigt mich. Ich habe Angst, mir bereits alles verbaut zu haben. Beziehungsweise es mir zu verbauen, wenn ich nicht bald mal etwas unternehme. Verstehst du?«

»Klar verstehe ich das!«, sagt Emily. »Wir treten alle auf der Stelle. Guck dich doch mal beim Gutshof um. Wie frustriert und zynisch alle sind. Wir bekommen es halt nicht gerne unter die Nase geschmiert.« Sie löst ihre rechte Hand vom Lenkrad und zwickt mich zärtlich ins Knie. »Aber das ist ja nicht deine Schuld.«

»Ach, aber ich hätte vorhin wirklich nicht so blöd rumposaunen müssen. Ich glaube, ich bin einfach nervös. Tut mir leid.«

»Es gibt überhaupt nichts, das dir leidtun muss. Null komma Nada, nichts.«

»Was ist eigentlich mit Luises Bruder?«

»Mit Luises Bruder? Was soll mit dem sein?«

»Ach, ich dachte nur«, sage ich scheinheilig grinsend.

»Null. Komma. Nada. Nichts. Nora«, sagt Emily und grinst zurück.

»Ist hier noch frei?«

Ich hebe den Kopf. Ein Mann steht in der Tür zum Abteil, er trägt ein graues Jackett und Jeans zu einem hellrosa Hemd. In seiner Hand hält er einen Aktenkoffer aus Leder.

»Klar«, sage ich.

Ich habe mich zwar grad so schön eingerichtet, aber was soll man machen? Der Mann nickt und beginnt, seine Sachen in der Ablage zu verstauen. Ich bleibe in meiner Position, die Beine angewinkelt, die Füße auf dem Nebensitz, das Buch auf dem Schoß, und suche die Stelle, bei der er mich unterbrochen hat.

Der Mann setzt sich mir schräg gegenüber, auf den mittleren Sitz. Ich werfe einen verstohlenen Blick auf seine Hände, die ein Ärztefachmagazin halten. Blasse, lebenserfahrene Hände. Allgemein ist sein Teint sehr blass. Blass und ein bisschen sommersprossig. Was zu seinem rotblonden Haar passt. Das auch auf seinem Brustansatz zu sehen ist, weil er das Hemd aufgeknöpft hat. Zwei Knöpfe, genau genommen.

Ich schätze ihn auf Mitte vierzig. Ein sehr beliebig aussehender Arzt Mitte vierzig. Allein mit mir in einem Abteil. Ich bin schon wieder in der Zeile verrutscht, ich ärgere mich und frage mich gleichzeitig, ob er mich ebenfalls heimlich mustert. Ich trage Strumpfhose und Rock, dazu einen übergroßen grauen Kapuzenpullover. Meine Haare sind unordentlich hochgebunden. Ich kann mir nicht vorstellen, dass ich seinem Beuteschema entspreche. Aber vielleicht ist das ja genau das, was den Reiz ausmacht. Vielleicht ist deshalb jetzt diese sexuell aufgeladene Spannung im Raum. Die ich mir möglicherweise auch nur einbilde. Die ich mir bestimmt nur einbilde. Oh Gott, Nora, du musst echt aufhören, sexuelle Fantasien mit älteren Männern zu haben! Das ist ja super klischeehaft. Geradezu groschenromanbillig.

Und noch während ich das denke, stelle ich mir schon vor, wie es wäre, jetzt zu ihm rüberzugehen und ihn einfach zu küssen und seinen Gürtel aufzumachen.

Sein Telefon klingelt.

Er geht ran.

Mir ist vorhin sein leichter Akzent nicht aufgefallen. Holländisch oder so. Ich kann gar nicht anders, als zuzuhören. Anscheinend ist er auf dem Weg zu einem Fachkongress. Ich stelle mir einen hohen Büroturm vor, wo sich lauter blasse Medizinertypen in rosa Hemden um einen riesigen Konferenztisch versammeln und wichtige fachspezifische Dinge klären. Der Mann steht auf und geht hinaus in den Gang. Wahrscheinlich will er mich nicht länger beim Lesen stören. Er spricht aber so laut, dass ich weiterhin jedes Wort verstehe.

»Übrigens really good news, ich hatte das ja schon a bissl angedeutet … Nein, da gibt es keinen Overlap … Hallo, grüß dich, hier ist der Ulli! … Der scheint mit dieser Zürichsache gerade really stressed out. Du, ich hab vorhin schon mit dem Gerd gesprochen …« Und so geht es weiter und weiter. Ich gluckse innerlich vor Freude. Was für ein Vokabular! Vielleicht will er mich damit ja beeindrucken, denke ich vergnügt.

Das ist so ein Typ Mann, der bestimmt in den Puff geht, wenn er zu Kongressen fährt. Der Durchschnittstyp mit der überdurchschnittlichen sexuellen Energie. Kein Wunder, dass ich mich hier grad nicht mehr einkriege vor merkwürdigen Fantasien.

Der Mann telefoniert eine gefühlte Ewigkeit, und irgendwann gelingt es mir tatsächlich, in meinen Roman zurückzufinden.

»Ist das gut, was Sie da lesen?«

Er hat sich wieder hingesetzt. Schiebt sich sein Smartphone in die Brusttasche und schaut interessiert auf meinen Schoß.

Ich drehe das Buch um und betrachte das Cover. »Liebe« steht dort in roten, geschwungenen Lettern. Sieht total kitschig aus.

»Ja, ist es wirklich. Sieht total kitschig aus, 'ne? Ist es aber überhaupt nicht. Kennen Sie Toni Morrison?«

Der Mann tut so, als würde er darüber nachdenken. Dann schüttelt er den Kopf. Wir lächeln uns kurz an. Starren kurz gemeinsam aus dem Fenster, in die vorbeiziehende Landschaft. Widmen uns wieder unserer Lektüre.

Ich kann wirklich nicht erklären, woran es liegt, aber ich werde das Gefühl nicht los, dass er sich ebenfalls schmutzige Dinge mit mir ausmalt.

»Besuchen Sie jemanden?«

»Äh … Na ja. Nicht wirklich. Eher beruflich.«

»Ach, ein Termin?«

»Nicht heute, aber ja.«

»In Dresden?«

Ich wusste es! Ich wusste, wusste, wusste es. Er will mich auf sein After-Kongress-Hotel-Zimmer mitnehmen. Er will sich von einem Stiletto-Glitzer-Girl ablenken und mal was Neues ausprobieren. Nämlich ein Boyfriend-Kapuzenpulli-Girl. Ha.

»In Berlin«, sage ich und lege eine Spur koketten Bedauerns in meinen Tonfall.

»Verstehe. Wie schade!«, sagt er, und sein Bedauern klingt überhaupt nicht kokett, sondern total anzüglich.

Es zieht mir direkt zwischen die Beine.

Ich hole mein Handy aus meiner Kapuzenpullitasche. Noch eine halbe Stunde. Langsam wird sie ja doch ein bisschen erdrückend, diese Abteilsache.

Die Ansage: In wenigen Minuten erreichen wir Berlin-Spandau. Das Gefühl, dieses leichte Kribbeln, irgendwo angekommen zu sein. Das Einfahren in den Bahnhof. Ich schaue aus dem Fenster und beobachte die Menschen, die ihre Koffer auf den Bahnsteig hieven und sich nach dem richtigen Ausgang umsehen. Ein

Mädchen rennt auf einen Mann zu, der es hochnimmt und fest an sich drückt. Ich weiß nicht, warum, aber ich bin plötzlich sehr gerührt davon. Das ist so ein Filmmoment. So ein Seltenheitsding.

Eine SMS von Paul: »Bis morgen, Süßherz.«

Kurze Zeit später fahren wir im Berliner Hauptbahnhof ein. Ich räume meine Sachen zusammen. »Auf Wiedersehen«, sage ich zu dem Mann im rosa Hemd und denke im nächsten Moment: Auf Wiedersehen. Was für ein Quatsch.

Ich zwirbele an einem Stück Taschentuch und frage mich, was ich jetzt noch tun kann. Der Vertrag liegt zwischen uns. Daneben DVDs mit Schauspieler-Showreels der Agentur, Post-it-Blöcke, ein Kästchen Büroklammern.

»Gar nichts? Wirklich gar nichts?«

»Tut mir leid, Nora. Das ist ein Exklusivvertrag, da kann ich nicht plötzlich herumspazieren und dich für Projekte anbieten.« Meine Agentin Svenja zupft an ihrer Kette. »Deine Entscheidung. Du kannst den Vertrag zum nächstmöglichen Zeitpunkt auflösen und wir können unser Bestes versuchen. Aber ich kann dir nichts versprechen. Es ist halt nicht unbedingt leicht, als ehemalige Seriendarstellerin sofort große Independent-Projekte an Land zu ziehen. Bei manchen funktioniert es, bei anderen nicht. Echt schwer vorauszusagen. Das müssen wir ausprobieren. Natürlich nur, wenn du das willst.«

»Okay … Verstehe. Also … Aber hast du nicht damals gesagt, dass das eine gute Chance wäre? Um reinzukommen? Du willst doch damit jetzt nicht sagen, dass es ein Fehler war, die ganze Sache mit der Serie überhaupt anzufangen?«

»Nora, ich dachte, das hatten wir schon zig …«

»Schon gut. Tut mir leid.«

Ich rutsche mit dem Stuhl ein Stück zurück, lege meinen Kopf in den Nacken und starre an die Decke. Cremeweißer, prächtiger Stuck. Alles an diesen Räumlichkeiten ist prächtig, denke ich.

Der riesige Glastisch, an dem wir sitzen. Die Vasen in den Ecken. Die Bilderrahmen, die Bilder. Alles.

»Nora, niemand zwingt dich, weiterzumachen. Ich kann dir diese Entscheidung nicht abnehmen.«

»Und wenn wir eine Klausel einbauen? Eine Klausel, die mich im Ernstfall für andere Projekte freistellt?«

»Können wir versuchen, klar. Aber ehrlich gesagt …«

»Was?«

»Ich kann mir nicht vorstellen, dass das klappt. So rein erfahrungsgemäß. Ich meine, natürlich bist du wichtig für die, aber du weißt doch, wie das läuft. Ein Autounfall, eine schwere Krankheit, eine Flucht nach Australien. Und eine Woche später ist alles vergessen.«

»Du meinst: Ich bin vergessen.«

»Ja, das meine ich wohl.«

Ich atme tief ein und aus.

»Was ist los, Nora?«, fragt Svenja, schiebt den Vertrag zur Seite und schaut mich durchdringend an. »Warum bist du auf einmal so unzufrieden? Wirst du nicht gut behandelt? Gibt es irgendetwas, das du mir sagen möchtest?«

Ich knibbele den Nagellack von meinen Nägeln ab. Das ist super undamenhaft, schießt es mir durch den Kopf, das muss ich mir dringend abgewöhnen.

»Weißt du noch, als ich zu dir kam, mit achtzehn? Als ich damals hier angerufen hab, da hab ich gezittert am ganzen Körper, so nervös war ich. Weil, ich wollte das unbedingt. Ich wollte unbedingt in deine Agentur. Mit achtzehn habe ich mir geschworen, alles daranzusetzen, diesen Schauspieltraum wahr werden zu lassen, aber gleichzeitig stand von Anfang an für mich fest, was ich niemals dafür tun würde: Bei einer Daily Soap einsteigen. Und in einer Coca-Cola-Werbung mitspielen.«

Svenja lächelt, sieht aber auch ein bisschen verständnislos aus. Vielleicht sogar ein bisschen gelangweilt.

»Weißt du Svenja, manchmal sitze ich in der Maske und denke: Scheiße, ich bin in einer Daily Soap.«

»Aber du bist nicht bei einer Daily Soap.«

»Nein, aber ich bin bei etwas, das nicht so wahnsinnig weit davon entfernt ist.«

»Du bist öffentlich-rechtlich.«

»Ja, aber nicht im hochwertigen Teil von öffentlich-rechtlich. Ich sag ja auch nicht, dass alles total scheiße ist und ich mir selber leidtue, aber ich glaube nur, dass es langsam mal reicht. Ich bin immerhin schon fast … drei Jahre da? Ja, im Sommer drei Jahre.«

Ich denke: Eigentlich sage ich schon, dass alles total scheiße ist und ich mir leidtue, öffentlich-rechtlich hin oder her, aber ich hätte nicht damit gerechnet, dass Svenja so zurückhaltend reagiert.

Ich weiß auch nicht, was ich erwartet habe. Dass Svenja sich die Klamotten vom Leib reißt, auf dem Tisch zu tanzen beginnt und ruft: Ja, Baby, wir bringen dich ganz groß raus!?

Abgesehen davon will ich gar nicht groß rausgebracht werden. Ich will nur endlich mal wieder was machen, was sich gut anfühlt. Etwas, wo ich mich weiterentwickeln kann. Etwas, das sich nicht immer nur zwischen Inzest, Eifersuchtsdramen und familiären Intrigen bewegt. Okay, ich will wahrscheinlich doch groß rausgebracht werden.

Svenja sagt etwas, aber ihre Worte dringen erst zu mir durch, als sie sich bereits mitten im Satz befindet.

»… ein großer Erfolg, damals. Ich erinnere dich nur ungern, aber Schauspieler gibt es wie Sand am Meer und da ist das eben so.«

Es ist still. Die Rosen auf dem Küchentisch verwelken, das Rosa durchsetzt mit braunen Stellen.

Ich werfe den Schlüsselbund auf die Ablage und schäle mich aus meiner Jeans. Nur hundert Meter von der U-Bahn-Station zur

Wohnung und alles ist komplett durchgenässt. Meine Haut ist von einem feuchten Film überzogen.

Die Ränder des Serien-Vertrags sind aufgeweicht, trotz der Schutzhülle. Ein paar Buchstaben verschwommen. Ich habe ihn auf der Rückfahrt mehrmals durchgelesen. Ich streiche die Seiten glatt und breite sie einzeln auf dem Parkett vor mir aus.

Ich ahne, dass ich mich in meinem Unterbewusstsein schon entschieden habe. Ich weiß nur noch nicht genau, wofür.

Als Paul nach Hause kommt, liege ich längst im Bett und bin in mein Buch vertieft. Ich schaue auf, schräg auf den Flur hinaus. Pauls Blick geht ins Leere, während er sich Jeans und Socken auszieht und in T-Shirt und Boxershorts in die Küche stapft.

Ich klappe das Buch zu, lege es auf den Nachttisch, drehe mich auf den Rücken und ziehe die Decke ans Kinn. Schließe die Augen. Höre Plastikknistern, Geschirrgeklapper, Stuhlgerücke. Dann wird es wieder still, er isst jetzt wahrscheinlich. Brot mit Butter und Wurst. Ein plötzlicher Heißhunger überkommt mich. Ich tappe in die Küche.

»Oh, ich dachte, du schläfst«, sagt Paul. »Hey.« Er gibt mir einen Kuss. »Wie war dein Treffen?«

»Geht so«, sage ich. »Svenja ist nicht so begeistert.«

»Deine Agentin?«

»Ja.«

»Na ja, das ist ja keine Überraschung. Die verdienen ja auch ordentlich an dir und der Serie.«

»Ja, ich weiß. Ich weiß nicht, was ich machen soll. Schneidest du mir auch eine Scheibe ab?«

Paul schneidet zwei Scheiben vom Brot, bestreicht sie mit viel Butter. »Wurst oder Käse?«

»Wurst.«

»Gute Entscheidung.«

Er belegt die eine Scheibe großzügig mit Salami, auf die andere streicht er Leberwurst.

»Was habt ihr denn besprochen?«

»Ich hatte ja gehofft, dass ich bei ›Das Gutshaus‹ bleiben kann, aber zusätzlich für andere Projekte freigestellt werde, wenn sich etwas ergibt.« Paul nickt. Ich beiße von meinem Wurstbrot ab. »Svenja bezweifelt, dass die Produktion sich darauf einlässt. Sie glaubt, ich bin nicht wichtig genug für die.«

»Aber sie versucht es durchzuboxen?«

»Ja ... Versuchen ... Keine Ahnung. Ich hoffe es.«

»Und wenn du einfach ins Risiko gehst und ganz aussteigst?«

»Und von was soll ich dann leben?«

»Keine Ahnung. Du findest schon was. Kannst ja einen Nebenjob machen.«

»Dann kann ich mir die Wohnung hier aber nicht mehr leisten.«

»Ach«, sagt Paul. »Das glaube ich nicht. Kommt halt drauf an, was du machst.«

»Ich muss es mir ja auch irgendwie leisten können, nach Berlin zu Castings zu fahren. Das geht ganz schön ins Geld. Und die meisten Castings finden nun mal in Berlin statt. Oder möchtest du mit mir nach Berlin ziehen?«

»Hast du denn nicht inzwischen ganz schön was angespart?«

»Doch«, sage ich. »Aber da möchte ich nicht dran. Dann war das ja alles umsonst mit dem Sparen ... Ach egal. Lass uns über was anderes reden.«

—

Irgendwie geht es heute nicht. Ich liege auf dem Rücken, mein Herz rast. Ich möchte am liebsten schreien. Aber das geht nicht. Liegen ja noch dreißig andere Leute vollkommen durchnässt auf ihren Matten und versuchen, sich zu entspannen. Mein Hals ist eng und voller Tränen, die ich unterdrücke, indem ich immer wieder heftig schlucke, die Augen zusammenkneife, die Hände zu Fäusten balle. Willenskraft, denke ich. Willenskraft ist das, warum ich hier bin. Um sie zu trainieren. Also reiß dich zusammen, Nora.

Aber irgendwie geht es heute nicht. Irgendwie ist heute in mir keine Kraft. Keine Willenskraft, keine physische Kraft, aber vor allem auch keine seelische Kraft. Ich setze Übung für Übung aus. Ich habe das Bedürfnis aufzugeben, der Hitze zu entfliehen, raus aus diesem Raum. Aber das ist ja das Mindeste: im Raum bleiben. Dafür muss man kämpfen. Deshalb bin ich ja hier.

Ich kämpfe.

Ich kämpfe um mein Leben und darum, dass die Gedanken aus meinem Kopf verschwinden. Dass sie nicht ständig in Zickzacklinien über mich herfallen. Dass sie mich nicht um meine Konzentration bringen. Dass sie mich endlich fallen lassen. In den Boden hinein, in die Anstrengung hinein. Aus mir heraus.

Tränen laufen über mein Gesicht, über meine Ohren, in mein Haar.

»Ist alles in Ordnung?«

Ich schüttle den Kopf.

»Alles gut, leg dich hin, ruhig atmen. Es ist nur Yoga.«

Okay, stimmt, das hatte ich natürlich vergessen. Dass aber »nur Yoga« all diese Emotionen an die Oberfläche schwemmen kann dass »nur Yoga« mir bewusst machen kann, wie fertig ich mit den Nerven bin – das ist aber nicht die Idee, oder? Dabei ist doch alles gut, denke ich und versuche, den Heulkrampf, der meine Brust schütteln will, zu unterdrücken. Es ist doch alles in Ordnung, denke ich.

—

Vom Süßwarenstand am Bahnhof weht Anisgeruch auf den Bürgersteig. Ich gehe in einen Kiosk, kaufe mir eine Packung Kaugummis und wechsele die Straßenseite. Warte auf den Bus, kaufe mir beim Fahrer ein Ticket, gehe bis ganz nach hinten durch und setze mich auf einen Platz in der letzten Reihe. Lasse mich bis zur Endstation Alsterchaussee fahren und schlendere das kurze Stück runter zur Alster.

Wo Hunde auf der dafür vorgesehenen Rasenfläche herumtollen und feine Damen ihre neuen Übergangs-Steppjacken zur Schau tragen. Ich gehe ein paar Schritte bis zum nächsten Holzsteg. Und dort bleibe ich stehen, die Hände in die Pullovertaschen gestopft, und atme tief ein und atme tief aus und atme wieder tief ein, und atme wieder tief aus. Und schaue aufs Wasser.

Abends an der Außenalster entlangzuspazieren kann geradezu etwas Komödiantisches haben. Wie die Leute joggen, das ist teilweise sehr skurril und sehr anrührend auch. Ich fühle mich auf der Stelle aufgemuntert. Wenn große Männer schweißüberströmt in winzigen Schritten vor sich hin trippeln, wenn Muskelpakete ganz bei sich sind, geradezu meditativ. Wie drahtige Frauen umherschweben, wenn ganze Rudel von alten Mädchen und honigfarbene Model-Körper nebeneinander herlaufen. Das alles ergibt einen so chaotischen Rhythmus, eine Konzentration von Ehrgeiz und Disziplin, dass es ganz fantastisch anzusehen ist. Abgesehen davon natürlich, dass ich umgeben von derart viel Sportlichkeit und Willen panische Anfälle bezüglich meiner eigenen Ambitionen bekomme. Drei, vier Mal habe ich es bislang vielleicht geschafft, ganz rumzujoggen. In einem sehr langsamen Tempo. Mit Verschnaufpausen. Danach habe ich mich jedes Mal gefühlt, als hätte ich gerade Olympia gewonnen. Oder eher verloren.

Aber auf eine seltsame Art liebe ich es, hier entlangzuspazieren, dem Rhythmus der Jogger zuzuhören, die Gesichter zu beobachten und ein schlechtes Gewissen dabei zu haben. Ich liebe es, den Duft der Bäume einzuatmen und das Wasser ans Ufer schwappen zu hören. Ich liebe das Bild, das die vielen Segelboote abgeben. Ich habe mich sogar an das Gebrüll der trainierenden Rudermannschaften gewöhnt. EINS. UND ZWEI. UND

DREI. UND VIER. Und an den begleitenden, dumpfen Trommelschlag. Am Anfang fand ich immer, das klingt nach Krieg.

Ich spaziere, bis die Dämmerung anbricht und meine Beine anfangen, wehzutun. Ich fühle mich besser. Ich finde es immer erstaunlich, was ein bisschen frische Luft für die Seele zu tun vermag. Schon klar, dass jede Apothekenrundschau genau das immer wieder aufs Neue predigt, aber es ist doch erstaunlich.

Die frische Luft hilft mir, diese kleinen nagenden Gedanken zu bändigen, die neuerdings vom hintersten Teil meines Herzens Besitz ergreifen wollen. Diese leise nagende Ahnung, dass sich jetzt wirklich bald etwas verändern wird, sich verändern muss. Dieses kribbelnde Gefühl der Unruhe, die von nirgendwo mehr eindeutig herzuleiten ist.

Ich überlege, ob ich ein Mal ganz rumspazieren soll, ein Mal um die Außenalster. An der Lombardsbrücke angekommen, entscheide ich mich dann aber doch, Richtung Stadt abzubiegen.

»HEY BABYFACE«, SAGT DANIEL, der plötzlich wie aus dem Nichts auftaucht, »brauchst du Hilfe?«

Ich lasse die Arme sinken und trete einen Schritt zur Seite. Mit zwei schnellen Handbewegungen öffnet Daniel das schwere Eisentor und gibt mir zwinkernd den Weg frei.

»Danke«, murmle ich und gehe ihm voraus, an blühenden Beeten vorbei, Richtung Studio.

»He, warte mal.«

Ich drehe mich nicht um. Daniel taucht neben mir auf und lacht. »Jetzt hätte ich mir wegen dir beinahe die Hand eingeklemmt.«

»Mh …«

»Kommst du später an meinen Tisch?«

»Wieso sollte ich das tun?«

»Keine Ahnung. Einfach so, dachte ich. Nachdem wir uns in letzter Zeit doch häufiger nett unterhalten haben.«

»Boah, Daniel, lass mich einfach in Ruhe, okay?«

Ich erschrecke selbst ein wenig davor, wie aggressiv ich klinge. Ich bin aber auch aggressiv. Superaggressiv. Aber die Aggression richtet sich nur in Teilen gegen Daniels Aufgeblasenheit. Sie richtet sich vor allem gegen mich selbst. Dass ich neulich bei diesem bescheuerten Filmevent diese Situation überhaupt zugelassen habe, dass ich nicht viel stärker Grenzen gesetzt habe. Dass ich nicht zu Paul gestanden habe, vollends und endgültig. Und dass ich jetzt wieder nicht ausschließlich Abscheu Daniel gegenüber verspüre, sondern auch eine kleine, perverse Anziehung.

Mittags setze ich mich so weit wie möglich weg von dem Tisch, um den sich Daniels üblicher Anhang schart, lachend und schwatzend. Ein paar Stammkomparsen, Stefanie und Thea, die Mädels aus der Requisite, die Kameramänner.

Aus den Augenwinkeln sehe ich, wie Steffi und Thea mir verwunderte Blicke zuwerfen, aber ich starre konzentriert auf meinen Teller und versuche, möglichst schlecht gelaunt und mit den Lasten dieser Welt beladen auszusehen. Es gibt trockene Gnocchi mit einer Pilzrahmsauce, in der undefinierbare Brocken schwimmen, und dazu eine Art Rohkostsalat. Das Dressing kleckere ich mir auf meine Kostümhose.

»Hab ich nicht gesagt, du sollst zu mir an den Tisch kommen?«

»Ah, und seit wann bist du noch mal derjenige, der mir sagt, was ich zu tun und zu lassen habe?«

»Warum bist du denn heute so aggro?«

»Ich bin nicht aggro!«, sage ich, und noch während ich es ausspreche, weiß ich, dass es das Kindischste ist, was ich hätte sagen können, aber zu meinem Erstaunen lacht Daniel mich nicht aus und macht auch keine spöttische Bemerkung.

Ich fühle mich plötzlich sehr weich. Sehr dünnhäutig. So, als könnte ich jeden Moment in Tränen ausbrechen. Ich bin so wütend und fühle mich gleichzeitig so hilflos. Ich kann mich noch nicht einmal damit beschäftigen, dass sich Steffis und Theas Blicke in unsere Rücken bohren.

»Okay«, sagt Daniel.

Er legt kurz seine Hand auf dem Tisch ab, dann entfernt er sich Ich schiebe mir eine Gabel Gnocchi in den Mund. Ich kriege sie nicht hinuntergeschluckt. Irgendetwas stimmt nicht mit mir. Ich fühle mich wirklich ganz komisch, als ob ich nicht zu meinem Körper gehören würde, als ob ich mich von außen betrachten würde. Ich lege die Gabel neben dem Teller ab, wische mir mit der Serviette über den Mund. Ich schiebe den Stuhl langsam zurück, stehe auf und bringe Teller und Besteck zu dem Wagen für dreckiges Geschirr.

Ich gehe in die Richtung, in die Daniel verschwunden ist. Ich gehe ein wenig schneller. Sobald ich außer Sichtweite der anderen bin, renne ich fast den Gang hinunter.

»Daniel, warte!«

Daniel, der Richtung Garderobe schlendert, bleibt stehen und dreht sich langsam zu mir um. Er wartet. Ich bleibe mit ein paar Schritten Abstand vor ihm stehen. Wir schauen uns an. Ich bin außer Atem. Die ganze Situation erscheint mir wahnsinnig absurd. Ich selbst erscheine mir wahnsinnig absurd. Dass ich mich überhaupt selbst überraschen kann, erscheint mir wahnsinnig absurd.

In seiner Garderobe zieht Daniel mir erst den Pullover über den Kopf, dann das T-Shirt und das Unterhemd. Er beginnt, mich am Hals zu küssen, am Schlüsselbein und am Dekolleté, streift mir einen BH-Träger von der Schulter mit der einen Hand und greift mir ins Haar mit der anderen. Ich denke, das ist ein bisschen wie im Film, es ist auch genauso still, wie es sein sollte und wie es im Film immer in solchen Momenten ist. Und er küsst mich genau an den richtigen Stellen, genau so, wie es die Männer in Filmen tun, wenn auch unter genauestens kalkulierten Regieanweisungen. Ich denke, dass Paul und ich uns einfach immer noch in einer instabilen Phase befinden, dass wir noch in einem Prozess sind, manche Dinge zu reparieren, und dass das kein Grund ist, mutwillig alles zu zerstören, was an der Basis da ist und da auch ziemlich fest sitzt, durch all die Jahre, die wir miteinander verbracht haben. Ich denke, dass unsere Beziehung so etwas wie das hier vielleicht nicht verkraften wird, weil alles gerade so zerbrechlich ist, und dass mich das sehr unglücklich machen würde, weil ich Paul schließlich liebe, über alles liebe, das tue ich wirklich. Daniel macht mir einen Hosenknopf auf, seine Hand gleitet in meine Unterhose, und die andere ist immer noch in meinem Haar, krallt sich daran fest, fest, aber nicht unzärtlich, und seine

Lippen sind jetzt sehr nah an meinem Mund, und ich denke, gleich werden wir uns küssen, und alles, wogegen ich noch vor ein paar Wochen angekämpft habe, wird in Erfüllung gehen.

Ein Adrenalinrausch durchströmt meinen Körper. Sein Parfum ist präsent in meiner Nase, ebenso wie der Stoff seines Hemdes auf meiner nackten Haut. Jetzt hebt er mich hoch, trägt mich das kurze Stück zu der Schminktischwand, mit den lichtumrahmten Spiegeln, wie im richtigen Theater, setzt mich darauf. Ich denke: Jetzt ist es längst nicht mehr nur ein Mittwochabend-Fernsehfilm. Jetzt ist es Hollywood, Baby. Und schon halten seine Hände mein Gesicht so fest, dass die Erregung meine verletzliche Gleichgültigkeit schlagartig vertreibt.

»Warte«, sagt Daniel, »ich will dich ansehen.« Er schiebt mich sanft von sich, geht ein paar Schritte durch den Raum, setzt sich aufs Sofa. Er klopft eine Zigarette aus einem Etui und zündet sie sich an.

Scheißchauvi, denke ich. Scheiße, ist das geil, denke ich. Scheiße, was mache ich hier, denke ich.

Ich ziehe mir die restlichen Klamotten aus. Den BH, die Jeans, die Schuhe. Die Socken, die Unterhose. Langsam, und seinen Blick fixierend. Sein Blick ist vollkommen irre. Er macht mich rasend. Ich wundere mich, dass ich nicht lachen muss.

Ich falle auf die Knie und krabble auf allen vieren zu ihm. Er sitzt da und beobachtet mich mit einer Miene, die ich nicht deuten kann. Ich richte mich wieder auf. Ich streife mit den Lippen sein Kinn. Ich spüre den Stoff seines Pullovers an meinen Brustwarzen und am Bauch, die Gürtelschnalle in meinem Schritt, die Jeans an meinen Beinen.

»Mein Raubkätzchen«, flüstert er und packt mit beiden Händen meine Arme, dass es wehtut, und führt sie hinter seinen Kopf, zieht mich auf seinen Schoß. »Mein Raubkätzchen, komm her, mein Raubkätzchen, mein Tiger, mein Löwenbaby, komm her, komm her.«

Er zieht mich fest zu sich heran, sodass zwischen unseren Gesichtern nur wenige Millimeter Abstand bleiben.

Ich muss an eine Sommerflirt-Story denken, *Bravo Girl* 2001. Sie schaut ihm tief in die braunen Augen, während sie zitternd in seinen Armen liegt und vor Lust vergeht. Er raunt ihr etwas ins Ohr.

»Mein Raubkätzchen.«

Seine Finger pressen sich so fest in mein Fleisch, dass ich mir auf die Lippen beißen muss, um nicht aufzuschreien. Seine Augen sind grün gesprenkelt. Ich falle hinein. Es ist 2001 und ich bin ein Bravo-Girl, das gerade die romantischste Nacht seines Lebens verbringt.

Küss mich, bettle ich innerlich, küss mich doch endlich, verdammt noch mal. Aber er küsst mich nicht. Er hebt mich hoch und legt mich auf das Sofa, so bestimmt und gleichzeitig so behutsam, als wäre ich tatsächlich ein Raubkatzenbaby.

Ich stelle verwundert fest, dass mir das Ernstsein nicht mehr schwer fällt, dass ich mich an meine neue Rolle in kürzester Zeit gewöhnt habe und jetzt an nicht anderes mehr denken kann als an ihn und wie sehr ich ihn möchte, ihn und seinen Körper und seinen Körper in mir.

Ich drehe mich auf den Bauch, nackt, wie ich bin. Daniel steht vor mir. Er ist noch immer angezogen. Ich finde das sexy. Ich hoffe, dass er sich nicht ausziehen wird, hoffe, dass er mich angezogen ficken wird. Wir sagen nichts. Wir warten. Ich weiß nicht, ob aufeinander. Oder ich nur auf ihn.

Ich muss an das *GQ*-Cover denken, über das sich alle aufgeregt haben: Lena Gercke, nackt, in den Armen von einem angezogenen Sami Khedira. Ich weiß nicht mehr, ob ich mich auch darüber aufgeregt habe. Schon möglich. Ich ärgere mich über meinen Kopf. Das ist nicht der Moment, in dem ich über die Position der Frau in unserer Gesellschaft nachdenken möchte. Ich möchte mich auf meinen Zustand konzentrieren. Mein Zustand ist horny. Ich hoffe wirklich, dass er sich nicht ausziehen wird. Ich habe Angst, etwas zu sagen. Ich möchte die Konzentration nicht verlieren.

Daniel kniet sich neben mich. Ich drehe mich auf den Rücken. Daniel fährt mit der Hand von meinem Nabel hoch zwischen meine Brüste, weiter zu meinem Kinn, drückt mein Gesicht in das Polster. Mit der anderen Hand drückt er sachte meine Beine auseinander.

Ich hole tief Luft und tauche unter.

Wellen schlagen über mir zusammen. Ich tauche an schillernden Fischen vorbei, tauche durch von Sonne durchflutetes Wasser, tauche neben Arielle der Meerjungfrau, tauche zwischen korallenbewachsenen Schlössern, tauche tiefer und tiefer, und alles wird dumpfer und dumpfer um mich herum.

Zu Hause sitze ich eine ganze Weile allein am Küchentisch, starre auf meine Hände und wünsche mir, Emily würde jetzt zur Tür hereinstürmen. Betrunken, aber allein und mit viel zu erzählen. Ich könnte ihr zuhören und nicken und irgendwann andeuten, dass sich auch bei mir etwas verändert hat.

Ich glaube, ich habe etwas Dummes getan, würde ich sagen. Aber währenddessen habe ich mich nicht dumm gefühlt. Höchstens ein bisschen kaltherzig.

War das wirklich ich? Waren das wirklich meine Hände, die auf Daniels Schultern lagen? War das wirklich mein Mund, der sich gegen seinen drückte? War das wirklich mein Atem, der sich mit seinem Atem vermischte?

Ich glaube, ich habe mich verliebt, würde ich sagen, in einen Körper verliebt, würde ich sagen, und Emily würde antworten: So schnell verliebt sich niemand. Und was meinst du überhaupt mit ›in einen Körper‹?

Und ich würde darüber nachdenken und das Verlangen in jeder einzelnen Pore noch einmal nachempfinden. Und innerlich verzweifeln, aber auf eine gefährliche, weil erregte Art und Weise.

Ich stehe auf, kippe mein halb volles Wasserglas ins Spülbecken, wische mir die Hände an einem Geschirrtuch ab und gehe in mein Zimmer. Es riecht ein bisschen muffig, nach Essen und Schlaf. Ich öffne das Fenster. Ich schäle mich aus meinen versexten Klamotten, löse meinen Zopf und lege mich, so wie ich bin, ins Bett. Das kühle Laken auf meiner Haut beruhigt mich. Draußen ist es hell. Es ist noch nicht mal sieben. Alltagslärm von der Straße. Paul ist bestimmt noch in der Uni. Ich fixiere die Decke und warte darauf, dass ich einschlafe.

—

Ein später Sonntagnachmittag. Der vertraute Geruch in der Wohnung von Pauls Eltern. Kolja, der auf dem Sofa sitzt und auf Facebook chattet. Das Klassikradio in der Küche. Die offenen Balkontüren. Paul, der mit seinem Vater draußen steht und eine Zigarre raucht. Marlies, die frische Blumen in einer Vase arrangiert. Marlies, die mir durchs Haar wuschelt. Marlies, die sich ein Schlückchen genehmigt und mir auch eins anbietet. Karoline, die aus Berlin anruft, weil sie Hilfe braucht, um ihren neuen BAföG-Antrag zu stellen. Die Nachrichten. Kurzes Gebrüll von der anderen Straßenseite. Theodor, der in den Ofen lugt, um zu gucken, ob alles in Ordnung ist. Die Geschichte von einer Tante, die sich im Urlaub in einen Finnen verliebt hat. Die anstehende Beerdigung eines entfernten Bekannten. Paul, der Sodawasser aufsprudelt. Marlies, die Sirup aus der Speisekammer hervorholt. Theodor, der nach Kolja ruft, um ihn zu Tisch zu rufen. Kolja, der in seinem Zimmer verschwunden ist. Paul, der an Koljas Zimmertür klopft. Die frisch gewaschene, gebügelte Tischdecke, auf die Marlies jeden Sonntag besteht. Die Nachfrage, wie es meinen Eltern geht. Die Maronensuppe als Vorspeise. Das Ofengemüse, das schließlich doch noch ein wenig anbrennt. Die neue Jazzplatte, die Theodor aus der Kulturredaktion stibitzt hat. Theodor, der den Anfang einer Arie vorsingt. Unser aller Gelächter und Applaus. Kolja, der sich vorzeitig entschuldigt. Das Munkeln darüber, ob dieses Skatermädchen nun seine Freundin ist oder nicht. Das Fitnessstudio-Abo, zu dem sich Marlies nun doch hat breitschlagen lassen. Paul, der überlegt, ob er auf die Studienfahrt nach Ägypten fahren soll oder nicht. Karoline, die ein zweites Mal anruft, nur eine kurze Frage.

Ein trauriges Mädchen, das sich fragt, wie ein Leben aussehen würde, in dem das hier alles nicht mehr ist. Ein taubes Mädchen, das sich fragt, ob sich eine Panzerwand vor sein Herz geschoben hat. Kugelsicher. Ein hartes Mädchen, das sich fragt, ob es alles, was in seine Hände gerät, früher oder später zerstört.

Paul, der von einem Film erzählt. Paul, der sagt, dass er es uncool findet, dass es am Ende immer auf die Liebe hinauslaufen muss.

Ich, die still dasitzt und denkt: Nichts ist cooler als die Liebe.

—

Ich betrachte das Kachelgewölbe im Café Paris. Das Motiv direkt über mir zeigt zwei barbusige Frauen, drei Knaben, ein Schaf und einen Apfelbaum. Die eine Frau hat was mit Industrie zu tun, die andere mit Landwirtschaft. Auf den Fliesen rundherum ranken sich Rosen und andere kleine, blaue Blumen. Der Kellner bringt mir meine große Rhabarberschorle.

»Alles in Ordnung bei Ihnen, Mademoiselle?«

»Ja, sicher«, sage ich und mein Lachen klingt ganz und gar nicht sicher. Der Kellner lächelt. Er scheint auf etwas zu warten.

»Haben Sie sich schon entschieden, Mademoiselle?«

Es ist albern, aber mir gefällt, wie er mich »Mademoiselle« nennt, obwohl er sonst überhaupt keinen französischen Akzent erkennen lässt. Ich kann mich nicht erinnern, ihn schon einmal hier gesehen zu haben.

»Oh, Entschuldigung, ja, natürlich«, sage ich und merke, wie ich rot werde. Ich bestelle das Steak mit Pommes und Salat, was auf der Karte viel eleganter klingt: Steak-Frites-Salade. Ich traue mich aber nicht, es so auszusprechen.

Ich weiß nicht, was es ist, aber ich fühle mich immer wieder sehr beschützt und getröstet vom Café Paris. Ich weiß nicht, ob es daran liegt, dass die Räume und die Jugendstil-Decke wie aus der Zeit gefallen sind; auch der große Tresen wirkt aus der Zeit gefallen, die grünen Bänke und die warme Lichtstimmung, die sich aus zahlreichen kleinen Lämpchen speist. Vielleicht ist es die geschäftige Atmosphäre, die sich zwischen Business-Lunches und Shopping-Pausen entspinnt und in der man sich wundervoll verlieren kann. Manchmal denke ich auch, es sind die Preise, die mir echt wehtun, mir aber das Gefühl geben, dass ich mir heute etwas Besonderes leiste.

Bin ich unglücklich?, denke ich und puste in meine Rhabarberschorle, was natürlich überhaupt keinen Sinn ergibt, aber ich höre trotzdem nicht damit auf. Bin ich unzufrieden? Oder einfach nur herzlos? Die Schorlenoberflächenspannung leistet meinem Pusten Widerstand. Sieht hübsch aus. Muss ich mich trennen?

Zwei Tische weiter essen ein paar Herren Muscheln. Sie tragen Anzüge. Ich starre gedankenverloren zu ihnen hinüber, bis es mir auffällt und ich mich unangenehm berührt wieder meinem Saftglas widme. Warum bin ich heute so extrem selbstbeobachtend, also noch schlimmer als sonst? Liebe ich Paul? Ganz abgesehen von allem drumherum in meinem Kopf und meinem Bauch und meinen Ängsten und Instinkten: Liebe ich ihn noch? Und wenn ich ihn liebe: Hat er dann nicht das Recht zu erfahren, was passiert ist? Glaube ich ernsthaft, dass es mir gelingen wird, mit all dem, was da inzwischen mit mir passiert ist, eine stabile Beziehung weiterzuführen? Zeugt es von mangelndem Respekt, wie ich mich verhalte? Selbst wenn ich ein anderes Verhältnis zum Treueverständnis haben sollte als der Großteil der Gesellschaft. Selbst dann ist es ein Zeichen von mangelndem Respekt. Und jemanden, den ich nicht respektiere, den kann ich sicher nicht lieben.

Der Kellner bringt mein Steak. Ich schneide ein Stück ab und schiebe es mir in den Mund. Es schmeckt unfassbar gut. Ich denke an die zwei Tage damals in Paris. Den einen, an dem wir ein paar Stunden lang durch die Stadt bummelten und uns freuten, endlich gemeinsam im Urlaub zu sein. Und den anderen: übermüdet von der langen Fahrt, am Schalter der Autovermietung, Paul die Sorge ins Gesicht gestempelt und mir die Enttäuschung und das schlechte Gewissen darüber. Wir aßen etwas in einem schäbigen Restaurant in Flughafennähe, was teuer war, und vor Paul auf dem Tisch lagen die umgebuchten Flugtickets, die noch viel teurer waren. Der Flug ging erst am nächsten Tag und wir fuhren in die Stadt und klapperten die Hostels nach einem freien Zimmer ab. Es war grauenvoll. Und doch, denke ich jetzt, während ich mir drei Pommes gleichzeitig in den Mund schiebe, waren wir uns damals so viel näher. Und ich verspürte so etwas wie Eifersucht, und ich erinnere mich, wie mich das erstaunte, weil ich mich bis dahin nie für einen eifersüchtigen Menschen gehalten hatte.

Diese Nacht, die wir in einer lustigen Bettenburg mit sechs schnarchenden Zimmergenossen verbrachten und in der uns so gar nicht lustig zumute war. Diese Nacht zwischen den abgenutzten Wänden und den staubigen Regalen. Sie war bei allem Schmerz und dem Gefühl, kotzen zu wollen, rückblickend auch einfach wahnsinnig schön. Und wertvoll. Weil ich wusste, was ich wollte. Weil ich mir sicher war. Und jetzt ist sie wahnsinnig weit weg, diese Nacht. Wahnsinnig.

Ich lasse mir Zeit damit, die Pommes aufzuessen. Ich weiß heute sowieso nicht, wohin mit mir. Vielleicht werde ich später noch ein bisschen die Mönckebergstraße hoch- und runterbummeln, ein paar Pullover anprobieren oder nach neuen Schuhen Ausschau halten. Vielleicht werde ich mir einen Kaffee bei Dean&David's holen, vielleicht schaue ich beim Passage Kino, was im Nachmittagsprogramm läuft. Vielleicht setze ich mich in einen Film und vielleicht komme ich dann endlich auf andere Gedanken.

—

Ein sichtbar aufgedrehter Lasse quetscht sich zu mir auf die Bank, Emily ist ihm hinterhergeeilt und setzt sich uns gegenüber.

»Du hast wirklich mit Daniel geschlafen?« Lasse nimmt seine Sonnenbrille ab und legt sie vor sich auf den Tisch. »Nora?«

Emily hebt abwehrend die Hände. »Ich hab nichts gesagt.«

»Woher ...«

»Daniel hat es mir erzählt. Also bitte, komm, komm, komm, ich brauche deine Bestätigung: Du hast wirklich mit Daniel geschlafen??«

»Dieser Idiot«, murmle ich.

»Unfassbar!« Lasse lässt seinen Blick zwischen Emily und mir hin- und hergleiten. »Himmelmariaundjesus, das ist wirklich das Letzte, womit ich gerechnet habe.«

Unter seinem rotbraunen Schopf kriecht hellrote Farbe in sein Gesicht. Ich schaue hilfesuchend zu Emily.

»Und? Hast du mit deinem Freund darüber gesprochen?«

»Mein Gott, wegen einmal Fremdvögeln muss man jetzt auch nicht gleich die Weltordnung auf den Kopf stellen!«, fährt Emily dazwischen.

»Oder die weltliche Unordnung«, sage ich.

»Hab ich doch gar nicht gesagt«, sagt Lasse und ich vermute, er versucht, nicht zickig zu klingen. »Aber ihr Frauen seid schon seltsam mit eurem Verständnis von Treue in Beziehungen.«

»›Ihr Frauen ...‹«, äfft Emily ihn nach.

Ich kicke mit meiner Schuhspitze eine kleine Grube ins Gras.

»Ich sage ja nur, dass ich mich mit dem Gedanken unwohl fühle, dass die Frau, die ich liebe, es nicht erwähnenswert findet, wenn sie mit anderen Typen ins Bett geht.«

Emily schweigt. Ich weiß, dass sie mit Lasse eigentlich einer Meinung ist und sich nur mir zuliebe aufplustert. Trotz ihrer Vergangenheit mit Patrick hat sie im Grunde ein sehr konventionelles Verständnis von Beziehungen und Treue. Sie gibt es nur nicht so gern zu.

»Du hast ja recht, Lasse«, sage ich. »Ist ja nicht so, dass ich mir gerade selbst auf die Schulter klopfe.«

»Wisst ihr, was ich wirklich nicht verstehe?«, schaltet sich Emily wieder ein. »Warum immer so getan wird, als seien die Frauen die armen Kröten, die von ihren bösen Männern betrogen worden sind und nun schluchzend in der Ecke hocken. Ist doch glasklar genau andersrum.«

»Siehst du, Emily, ich wusste doch, dass wir in Wirklichkeit ein Herz und eine Seele sind«, sagt Lasse.

»Die Achtundsechziger waren ja auch nix«, sagt Emily und zündet sich eine Zigarette an.

»Ich würde nicht sagen, dass es prinzipiell nicht eine Option sein sollte, selbst monogame Beziehungen auf körperlicher Ebene zu öffnen«, sage ich.

»Das würde ich an deiner Stelle jetzt auch sagen«, sagt Lasse.

»Natürlich sage ich das. Wozu das führt, wenn alle zwanghaft zu konservativen Wertvorstellungen in Bezug auf ihr Familienleben zurückkehren, sieht man ja: zu Scheidungskindern.«

»Ach, ich weiß nicht, ob die konservativen Werte wirklich die Ursache des Problems sind.«

Die Aufnahmeleitung kommt über den Rasen auf uns zugeeilt.

»Lasse? Emily? Seid ihr bereit? In fünf Minuten geht's weiter.«

Ich bleibe allein zurück.

Daniel ist nicht in seiner Garderobe und nicht im Aufenthaltsraum. Ich mache ihn schließlich hinten auf der Streuobstwiese ausfindig, wo er in Sweatshirt und Trainingshose auf einer Decke sitzt und auf seinem Handy herumtippt. Ich setze mich neben ihn.

»Hey.«

»Hey.«

Daniel legt das Handy beiseite und guckt mich fragend an.

»Warum hast du das Lasse erzählt?«

»Was?«

»Na, das mit uns.«

»Nein ... Also, er hat es ..« Daniel versucht es mit einem schiefen Lächeln.

»Musste das sein?«

»Tut mir leid«, sagt Daniel. Ich schaue ihn an. Ich muss mich zurückhalten, nicht seinen Hals zu küssen, so sehr zieht mich sein Geruch an ihn.

»War scheiße, okay«, sagt Daniel. »Hab nicht drüber nachgedacht.«

Ich werfe ihm einen Blick zu.

»Na gut«, sage ich, stehe auf und will wieder gehen.

»Warte«, sagt Daniel, hält mich am Ärmel fest. Ich zwinge mich, ihm in die Augen zu schauen. »Sehen wir uns die Tage?«

»Nein. Du weißt doch, dass ich das nicht kann«, sage ich, aber es klingt mäßig überzeugt.

»Ich würde mich freuen, wenn du mal mit zu mir kommen würdest, nach der Arbeit. Nur für ein, zwei Stunden.«

Seine Schamlosigkeit, seine Direktheit: Sie irritiert und erregt mich zugleich. Daniel lässt meinen Ärmel los. Ich gehe über die Wiese zurück zum Haus. Bei jedem Schritt fühle ich mich beobachtet.

Abends ist Paul mit den Jungs Fußball gucken. Nach dem Spiel ruft er mich an: »Soll ich was mitbringen? Brauchen wir etwas?«

»Nein«, sage ich. »Obwohl, doch, warte mal. Waschpulver. Das Waschpulver ist leer.«

Paul stöhnt.

»Du hast doch gefragt«, sage ich.

»Ja, okay, ich bringe Waschpulver mit.«

Emily ist in ihrem Zimmer und hört Musik. Vielleicht hat sie ja recht, denke ich, als ich aufgelegt habe. Vielleicht muss man wirklich nicht wegen einmal Fremdvögeln alles auf den Kopf stellen. Vielleicht muss ich das einfach mit mir selbst ausmachen und gut ist. Vielleicht bin ich gerade einfach allgemein in einer komisch verwirrten Phase. Die Überlegung, ob ich bei »Das Gutshaus« aussteigen soll, das ganze Emily-Drama, die vielen inneren und äußeren Kämpfe des letzten Dreivierteljahres, vielleicht ist das einfach sehr viel auf einmal. Vielleicht muss Ruhe einkehren und dann kommen der Regenbogen und die rosa Ponys und Einhörner schon von alleine wieder zurück.

Wenn ich mir nur selber über den Weg trauen würde. Wenn ich so drüber nachdenke, ist das ganz schön erschütternd: Es gibt vielleicht wirklich kaum jemanden, dem ich so wenig über den Weg traue wie mir selbst. Nicht nur, was meinen Geschmack betrifft, sondern ganz grundsätzlich.

Ich darf gar nicht anfangen, darüber nachzudenken, wie ich mich zum Beispiel in politisch existenziell angespannten Situationen verhalten würde. Ich habe zu viel Angst davor, dass ich ein Mitläufer sein könnte – und dann kriege ich voll die Depressionen.

—

Es ist mitten am Tag. Daniels Wohnung liegt im vierten Stock eines Altbauhauses, direkt am Hansaplatz. Auf der kurzen Strecke vom Hauptbahnhof zu ihm kommt man an allerhand zwielichtigen Gestalten, Etablissements, Ramschläden und Gemüseständen vorbei. Wenige Meter vor seiner Haustür treffen Alkoholikerinnen, mäßig gefährlich aussehende Goldkettchenträger, Sexarbeiterinnen und eine Menge Leute mit undefinierbarem Aufgabengebiet aufeinander; in dem entstehenden Stimmengewirr überkreuzen sich die unterschiedlichsten Sprachen. All das geschieht, während in den Cafés nebenan Szenebezirkler überteuerte Spaghetti an Meeresfrüchten zu sich nehmen. Bei jedem Schritt klopft es in meinem Kopf. Jeder Schritt ist ein Schritt Richtung Hölle.

Die Wohnung selbst hat zwei Zimmer, ein kleineres Schlafzimmer und eine riesige Wohnküche mit einer Sofaecke und Fernsehausstattung, einer Kochinsel und einem geräumigen Essbereich. Sie ist komplett saniert. Alles andere, denke ich, während ich meine Hand über die glatte Marmorarbeitsfläche gleiten lasse, hätte mich auch überrascht. Im Bad, das ich in einem Anflug von Panik gleich als Erstes aufgesucht habe, gibt es eine von diesen neumodischen, ebenerdigen Duschen, und die Cremes, Shampooflaschen, Deodorants und Rasierapparate, sogar die Handtücher, verschwinden hinter verspiegelten Schrankwänden. Ich habe sie alle aufgemacht.

Daniel bietet mir ein Glas Weißwein an.

Es irritiert mich, dass ich nervös bin. Meine Gesten sind fahrig, in meinem Hals sitzt eine kleine Froschfarm und beides zusammen hindert mich daran, locker und eher gleichgültig zu sein. Ich würde viel drum geben, jetzt ein bisschen gleichgültiger zu sein.

»Du kochst gern?«, frage ich.

»Tu mal nicht so überrascht!« Bevor ich darauf etwas sagen kann, fügt Daniel hinzu: »Nein, nicht wirklich.« Er lächelt. »Leider.« Ich bemerke, dass er gerade selbst längst nicht so selbstsicher scheint, wie er sonst immer tut. Das beruhigt mich allerdings nicht im Geringsten.

»Komm, setz dich«, sagt er und steuert auf die Sofas zu. Ich frage mich zum gefühlt hundertsten Mal an diesem Nachmittag, was mich dazu bewegt hat, Daniels Einladung anzunehmen. Mir ist bewusst, dass ich mich in dem schmalen Zeitfenster bewege, in dem es noch die Möglichkeit gibt, zu gehen und das Ganze als einen einmaligen Ausrutscher zu den Akten zu legen. Paul ist mit seiner Mutter ins Gartencenter gefahren, sie wollen einen neuen Holzfußboden für die eine Ecke im Laden bauen. Ich verdränge den Gedanken gewaltsam aus meinem Kopf.

Ich folge Daniel zu den Sofas. Wir setzen uns schräg gegenüber. Ich stelle mein Glas Wein auf dem Beistelltisch ab, nehme es aber gleich wieder und drehe es zwischen meinen Fingern.

Daniel lehnt sich zurück. Wir sagen nichts. Er fixiert mich. Ich flattere mit den Augen durch den Raum, schaue immer wieder aus dem Fenster in den graublauen Himmel. Ich zwinge mich, ihn anzusehen. Er scheint an Selbstsicherheit zurückgewonnen zu haben. Ich lege eine Spur kokette Schüchternheit in meinen Blick und finde mich so unfassbar lächerlich. Gleichzeitig spüre ich, wie ich feucht werde.

Daniel lässt seinen Blick auf mir ruhen. Ich trinke einen Schluck Wein. Daniel beugt sich zu mir vor, nimmt mein Kinn zwischen die Fingerspitzen und leckt es ab.

Alles zieht sich mit einem Schlag in mir zusammen. Ich keuche erschrocken auf. Daniel nimmt mir das Glas ab und stellt es auf den Boden. Er lässt seine eine Hand an meinem Kinn, mit der anderen knöpft er meine Bluse auf. Er streicht über meine Brüste, betrachtet sie, zwickt mir fest in die Brustwarze. Sein Blick hat jetzt dieselbe schimmernde Glasigkeit, die ich darin schon das letzte Mal erkennen konnte, in der Garderobe, und die mich schon da so heftig erregte.

Daniel lässt mich los und lehnt sich wieder zurück. Er trinkt Wein. Ich bewege mich nicht vom Fleck. Ich zittere am ganzen Körper. Er schaut mich ruhig an, sein Blick wandert meinen

Körper entlang. Meine Brüste liegen bloß, eingebettet in dem seidigen Stoff der Bluse. Ich denke, das ist doch absurd. Das ist doch alles viel zu simpel. Viel zu durchschaubar. Ich will seinen Schwanz in den Mund nehmen.

Ich stehe auf und gehe zu ihm. Der Bund meiner Jeans drückt gegen meine Blase, als ich mich vorbeuge. Ich ignoriere es. Ich öffne seine Hose. Ich spüre Daniels Hand in meinem Nacken und wie sie leichten Druck ausübt. Ich höre, wie er leise Luft durch seine Zähne einatmet. Ich könnte schreien vor Erregung.

Paul sitzt in der Küche vor seinem Laptop und schneidet einen Film von einer seiner Installationen zusammen.

»Hey«, rufe ich durch den Flur und gehe ins Bad, klappe die Klobrille zu, setze mich hin. Ich habe bei Daniel geduscht. Trotzdem habe ich jetzt das Bedürfnis, mir noch mal Deo unter die Achseln zu sprühen, meinen Mund mit Mundspülung auszuspülen. Ich frage mich, ob Männer, die ihre Frauen betrügen, auch das Bedürfnis haben, sich den Mund auszuspülen. Sich vom Schmutz zu befreien. Oder ob das so ein anerzogenes Frauending ist: Du dreckige Schlampe, was fällt dir eigentlich ein?! Wasch dir den Mund mit Seife, Hure. Nutte, schäm dich.

Es ist echt wie in so einem scheiß Film. Ich warte darauf, dass die Schuld sich auf meinen Schultern breitmacht. Aber nichts passiert.

»Wie war dein Tag?«, fragt Paul.

»Gut«, sage ich und trinke eine Flasche Sprudelwasser zur Hälfte aus. Immer noch nichts. Das kann doch nicht sein, verdammt. Paul drückt seinen Mund gegen mein T-Shirt, küsst mich durch den Stoff hindurch auf die Schulter. Fragt nicht, was ich gemacht habe, was gut ist, weil ich mir keine Lüge zurechtgelegt habe. Ich ertrage seine Zärtlichkeit nicht. Immerhin: eine Reaktion. Ich eise mich vorsichtig von ihm los, gehe zum Kühlschrank und stelle die Wasserflasche wieder kalt.

In der Nacht macht Paul Annäherungsversuche. Nie will er mit mir schlafen, und jetzt das. Ich weiß nicht, warum mich das überrascht. Als ob er es riechen könnte. Ich bleibe starr. Pauls Atem geht schneller. Ich spüre die Wärme an meinem Ohr. Wie traurig das alles ist. Vielleicht werde ich jetzt bitter, denke ich. Vielleicht fühlt sich so der Anfang von Bitterkeit an: traurig und leer. Paul richtet sich auf.

»Was ist? Ist irgendetwas?«

»Bin nur müde«, sage ich und drehe mich auf die Seite.

Ich kann Pauls Schweigen sehr deutlich hören und die Bitterkeit in mir wird nur noch größer.

EMILY UND ICH SITZEN AUF EINER BANK im Planten un Blomen.

»Und du findest wirklich gar nichts an ihm?«

»Irgendwie nicht«, sage ich. »Nein«, sage ich.

»Hm.«

Ich denke: Sie fragt sich bestimmt, warum ich mich dann auf ihn eingelassen habe. Mich immer noch auf ihn einlasse.

»Paul musste gestern Abend in der Galerie arbeiten … Und Daniel und ich waren dann im St. Georg, in dieser Bar.«

Emily guckt fragend.

»Auf der Langen Reihe. Du weißt schon, wo wir früher manchmal zusammen waren, als wir noch nicht zusammengewohnt haben.«

»Ah!«, sagt Emily. »Mit dem lustigen Barmann.«

Ich nicke.

»Und da ist mir zum ersten Mal richtig aufgefallen: Er ist geizig.«

»Oh …«, sagt Emily und verzieht ihr Gesicht zu einer gequälten Grimasse.

»Und weißt du was? Das ist das allerschlimmste Attribut, was ein Mann haben kann: Geiz.«

»Das verstehe ich. Das ist wirklich … So habe ich noch nie drüber nachgedacht. Aber das ist wirklich, wirklich unsexy.«

»Na ja«, sage ich. »Aber wie gesagt, er interessiert mich nicht, von daher kann es mir ja auch egal sein.«

»Geiz«, sagt Emily verträumt und ich kann förmlich sehen, wie ihr ein Schauer über den Rücken läuft. »Das ist furchtbar, richtig furchtbar.«

—

Manchmal frage ich mich: Würde Liebe unsere Affäre rechtfertigen? Wäre ich ein besserer Mensch, wenn ich Paul aus einem besseren Grund betrügen würde? Und ist bloßes Begehren überhaupt das, was Daniel und mich zusammenhält? Auch wenn Emily es nicht von sich aus anspricht, kann ich es doch in ihren Augen sehen, was sie denkt: dass ich Paul die Wahrheit sagen sollte. Und wenn mir das nicht gelingt: fair zu sein, mich zu trennen.

Ich kenne das aus früheren Beziehungen. Ich kenne mich aus früheren Beziehungen. Wenn das Kriseln größer wurde, entwickelte sich in mir jedes Mal der Wunsch, mich in jemand anderen zu verlieben, um einen Grund zu haben, die jeweilige Person zu verlassen. Wenn dieser Gedanke einmal da gewesen war, wusste ich, dass es nur noch Angst war, die mich von einer Trennung abhielt, und nicht viel später fand ich dann den Mut zu gehen. Auch ohne Grund.

Aber ich möchte Paul nicht verlassen. Ich möchte mich nicht in eine andere Person verlieben, ich möchte in ihn verliebt bleiben. Ich möchte, dass das Kriseln aufhört, dass wir ehrlich zueinander sind, dass es uns gelingt, das, was wir haben, zu retten. Über die Fehler hinweg, die wir beide gemacht haben. Und deswegen weiß ich, dass Emilys Augen recht haben, dass ich Paul die Wahrheit sagen muss, weil sonst alles mürbe werden wird, weil sonst alles verloren sein wird.

—

Ich weiß nicht, ob es noch ein Zurück gibt. Vielleicht nicht. Gibt es noch Hoffnung in mir, wirklich ehrliche Hoffnung, dass das wieder nur eine Phase ist, dass ich diese Liebe retten kann? Vielleicht vor drei Tagen hätte ich noch gesagt: Natürlich. Aber jetzt? Können wir noch mal von vorne anfangen? Immerhin waren wir vor wenigen Monaten an einem ähnlichen Punkt. Immerhin haben wir uns danach wiedergefunden. Aber das kann es doch nicht sein, alle paar Wochen Grundsatzfragen. Bin ich einfach zu feige, um es zu beenden? Bin ich schon dermaßen abhängig von Paul? Was ist überhaupt mit Paul? Ich frage mich: Traue ich ihm nicht zu, über mich hinwegzukommen, sein Glück woanders zu finden? Und wäre das nicht pure Arroganz und eindeutig die falsche Intention, um mit ihm zusammenzubleiben? Natürlich würde Paul damit umgehen können. Vielleicht würden wir wirklich Kontakt halten können. Vielleicht auch nicht, und dann wäre es eben so. Er hat es nicht verdient, dass ich mir unsicher bin. Er hat es nicht verdient, dass ich ihn betrüge. Nicht im Kopf und nicht körperlich. Was ist, wenn ich mich in etwas verrenne? Reicht ein so ungewisses Gefühl aus, um eine Beziehung zu beenden? Was ist, wenn ich mich nie zufriedengeben kann? Was ist, wenn ich immer alles zerstöre?

—

Paul öffnet die Wohnungstür, zieht sich die Schuhe aus und kommt in mein Zimmer.

Ich sage: »Paul, wir müssen reden.«

Paul sagt: »Ich weiß. Schieß los.«

Ich sage: »So einfach ist das nicht.«

Paul sagt: »Es ist nie einfach.«

Ich sage: »Ich hab Scheiße gebaut.«

Paul sagt: »Das hab ich mir gedacht. Aber ich hab einfach gehofft, dass ich falsch denke.«

Paul geht in die Hocke. Paul sitzt auf dem Boden. Paul lehnt sich an die Wand. Paul reibt sich mit der flachen Hand über die Stirn. Paul stöhnt.

Paul murmelt: »Bitte, lass das nicht wahr sein. Bitte, lieber Gott. Lass das alles nicht wahr sein.«

Mir ist zum Weinen zumute, aber ich weine nicht. Ich bin weit davon entfernt zu weinen. Wenn ich so darüber nachdenke: Ich habe mich noch nie so weit vom Wasser weg gebaut gefühlt. Das macht aber alles nur noch schlimmer.

Es ist alles so, wie es gerade eben auch noch war. Auf meinem Schreibtisch liegen Briefumschläge und bunte Papierbögen, aus dem einen habe ich gerade einen großen Vogel ausgeschnitten. Der Tee in der japanischen Teeschale ist seit Stunden kalt. Ich habe ihn, versunken in meine Bastelarbeit, vergessen zu trinken. Auf dem Boden liegen noch immer Pauls gefaltete Boxershorts, ordentlich gestapelt. Daneben eine ausgekippte Box von meinen Fotos. Das Bett ist immer noch ungemacht. Die Stromrechnung immer noch nicht bezahlt. Und doch ist jetzt natürlich nichts mehr, wie es gerade eben noch war.

»Mit wem?«, sagt Paul. »Welches Arschloch …?«

»Darum geht es jetzt doch nicht.«

»Wie bitte?« Sein Lachen klingt bitter und irgendwie auch ein bisschen gruselig. »Ach, Nora. Hast du mit ihm geschlafen?«

Meine Gedanken stocken für einen Moment. Machen einen gehässigen Aussetzer und flüstern: Wegen einer Knutscherei würde ich doch nie und nimmer ein Fass aufmachen, du Idiot. Ich war mal so verliebt in dich, denke ich. Ich war in viele Männer verliebt, aber in dich war ich ganz besonders verliebt. Ich konnte dich stundenlang anschauen, und das hat mir vollkommen gereicht.

»Schläfst du mit ihm?«

In meinem Kopf formuliere ich Antworten, aber ich bringe keine von ihnen über die Lippen. Ich habe nicht das Bedürfnis, auf die Knie zu fallen und ihn um Verzeihung zu bitten, wie es vielleicht angebracht wäre. Ich weiß noch nicht mal, ob ich überhaupt irgendetwas bereue.

Doch. Ich bereue, dass wir unsere Beziehung so nachlässig in den Sand gesetzt haben. Ich bereue unsere Blindheit.

»Ich hab dich was gefragt, verdammt.«

»Ja.«

»Was, ›ja‹?«

»Ich schlafe mit ihm.«

»Du schläfst … du … oh Gott …«

Du glaubst doch gar nicht an Gott, flüstert die böse Stimme. Aber jetzt, wo er so auf dem Boden hockt und derart verzweifelt aussieht, schreit endlich mein Herz. Endlich. Das musst du jetzt aushalten, Kid. So geht das Spiel nun mal.

»Sag, dass es nicht Daniel ist.«

»Es ist Daniel.«

In Pauls Gesicht: Fassungslosigkeit. Seine Hände: zittern. Ich kann sein Herz klopfen hören.

»Das kann doch nicht wahr sein.«

Ja, stimmt, denke ich. Das kann es nicht. Ist es aber. Verdammt.

»Das darf einfach nicht wahr sein, Baby! Bitte, das darf nicht wahr sein.«

Ich schweige. Versuche mich darauf zu konzentrieren, nicht in die Knie zu gehen. Du musst die Konsequenzen aushalten, flüstert mein Kopf mir zu. Du musst die Konsequenzen aushalten. Du musst sie aushalten. Du musst ihnen mit Würde begegnen. Du darfst dich jetzt nicht selbst verleugnen. Knickt nicht ein, liebe Knie. Knickt bloß nicht ein.

Pauls Worte prasseln auf mich ein. Ich sauge sie in mich auf und lagere sie in einem Depot, das sich plötzlich in mir aufgetan hat. Ein Reflex meines Körpers, wie um mich vor zu viel entgegengeschleuderter Enttäuschung auf einmal zu schützen.

In Pauls Augen schwimmt zuerst die Wut, dann die Machtlosigkeit, dann die Traurigkeit. Eine Minute nach der anderen verstreicht. Ich finde es schwer zu ertragen, ihn anzusehen. Aber ich weiß, dass ich das muss.

»Ich kann nicht mehr um dich kämpfen«, sagt Paul leise. »Ich kann nicht mehr um dich kämpfen, Nora. Ich schaffe es nicht. Ich schaffe es einfach nicht.«

»Ach Paul«, sage ich, ebenfalls leise. Ich bin plötzlich unendlich müde. Es gibt keinen Grund mehr, mich zusammenzureißen. Die Wahrheit hat, rein egoistisch gesehen, etwas Erleichterndes. Wer weiß, vielleicht wäre es fairer gewesen, sie nicht auszusprechen. Aber jetzt ist sie da. Sie ist jetzt etwas, mit dem wir umgehen müssen, und nicht viel mehr. »Ich will doch gar nicht, dass du um mich kämpfst. Darum geht es doch jetzt nicht mehr.«

In der Wohnung ist es jetzt sehr still. Wie ich meine Hausschuhe auf den Dielen anziehe, wie ich die Tür zur Küche aufdrücke und den Wasserhahn aufdrehe: Es klingt so scharf, so präzise. Ich setze mich an den Tisch und beginne zu weinen, unvermittelt genug, dass es mich selbst überrascht, und so sitze ich bestimmt eine halbe Stunde, schluchzend, die Ellenbogen auf die Tischplatte gestützt.

Ich stehe auf, öffne das Fenster, um die späte Nachmittagssonne hineinzulassen. Ich wechsle meine Kleidung, schlüpfe in ein Shirt und eine Hose, die ich aus dem hintersten Winkel meines Schranks hervorfische, binde mir die Haare zu einem strengen Zopf. Ich hole die Leiter und klettere zum Hängeboden im Flur hinauf.

Die Farben sind zu dicken, gummiartigen Krusten getrocknet und brechen bröckelnd auf, als ich die Deckel von den Eimern schraube. Die Küche ist der einzige Raum, den Emily und ich damals nicht gestrichen haben. Wir konnten uns nicht für eine Farbe entscheiden, und dann war es irgendwann zu spät. Jetzt schiebe ich Tisch und Stühle beiseite, lege ein paar Blätter Zeitungspapier an den Rand und nehme die smaragdgrüne Farbe, mit der auch schon das Bad gestrichen ist, mit dem größten Farbroller auf.

Es schmatzt, als ich die erste Bahn ziehe. Mit kräftigen Zügen arbeite ich mich Stück für Stück vor, steige auf die Leiter, um bis an die Decke zu kommen, und bessere akribisch Ecken und kleine Unregelmäßigkeiten mit einem Pinsel aus. Es ist schon dunkel, als ich fertig bin. Ich gehe erschöpft in die Hocke. Das Grün umhüllt mich wie ein Mantel, in der Dunkelheit wirkt es finster und zutiefst bedrohlich. In mir breitet sich Befriedigung aus. Mein Blick fällt auf eine Kippenschachtel, die unter dem Tisch liegt. Paul oder Emily müssen sie liegen gelassen haben. Zwei Zigaretten sind noch drin. Ich zünde mir eine davon an und atme tief ein. Das Nikotin entfaltet augenblicklich seine Wirkung. Ich erkenne es wieder: den leichten Schwindel, das wohlige Gefühl, das sich im ganzen Körper ausbreitet. Ich glaube, ich habe seit meinem Umzug nach Hamburg keine Zigarette mehr angerührt. Kurz frage ich mich, ob der Qualm in die frische Farbe einziehen könnte, aber auch dieser Gedanke verflüchtigt sich wenig später. Als mein Handy auf dem Tisch zu vibrieren anfängt, bleibe ich sitzen, so lange, bis die Müdigkeit auf meine Augenlider drückt und ich mich, in Arbeitskleidung und noch voller Farbe, ins Bett lege.

Emily kommt spät von einem Geburtstagsdinner wieder. Am nächsten Morgen steht sie in meiner Zimmertür.

»Du hast die Küche smaragdgrün gestrichen«, sagt sie sachlich.

Ich nicke.

»Ich meine, ich verstehe das ja, Entscheidungen treffen, Wände streichen, Neuanfänge, ich sehe da schon den Zusammenhang. Aber smaragdgrün?«

»Wie das Bad halt.«

»Im Bad stört mich das Grün seit Ewigkeiten. Es ist so türkis. Also, tut mir leid, Nora, bei aller Liebe, aber das können wir nicht so lassen. Komm, husch, husch, aus dem Bett! Wir müssen gleich los!«

»Ich kann nicht, Emily«, sage ich. Meine Lider drücken schwer auf meine Augen. Sind bestimmt krass geschwollen.

»Ich kann zwar nur vermuten, was passiert ist, aber: Ich fürchte, du musst.«

»Ich hab Paul alles erzählt.«

Emily schweigt für einen Moment. Dann sagt sie: »Komm, steh auf. Wir reden im Auto drüber.«

Paul ist zu Ansgar gegangen. Er hat kaum etwas mitgenommen, seinen Laptop und ein T-Shirt. In der einen Hälfte meines Schranks hängen wie gestern noch seine Pullis und Hemden, seine Jeans und ein Korb mit Boxershorts und Socken. Im Bad stehen sein Deodorant und sein Rasierapparat. Seine Zahnbürste. Als wäre nichts passiert. Als wäre jetzt nicht alles anders. Ich putze mir die Zähne, stelle mich unter die Dusche. Ich sehe wirklich unfassbar fertig aus. Hallo, Ehebrecherin!

—

In der Welt geschehen Dinge. In mir geschieht nichts. Immer noch Ratlosigkeit und Verzweiflung. Wie kann ich jemandem, den ich so sehr liebe, so etwas antun? Wie kann ich so schrecklich sein? Ich weiß, dass ich es aushalten muss, ihn derart verletzt zu sehen. Ich weiß, dass ich meine Schuld aushalten muss. Ich weiß, dass ich den Impuls unterdrücken muss, ihn um Verzeihung zu bitten, ihm um den Hals zu fallen, ihn zu küssen, ihm meine ewige Liebe und Reue zu schwören. Ich finde es krass, dass dieser Impuls da ist. Ich finde es krass, dass ich ihn niederkämpfen muss, um uns beiden gegenüber fair zu bleiben.

Die Gewissheit, dass Paul mir verzeihen würde, dass er mich in dem Maße liebt, dass er es wirklich könnte, das macht alles nur noch schlimmer.

Auch wenn ich mich oft selbst nicht gerne reden höre, nicht gerne handeln sehe, mich häufig von außen betrachte und nichts mit mir anzufangen weiß: Ich kann mich nicht erinnern, mich jemals selbst so sehr verachtet zu haben.

Das Bedürfnis, mit meinen Eltern zu sprechen, ist riesengroß. Als ich sie anrufe, kann ich zehn Minuten lang nichts anderes tun, als zu weinen.

»Ich bin das größte Arschloch, das die Welt je gesehen hat«, bringe ich schließlich unter Tränen hervor. »Das allerallergrößte Arschloch auf der ganzen verfickten Scheißwelt.«

Unser Gespräch besteht hauptsächlich daraus, dass ich mich selbst beschimpfe und Mama versucht, mich zu beruhigen.

»Sei nicht so hart zu dir«, sagt Mama sanft. »Die Jahre zwischen zwanzig und dreißig sind nicht leicht. Es geht auf und ab und auf und ab.«

»Na toll«, sage ich und wische mir mit dem Ärmel die Rotze weg. »Das sind ja schöne Aussichten.«

Ich beruhige mich etwas. Ich bin so erschöpft. Wenn das so weitergeht, denke ich, dann ist bald nichts mehr von mir übrig. So viel Schmerz überall, das kann doch kein Mensch ertragen.

Mama stellt das Telefon auf laut.

»Alles okay, Sweetiepie?«, sagt Papas tiefe Stimme. Ich nicke ins Telefon.

—

Paul ruft an. Ich gehe nicht dran, ich bringe es einfach nicht übers Herz. Er schreibt mir E-Mails, SMS und handgeschriebene Briefe. Ich schreibe ihm Briefe zurück, in denen ich ihn wieder um Zeit bitte. Zeit, um mich zu sortieren, um wieder einen Blick für die Dinge zu bekommen, die jetzt alle nur bunt durcheinanderschwimmen. Alles scheint sich zu wiederholen. Ich entschuldige mich dafür, dass ich ihm so viel zumute, jetzt auch noch mein eigenes Kopfchaos, meine Entscheidungsunfähigkeit. Ein zweites, verficktes Mal. Ein schlimmeres Mal. Ich weiß, dass es nichts besser macht, aber ich weiß auch einfach nicht, was ich sonst tun soll.

Ich kann nur ausharren und hoffen, dass mein Herz mich in eine Richtung schlägt.

Am Set gehe ich Daniel weitestgehend aus dem Weg. Wenn wir gemeinsame Szenen haben, funktioniert das natürlich nicht, aber an mir prallt sowieso alles ab, ich bin unfähig, aus meinem inneren Kosmos hinauszukommen, sehe und höre alles durch einen Schleier; ich schaffe es gerade noch so, meine Rolle zu spielen, meine Sätze aufzusagen und dabei nicht in Tränen auszubrechen.

Einmal schreibt mir Daniel eine Nachricht, ich zwinge mich dazu, ihm zu antworten. Dass ich Zeit und Abstand brauche, schreibe ich, dass ich gerade durch etwas hindurchmüsse und den Kopf für nichts anderes frei habe.

Alle Worte, die ich so zusammenklebe, erscheinen mir leer und holzig. Die Welt kann zusammenkrachen, mit einem lauten Knall in sich zusammenfallen. Nichts hilft mir aus mir selbst heraus.

Stille Nächte. Ich träume von stillen Nächten. Nächten, in denen das Himmelszelt tatsächlich ein Himmelszelt ist und nicht nur ein diffuses Etwas da oben. Unter diesem Zelt könnten wir gehen, wir beide, immer weitergehen. Wir könnten die Augen schließen, die Schuhe ausziehen und einander vorraten, was wir da unter unseren baren Füßen erspüren: taunasses Gras, wurzeldurchschlagene Erde, sandig, einen Kronkorken, Zigarettenstummel, Exkremente von kleinen Tieren oder herabgefallene Nadeln von Nadelbäumen, vielleicht auch ein Post-it, eine Glasscherbe.

Früher gab es auf Kindergeburtstagen ein Spiel. Jemand bindet dir die Augen zu, jemand schiebt dir etwas Essbares in den Mund, und du musst erraten, worum es sich handelt.

Mir schob mal jemand einen Löffel Paprika-Aufstrich in den Mund, und ich konnte es nicht erraten, weil ich Paprika nie aß, weil Paprika zu den vielen Dingen gehörte, die ich nicht mochte.

In einer stillen Nacht könnten wir, barfuß und blind durch die Dunkelheit tappend, einfach nur nebeneinander sein. Wir könnten nebeneinander sein und immer weitergehen und nach und nach alles hinter uns lassen.

Ich sitze in meinem halbdunklen Zimmer, allein, und draußen ist heller, ist lauter Tag.

—

Mein Bedürfnis hinauszugehen wird immer stärker, von Tag zu Tag. Jede Sekunde in geschlossenen Räumen bedeutet Anstrengung, ich suche nach einer Fluchtmöglichkeit, wo immer es geht, und wenn ich könnte, wie ich wollte, würde ich auf Felder hinausgehen und durch diese Felder würde ich rennen, bis ich keine Luft mehr bekäme. Der Set kommt mir immer mehr vor wie eine Plastikwelt, in der man sich nicht zu rasch bewegen darf, weil sie sonst in sich zusammenfallen würde. Mir erscheint alles künstlich. Mein billiger Schmuck, der teuer aussehen soll und in kleine Tütchen sortiert in einer Schublade liegt. Die Art, wie wir uns morgens begrüßen. Alles hat einen artifiziellen Wert. Ich fühle mich selbst schon ganz artifiziell. Wie ich rede, wie ich gestikuliere. Ich benutze andere Wörter, als ich es sonst getan habe, ich drücke mich in einer Weise aus, die mir selbst fremd ist. Es ist, als ob ich versuche, der Welt, in der ich mich bewege, etwas entgegenzusetzen. Aber alles, was ich damit erreiche, ist: noch stärker mit ihr zu verschmelzen.

Ich will hinausgehen, also richtig hinaus, in die Natur, wo nicht alles im Endlosrhythmus auf mich eindrischt. Wie banal das ist, in die Natur zu wollen. Aber die Sehnsucht danach ist tatsächlich überwältigend groß. Ob das ein Instinkt ist? Zurück zu Erde, zu Wald, zu Wasser, zu Wiese.

Das Faszinierende am Abschiednehmen, denke ich, ist, dass es nicht einfach so über mich hereinbricht, sondern dass mir jetzt ganz klar ist, dass es schon lange vorher begonnen hat. Dass alles in den letzten Monaten schon ein Abschiednehmen war. Nicht nur in Bezug auf meine Beziehung. Auch von meiner Arbeit in der Serie nehme ich seit Monaten Abschied. Immer weniger hält mich. Nur endlich mutig sein, nur endlich mutig sein.

So vieles in mir will Paul zurück, will alles rückgängig machen, will mit ihm Filme gucken und in den Urlaub fahren, will weiter zur Arbeit gehen und es sich in meiner Halbzufriedenheit gemütlich machen. Will, dass alles so bleibt, wie es war. Aber so vieles in mir kennt mich auch gut genug, um zu wissen, dass ich ins Zweifeln kommen werde, wieder und wieder, dass es nicht aufhören wird. Dass ich eine Gefahr für mich selbst bin. Dass die Angst vor Veränderung nirgendwohin führt.

So bleiben manche Dinge lange im Dunst, Tage, Wochen, Monate. Und dann, mit einem Schlag, lichtet sich der Nebel und alles erstrahlt in betäubender Klarheit. Es gibt kein schmerzhafteres und zugleich kein besseres Gefühl; ich kenne zumindest noch keines. Aller Ballast, aller Zweifel fällt ab von mir, und was übrig bleibt, ist nur eine einzige Möglichkeit, und es ist immer die schwieriger zu bewältigende. Natürlich ist sie das, sie stößt mich aus der Komfortzone raus, aus dem Leben, an das ich mich gewöhnt und in dem ich mich so schön eingerichtet habe. Sie konfrontiert mich mit Herausforderungen, für die die bereits gefundenen Lösungen keine Gültigkeit mehr haben. Sie würgt mich mit Angst und lässt mich gleichzeitig die Flügel ausbreiten und fliegen. Sie ist immer kurzfristig egoistisch, aber auf lange Sicht wäre das Angsthaben es noch viel mehr gewesen.

Ich kündige, muss ich sagen, ich verlasse dich, muss ich sagen, und dann muss ich tapfer sein und rennen und erst dann darf ich Atem holen, wenn ich mir sicher bin, dass die falschen Gründe mich nicht gewaltsam zurückwerfen werden.

Es ist anstrengend. Es ist überlebenswichtig.

—

Ich gehe durch das Treppenhaus nach oben, in den dritten Stock. Bis vor knapp zwei Jahren bin ich diese Stufen jeden Tag hoch- und runtergelaufen, mehrmals am Tag. Ich habe hier gewohnt. Paul macht mir auf. Er ist gefasst, in seinem Gesichtsausdruck liegt Resignation. Wir brauchen uns nur anzusehen, und Paul weiß, dass ich aufgegeben habe, und ich weiß, dass in diesem Moment auch er nun endgültig aufgibt – die Hoffnung, uns.

Ansgars Zimmer, in dem Paul übergangsweise untergekommen ist, während Ansgar wahrscheinlich bei Luise schläft, riecht nach WG und alten Zeiten. Es stimmt mich wehmütig, wehmütiger, als ich es sowieso schon bin.

»Es tut mir so leid, Paul. Es tut mir wirklich so leid«, sage ich, und ich meine nicht, dass ich ihn betrogen habe, sondern dass ich keine Zukunft für uns sehe.

Paul nickt.

Wir sitzen eine ganze Weile zusammen, hängen unseren Gedanken nach. Sagen nichts, sagen alles.

»Aber Daniel … Du liebst ihn doch gar nicht«, sagt Paul irgendwann.

»Es geht nicht darum, ob ich ihn liebe. Das alles hat überhaupt nichts mit Daniel zu tun.«

»Ja, das weiß ich ja eigentlich auch«, sagt Paul schnell. »Ich glaube, dass es eher nur eine Fluchtmöglichkeit für dich, nur ein Symptom war. Für das, was zwischen uns schiefgelaufen ist.« Paul lächelt mich traurig an. »Wenn ich nur wüsste, was ich falsch gemacht habe.«

»Du hast nichts falsch gemacht«, sage ich leise. »Überhaupt nichts.«

»Aber wir hätten über uns reden können, sogar müssen. Wir hätten zum Beispiel über unser Sexleben reden müssen. Über das, was wir uns voneinander wünschen. Ich verstehe nicht, warum wir das nicht gemacht haben. Warum ich das nicht realisiert habe. Das war wahrscheinlich der Fehler. Einer der Fehler zumindest.«

Ich schweige.

»Ich hätte dich so gerne glücklich gemacht«, sagt Paul.

»Du hast mich glücklich gemacht«, sage ich. »Und du bedeutest mir immer noch alles, Paul, das weißt du. Aber ich kann nicht mehr mit dir zusammen sein. Es geht einfach nicht.«

Ich habe Mühe, meine Tränen zurückzuhalten. Wenn Paul sich zusammenreißen kann, dann kannst du es gefälligst auch, sage ich mir und strenge mich noch mehr an.

Im Nebenzimmer rumpelt Pit; es klingt, als würde er Möbel verschieben. In der Küche wird das Radio angeschaltet.

»Du warst die erste Frau, mit der ich mir vorstellen konnte, Kinder zu haben«, sagt Paul. »Meine Kinder gehören zu dir, Nora, ich weiß nicht, wie das anders gehen soll, ich kann es mir nicht vorstellen.«

Ich beiße mir so fest auf die Zunge, dass es mich nicht wundern würde, wenn mir das Blut gleich aus den Mundwinkeln rinnt.

Ich schaue Paul an. Schaue ihm in die Augen, schaue ihm auf die Nase, vermeide es, ihm auch noch auf den Mund zu schauen. Ich atme seinen zarten Geruch ein. Durch die Nase und durch den Mund wieder aus. Ich spüre die Wärme seines Körpers, ganz sanfte Wärme, die mich nur ganz sanft streift. Alles zieht mich an ihn. Alles will, dass ich mich vorbeuge, sein Handgelenk greife, meine Lippen auf seine rechte Wange drücke. Alles will und alles stößt mich ab. Alles schleudert mich nach hinten, bis an die Wand, bis durch die Wand, bis durch die Hauswand, bis auf die Straße, bis darunter. Alles schleudert mich nach hinten, von innen heraus, und ich wanke, ich wanke, ich wanke.

»Auf Wiedersehen, Paul.«

»Auf Wiedersehen, Nora.«

»Ich werde dich vermissen.«

»Und ich dich erst.«

»Ich weiß auch nicht, wie es ohne dich gehen soll, das musst du mir glauben.«

»Ich versuch's.«

»Ich weiß, das darf man nicht sagen. Aber ich hoffe sehr, wir können es irgendwann schaffen, Freunde zu sein.«

»Du mich auch. Aber ja. Das wäre schön.«

»Es ist bestimmt die richtige Entscheidung. Für uns beide.«

»Wenn du das sagst, Nora, dann ist es bestimmt die richtige.«

»Sorry, das war blöd.«

»Schon okay.«

»Tut mir leid.«

»Du hast da übrigens was.«

»Die ganze Zeit schon? Wo?«

»Da. Tomatensoße oder so was.«

»Hast du mal ein Taschentuch?«

»Nur ein gebrauchtes.«

»Egal. Danke.«

»Gerne … Nora?«

»Ja?«

»Es war schön mit dir.«

»Und wie.«

Es ist warm und sonnig, ein leichter Wind geht durch die Bäume und auf der Außenalster gleiten die Segelboote dahin. Mädchen liegen im Gras, nur mit Top und Shorts bekleidet, essen Äpfel. Eine Hochzeitsgesellschaft macht Fotos am Ufer und drüben bei den Bänken hat eine Großfamilie einen Tisch aufgestellt und ihn mit reichlich Schüsseln und Limonadenflaschen gedeckt. Eltern lassen ihre Kinder auf einem zwischen zwei Buchen aufgespannten Seil balancieren. Die Jogger sehen aus, als würde ihnen nichts im Leben leichter fallen als das Joggen, und von den Spaziergängern wehen immer wieder Bruchteile von Unterhaltungen herüber.

»Ich habe dich nicht gezwungen.«

»Nein, hast du nicht.«

»Es war deine freie Entscheidung.«

»Ja, es war unsere freie Entscheidung.«

Ich sitze auf einer hellgrauen Fleecedecke, neben mir eine Schale Kirschtomaten und eine Packung Cashewkerne, und warte auf Emily. Sie wollte schon vor einer Stunde hier sein.

Wir haben uns das alles immer so schön vorgestellt, auch wenn wir wussten, dass es naiv ist und sehr wahrscheinlich nie so eintreten würde. Weil die Dinge ja immer so leicht zerbrechen, weil Trennungen ja so vorhersehbar sind und es nur noch darum geht, wie lange man es schafft, gemeinsam durchs Leben zu gehen, wie viele Jahre also, und nicht, ob für immer. Für immer – das traut man sich kaum auszusprechen.

Wir haben uns die unfassbare Niedlichkeit unserer Kinder vorgestellt, ihre weißblonden Locken und die großen braunen Augen. Wir haben uns ausgemalt, was für ungemein spaßige Dinge wir mit ihnen unternehmen würden, große Reisen und kleine Abenteuer. Und wir haben schon den Garten gesehen, in dem sie herumtollen könnten, und das Haus und das riesige Bett, auf dem wir uns zum Gruppenkuscheln treffen.

Wir wussten, dass es naiv ist, aber wir haben drauf geschissen und es uns trotzdem vorgestellt, denn worauf soll man denn bauen, wenn nicht auf seine gemeinsamen Träume? Aber jetzt sind wir so vorhersehbar wie all die anderen. Jetzt hat uns unser eigener Pragmatismus eingeholt und alles überholt, was sich kraftvoll, aber im Ergebnis erfolglos, dagegenzustemmen versucht hat.

Jetzt sind wir nicht mehr. Keine eingeschworene Gemeinschaft, keine Turteltäubchen, keine stillen Verbündeten. Keine hoffnungslos aneinander Verlorenen, sondern nur noch einander Verlierende. Ich traue mich kaum es zu denken. Wir sind Exfreund und Exfreundin. Schlicht und ergreifend. Nicht mehr als das.

Emily kommt auf ihrem roten Hollandrad angefahren, die blonden Locken mit einem Tuch gebändigt. Sie lässt sich auf die Decke neben mich fallen und nimmt mich in den Arm.

»Tut mir leid, dass ich zu spät bin«, murmelt sie und drückt mich fest an ihre Brust. Meine Tränen tropfen in ihren Ausschnitt, ganze Bäche davon, und sie drückt mich und drückt mich und es gibt keine Wärme, die ich jetzt lieber möchte als ihre, kein stilles Verständnis, das ich jetzt mehr gebrauchen könnte als das ihre.

»Der Sex hat gewonnen«, sage ich, als ich mich etwas beruhigt habe. Ich muss selbst ein bisschen lachen, weil das so banal und beschränkt klingt. »So etwas Großes wegen einer derartigen Lappalie aufzugeben, das ist so bescheuert.«

Emily antwortet nicht, ist einfach nur für mich da.

»So ein Dreck. So ein riesengroßer, verdammter Mistdreck.«

»Sex ist keine Lappalie, Nora«, sagt Emily dann ruhig.

»Aber gegen Liebe? Gegen etwas, von dem man denkt, es ist Liebe? Obwohl man kaum mehr daran glaubt? Und dann trifft man es, und dann wirft man es weg, weil der Sex mit jemand anderem besser ist? Aufregender? Stimmiger? Geiler? Verdammte Scheiße.«

»Aber du hast es ja versucht. Es ist anscheinend nicht möglich, zumindest so, wie es gerade ist.«

»Da muss man doch dran arbeiten können. Es kann doch nicht sein, dass man da nicht dran arbeiten kann. Aber ich kann das einfach nicht mehr, ich kann nicht mehr dran arbeiten! Ich bin fix und fertig vom ganzen Arbeiten, Arbeiten, Arbeiten. Ich vermisse die Leichtigkeit. Ich vermisse es, sich gegenseitig besinnungslos zu vögeln. Daniel vögelt mich besinnungslos. Deswegen klebe ich an ihm wie eine Schmeißfliege. Ich bin ausgehungert. Er füttert mich. Dabei kann ich ihn noch nicht mal besonders gut leiden. Das ist doch krank.«

—

Daniel hält mir einen Becher Kaffee hin. »Willst du?«

»Danke.« Ich nehme einen Schluck. Der Kaffee ist lauwarm und milchig und hat etwas Tröstendes.

Wir warten darauf, dass die Beleuchter alles fertig eingerichtet haben. Unser Dialog findet an einem kleinen Seerosenteich statt, auf einer weißen Bank mit eingraviertem Familienemblem. Am Ende der Szene steht ein leidenschaftlicher Kuss zwischen Ferdinand und Charlotte. Ich schäme mich dafür, dass ich vor ein paar Wochen die Küsse zwischen Ferdinand und Charlotte als etwas Ersehnenswertes empfunden habe, dass ich ein leichtes Kribbeln verspürt habe, wenn Daniel und ich uns für die Kamera küssen mussten. Ein inoffizieller Kuss, gedeckt von einem offiziellen Rahmen.

Daniel redet nicht viel, und plötzlich denke ich, was ich vorher noch nie bewusst gedacht habe: Dass er echt nett sein kann, wenn er will. Um nicht zu sagen: sensibel. Entspannt. Unaufdringlich.

Es ist gerade mal fünf Tage her, dass Paul und ich uns endgültig getrennt haben. Vier Tage davon war ich überraschend ruhig. Vielleicht ein Schutzmechanismus, ja. Alles scheint in weiter Ferne. Ich kann nicht behaupten, dass ich bisher in einem Sinne leide, der Zurückgewinnungsfantasien beinhaltet. Eher finde ich die Endgültigkeit befreiend.

Was ich aber habe, sind Schlafstörungen. Heute Nacht bin ich um halb fünf aufgewacht und habe eine Stunde lang Musik gehört. Paul hat mir gestern früh geschrieben: »Um ehrlich zu sein, vermisse ich dich.« Manchmal wache ich auf und habe kalten Schweiß überall, immer habe ich Albträume, und oft schrecke ich panisch hoch und weiß nicht, wo ich bin. Ich telefoniere jeden Tag nach der Arbeit mit Mama und Papa. Sie haben mir, seit ich ich ausgezogen bin, nie so sehr gefehlt wie jetzt. Ich habe mich auch lange nicht mehr so jung, so kindlich gefühlt. Und gleichzeitig, als ob ich eine unsichtbare Schwelle übertreten hätte, einen großen Schritt Richtung Erwachsenenleben getan. Die Trennungen, durch die ich davor gegangen bin, waren zwar auch alles andere als lustig, aber das hier ist noch mal etwas völlig anderes.

Das hier fühlt sich an, als würde meine Welt tatsächlich auf den Kopf gestellt werden.

Thea pudert mich noch mal ab, tupft Lipgloss nach. Die Regisseurin versichert sich, dass Daniel und ich die Szene in ihrem Sinne interpretiert haben. Daniel und ich gehen den Text trocken durch.

»Alles wieder in Ordnung bei dir?«, sagt Daniel.

»Ja, danke. Also, na ja. Aber wird schon wieder.« Ich lächle ihn an. Ich denke: Vielleicht bin ich ungerecht gewesen. Wer sagt, dass unter seinem ganzen Chauvinismus nicht ein gutes Herz steckt? Das Frauenschwarm-Dasein macht es einem sicherlich leicht, Unsicherheit mit Potenzgewichse zu kaschieren. Ein Frosch taucht aus dem Wasser auf und macht es sich auf einem Seerosenblatt bequem.

»Woher kommst du eigentlich, Daniel?«

Daniel guckt überrascht.

»Wo ich aufgewachsen bin, meinst du?«

Ich nicke.

»Im Taunus«, sagt Daniel.

»Aha.«

»Warum?«

»Nur so.«

—

Ich lege mich neben Lasse und Emily ins Gras. Ich gucke in den Himmel. Keine Wolke. Es ist warm. Frühsommerstimmung im Schanzenpark. Trommeln und Elektro. Viele Menschen.

Lasse hat einen Einweggrill gekauft, auf dem er ein paar Veggie-Schnitzel und Kartoffeln grillen will, aus dem Supermarkt, »grillfertig« steht auf der Packung.

Während er den Grill anfeuert, erzählt Emily ihm Witze.

Wo wohnt die Katze? – Im Miezhaus.

Wovon träumt die Katze? – Vom Muskelkater.

Lasse kichert. Das Gras juckt in meinen Kniekehlen. Es riecht nach Kohle und Rauch, nach Kindern und Kippen und Hunden und Müll. Eine Freundin von Emily will später noch vorbeikommen. Und Daniel vielleicht.

Immer weniger Zeit verbringe ich mit Ansgar, Luise und Core, mit Frida und Pit. Ich vermisse sie. Ich nehme mir vor, mich bald wieder zu melden. Genauso wenig wie ich dazu bereit bin, Paul aus meinem Leben zu entlassen, bin ich bereit, die freundschaftlichen Beziehungen aufzugeben, die ich mir in den letzten Jahren in Hamburg aufgebaut habe.

Ich frage mich, ob das naiv ist. Vielleicht ist es auch einfach noch zu früh dafür. Ich beobachte Lasse durch meine halb geschlossenen Augen. Ich denke: Wenn ich einmal aus der Serie raus bin, werde ich bestimmt nichts mehr mit ihm zu tun haben. Es gibt kaum etwas, das uns zusammenhält. Außer Emily halt und jetzt vielleicht auch Daniel.

»Mich hat gerade so ein Typ beim Späti gefragt«, sagt Emily, »kommst du eigentlich aus Afrika? Ich hab noch nie 'ne Weiße mit so kleinen Locken gesehen.‹«

»Was?«

Emily kichert. Ich stütze mich auf meine Ellenbogen.

»Nicht dein Ernst«, sage ich.

»Doch.«

»Spast«, sagt Lasse.

Der Einweggrill ist längst verglüht. Unsere Mägen sind mit dem wildesten Mix an Saucen gefüllt, Emilys Freundin plappert Anekdoten vor sich hin, als hätte sie ein halbes Jahr auf einer einsamen Insel verbracht und niemanden zum Reden gehabt. Ich habe inzwischen auf Durchzug geschaltet und beobachte lieber das

Treiben im Park. Ein Polizeiauto auf Drogendealer-Streife. Lasse und Emily sind beide ganz schön angeschickert. Ich weiß auch nicht, aber ich habe zur Zeit selten Lust auf Alkohol. Mein Kopf ist von allein schon durcheinander, das reicht.

Daniel kommt über die Wiese auf uns zu. Ich merke, dass ich mich freue, dass er doch noch kommt. Ich winke ihm, er lächelt. Unterm Arm trägt er eine zusammengerollte Decke, an den Füßen Flipflops.

»Hey«, sage ich, als er vor mir steht.

»Hey«, sagt er und grinst.

Emily und ihre Freundin machen auf ihren Smartphones YouTube-Karaoke an und singen. Lasse macht dazu Sounds mit dem Mund, die aber nur vage in die Richtung Beatbox gehen.

Daniel breitet seine Decke neben mir aus und holt eine Flasche kalten Weißwein aus seiner Tasche.

»Hast du Hunger?«, frage ich. »Es gibt noch, äh … ein kaltes Veggie-Schnitzel mit Soße.«

Daniel lacht, lässt ein Taschenmesser aufschnappen. »Nein, danke. Habt ihr zufällig Gläser?«

»Becher«, sage ich.

»Du trinkst doch einen Becher mit mir?«

»Eigentlich … na gut. Einen.«

DANIEL MACHT DINGE, DIE DAS LEBEN schneller wirken lassen, schneller und leichter und voll von neuen Möglichkeiten. Daniel gibt mir das Gefühl, andauernd und jeden Moment mit Lukas Graham auf den Ohren über Kornblumenfelder zu tanzen, in bunten Kinderplanschbecken auf dem Kopf zu stehen und eine ganze Tüte saure Schnüre auf einmal im Mund zu haben. Daniels Energie ist unbändig und dermaßen ansteckend, dass ich nach jedem Tag, den ich mit ihm zusammen verbringe, erschöpft ins Bett sinke und so tief und fest schlafe wie sehr, sehr lange nicht mehr.

Daniel legt mir kleine Briefe in die Garderobe. Daniel malt Kunstwerke auf meinen Spiegel. Daniel flüstert mir während der Takes schmutzige Sachen ins Ohr. Daniel spielt mir lauten Elektro auf seinem Smartphone vor und Daniel imitiert die unterschiedlichsten Tiere so gelungen, dass ich regelmäßig und in den unpassendsten Momenten von Lachkrämpfen geschüttelt werde.

Daniel lenkt mich ab und er tut es mit einer Perfektion, die unheimlich ist. Sollte ich nicht trauriger sein? Viel mehr beschäftigt mit einer Trennung, mit einem Menschen und einer gemeinsam verbrachten Zeit, die noch immer mehr Platz in meinem Leben einnimmt, als all das hier es jemals könnte?

Daniel und seine Lust auf das Leben lenken mich von dem Stechen in meinem Herzen ab. Daniel und seine Lust auf mich lenken mich von den Zweifeln an der Vertretbarkeit unserer Affäre ab, die mich nur dann befallen, wenn ich nicht in seiner Gegenwart bin.

Wir vögeln wirklich überall und wann immer es geht.

In den Pausen, wenn ich von der Toilette komme und sich Emilys und meine Blicke kreuzen, verdreht sie grinsend die Augen. Ich bekomme ein schlechtes Gewissen und hacke abends auf ihr herum, dass sie mich doch bestimmt verurteilt und dass ich es ihr nicht übel nehmen könnte, wenn sie sauer auf mich wäre. Aber dann packt sie mich fest an den Schultern und sagt: »Nora, spinnst du? Vögeln ist das einzig Richtige, was du jetzt tun kannst. Also tu es, und hör verdammt noch mal auf, dir zu viele Gedanken zu machen.«

Wir haben so viel Sex, bis mir wirklich alles wehtut, die Innenschenkel, der Hals, die Arme, der Kopf, der Mund. Was mich aber gruselt, ist, dass das Brennen beim Sex von einem auf den anderen Tag verschwunden ist. Einfach verschwunden. Als wäre es nie da gewesen, als hätte es nie versucht zu verhindern, dass Paul und ich uns auch körperlich wieder näher hätten kommen können.

Und immer wieder denke ich, wie recht Emily hat: Es ist das Einzige, was hilft, und es tut mir gut, nach dem eingeschlafenen und komplizierten Beziehungssexleben meinen Körper neu zu entdecken.

Es hilft, den Schmerz zu verdrängen.

»Und ich dachte schon, bei mir trifft es nicht zu, dass der Sex mit dem Alter besser wird«, sage ich zu Daniel und Daniel lacht und streicht mir mit den Fingern über den Nacken, dass ich eine Gänsehaut bekomme und mich in sein T-Shirt hineinkralle.

Wenn ich daran denke, wie lange mir dieser Mann so wahnsinnig unsympathisch war, mit dem ich jetzt mein Bett teile, finde ich es komplett absurd.

»Du hast mir eben keine ehrliche Chance gegeben«, sagt Daniel.

Ich habe ihm auch jetzt keine Chance geben wollen, denke ich. Ich bin seinem Charme erlegen, denke ich. Ich würde gern denken: Ich bin eine seiner Trophäen, eine weiterer Teil seiner Sammlung in seinem riesigen Bekanntenkreis, ein Puzzlestück, das in seiner Anhängerschar noch gefehlt hat.

Aber das Gefühl gibt er mir einfach nicht. Im Gegenteil.

Das ist es ja gerade, würde ich gern denken, das ist die Masche, auf die alle hereinfallen. Aber wie ich es mir auch zurechtrede, er gibt mir das Gefühl einfach nicht.

Zum Jahrmarkt holt er mich von zu Hause ab und wir gehen das kurze Stück zu Fuß. Paul hat sich immer geweigert, mit mir zu solchen Volksfesten zu gehen. Er fand das kitschig und blöd.

Ich habe eine diebische Freude daran, mir mit Daniel einen Liebesapfel zu teilen, ich juchze vor Vergnügen, als er mir eine Plastikblume schießt, und ich werde beinahe romantisch, als ich im Riesenrad an Daniels Schulter gelehnt den Blick über die Stadt schweifen lasse.

—

Irgendwann Ende Mai treffe ich mich mit Marlies. Wir sitzen in der Weltbühne, drinnen, aber nah an den offenen Eingangstüren, auf braunen Lederbänken. Vor uns auf dem Tisch stehen zwei Kännchen Tee und ein Glas Kandiszucker. Wir haben uns zur Begrüßung lange und fest umarmt; und ich bin froh, sie zu sehen.

An den Wänden hängen überall schlicht gerahmte Fotos von Schauspielern des Thalia Theaters nebenan. Manchmal schweift mein Blick zu ihnen hinüber, und dann denke ich: Ob ich mich jemals als Schauspielerin so ernst genommen fühlen werde, wie die sich ernst genommen fühlen dürfen? Ob ich mit einer Kündigung dem Ernst-genommen-Werden näher kommen werde? Und ob die sich hier überhaupt ernst genommen fühlen? Vielleicht kriegen sie ja immer nur die Scheißrollen, die, die keiner will. Vielleicht sehen sie sich selbst eigentlich längst in Hollywood oder wenigstens auf dem Titel von *Theater heute*.

»Ja, schon. Weltuntergangsstimmung trifft es ganz gut«, sagt Marlies auf meine Nachfrage. »Es fällt ihm schwer, zu begreifen, warum. Aber Menschen trennen sich halt.« Sie nippt an ihrer Teetasse. »Ihr seid beide noch so jung, euch wird noch so viel widerfahren, ihr werdet so viel erleben. Ich meine, nicht, dass ich es nicht auch schade finde, und nicht, dass ich nicht mit Paul mitfühle, ich klinge ja hier wie eine Rabenmutter.«

»Ach Quatsch«, sage ich und lächle sie an. »Manchmal weiß ich gar nicht, ob ich noch so viel mehr erleben will. Weil ich denke, dass ich doch alles Schöne schon erlebt habe, weil ich einen solchen Reichtum an schönen und guten Erlebnissen in mir habe und weil ich mir gar nicht vorstellen kann, was da noch schöner werden soll. Und dann denke ich halt, dass wenn ich mehr erlebe, das auch bedeutet, dass ich viele unschöne, schlimme Dinge erleben werde. Und vor den richtig schlimmen Erlebnissen, von den wirklich dunklen Seiten des Lebens, davor habe ich wirklich eine Scheißangst.«

Marlies hat die gleichen Augen wie Paul. Aber exakt. Braungrau gesprenkelt. Nur ihr Haar ist nicht ganz so weißblond wie das von Paul. Das macht Pauls Augen nämlich krass besonders: dass sie so dunkel sind und seine Haare so hell.

»Ich habe zum Beispiel echt überhaupt keine Lust, Menschen, die mir wichtig sind, an den Tod zu verlieren. Davor habe ich eine Scheißangst, das kannst du mir glauben. Okay, ich will Kinder, das ist was Schönes, das habe ich noch nicht erlebt, aber würde es gerne. Aber manchmal denke ich auch: Ich will gar keine Kinder, weil es dann noch mehr Menschen gibt, die ich verlieren könnte. Ich glaube, ich hätte wirklich eine Scheißangst, meine Kinder zu verlieren, wenn ich welche hätte. Eine Scheißangst, jeden einzelnen Tag.«

Unten bei den Toiletten gibt es CD-Player an der Wand über den Waschbecken. Da sind Schnüre dran, und da kann man dran ziehen und dann spielen die Musik.

Ich ziehe an einer Schnur und beuge mich über das Waschbecken, spritze mir Wasser ins Gesicht. Ich denke: Was labere ich Marlies jetzt eigentlich mit meinen Scheißängsten voll? Das geht echt gar nicht. Verlasse ihren Sohn und texte sie zu, über Schönheit und Kinder und so einen Rotz. Armselig ist das, aber wirklich.

Ich wette, Paul fände es voll komisch, dass Marlies und ich uns treffen. Zu zweit. Dass wir uns quasi hinter seinem Rücken verabredet haben. So kurz danach.

Mir wird plötzlich klar, dass ich meinen besten Freund verloren habe. Wenn ich mir eins wünschen könnte, dann, ihn wieder bei mir zu wissen, aber ich weiß, dass das nicht sehr wahrscheinlich ist.

Dass Paul mir nie wieder so nahe kommen kann, ganz gleich, wie sehr ich es mir herbeisehne. Vielleicht sogar, wie sehr wir beide uns das herbeisehnen.

Ich hatte einen Tagtraum, in dem Paul und ich mit unseren jeweiligen Kindern beisammensaßen.

Mit wem ich wohl Kinder haben werde?

Ich werde doch Kinder haben?

Marlies hat den Tee bezahlt, während ich auf Toilette war. Sie weigert sich, Geld von mir anzunehmen. Wir spazieren runter zur Alster, schieben unsere Fahrräder neben uns her. Wenn ich Marlies nie kennengelernt hätte, da wäre ich echt traurig gewesen. Pauls ganze Familie eigentlich. Auch Theodor, Karoline und Kolja. Meine Hamburgfamilie, denke ich. Mein Anker.

Und auf einmal ist die ganze Scheißangst weg und ich denke, wenn wir das wollen, dann kriegen wir das auch hin, mit der Freundschaft, Paul und ich. Wir müssen es einfach hinkriegen. Schluss. Aus. Basta.

—

Nach meiner letzten Szene nehme ich nicht wie sonst den Weg über den Innenhof zu meiner Garderobe, sondern steige die Treppen hinauf in den zweiten Stock und gehe bis zum rechten Seitenflügel, zu den Büros.

Ich bin nervöser, als ich es sein möchte. Vorgestern habe ich mit meiner Agentin Svenja festgenagelt, was sich seit Wochen in mir immer mehr manifestiert hat: die Kündigung. Ein Techniker geht mit einer Karre voller Kabel den Gang an mir vorbei. Ich lächle ihn verlegen an. Ich lege meine Faust an die Tür des Produktionsbüros, atme noch mal tief ein und klopfe an.

Marianne, Julius und Petra sitzen an zwei großen Schreibtischen hinter riesigen Mac-Bildschirmen.

»Hey«, sage ich.

»Hey Nora«, sagt Petra. Marianne und Julius schauen kurz auf.

»Ich hatte …«

»Ja, komm rein, setz dich«, sagt Petra, steht auf und bietet mir einen Stuhl an. »Magst du was trinken?«

Als sie sich wieder gesetzt und mir ein Glas Wasser über den Tisch geschoben hat, schaut sie mich fragend unter den Fransen ihres Ponys hervor an.

»Was gibt's denn?«

Bevor ich es mir anders überlegen kann, sage ich schnell: »Ich möchte kündigen«, und als es raus ist, fällt ein riesiger Druck von mir ab. »Zum nächstmöglichen Zeitpunkt.«

Petra sieht überrascht aus. Auch Marianne und Julius sind jetzt mit ihrer Aufmerksamkeit bei mir.

»Ich wollte es euch persönlich sagen, bevor das dann alles nur über meine Agentur läuft und so. Das war mir wichtig.«

Falls sie Petra für einen Moment entglitten sein sollte, scheint sie nun ihre Fassung wiedergefunden zu haben. »Wie schade!«, sagt sie. »Bist du dir sicher?«

»Ja«, sage ich. Mein Blick fällt auf ein Foto, das Petra mit ihren zwei Töchtern zeigt.

»Aber warum denn?«, sagt Petra. »Ist irgendetwas nicht okay?«

»Doch, alles okay«, sage ich. »Ich hatte eine super Zeit hier. Aber, äh … nun ja. Es ist einfach Zeit für was Neues.«

Petra nickt. Ich meine, in ihren Augen lesen zu können: Ach, du armes, naives Ding, du denkst, du gehst jetzt in die Welt hinaus und machst die große Kinokarriere, wie blöd kann man eigentlich sein, siehst du denn nicht all deine gescheiterten Vorgänger, aber mach doch, Kind, mach doch.

»Verstehe«, sagt Petra. »Na gut, wenn du so sicher bist. Klingt ja, als hättest du dir das ordentlich durch den Kopf gehen lassen.«

»Das habe ich.«

»Gut«, sagt Petra. »Das ist gut.«

Emily hat drehfrei. Ich durfte mir ihr Auto ausleihen. Ich spaziere zum Parkplatz. Mir ist flau. Ich kann gar nicht richtig kapieren, was ich da gerade gemacht habe. Dass ich da echt reingelaufen bin. Voll krass irgendwie. Ich habe Durst, aber nichts zu trinken dabei. Ich setze mich in Emilys VW Polo. Ich fühle mich ziemlich stolz, ziemlich stark und ziemlich durcheinander.

Ich schließe unsere Wohnungstür auf und rufe durch den Flur: »Emily! Ich habe gekündigt!«

Emily schreit auf und kommt aus der Küche gestürmt. »Was?!«

»Doch!«

»Du Arsch!«

»Ich bin voll erleichtert.«

»Ich hasse dich.«

Emily knufft mich fest in beide Wangen. Ich mache einen Kussmund.

»Ja, ja, ich dich nicht.«

»Darauf müssen wir doch anstoßen, oder?«

»Hm … ja?«

»Natürlich!« Emily geht zum Kühlschrank. »Crémant oder Rosé?«

»Crémant.«

Etwas später haben wir beide eine halbe Flasche Crémant intus, essen bereits die zweite Tafel Schokolade und versuchen mal wieder das moderne Balzverhalten zu erörtern.

»Vielleicht stimmt es, was sie sagen«, sagt Emily. »Vielleicht sind wir eine Generation von Liebenden, die sich ihre Probleme selbst schafft. Vielleicht hat uns das Kino ein in Wahrheit unerreichbares Ideal von Romantik vorgegaukelt, das wir nun nicht mehr abschütteln wollen. Vielleicht haben uns die neuen Medien mit ihren Wahlmöglichkeiten so sehr überschüttet, dass wir nun unfähig sind, für eine Sache auf Dauer geradezustehen. Vielleicht kreisen wir zu sehr um uns selbst, um uns für andere zu öffnen. Vielleicht ist es zu einfach für uns, zu gehen. Vielleicht provozieren wir am laufenden Band künstlichen, ausschließlich an der Oberfläche kratzenden Streit, um uns bloß nicht auf etwas festnageln lassen zu müssen.« Emily schiebt sich noch ein Stück Schokolade in den Mund. »Ich schaffe es noch nicht einmal, mich auf eine Party festzulegen! Wie soll das mit einem Partner klappen? Dabei weiß ich ganz genau, auf welche Party ich lieber gehen würde.«

»Auf welche denn?«

»Na, auf die natürlich.« Sie zeigt auf eine Karte in Pastellfarben. »Wir heiraten« steht dort und daneben ist ein Foto von Emilys Schulfreundin Arm in Arm mit ihrem Verlobten zu sehen.

»Na dann.«

»Ja, aber am gleichen Wochenende feiert Wanja seinen dreißigsten Geburtstag und jeder weiß, dass Wanjas Partys die besten sind. Warst du letztes Jahr gar nicht dabei? Du solltest mitkommen!«

»Ich dachte, du willst auf die Hochzeit.«

»Ja, Scheiße, siehst du? Das meine ich. Ich bin so unzuverlässig geworden.«

»Du bist eben ein absolutes Klischee, Emily!«

»Weiß Daniel schon von der Kündigung?«

»Oh Gott, nein«, sage ich und breche mir noch ein Stück Schokolade ab. »Da will ich jetzt auch keine große Sache draus machen.«

—

Ich habe das Gefühl, eine Last fällt von mir ab, so groß, dass es kaum auszuhalten ist. Ich denke: Ich muss mich nicht mehr rechtfertigen für etwas, mit dem ich mich nicht identifiziere. Ich denke: Es wäre schön, wenn ich mir jetzt schwören könnte, meine Seele nie wieder zu verkaufen, aber das ist mir zu riskant, das zu schwören, weil dann kann ich das mit der Schauspielerei auch einfach gleich sein lassen. Außer, die Welt steht morgen kopf, aber warum sollte die Welt schon morgen kopfstehen, die hat echt Besseres zu tun.

Ich weiß nicht, was werden wird, aber alles scheint mir wieder möglich. Die Routinen, die mich so fest umklammert haben, sind gesprengt, und dass es am Ende so einfach war, erscheint herrlich absurd oder auch: herrlich und absurd. Ich gehe durch die Straßen mit einem neuen Gefühl. Ich esse Eggs Benedict, ich kaufe mir ein neues Kleid von American Apparel, ich bestelle mir ein *ZEIT*-Abo, ich gehe ins Kaifu-Bad in die Sauna und in die Deichtorhallen zu einer Fotoausstellung, ich lasse mir vom Orthopäden Physiotherapie verschreiben, ich verbringe eine Stunde im Bio-Supermarkt, ich höre mir ein klassisches Konzert an, ich mache lauter dekadente Sachen und fühle mich privilegiert und gut gelaunt und frei. Ich traue mich, mir wieder Dinge vorzustellen, vielleicht könnte ich gar sagen, zu träumen, und es reicht mir schon, dass die Möglichkeit des Träumens überhaupt wieder da ist. Ich denke darüber nach, wie es wohl wäre, wenn ich mich doch noch mal an einer staatlichen Schauspielschule bewerben würde. Noch bin ich nicht zu alt dafür. Ich denke: Vielleicht doch mal ein Jahr ins Ausland gehen und drauf scheißen, was ich hier an eventuellen Chancen verpasse. Ich denke: New York! San Francisco! Toronto!

Aber das alles ist auch traurig. Weil Paul und ich mal davon geträumt haben, gemeinsam für eine Zeit nach Vancouver zu gehen, und weil wir nun nie gemeinsam nach Vancouver gehen werden. Nach Vancouver, nach Stockholm, nach Istanbul, nach überall.

—

Wir nennen der Frau am Eingang unsere Namen und kommen in einen großen Hinterhof. Ein überdachtes Buffet ist aufgebaut, wir haben so großen Hunger, dass wir uns gleich als Erstes darauf stürzen und Salat und Grillfleisch auf zwei Pappteller häufen.

»Bier ist drinnen«, sagt Daniel, der plötzlich neben uns auftaucht. Er gibt mir einen Kuss auf die Wange. Ich zucke zusammen.

»Umsonst?«, fragt Emily kauend. »Geil.«

Sie zieht mich mit nach drinnen. Auf einer Leinwand läuft eine Sportübertragung. Junge und jung gekleidete ältere Leute haben sich davor versammelt und scheinen mit einer der beiden Fußballmannschaften mitzuleiden.

Daniel hat uns hierhergebracht, es ist die Sommer-BBQ-Party-Location irgendeiner Firma, die zu viel Geld übrig hat. Daniel ist in Hamburg voll die Connection-Braut. Emily holt zwei Flaschen Bier aus einem Kühlschrank.

»Willst du hier drinnen bleiben?«

»Ja, ich guck mal kurz, wer noch so da ist.«

Ich gehe wieder raus. Daniel und Lasse stehen vor einem kleineren Flachbildfernseher, der an der Hauswand befestigt ist.

»Und? Spannend?«

»Wir verlieren!« Lasse klingt aufrichtig verzweifelt.

»Was ist das eigentlich hier? Und was sind das für Leute?«

»Werbeproduktionsfirma«, sagt Daniel, ohne seinen Blick vom Bildschirm abzuwenden. »Werber.«

Sein Blick geht dann doch flüchtig in meine Richtung, sein Grinsen sucht nach Bestätigung in meinem Gesicht. Ich strenge mich an, unbeeindruckt auszusehen. Er wendet sich wieder dem Spiel zu.

»Ich glaub, ich hol mir noch was zu essen«, sage ich.

Etwas später sind Emily und ich wieder drinnen. Wir sitzen auf einem in die Ecke geschobenen Tisch. Das Spiel ist zu Ende, überall Reste von Currywurst und Bier. Viele Leute sind schon gegangen. Seltsamer Ort, um seine spärliche Freizeit totzuschlagen, denke ich. Ein einziger Sehen-und-gesehen-werden-Unsinn. Vielleicht kommt Gustav mit seinem Freund ja manchmal hierher. Muss ich ihn bei Gelegenheit mal fragen.

Draußen regnet es. Emily nippt an einem Bier. Ich frage sie, wer der Typ war, mit dem sie sich vorhin unterhalten hat, aber sie winkt nur ab. »Ach, niemand. Wirklich. Von früher jemand. Hab mit dem mal gedreht. Wahnsinnig langweilig, wahnsinnig selbstbezogen und wahnsinnig feige«, sagt sie.

Daniel steckt seinen Kopf zur Tür rein. »Kommt ihr? Lasse will los.«

Lasse, Daniel, Emily und ich gehen nebeneinanderher. Der Regen hat wieder aufgehört, die Straßen sind nass und voller Menschen, ab und an streift uns ein irritierter Blick. Ich kann mich an diese Sorte von Blicken einfach nicht gewöhnen. Es ist nicht so, dass sie mich stören würden. Ich bin vielmehr jedes Mal einfach nur selbst auch irritiert und habe Angst, dass mir Zahnpasta im Mundwinkel klebt, bevor mir einfällt, dass die starrende Person wahrscheinlich einfach nur ein regelmäßiger Zuschauer der Serie ist. Oft kommen die Blicke von älteren Damen oder sehr jungen Frauen, manchmal aber auch, was ich irgendwie lustig finde, von Männern in meinem Alter.

Lasse und ich haben schon wieder Hunger. Der Kumpir-Laden gegenüber von der U-Bahn-Station Sternschanze ist überfüllt. Daniel und Emily erkämpfen zwei halbe Bänke an einem der Tische draußen, während Lasse und ich uns in die Schlange quetschen. Ich bestelle einen Hirten-Kumpir, wie immer, und beobachte den Verkäufer, wie er die heiße Kartoffel auseinanderschneidet und in geübter Manier das Kartoffelinnere mit Butter und Käseraspeln vermengt.

»Kumpir ist auch so etwas, das ich jeden Tag essen könnte, 'ne?«, sage ich draußen auf der Bank und schaufele Hirtenkäse, Mohrrüben, Eisbergsalat und Kartoffelkäsematsch auf meinen Löffel. Daniel schaut mich belustigt an.

»Ist was?«, sage ich.

»Nichts«, sagt Daniel und dreht sich zu Lasse. »Hast du noch Kippen?«

Lasse schüttelt den Kopf. Ich schiebe mir trotzig den ganzen Löffel auf einmal in den Mund, sodass ich das Essen kaum kauen kann. Ich weiß nicht, warum, aber ich fühle mich von Daniels Blicken schnell kritisiert, wenn es ums Essen geht. Vielleicht hat es damit zu tun, dass er für mich der Typ Mann ist, der aus Prinzip nur mit spindeldürren, hochgewachsenen Frauen schläft. Voll unfair, denke ich jetzt, ich habe überhaupt keine Beweise, dass er so ein Typ Mann ist. Ich mache das allein an seiner Art und seinem Auftreten fest. Okay, und ein bisschen auch an seinem Sixpack. Vielleicht ist das aber auch einfach nur mein ganz persönliches Laura-Trauma.

Ich schlinge wütend einen Löffel nach dem anderen herunter,

bis Emily sagt: »Jetzt esst doch nicht so schnell, ihr Spinner! Das ist voll ungesund, so schnell zu essen!« Ich sehe, dass auch Lasse seinen Kumpir innerhalb von wenigen Minuten beinahe vollständig verdrückt hat, und muss lachen.

»Boah«, sagt Lasse und wischt sich mit dem Handrücken über den Mund. »Aber es ist doch so lecker, Emily.«

Daniel und ich liegen in meinem Bett. Lasse und Emily sind noch weiter in den Grünen Jäger. Ich schaue Daniel an und weiß, dass ich mich nicht in ihn verlieben werde, dass es nie so werden kann wie mit Paul, und das beruhigt mich, weil ich auch gar nicht möchte, dass es so wird wie mit Paul. Vielleicht wünsche ich mir, dass der Sex mit Paul so gut gewesen wäre, wie er mit Daniel ist, das vielleicht schon. Aber dafür ist es jetzt nun mal zu spät.

»Alles okay?«

»Klar. Ich bin nur erledigt.«

Daniel grinst.

»Was?«

»Nichts. Du bist erledigt.«

»Ja.«

»Gut so.«

»Pff.«

Ich befreie mich von den Decken und stehe auf. Ich muss daran denken, dass die Hollywoodfrauen sich immer ein Laken um den Körper drapieren, bevor sie aus dem Bett klettern. Im Bad wasche ich mir das Gesicht. Das Festnetztelefon im Flur klingelt. Ich sprühe mir Deo unter die Achseln und Parfüm aufs Dekolleté. Ich wische mir die grauen Schminkringe unter den Augen weg und bürste mir mit ein paar schnellen Handbewegungen die verstrubbelten Haare. Ich atme tief durch. So, wie das alles gerade ist: Das wird nicht mehr lange gut gehen. Das Telefon hat aufgehört zu klingeln.

Daniel verschwindet früh am Morgen, er hat irgendeinen wichtigen Termin. Ich stehe erst ein paar Stunden später auf. Emily schläft noch. Ihre Schminke ist verschmiert, und ein sanfter Dunst aus Alkohol und Rauch umgibt sie. Sie schnarcht. Ich denke darüber nach, sie zu wecken, weil ich mich ein bisschen alleine fühle, aber dann wacht sie sowieso auf.

»Ich habe einen Mordshunger«, sagt sie und wälzt sich herum. »Und einen Kater! Was für einen! Hiiilfe!«

Ich stelle ihr ein Glas Wasser hin und lege eine Kopfschmerztablette daneben.

»Komm, Schnucksi, spring unter die Dusche und wir gehen frühstücken.«

Emily stöhnt. Sie schlägt die Decke zurück und richtet sich vorsichtig auf.

»Ich bin beeindruckt!«, sage ich.

»Ich kotze gleich vor Hunger.«

Eine halbe Stunde später hüpft eine gut gelaunte, noch leicht angeschickerte Emily neben mir durchs Treppenhaus.

»Lass uns zu Herr Max gehen!«, sagt Emily, macht die Haustür auf und springt die Steinstufen hinunter auf die Straße.

»Ich dachte, du hasst diesen Laden. Ich dachte, der ist dir zu verspielt und versüßt und gentrifiziert.«

»Ja, aber ich jetzt hab ich Lust auf geilen Kuchen.«

»Und, wie war's gestern?«, frage ich.

Wir sitzen direkt am Fenster und es ist sehr gemütlich hier. Vor Emily steht eine famos aussehende Erdbeertorte. Mir war eher nach herzhaft, also habe ich das Frühstück mit Mozzarella und selbst gemachtem Pesto und einem weich gekochten Ei bestellt.

»Ach«, sagt Emily und wirft mir einen finsteren Blick zu. »Fürchterlich frustrierend. Ich war wieder mal die Letzte und bin wieder mal alleine nach Hause gegangen. Aber am Anfang war es sehr lustig!«

»Hm.«

»Mit siebzehn war es irgendwie einfacher, Typen abzuschleppen.«

»Meinst du echt?«

»Ich glaube, ich mache immer den gleichen Fehler.« Emily schiebt sich ein großes Stück Torte in den Mund. »Erst habe ich wahnsinnig viel Spaß, so viel, dass ich wie eine Wahnsinnige tanze und wahnsinnig übermütig bin, ich flirte wild drauflos und umher, aber ich lege mich bloß nicht fest, weil das wäre ja zu anstrengend. Und irgendwann sind alle nach Hause gegangen, nur ich stehe noch da und denke: Wo sind denn alle hin? Und spätestens da merke ich, dass der Spaß vorbei ist. Und dann mache ich vielleicht noch ein, zwei unbeholfene Annäherungsversuche. Aber im Grunde weiß ich, dass der Abend gelaufen ist. Und auf dem Weg nach Hause kriege ich Depressionen. Und am nächsten Morgen wache ich auf und denke, huch, das hätte ich mir aber sparen können, diesen einen Kerl derart plump anzubaggern, den sehe ich nämlich garantiert auf einer anderen Party wieder und dann ist das ja schön blöd.«

»Hm.«

»Du bist ja wahnsinnig gesprächig heute.«

»Nein, ich höre dir nur zu. Ich denke nach. Schwierig.«

»Zu schwierig. So ist das lustige Single-Leben halt wieder nur halb so lustig.«

Mein Frühstück ist aufgegessen. Nur habe ich jetzt leider noch mehr Hunger als vorher.

»Deutsche Männer sind einfach so wahnsinnig spießig. Und sie kennen nichts zwischen Heiraten und Höflichkeit. Das ist wirklich bitter. Als ob ich die an mein Bett festketten würde, sollten sie es nur wagen, mich nach Hause zu begleiten! Wuahh!!« Emily fletscht die Zähne.

»Und du denkst, Männer aus anderen Ländern sind nicht so?«

»Ich würde behaupten, dass sie in Flirtdingen entspannter sind. Du nicht? Komm schon, die Polen letztes Jahr in Krakau? Die waren doch niedlich. Wie mein Papa halt. Der ist auch irgendwie polnisch und niedlich. Aber Männer aus anderen Ländern bringen andere Probleme mit sich, klar.« Emily macht eine Pause. Ich frage mich, ob sie über ihren Vater nachdenkt, der irgendwo in Frankreich sitzt, bei seiner französischen Ehefrau und seinen polnisch-französischen Kindern. Seiner neuen Familie.

»Es macht mich einfach verrückt!«, ruft sie dann. »Wie schwer kann es sein, als willige, junge, halbwegs okay aussehende Frau jemanden zu finden, der Lust hat, mit mir zu schlafen?!«

»Du meinst, mit der heißesten, schönsten, klügsten und charmantesten Frau unter der Sonne! Die Männer haben vielleicht einfach nur Angst, von dir abgewiesen zu werden.«

»Ach, du bist süß«, sagt Emily. »Aber ich bin nicht Angelina Jolie. Vor Angelina Jolie haben Männer Angst, abgewiesen zu werden. Vor mir haben sie höchstens Angst, dass ich sie auffresse. Womit sie ja wahrscheinlich auch recht haben. Aber mein Gott, was für Schisser.«

»Wie war eigentlich die Erdbeertorte?«

»Die Erdbeertorte?«

»Ja, die Erdbeertorte.«

»Hm, hm. Ja. Ja. Erdbeererdbeer. Tortetorte.«

»Emily! Hat sie geschmeckt? Ist sie so geil gewesen, wie sie aussah?«

»Die Erdbeertorte?«

Ich verdrehe die Augen.

»Mann, wie war sie?«

»Die Eeeerdbeeeertööööorte?«

Ich schlage mir mit der flachen Hand gegen die Stirn, stehe auf und bestelle mir an der Theke noch ein Stück Erdbeertorte.

»Aber bitte mit Sahne!«, flötet Emily hinter mir.

»Alter, du bist doch betrunken!«, lache ich und bestelle Sahne dazu.

DER SOMMER WIRD von Tag zu Tag präsenter. Nimmt die Stadt ein, kriecht unter Staubteppiche, in die Backsteinritzen der Klinkerbauten, unter die Achseln, zwischen die Beine, wirbelt durch Pappeln und Baugerüste und Parkwiesen und Miniermottenschwärme und U-Bahn-Schächte, bis ich ganz vergessen habe, dass in unseren Breitengraden eine andere Jahreszeit überhaupt existiert.

Anfang Juli ist der Sommer so heiß, dass die Hitze über den Asphalt flimmert und sich in den Gesichtern der Alsterjogger spiegelt. Der Himmel ist strahlend blau, wie ich ihn selten in Hamburg erlebt habe, und überall riecht es nach Schweiß und Abgasen, nach der Süße von verfaultem Obst.

Daniel und ich verbringen die Abende und Wochenenden bei ihm auf dem Dach. Wir wechseln uns damit ab, durch die Luke und über die Leiter wieder in die Wohnung zurückzuklettern und für Nachschub an Eiswürfeln zu sorgen. Zwischen Pflanzen und Blumenkästen liegen wir auf einem Leinentuch und beobachten, wie sich der Himmel von Gelbrosa ins Dunkelblaue färbt und die Sterne anfangen zu glitzern, als würden sie gleich auf uns hinabregnen wollen.

Ich rede nicht viel an diesen Abenden und Wochenenden. Daniel scheint das nicht zu bemerken, aber er hört sich selbst auch ganz gerne reden. Während mich das früher an ihm so gestört hat, passt es mir jetzt ganz gut, neben ihm zu dösen und seinen Ausführungen zuzuhören. Mir gefällt, dass ich mich nicht anstrengen muss. Ich habe das Gefühl, ich müsste mich von einer langen Phase der Anstrengung erholen und distanzieren.

Dass ich Zeit mit Daniel verbringe, fühlt sich an, als würde ich Paul verraten und die miteinander verbrachten Jahre mit Füßen treten. Ich versuche mir einzureden, dass jeder eben auf seine Weise eine Trennung verarbeitet. Trotzdem: Die Vorstellung, dass Paul von der anhaltenden Sache zwischen Daniel und mir erfahren könnte, bereitet mir Magenschmerzen. Auch wenn ich es albern fände, unsere Affäre zu verheimlichen, bemühe ich mich doch darum, sie nicht an die große Glocke zu hängen.

Daniel spürt das, lässt mich zu meiner Erleichterung aber gewähren, obwohl ich ziemlich sicher bin, dass er es nicht gerade toll findet. Mir ist sehr wohl klar, dass ich egoistisch handle, in allen Belangen, und mich allen beteiligten Personen gegenüber unfair verhalte. Ich weiß, dass so etwas nie lange gut gehen kann. Ich wüsste auch gar nicht, ob ich wollen würde, dass so etwas lange gut geht.

Eigentlich stelle ich mich einfach nur tot und warte darauf, dass der Sturm vorüberzieht.

·—

Der Elbstrand ist voller junger, biertrinkender Menschen. Auf Liegestühlen verteilt strecken sie ihre Körper der Sonne entgegen. Teenager stehen im Wasser und werfen sich Bälle zu. Kinder planschen an der Hand ihrer Eltern. Hunde schwimmen ihren Stöcken hinterher.

Daniel schiebt seine Hände unter meinen Po und zieht sich auf mich. Ich nehme mir die Sonnenbrille von der Nase, Sand bröselt von Daniels Oberkörper auf meinen Bauch und meine Brust, unter meine hochgeknotete Bluse.

»Wann wirst du mir endlich verzeihen?«, sagt Daniel.

»Ich weiß nicht, ob ich das kann«, sage ich.

»Wie lange willst du das noch durchziehen? Wie lange?«

»Bis du mir endlich die Wahrheit sagst!«

Daniel greift neben sich und guckt auf das Textblatt.

»Nee, hier sagst du: Und du, wann sagst du mir endlich die Wahrheit?«

»Ist doch das Gleiche«, sage ich.

»Das ist doch nicht das Gleiche«, sagt Daniel.

»Wollen wir jetzt ernsthaft über so einen Kleinscheiß diskutieren?«

»Ich dachte, wir lernen Text!«

»Ja, ja«, sage ich und schließe die Augen. Ich habe Daniel immer noch nichts von meiner Kündigung gesagt. Weder Daniel noch Lasse noch sonst irgendeinem vom Gutshof. Niemand weiß davon außer Emily und den Leuten hinter den Kulissen natürlich. Die Produktion will sowieso mit der offiziellen Verkündung warten, rein marketingtechnisch, und das passt mir überaus exzellent. Daniels Gewicht lastet drückend auf meinem Brustkorb und meinen Rippen, ich finde es irgendwie angenehm, es ist, als würde ich in das Tuch, den Boden hineinsinken, mit Daniels Körperwärme verschmelzen.

Ich lausche den Geräuschen des Wassers und den Stimmen um uns herum.

»Was denkst du gerade?«

Ich lache.

»Was?«, sagt Daniel.

»Das ist das Schlimmste, was man jemanden fragen kann!«

»Wieso?«

»Ich denke … Ich dachte gerade, dass ich mich freue, dass Sommer ist.«

»Das ist gut, dass dich das freut.«

»Ja«, sage ich. Ich denke: Warum störe ich mich manchmal so derart an der Art, wie er Dinge sagt? Warum finde ich es manchmal geradezu etwas dümmlich, was er sagt? Warum verbringe ich Zeit mit jemandem, den ich dümmlich finde? Das ist absurd.

Daniel und ich verabschieden uns in der S-Bahn, er hat noch eine Verabredung. Ich schlendere also allein durch den S-Bahnhof nach draußen, gehe über die Kreuzung, mache einen Abstecher zum Asiashop für Reisnudeln und Koriander und gehe am Altenheim vorbei nach Hause.

Als ich kurz vorm Künstlerbedarf bin, macht mein Herz einen kleinen Aussetzer. Paul. Er schließt gerade sein Fahrrad auf.

»Paul!«

Paul guckt hoch. Auf seinem T-Shirt zeichnen sich Schweißränder ab, seine lange Hose und die Nikes wirken viel zu warm für den lauen Sommerabend. Er rappelt sich auf.

»Hi«, sagt er. Umarmt mich. Eine lasche, ganz und gar pauluntypische Umarmung.

Wir stehen uns etwas ratlos gegenüber. Mein Herz macht sich noch immer bemerkbar, in Form von kräftigen Schlägen, die von innen gegen meine sandige Brust boxen.

»Wie geht's?«, sage ich, und bevor er etwas antworten kann, schnell, weil ich uns beiden die Antwort ersparen will: »Hast du Leinwände gekauft?« Ich zeige auf die eingepackten, schmalen Rechtecke, die an einem Baum lehnen.

Paul nickt. »Und Pinsel.«

»Cool«, sage ich. Wahnsinnig souverän, denke ich. Volle Punktzahl an dich, Nora! Homerun!

»Und bei dir? Wie geht's dir?«, fragt Paul.

Ich weiß nicht, was ich sagen soll. »Okay«, sage ich schließlich.

Paul lächelt, fühlt sich sichtlich unwohl. Und dennoch strahlt er diese massive, unerschütterliche Paul-Ruhe aus, die ich so anziehend finde. Das ist schon erstaunlich.

»Ich muss dann auch mal los«, sagt Paul. »Geh später mit Ansgar und Pit auf ein Konzert.«

»Ja, klar«, sage ich. »Grüß sie von mir, ja?«

»Mach ich.«

Wir umarmen uns wieder. Diesmal ist die Umarmung ein kleines bisschen normaler.

»Und melde dich mal, wenn du Lust hast«, sage ich und schaue ihm nach, wie er mit den Leinwänden zwischen Knien und Lenker schlingernd in die einsetzende Dämmerung davonfährt.

—

Auf dem Feld ein paar zusammengeschusterte Holzbretter, in denen eine Bierkistenbar und ein DJ-Pult Platz finden. Die Nacht ist kalt und klar, die Erde unter meinen Sohlen fest, der Blick richtet sich in Dunkelheit, ganz gleich, wohin ich schaue. Nur von den Industriebauten in der Ferne eine Ahnung von grellem Licht.

Ich versuche zu tanzen, ich kann mich nicht auf die Musik konzentrieren. Daniel und Lasse tanzen ein paar Meter weg von mir. Lasse hat die Augen geschlossen, Daniel bewegt die Arme in ruckartigen Bewegungen.

Ein Typ schiebt sich in mein Blickfeld.

»Hee!«, sagt er. »Was denn los?«

»Nichts«, sage ich.

»Was hast du denn an? Man sieht gar nichts von dir! Man sieht gar nicht, wie du aussiehst! Du hast doch so schöne Haare! Hab mal ein bisschen Spaß!«

Der Typ verschwindet wieder tanzend in der Menge.

Ich schaue ihm hinterher und dann an mir herunter. Ich habe den Reißverschluss meines grünen Parkers bis oben hin geschlossen. Es ist ja auch kalt.

Ich stelle meine Bierflasche zurück an die Bar und entferne mich von den Tanzenden, gehe über den Acker Richtung Wald und atme die Luft ein, schaue in die Sterne hinauf.

Ich höre eine neue Nachricht von meiner Mailbox ab. Es ist Paul. Er fragt, ob wir uns sehen können. Er sagt, er hätte sich komisch gefühlt mit der Begegnung letztes Wochenende, er möchte das nicht so stehen lassen. Seine Stimme ist leise und warm und umgeben von Störgeräuschen. Ich drücke auf Speichern.

Ich höre Schritte hinter mir.

Daniel.

»Alles klar bei dir?«

»Ja«, sage ich. »Ich wollte nur … Sag mal, willst du noch lange bleiben?«

Daniel schüttelt den Kopf. »Nee. Meinetwegen können wir gleich gehen.«

Zurück zur S-Bahn ist es ein kleiner Marsch, vielleicht eine halbe Stunde. Ich habe mich bei Daniel eingehakt. Lasse wollte noch bleiben.

»Hast du manchmal Angst vor mir? Weil, ich habe das.«

»Angst vor mir oder dir?«, fragt Daniel.

»Angst vor mir. Vor meiner Unberechenbarkeit. Und vor dir? Hast du das nie?«

»Nee. Ich finde uns alle ziemlich durchschaubar.«

»Ich finde dich nicht durchschaubar. Nicht wirklich. Aber wenn du es so sagst … Ich glaube, ich finde meine Unberechenbarkeit durchschaubar und deshalb habe ich nur Angst vor mir, also, dass ich rational irrational handle.«

»Bist du betrunken?«

»Glaub nicht.«

—

Paul sitzt schon an einem der Terrassentische im Café unter den Linden, vor sich eine *Neue Zürcher Zeitung*, ein Teller Apfelkuchen und eine Tasse Kaffee. Ich beobachte ihn einen Augenblick, bevor ich zu ihm gehe.

»Hey«, sage ich.

»Hey!« Paul steht auf. Wir umarmen uns fest und lange. Ich lege meine Tasche auf einen Stuhl und setze mich.

»Kuchen?«

»Nein, danke. Grad nicht.«

»Gleich wird es zu spät sein!«

Ich schmunzle.

»Wie geht es dir?« Diesmal ist es keine Floskel. Diesmal schiebe ich nichts hinterher, diesmal möchte ich es wirklich wissen.

»Okay. Ganz gut.« Paul lächelt etwas schief. »Besser.«

Ich nicke.

»Und deinen Eltern?«

»Oh, denen geht es gut. Es gab wohl ein paar Querelen im Verlag. Haben beim Magazin fast die Hälfte der festen und festen freien Redakteure und Reporter rausgeschmissen. Einsparungen. Aber für Papa ist es zumindest gut ausgegangen.« Er macht eine erklärende Geste. »Printbranche. Digitalisierung. Du kennst ja den ganzen Quatsch, zieht sich schließlich schon ewig.«

»Und Laura? Wie geht es Laura?«

Jetzt zögert Paul.

»Stabil, denke ich«, sagt er langsam. »Und dir, wie geht es dir?«

»Okay«, sage ich. »Okay.«

Ich reibe mir die Augen.

»Müde?«

»Ein bisschen.«

Die Kellnerin kommt. Ich bestelle eine Limonade. Ich rutsche auf meinem Stuhl herum, finde aber keine bequemere Position.

»Mama hat gesagt, du sollst mal im Laden vorbeikommen, sie hat was für dich.«

Ohne Vorwarnung schießen mir die Tränen in die Augen.

Paul greift über den Tisch nach meiner Hand. »Hab ich was Falsches gesagt? Warum weinst du denn jetzt, Baby?« Er erschrickt, beißt sich auf die Lippe. »Entschuldigung«, sagt er. »Das ist mir so rausgerutscht …«

Ich spüre, wie mir Rotz aus der Nase läuft. Ich lache. Ich wische mir mit dem Handrücken über die Wangen. Ich verschlucke mich an meinen Tränen und an dem Lachen und an allem zusammen und fange an zu husten.

Paul reicht mir ein Taschentuch.

»Danke«, murmle ich.

Die Kellnerin bringt die Limonade.

»Weißt du, was mir gestern passiert ist?«, sage ich, nachdem ich mich geschnäuzt und einen Schluck Limonade getrunken habe.

»Nein, was?«

»Ich habe gestern vor der Arbeit den Kühlschrank geputzt und muss ihn anschließend aus Versehen viel zu kalt wieder eingestellt haben. Und als ich abends den Kühlschrank geöffnet habe, war alles gefroren. Das ganze Gemüse, der Mozzarella, die Milch, der Joghurt, der übrig gebliebene Linsensalat … Alles.«

Paul lächelt.

»Ich war natürlich total wütend auf mich selbst. Ich hatte schon die Pfanne auf dem Herd, und das Öl hat gebrutzelt. Und da habe ich aus Trotz ein Ei genommen und es in die Pfanne geschlagen. Und rate mal, was!«

»Was?«

»Es war einwandfrei! Also das Ei. Wusstest du das? Dass Eier nicht einfrieren können?«

Paul denkt kurz nach. »Ich glaube nicht … Aber es ist eine lustige Vorstellung, so ein gefrorenes Ei. Wie sollte das aussehen?«

»Also ich wusste das nicht! Meinst du, die Natur hat das so eingerichtet, damit der Frost ihnen nichts anhaben kann? Ich muss die ganze Zeit darüber nachdenken, so sehr fasziniert mich das.«

»Hast du es gegoogelt?«

»Das ist doch langweilig, alles zu googeln. Bis jetzt hat mir noch keiner sagen können, was es damit auf sich hat. Wahrscheinlich gibt es eine ganz simple Erklärung.«

»Wahrscheinlich. Aber ich weiß es ja auch nicht.«

»Es ist ja auch toll, über was für Mysterien man in unserem Alter noch stolpert.«

Wir müssen beide lachen.

»Hab ich jetzt ganz viel Schwarz unter den Augen?«, frage ich.

Paul schüttelt den Kopf. »Kommst du eigentlich zur Jahresausstellung?«

»Oh, stimmt! Ja, unbedingt.«

»Cool. Und? Wie läuft die Arbeit?«

»Ich habe mich entschieden, auszusteigen.«

»Echt?«

»Ja.«

»Das ist … Glückwunsch. Mutig. Finde ich gut.«

»Hoffentlich ist es die richtige Entscheidung«, sage ich leise.

»Bestimmt ist es das«, sagt Paul. »Bestimmt. Cool. Und dann?«

»Hoffen. Beten.« Ich lache leise und mache eine nichtwissende Geste. »Jobben?«

—

Ich warte draußen vorm Gut im Schatten der großen Buche auf Daniel. Ich habe schon vor einer Stunde Drehschluss gehabt. Ich lese ein Buch von Siri Hustvedt: *Der Sommer ohne Männer.* Emily hat es vor mir gelesen. Sie hat das Cover farbig kopiert und eingerahmt und in unsere Küche gehängt, über den Tisch. Sie meinte, das Bild sei ihr Kommentar zu der unfreiwilligen Enthaltsamkeit, die sie diesen Sommer ereilt hat. Ich sehe es als Kommentar zu meiner Trennungsbewältigung und als moralische Ermahnung.

Ich esse meinen dritten Pfirsich. Gab es im Angebot beim Supermarkt. Meine rechte Hand und der Arm sind schon ganz klebrig. Eine kleine Gruppe von Gastschauspielern geht an mir vorbei Richtung Parkplatz. Wenige Minuten später taucht Daniel neben mir auf.

»Gehen wir?«

Ich sitze hinten auf Daniels Roller, meine Arme locker um seine Taille geschlungen. Meine Haare fliegen mir vor den Sichtschutz meines Helms. Daniel fährt ziemlich schnell, und die roten Backsteingebäude rasen an mir vorbei, die Bäume, die Autos auf der Gegenfahrbahn. Der Wind rauscht in meinen Ohren. Mein Kopf ist ganz leer. Aber da ist auch ein Gefühl, das sich in mir einnistet, zwischen dem Ohrensausen und dem Adrenalin und meinen flatternden Kleidern: Es ist ein Gefühl von Euphorie, von Glücklichsein.

Im Peacetanbul in der Marktstraße sind die Tische draußen allesamt besetzt, und wir müssen eine Weile warten, bis wir von dem hübschen, aber dauerbekifft wirkenden Kellner einen Platz zugewiesen bekommen.

»Weißt du, was wir nächste Woche tun sollten?«, fragt Daniel.

»Nein. Was sollten wir denn nächste Woche tun?«

»Wir sollten einen Urlaub machen. Einen Kurzurlaub.«

Ich trinke einen Schluck von meinem Rotwein. Daniel guckt mich erwartungsvoll an.

»Aber …«

»Ich habe schon nachgeschaut. Freitag haben wir beide keinen Dreh. Wir könnten Donnerstagabend losfahren und Sonntagnachmittag zurückkommen.«

Ich schaue konzentriert auf meine Karte, auf der Burger und Vorspeisenplatten zu einer diffusen Masse verschwimmen.

»Ich habe auch schon nach Orten gesucht«, setzt Daniel an. »Es ist zwar kurzfristig, aber ein paar hübsche Hotels mit Wellness haben noch Zimmer frei, also …«

Wie er das schon sagt. Hübsche Hotels. Aus irgendeinem Grund macht mich das wahnsinnig. Ich fühle mich mit einem Mal ganz eingeengt.

»Ich lade dich ein!«

»Ach ja?«

»Ja. Zu deinem Geburtstag.«

»Ich habe im Winter Geburtstag, Daniel.«

»Ja, nachträglich.«

»Und was bringt dich auf die Idee, dass ich mich von dir einladen lassen will?«

Mir wird plötzlich klar, dass ich mich manchmal selbst gar nicht leiden kann, wenn ich mit Daniel zusammen bin. Aber der Grund, warum ich Zeit mit Daniel verbringe, ist auch nicht der, mich wie ich selbst zu fühlen. Es ist ja genau andersrum. Ich will mich wie jemand anderes fühlen. Wie jemand, der älter ist und weniger albern und der besseren Sex hat. Es scheint ja auch zu funktionieren, sonst wäre ich heute nicht hier.

»Komm schon, ich verdiene doppelt so viel wie du. Das kann ich schon mal machen.«

»Echt jetzt?«

»Keine Ahnung«, lacht Daniel und wird ein bisschen rot. »Das habe ich doch jetzt nur dahingesagt.«

»Angeber. Wie viel verdienst du denn? Sag mal.«

»Nee«, sagt Daniel.

»Wieso nicht?«

»Keine Ahnung, das macht man nicht.«

»Warum will nie jemand über Geld reden? Ist doch affig.«

»Also, sag, was hältst du davon? Zum Beispiel an die Nordsee? Warst du schon mal auf Juist?«

»Nee … Ich weiß nicht … Ich weiß nicht, ob ich überhaupt Zeit habe. Und ich finde es komisch, mich von dir einladen zu lassen …« Ich schaue Daniel unschlüssig an.

»Denk drüber nach«, sagt Daniel. »Ich würde mich freuen.«

»Du hast ja wohl nicht Nein gesagt?«

»Nein, noch nicht. Aber ich weiß nicht. Ich sollte es, glaube ich, tun. Also Nein sagen.«

»Wieso das denn?« Emily zieht sich ihr T-Shirt aus und legt sich, jetzt nur noch in BH und in Unterhose, in die Sonne. Wir sind in der Mittagspause zu dem See gefahren und sonnen uns auf dem Steg.

»Ich wette, Daniel verdient viermal so viel wie du und ich, der kann dich ruhig mal einladen.«

»Genau das Gleiche hat Daniel auch gesagt.«

»Siehst du.«

»Ja.«

»Ich dachte, er wäre geizig. Ist doch gar nicht so geizig, wenn er dich zu einem fetten Luxus-Wellness-Urlaub einladen will.«

»Hab ich das gesagt, dass er geizig ist?«, sage ich.

Emily nickt.

»Ja, du hast recht, das passt nicht ganz zusammen. Obwohl … Irgendwie dann auch wieder doch. Er ist vielleicht so gönnerhaft-geizig. Also, nicht mit ganzem Herzen großzügig, sondern so knauserig und dann so selbstverliebt spendabel … Ach, du weißt schon.«

Ein Schwan kommt Richtung Steg geschwommen.

»Hättest du da keine Skrupel?«

»Mein Gott, du bist doch sowieso bald raus. Dann siehst du ihn nie wieder, wenn du nicht willst.« Emily blinzelt unter ihrer Sonnenbrille. »Du hast es ihm doch gesagt, oder?«

»Nee, noch nicht.«

»Ah«, sagt Emily.

»Ja, ich weiß«, sage ich und lege mich neben sie. Die Sonne blendet, ich kneife die Augen zusammen.

»Ich muss es beenden, stimmt's?«, sage ich irgendwann.

Emily schweigt.

»Ich bin so wütend auf mich«, sage ich leise. »Ich verstehe nicht, wie ich so blöd sein konnte, mich in eine Position zu bringen, in der ich wenige Wochen nach der Trennung wieder jemanden verlassen muss.«

Emily schweigt immer noch, aber sie hat ihren Kopf zu mir gedreht.

»Ich habe so die Schnauze voll davon, Menschen zu verlassen.«

»Wenn du's jetzt machst«, sagt Emily, »gibt es vielleicht weniger Verletzte.«

Dann streckt sie ihre Hand nach mir aus und streichelt mir den Nacken.

—

Am Donnerstag beginnt die Jahresausstellung an Pauls Hochschule. Ich kaufe mir unten in der Cafeteria einen Kaffee und zwei Kinderriegel und setze mich damit auf die Stufen vor den Eingang der Hochschule für bildende Künste. Auf der kleinen Grünfläche liegen ein paar Studenten herum, vertieft in Gespräche, in Zeitungen oder in Tagträume.

Ich trinke meinen Kaffee aus und gehe wieder zurück in den zweiten Stock, wo Paul und zwei Kommilitonen ihre multimedialen Skulpturen ausstellen.

Pauls Arbeit ist eine enorme goldene Stange, die aus der Wand herausragt und sich weit in den Raum hineinstreckt. Auf den Boden darunter sind, wie eine Art fiktives Schattenspiel, kleine Videoclips projiziert. In einem der Clips tauche ich auf. Ich gehe darin immer wieder durch die gleiche Tür, ziehe mir eine Carhartt-Mütze ins Gesicht und gehe dann ohne ersichtlichen Grund in die Hocke.

An das Ende der goldenen Stange kann man sein Ohr halten und hört einen Geräuschteppich, an dem Paul wochenlang gebastelt hat. Wenn man sich ganz doll konzentriert, kann man das Gluckern der Loire ausmachen. Die Tonaufnahmen stammen aus unserem Urlaub, Paul hat sie damals mit dem iPhone aufgenommen.

»Hier, ich hab dir einen Kinderriegel mitgebracht.«

Paul springt von der Fensterbank. »Cool, danke! Ich sterbe vor Hunger.«

»Soll ich dir was zu essen holen?«

»Würdest du? Oh, das wäre richtig gut, ehrlich gesagt. Ich habe seit heute Morgen nur Kekse gegessen. Hast du dir die Videoarbeiten im ersten Stock angeschaut?«

»Nur flüchtig.«

»Musst du unbedingt machen, die sind echt geil geworden. Warte, ich gebe dir Geld.«

Ich winke ab.

»Die Malerei-Sachen finde ich dieses Jahr aber irgendwie langweilig«, sage ich.

Paul nickt etwas nachdenklich. Sein T-Shirt ist voller Flecken und hat einen Astronautenaufdruck.

»Hm. Ja, ich hab mich auch nicht gerade umgebracht vor Glück, als ich die gesehen habe. Schade eigentlich.«

»Du hast es heute aber auch mit dem Tod … Soll ich was von Subway holen?«

»Das wär bombe.«

Im Subway ist es stickig. Von den vielen Entscheidungen zu Brot, Belag und Soße wie immer komplett überfordert, schaffe ich es, ein doppeltes Sub des Tages zu bestellen. Im Kaffeeladen nebenan hole ich noch zwei Milchkaffee.

Auf dem Weg zurück frage ich mich, warum mir so unwohl ist mit der Situation. Dass ich mich schuldig fühle: eh klar. Aber es ist gar nicht so sehr das, denke ich. Ich habe in den vergangenen Wochen gelernt, mir für die Art und Weise der Trennung zu vergeben. Was ich mir nicht verzeihen kann, ist die Art und Weise, wie ich die Gegenwart gestalte. Ich kann es drehen und wenden, wie ich will, ich verzeihe mir Daniel nicht.

Am nächsten Tag will Daniel abends mit mir essen gehen. Wir gehen ins Oberstübchen. Er hat in weiser Voraussicht reserviert, alle Tische draußen sind bis auf den letzten Platz besetzt, auf den Treppen sitzen überall Menschen, und der Park Fiction nebenan ist ebenfalls voller junger, hipper Menschen, die den warmen Abend am Hafen genießen, Bier trinken und Musik hören wollen. Unser Tisch steht direkt neben der Hollywoodschaukel.

Normalerweise ist das hier einer meiner liebsten Orte in Hamburg, aber heute ist mir der ganze Trubel fast ein bisschen zu viel.

»Ich steige aus«, sage ich. »Aus der Serie.«

Daniel, der gerade dabei ist, Wasser einzuschenken, schaut nur kurz auf.

»Ja? Warum? Hast du die Schnauze voll von deinem Leben als Gräfin?«

»Ich habe schon vor einer Weile gekündigt«, sage ich und bemühe mich, meine Stimme fest klingen zu lassen.

Jetzt lässt Daniel die Karaffe sinken. »Im Ernst jetzt?«

Ich schaue ihn irritiert an. »Natürlich im Ernst!«

»Ich dachte, du meinst, du hast vor zu gehen … Ich meine, das sagst du ja schon länger …«

»Ja, ich weiß. Du denkst, ich rede nur und mache nichts. Ich bin die lustige, inkonsequente Nora, die …«

»Das habe ich nicht gesagt«, unterbricht mich Daniel.

Ich trinke einen Schluck Wasser. Mein leichte Aggressivität und mein Übermut sind verflogen. Ich habe gar keine Lust, hier zu sein, denke ich. Früher waren Paul und ich manchmal hier essen. Ich weiß gar nicht, warum ich mich nicht dagegen gewehrt habe, als Daniel das Oberstübchen vorgeschlagen hat. War doch klar, dass ich davon schlechte Laune bekomme.

»Ich bin nur überrascht«, sagt Daniel. »Das kommt ein bisschen plötzlich, du hast in den letzten Wochen nie durchscheinen lassen, dass du wirklich die Absicht hast, zu gehen.«

»Habe ich nicht?«, sage ich. »Das war nicht extra. Ich habe es nicht verheimlicht oder so, Emily hat es zum Beispiel schon von Anfang an gewusst, also …« Ich stocke. Ich lüge. Ich habe Daniel ja ganz bewusst nichts gesagt in den letzten Wochen.

Meine Lieblingskellnerin wirkt heute ein bisschen gestresst. Ich fühle mich genau so, wie sie aussieht. Sie stellt das Brot und die Butter auf den Tisch, ich nehme mir eine Scheibe und reiße mir ein Stück davon ab, tunke es in die Butter.

»Ich finde das natürlich sehr schade, wenn du gehst. Ich mag dich, Nora.«

Ich spüre, wie ich mich verkrampfe. Das ist wahrscheinlich der Moment.

»Ich möchte aber keine Beziehung«, sage ich. »Nur weil das seit ein paar Wochen alles ein bisschen Romantikcharakter bekommt. Damit wir uns nicht falsch verstehen.«

Daniel schaut mich belustigt über den Tisch hinweg an. »Ich hatte nicht vor, dir heute einen Heiratsantrag zu machen.«

»Ja, ich weiß. Aber ich will auch nichts von dem anderen. Kein Verknalltsein, keine zu langen Blicke, nix Liebe und so weiter.«

»Chill mal.«

»Wenn wir uns nicht falsch verstehen, chille ich total.«

»Wir verstehen uns nicht falsch. Wir unternehmen schöne Dinge zusammen.«

»Ich will aber schon in erster Linie Sex mit dir.«

»Warum denn auf einmal so streng?«

Daniels Lachen klingt künstlich.

»Weil in erster Linie der Sex mit dir gut ist. Ich habe gerne Sex mit dir.«

»Und das andere hast du nicht gern mit mir.«

»Nein. Doch, es ist schon lustig. Keine Ahnung! Das habe ich doch gerade gesagt. Mann, Daniel, du weißt doch, wie das läuft. Jetzt haben wir noch Spaß, aber in ein paar Wochen ist es nicht mehr Spaß und noch ein paar Wochen später sind wir aus Versehen ein Paar, weil wir den Absprung nicht geschafft haben.«

»Du bist ja drauf.«

»Ich will keine Ausversehenbeziehung führen. Und auch sonst keine Beziehung. Ich will Sex mit dir. Du fickst mich gut.«

Ein paar Köpfe an den Nebentischen drehen sich in unsere Richtung.

»Und Paul?«

»Was ist mit ihm?«

»War das eine Ausversehenbeziehung?«

»Ich will mit dir auch nicht über Paul reden.« Ich hole Luft. »Siehst du, wir sind schon mittendrin. Es ist doch zum Kotzen. Findest du etwa nicht?«

Daniel sieht nicht besonders glücklich aus. Ich verspüre den Reflex, das Gesagte zurückzunehmen, wenigstens einen Teil davon. Beschwichtigender zu werden, eine launische Verstimmung als Entschuldigung vorzuschieben, so etwas zu sagen wie: Es ist alles gerade ein bisschen viel für mich, weißt du? Oder auch: Es kommt ja sowieso, wie es kommt. Irgendeine Floskel eben, die mich von meiner eigenen Härte ein Stück weit befreien würde. Und aus dieser blöden Gesprächssituation befreien würde.

Ich schaue Daniel an und merke, dass dieser Reflex daher kommt, dass Daniel mir plötzlich leidtut. Obwohl Daniel mir noch nie leidgetan hat. Und ich erschrecke mich, dass dieser Moment gekommen ist, jetzt schon und überhaupt gekommen ist, weil das bedeutet, dass es vorbei ist mit der kopflosen Affäre, mit der bedingungslosen Lust aufeinander, weil das Gleichgewicht gekippt ist, vielleicht nicht erst seit heute, dass wir uns schon viel zu weit aus dem Fenster gelehnt haben. Also beiße ich mir auf die Zunge, sage nichts und nehme einen Schluck aus dem unangerührten Rotweinglas.

Plötzlich fängt es an zu regnen, nein, zu gießen. Allgemeine Aufregung macht sich breit. Ich verfluche die Natur, die wirklich jedes Mal in den schlechtesten Momenten mit einer albernen Dramatik aufwartet. Wir sitzen einigermaßen geschützt, stehen aber trotzdem auf, rücken den Tisch zurück und pressen uns mit den Klappstühlen an die Hauswand.

Daniel überquert die Straße, die matt im Regen glänzt und in deren Schlaglöchern sich kleine Pfützen gesammelt haben. Er schaut sich nach Autos um. Ich sehe sein Profil, ich sehe seine Muskeln unter dem weißen Tanktop, das schmale Becken in den Jeansshorts.

Manchmal fühlen sich Momente an, als wären sie Teil eines Films, einer besonders großzügig geschnittenen Szene, vielleicht sogar in Zeitlupe. Ich hocke mich auf die Bordsteinkante und sehe ihm nach, bis er hinter der nächsten Häuserecke verschwindet, ohne sich noch einmal nach mir umgedreht zu haben. Ich bin sofort klitschnass. Ich stütze mich am Bürgersteig ab, ich spüre, wie sich Sandkörner in meine Handflächen hineinbohren, und ich spüre, wie mir eine Haarsträhne ins Gesicht fällt, habe aber überhaupt keine Motivation, sie wegzustreichen.

Ich denke: Genau so werde ich diesen Moment in meiner Erinnerung sehen, wenn ich einmal älter bin und gesetzter, wenn meine Sorgen eine andere Färbung angenommen haben und die Zukunft nicht mehr ganz so variabel erscheint wie jetzt. Ich werde aus dem Fenster meiner Küche schauen und vor meinem inneren Auge die junge Frau erahnen, die auf einer Bordsteinkante hockend einem Mann hinterherblickt, dem sie gerade gesagt hat, das sie keine Liebe für ihn findet, zumindest nicht von der Sorte, die er erwartet. Ich werde über die Tischplatte wischen und daran denken, wie wahnsinnig allein und wie wahnsinnig stark ich mich in diesem Moment gefühlt habe. Und wie sich das Alleinsein gut angefühlt und das Starksein weniger gut angefühlt hat. Wie mir bewusst wurde, welche Macht ein Mensch über einen anderen Menschen haben kann. Und wie seltsam es mir vorkam, dass ich im Besitz dieser Macht war und dass ich überhaupt wusste, sie anzuwenden.

Wenn der Regen wieder aufhört, stehe ich auf, denke ich. Aber es hört nicht auf zu regnen, also bleibe ich sitzen, lasse die Zeit verstreichen und den Blick auf die Häuserecke gerichtet, hinter der Daniel verschwunden ist.

ICH FÜHLE MICH MERKWÜRDIG, WIE ICH HIER SITZE und darauf warte, dass der Chef fertig wird mit seinem letzten Frühstücksteller; er legt gerade dicke Scheiben Käse zu kleinen Schälchen mit Marillenmarmelade und Butter. Es ist elf Uhr vormittags und im Café sind nur wenige Tische besetzt. Ich habe vorhin in der Eile nur ein Glas Saft hinuntergestürzt, jetzt knurrt mein Magen in unangenehmer Lautstärke. Ich bin nervöser, als ich es für angebracht halte. Vielleicht liegt das daran, dass ich meine Talente als Barista in ein besseres Licht gerückt habe, als sie es in Wahrheit sind. An mangelnder Routine sollte es mir – mit all der Casting-Erfahrung im Rücken – eigentlich nicht fehlen.

»So, Nora?«

Ich schaue hoch. Der Chef wischt sich die Hände an einem Küchentuch ab, das er unter seinen Gürtel geklemmt hat.

»Also, wenn du willst, zeige ich dir mal die Küche. Wir bekommen jeden Moment eine größere Frühstücksgesellschaft rein, dann können wir das gleich ausprobieren, wenn dir das passt. Ah, Entschuldigung, ich habe mich noch gar nicht vorgestellt.« Er streckt mir die Hand hin. »Ich bin Micha.«

Micha trägt Pferdeschwanz und einen schmal geschnittenen Wollpullover mit V-Ausschnitt. Er hat einen wieseligen Blick und eingesunkene Schultern und wirkt allgemein gehetzt, obwohl es dafür gar keinen Grund zu geben scheint.

»Ah …«, mache ich. Ich stehe auf und folge Micha an den Getränkekisten im Flur vorbei in die Küche. Ich werde der Köchin Anja vorgestellt, eine gut gelaunte, etwas derbe Mittdreißigerin, die gerade dabei ist, zwei Spiegeleier und Speck für einen

Strammen Max zu braten. Ich versuche mir vorzustellen, wie ich mich hier bewegen werde, wenn einmal alles nicht mehr so fremd ist, wie und ob ich mich überhaupt mit Micha und Anja verstehen werde.

Die Frühstücksgesellschaft kommt wenig später und besetzt aufgrund des schlechten Wetters die zwei großen Tische an der Fensterfront. Micha lässt mich ins kalte Wasser springen. Ich bin so beschäftigt mit dem Aufnehmen von Bestellungen und dem Heraustragen von Speisen, dass ich gar keine Zeit habe, mich von ihm beobachtet zu fühlen.

Am Ende der Probeschicht sind meine Füße wund und ich habe einen neuen Job.

—

Der Abend der Release-Party steht an. Von dem Magazin, das im letzten Herbst Paul angefragt hat. Und für das er erst nichts machen wollte. Es kommt mir wie eine Ewigkeit vor, dass Paul und ich uns darüber gestritten haben. Nun ist es Sommer und eins von Pauls Videostills ziert gleich die dritte Seite des Magazins, das edel gestaltet und mit hochwertigem Papier ausgestattet worden ist. Ansgar hat mich eingeladen, mit Grüßen von Paul. Ich zögere lange, ob ich wirklich hingehen soll. Aber am Ende fällt mir kein triftiger Grund ein, nicht hinzugehen.

Die Party findet im zweiten Stock eines Eckgebäudes statt, nur ein paar Straßen von meiner Wohnung entfernt. An den Wänden hängen großformatige Drucke der Fotostrecken, die auch im Magazin zu finden sind. An der Bar gibt es Astra zum Sonderpreis und für Hamburg recht erschwingliche Mate- und Limonaden-Wodka-Mischungen. Eine Indie-Band spielt ein Unplugged-Konzert, der Raum ist kunstvoll ausgeleuchtet, draußen wie drinnen stehen junge, gut angezogene Leute und rauchen und plaudern. Etwas eingeschüchtert schlendere ich mit meiner Mate zur Terrasse. Ich entdecke Luise und Frida, die auf einer Bank sitzen und sich unterhalten. Erleichtert gehe ich auf sie zu. Zur Begrüßung drücke ich beide fest an mich.

»Wir haben uns schon wieder so lange nicht gesehen!«, sagt Frida.

»Paul ist irgendwo da drüben«, sagt Luise und zeigt in die Menge hinein.

»Ach, den suche ich später, der hat bestimmt alle Hände voll zu tun.«

»Die Fotos sind echt voll schön!«, sagt Frida.

»Das eine war auch in der Jahresausstellung, oder? Die Installation? Warst du da?«

»Glaub schon. Ja. Was ist mit den anderen?«

»Ansgar holt grad was zu trinken, Core ist irgendwo dahinten und Pit ist im Urlaub mit seiner Freundin.«

»Pit hat eine Freundin?«

Luise grinst. »Ja! Seit ein paar Wochen. Big love und so.«

»Wie cool«, sage ich.

»Geht's dir gut?«, fragt Frida. »Erzähl mal!«

»Ja, mir geht's gut, danke.« Ich trinke einen Schluck von meiner Mate und verziehe das Gesicht. Sauviel Wodka haben die da reingemacht. »Ich habe ja aufgehört beim Gutshof, ich weiß nicht, ob Luise das schon erzählt hat.«

Frida nickt.

»Ja, genau. Vorgestern habe ich eine Probeschicht in einem Café am Grindel gemacht, da fang ich jetzt an und nächste Woche habe ich einen kleinen Dreh und sonst … mal gucken. Castings.«

»Klingt doch gut«, sagt Frida. »Und, bist du froh, dass du da raus bist?«

»Schon, ja«, sage ich. »Ich meine, noch fühlt es sich unwirklich an. Als ob ich nur im Urlaub bin. Aber klar, nach fast drei Jahren ist das schon seltsam.«

»Drei Jahre warst du da?«, ruft Luise.

»Fast, ja. Na ja, als ich bei Ansgar eingezogen bin, seitdem bin ich in Hamburg, und dann habe ich zwei Monate später auch schon angefangen zu arbeiten. Und bei euch? Geht's euch denn gut?«

»Alles gut«, sagt Frida. »Die Musikwissenschaften und ich verstehen uns nach wie vor, und sonst … Auch alles gut.«

»Ich bin total überarbeitet.« Luise hebt entschuldigend die Arme. »Aber das habe ich mir ja selber eingebrockt. Wenn wir das Grundstück draußen nicht hätten, ich wüsste nicht, wie ich das aushalten soll.«

»Ja, das ist echt so super, dass ihr das habt. Es ist so schön da draußen.«

»Ja, das ist echt toll«, sagt Luise. »Du musst wirklich unbedingt mal wieder vorbeikommen! Es hat sich so viel getan!«

»Unbedingt«, sage ich.

»Was ist mit übernächstem Wochenende? Du und Emily, kommt doch beide! Wenn es einigermaßen schön bleibt, können wir baden gehen. Und grillen!«

»Das klingt gut! Ich frag sie!«

Das Konzert scheint vorbei zu sein, ruhigere Soulmusik ertönt aus den Boxen. »Ihr habt euch die Ausstellung schon angesehen, oder?«

»Yep«, sagt Frida. »Guck's dir an. Ist toll!«

Pauls Fotos sind mit Abstand die interessantesten, und das meine ich ganz objektiv. Die anderen sind auch hübsch: schräge Landschaften, abstrakte Porträts. Aber Pauls Bilder ziehen einen am meisten in die Tiefe. Sie zeigen drei verschiedene Installationsserien von ihm. Ich merke mal wieder, dass ich ein großer Fan seiner Arbeit bin. Ich halte ihn wirklich für sehr talentiert. Dass er dabei zufällig meinen Geschmack trifft, ist fast egal.

Ich spüre fast so etwas wie ein bisschen Stolz in mir drin aufschwellen.

Paul würde das bestimmt nicht gut finden, dass ich Stolz verspüre. Paul findet, man kann nicht stolz auf etwas sein, was man selbst gar nicht geleistet hat.

Ich entdecke Paul am anderen Ende des Raumes, er unterhält sich mit Leuten, die ich noch nie gesehen habe. Er sieht mich auch. Ich winke ihm flüchtig zu. Paul sagt etwas zu den Leuten, zwängt sich an ihnen vorbei und kommt auf mich zu.

»Schön, dass du noch gekommen bist.«

»Ich wollte dich nicht stören …« Ich zeige auf die Gruppe, die er stehen gelassen hat.

»Was?« Paul wendet sich um. »Ach Quatsch, du hast mich nicht gestört. Ich war froh, dass ich einen Grund hatte, abzuhauen. Die unterhalten sich die ganze Zeit über Kunst.« Er verdreht grinsend die Augen. »Ö D E.«

Ich grinse zurück. »M E G A.«

»Und, was sagst du?«, fragt Paul, zieht seine Bierflasche zum Mund und nickt in Richtung der Bilder.

»Ich finde es echt richtig gut«, sage ich, woraufhin Paul mich schräg anguckt. »Nein, ich meine das so: Ich finde es richtig, richtig gut, Paul. Was du da gemacht hast. Wirklich. Gefällt mir sehr.«

»Danke, Nora«, sagt Paul. Er berührt mich flüchtig am Arm. »Das bedeutet mir was, das weißt du.«

Er hält die leere Bierflasche hoch. »Willst du?«

»Nein, danke.«

»Na dann –«, er nickt Richtung Bar, »bis später oder so.«

»Ja«, sage ich. »Bis später vielleicht.«

—

Ich sitze in einem dunklen, miefigen Aufenthaltsraum in der JVA Fuhlsbüttel, in Jogginghose und Pulli und Segelschuhen ohne Schnürsenkel. Das Kostüm ist zur Hälfte aus meinen Sachen, zur Hälfte aus Sachen der Garderobe zusammengestellt. In die Maske musste ich nicht.

Ich fühle mich ein bisschen müde und ein bisschen hässlich und ein bisschen schal im Mund, aber immerhin sehr gemütlich. Seit heute Morgen um sechs sitze ich hier, im Suhrenkamp 92. Zwischendurch war ich draußen in der Sonne, bin im Innenhof herumspaziert, bis mich einer von den echten Gefängniswärtern zurechtwies, dass ich eine bestimmte Grenze nicht überschreiten darf. Jetzt warte ich auf meinen Einsatz als Häftling.

Um mich herum sitzen andere Frauen in Häftlingskleidung und zwei Wärterinnen. Sie trinken das bereitgestellte Ingwerwasser oder Cola, essen Schokolade, manche lesen, eine ältere, ziemlich verbraucht aussehende Frau strickt, andere unterhalten sich. Zwei junge Mädels tuscheln in meine Richtung.

Ich habe den Job über die Agentur bekommen, aber die Rolle ist so klein, dass ich mit den Komparsen zusammengesteckt worden bin. Ich bekomme zwar deutlich mehr Geld als die anderen hier, soll aber ebenfalls einen Komparsenschein ausfüllen, um die Gage abzurechnen. Das sei einfacher. Ich versuche, den Missmut dagegen niederzukämpfen. Ich weiß, dass ich drüberstehen sollte. Ich schäme mich für meinen Missmut. Dass ich noch mal ganz von vorne anfangen muss, das ist mir schon klar, ich habe mich darauf eingestellt, jetzt muss ich beweisen, dass ich zäh genug bin, so einfach ist das.

Es ist mein erster Schauspieljob seit meinem Ausstieg. Es ging überraschend schnell. Vor ein paar Jahren, zu der Zeit, als ich in Berlin lebte und versuchte, einen Fuß in die Filmwelt zu bekommen, hätte ich einiges für diese Art von Job gegeben.

Bis zur Mittagspause haben wir nichts mehr zu tun. Das Mittagessen findet in einer großen Halle statt; ich frage mich, was zwischen diesen Wänden für Geschichten verborgen liegen. Dieser Gebäudeteil des Gefängnisses ist, so hat man vorhin gemunkelt, seit Jahren nicht mehr in Gebrauch.

Ich unterhalte mich mit zwei sympathischen Mädchen, die beide ein paar Jahre jünger als ich sind. Die eine holt gerade ihr Fachabi nach, die andere arbeitet schon als Physiotherapeutin. Sie kennen sich bereits von vorherigen, gemeinsamen Drehs. »Den Job als Komparsin würde ich zur Not auch ohne Geld machen«, sagt die eine. »Na ja«, sagt die andere, »vielleicht nicht ganz ohne. Aber es ist schon verdammt spannend und bringt großen Spaß.«

Nach dem Mittag wird endlich die lange Szene gedreht. Ich gehe meinen Text ein letztes Mal durch, es sind eh nur drei Sätze. Meine Aufgabe besteht darin, eine Wärterin anzugreifen und ein paar beleidigende Sprüche zu klopfen. Je mehr ich drüber nachdenke, desto lustiger finde ich es, dass ich für die Rolle ausgewählt wurde. Der Kontrast zu meiner vorherigen könnte nicht größer sein.

Wir werden als Gruppe in den Gefängnistrakt begleitet, unseren Drehort. Überall wird Licht aufgebaut, Leute in schwarzer Funktionskleidung eilen durch die Gänge, die Hauptdarsteller schäkern vor dem Getränketisch herum. Mich durchströmt eine große Wehmut. Sie hatten schon ihre guten Seiten, diese Jahre auf dem Gutshof.

Der Trakt hat drei Etagen. Ich bin erstaunt über die Schönheit, die das kühle Interieur mit den blauen, grünen und roten Türrahmen und Metallstreben ausstrahlt.

Der Dreh verläuft gut und planmäßig. Wir machen knappe zehn Takes, am Ende habe ich zwei kleine blaue Flecken vom vielen Schubsen, die Regisseurin ist zufrieden. Ich soll mich noch für eine spätere Gruppenszene bereithalten. Es wird Kuchen und Kaffee serviert. Ich denke: Okay, Baby, jetzt geht es also wieder los, das unstete Leben.

—

Emily und ich nehmen Luises Angebot an und fahren zwei Wochen nach der Magazin-Party zu ihr und Ansgar aufs Land.

Am Haus hat sich seit Silvester tatsächlich einiges getan. Die Fensterläden sind gestrichen und geölt. Kräutertöpfe stehen vor der Küche. Ein Gemüsebeet ist angelegt.

Vor dem Abendessen machen Emily und ich einen Spaziergang zu einem See in der Nähe. Im klaren, weichen Wasser treibend atme ich auf. Der Farbenverlauf des Himmels: Hellblau-Lila-Gelb. Darunter die saftig hellen Wipfel der Bäume, die den See in ihre Mitte nehmen. Auf dem Wasser: Babyenten, ein Kahn mit zwei angelnden Teenagern, Moskitos, die Spiegelung der untergehenden Sonne. Am Ufer: drei blonde Mädchen aus Bayern, die sich, die Arme vor den kleinen Brüsten verschränkt, Zentimeter um Zentimeter ins Wasser wagen. Ein Camper steht auf dem Waldparkplatz, gleich kurz vor der Absperrung. Von der anderen Seite des Sees, schräg gegenüber: Schlagermusik aus der Pension und jemand, der da drinnen steht und munteres Zeug in ein Mikrofon ruft. Die Fenster sind mit weißen Girlanden dekoriert. Die Festlichen jubeln, klatschen. Der Steg, von dem sonst Pensionsgäste ins Wasser hüpfen, liegt schon im Schatten, still und verlassen. Von einem anderen Steg klettern zwei Nackte. »Warm«, sagen sie. »Es ist warm.« Wir können jedes Wort ganz klar verstehen, das Wasser trägt sie zu uns herüber, die Worte.

Libellen auf dem Feldweg. Grillenzirpen. Über dem Badeanzug eine Jogginghose und Pauls alten groben Strickpulli, den er mir vererbt hat. Oh du schöne, späte Sommerdämmerung. Emily läuft ein Stück vor mir. Ihre blonden Locken hat sie zu einem Dutt gebunden, ein paar lose Strähnen wippen bei jedem ihrer Schritte.

Ist das nicht verrückt, dass wir uns nun schon seit fast drei Jahren kennen? Die Zeit vergeht nicht nur schnell, sie verändert uns auch alle so schnell. Gestern waren wir noch Mädchen in Frauenkörpern. Mittlerweile ist auch der letzte Rest Babyspeck aus unseren Gesichtern gewichen, sind unsere Proportionen gesetzter, der Gang sicherer und vielleicht einen Ticken schwerer. Mittlerweile ist die Art, wie uns die Männer anschauen, nicht mehr nur verstohlen und etwas sehnsüchtig. Sie ist gierig.

Werden wir davon unseren Töchtern erzählen? Werden sie uns danach fragen? Werden wir ihnen sagen, dass es sich anfühlte, als ob einem die Welt gehörte, auch wenn wir längst nicht mehr so pubertär waren, daran zu glauben? Werden wir ihnen berichten von unserem stillen Vorsatz, unsere Entscheidungen nicht von Männern beeinflussen zu lassen? Werden wir ihnen erklären, dass wir uns stark fühlten und schön und unabhängig und mutig, dass wir Ronja Räubertochter waren und uns alles zutrauten, dass wir alles wollten und taten, wonach uns der Sinn stand? Wird es so sein?

Emily bleibt abrupt stehen. Ich renne ihr fast in die Hacken.

»Guck mal«, sagt Emily gerührt. »Ein Mini-Frosch.«

Luise sitzt vor dem Haus auf einer Decke zwischen Windlichtern und wickelt Kartoffeln in Alufolie. »Wir dachten, wir machen ein Feuer«, sagt sie. »Brr, es ist kalt geworden, nicht wahr? Wahnsinn.«

»Brauchst du Hilfe?«

»Ihr könntet den Salat machen, wenn ihr wollt.« Luise zeigt auf einen Korb mit Lebensmitteln. »Da drüben ist eine Schüssel mit Leitungswasser zum Waschen. Ich frage mich, wo Ansgar bleibt. Er ist schon vor einer Stunde ins Dorf gefahren.«

Ein paar Minuten später parkt Ansgar den VW-Bus vor dem verwitterten Zaun und springt, mit einer Flasche Brennspiritus und lauter Kleinkram im Arm, aus dem Auto.

Luise und Ansgar machen all meine Jugendträume wahr, denke ich: ein Haus im Grünen, ein VW-Bus, eine harmonische, langfristige Beziehung.

Ansgar bringt die Einkäufe in die improvisierte Waschküche in der Scheune nebenan. Sein schwerfälliger Gang, das elfenhafte Gesicht, die wilde Frisur. Und neben ihm Luise, die zu ihm gegangen ist und jetzt leise auf ihn einredet: das breite Becken, die runden Schultern, die Lücke zwischen den Zähnen, die blonden Haare, zurückgesteckt mit einer großen Klammer.

Ich habe diese Woche ein ziemlich großes Casting. Für eine Hollywood-Produktion. Nicht, dass ich mir da Chancen ausrechne. Aber ich sage mir trotzdem jeden Tag meinen Text auf, probiere Tonlagen und Mimik. Emily musste mich im Auto auf dem Weg hierher drei Mal abfragen.

Während wir den Salat machen, trinken wir Whiskey aus Pappbechern, die Ansgar uns in die Hand gedrückt hat.

Wir essen am Feuer: die glühend heißen Kartoffeln, zu denen es Quark und eben den Salat gibt. Und den Whiskey. Uns ist warm und wohlig. Das Feuer raschelt. Funken fegen in die Nacht davon. Rote, pausbäckige, satte Gesichter. Wir spielen Stadt, Land, Fluss. Ansgar rappt Lieder von Eminem und Kool Savas und begleitet sich selbst dazu auf der Gitarre. Alles ist schön. Alles ist wunderbar. Alles ist verzaubert.

—

Meine Hände schwitzen. Ich wische sie immer wieder an meiner Jeans ab und werde das Gefühl nicht los, dass die Mädchen auf dem Sofa gegenüber mich mitleidig mustern. Auf dem Tisch zwischen uns stehen mehrere Flaschen Sprudelwasser und eine Schale mit Butterkeksen. Ich überlege kurz, einen Schluck zu trinken, aber aus irgendeinem Grund traue ich mich nicht. Ich blicke auf das Blatt Papier auf meinem Schoß. Meine ist die Nummer sechsundfünfzig. Die sechsundfünfzigste, denke ich, die sechsundfünfzigste von wie vielen?

Die Tür geht auf. »Evelyn Reinhardt, bitte«, sagt eine Frau, die ihr Haar zu einem Pferdeschwanz zurückgebunden hat und hinterm Ohr ein Kabel trägt. Ein blondes Mädchen ruft »Ja, ich komme«, springt auf und sammelt hektisch ihre Sachen zusammen.

Sie ist Nummer vierundfünfzig. Sofort schlägt mein Herz ein bisschen schneller. Ich weiß, dass ich nichts gegen die Aufregung tun kann, dafür bin ich schon zu oft in der gleichen Situation gewesen. Mir bleibt nichts anderes übrig, als zu versuchen, meinen Atem ruhig zu halten, indem ich die stickige Studioluft tief in meine Lungen sauge und durch einen nur leicht geöffneten Mund wieder entweichen lasse. Im Kopf gehe ich noch einmal den Text durch. Ich darf es diesmal nicht vermasseln. Nicht wie das eine Mal, wo ich immer an der gleichen Stelle hakte, bis der Regisseur die Geduld verlor und mir zum Abschied nur ein müdes Lächeln schenkte. Danach hatte ich wirklich ein verdammt schlechtes Gefühl. Meistens fällt es mir schwer, überhaupt irgendein Gefühl zu haben, meistens klammere ich mich bis zuletzt an die Hoffnung, die sich immer irgendwo in mir drin versteckt. Aber danach, nach diesem müden Lächeln, hatte ich es einfach gespürt und war überhaupt nicht überrascht, als meine Agentin mich einen Tag später über die Absage informierte.

Aber jetzt ist alles ganz anders. Jetzt passieren mir die Fehler der Vergangenheit nicht mehr. Jetzt bin ich den Text zwei Wochen lang täglich durchgegangen, habe jede Silbe verinnerlicht, jedes Ausrufezeichen in meinem Kopf gesetzt. Ich habe mir Varianten zurechtgelegt, falls die Casterin eine andere Betonung verlangt, habe mir bewusst gemacht, wo meine Schwachstellen liegen. Nein, diesmal darf es nicht an meiner mangelnden Vorbereitung scheitern. Was den Rest angeht: Darüber habe ich so oder so keine Kontrolle. Ob mein Gesicht gefällt. Oder meine Körpersprache. Ob meine Haarfarbe ins Profil passt. Meine Art zu sprechen.

Wieder geht die Tür auf. Das blonde Mädchen namens Evelyn schleicht verstohlen an der Frau mit dem Pferdeschwanz vorbei, die den nächsten Namen aufruft. Gleich bin ich dran, denke ich.

»Und?«, ruft ein Mädchen von dem Sofa gegenüber, als die Tür wieder geschlossen ist. Evelyn lächelt. »Ganz gut, glaube ich.«

Das Mädchen auf dem Sofa lächelt auch. Ein künstliches, kaltes Lächeln.

»Stell dich bitte vor die weiße Leinwand.« Die Frau zeigt auf einen Punkt in der Mitte des Raumes und justiert die Kamera, die auf ein Stativ aufgebaut ist.

»So?«, frage ich. Das Licht blendet mich. Ich kann das Gesicht der Frau nicht erkennen, als sie sagt: »Hältst du die Nummer bitte hoch? … Noch ein bisschen höher … ein kleines Stück wieder runter … Okay, stopp!« Ich höre das Klicken der Kamera. »Reiß die Augen mal ganz weit auf, so, dass es sich fast unnatürlich anfühlt, ja, genau so, das sieht meistens besser aus.«

Während ich den Scheinwerfern entgegenblinzele und mir die Tränen in die Augen treten, bemühe ich mich, meine Gesichtszüge zu lockern. Klick, klick, klick macht die Kamera. Das ist also ein Hollywood-Casting, denke ich. Ich hatte mehr erwartet, ich komme mir vor wie bei jedem anderen Casting auch. Genauso unwohl. Genauso amateurhaft. Genauso hässlich. Die Rolle, für die ich eingeladen wurde, ist die der Tochter eines amerikanischen Offiziers und seiner deutschen Geliebten.

»Stellst du dich bitte noch kurz vor?«, sagt die Frau.

Ich nicke. Das ist der Moment, den ich am meisten verabscheue.

»Hi«, sage ich. »I am Nora, I am twenty-three years old …«

»Du kannst ruhig deutsch sprechen«, unterbricht mich die Frau.

»Oh, natürlich, Entschuldigung, ich dachte … Egal. Okay.« Mein Gesicht brennt. Ich räuspere mich. »Also, hallo, ich heiße Nora, ich bin dreiundzwanzig Jahre alt und bisher, äh, habe ich bei einigen Fernsehfilmen und Studentenproduktionen mitgespielt und, äh, eine durchgehende Rolle bei der Serie ›Das Gutshaus‹, und ja, was noch … In meiner Freizeit gehe ich gerne tanzen, ins Theater, ins Kino und … Ja, also, genau. Das bin ich.« Ich lache verlegen.

»Rauchst du?«, fragt die Casterin und ich nicke, obwohl das gar nicht stimmt. Ich fange die Zigarettenschachtel und zünde mir eine Kippe an. Der Rauch füllt meine Lunge so schnell und heftig, dass ich ein Husten unterdrücken muss. Das rote Lämpchen der Kamera blinkt unentwegt.

»Bist du bereit?«, fragt die Frau und ich nicke. »Alles klar, dann können wir. Kamera läuft.«

»Moment«, sage ich und der Rauch quillt aus meinem Mund und meinen Nasenlöchern, »sprichst du den anderen Part? Oder soll ich ihn mir denken?«

»Ich spreche ihn.«

»Okay.«

»Okay?«

»Okay.«

»Kamera läuft noch.«

In einer Seitenstraße nicht weit vom Studio zwingt mich der Schwindel in die Knie. Drei Mal musste ich die Szene durchsprechen und drei ganze Zigaretten dabei rauchen, eine nach der anderen. Ich setze mich auf den Bordstein zwischen zwei parkende Autos und strecke meine Beine aus. Mir ist so übel, dass ich mich kaum über das schlechte Gefühl ärgern kann, das mich beim Spielen befiel.

Wir melden uns, sagte die Frau zum Abschied, sie klang freundlich dabei, und ich dachte noch, wie schön es wäre, wenn das immer gleiche »Wir melden uns« zumindest mit einer Emotion aufgeladen wäre, mit irgendeinem Hinweis darauf, ob es wirklich ganz okay war oder ob man sich lieber gleich einen ganz anderen Job suchen sollte.

Ich hätte mir eine Flasche Wasser klauen sollen, denke ich jetzt und lasse meine Stirn auf die Knie sinken. Zwischen den Bordsteinritzen wächst Moos hervor. Ich hätte mir eine Flasche Wasser klauen sollen und ein paar Butterkekse, um wenigstens einen minimalen Prozentsatz von dem Geld wieder reinzubekommen, das ich für die Fahrkarte ausgegeben habe. Was fange ich jetzt nur mit diesem Tag an? Mein Handy vibriert in meiner Jackentasche. Ich lasse es vibrieren und starre zwischen meinen Beinen hindurch auf das Moos. Das ist bestimmt Emily oder Mama oder ein Umfrageinstitut. Die Übelkeit wird von der frischen Luft allmählich abgeschwächt, bleibt jedoch in ihrem Kern bestehen, und das mitten in meiner Magengrube. Ich versuche trotzdem, aufzustehen, stütze mich dabei an den Autos ab und muss erst mal kurz abwarten, bis sich mein Kreislauf wieder stabilisiert.

—

In der Nacht wache ich auf, die Nachbarn haben Sex, ich kann nicht sagen, ob über oder unter mir.

Ich stehe auf und gehe ins Bad. Ich pinkele mit geschlossenen Augen. Das Licht ist zu hell, die Frau schreit, der Mann stöhnt. Stille. Dann wieder Stöhnen. Entweder ist das Stöhnen nicht sexy genug oder ich bin zu müde, als dass es mich antörnen könnte.

Ich krieche zurück unter die Bettdecke. Mein Bett ist das beste Bett der Welt. Ich drücke mein Gesicht ins Kopfkissen. Das Kopfkissen drückt sich in mein Gesicht. Wir drücken. Die Nachbarn stöhnen. Draußen wird es langsam hell. Ein mildes Blaugrau. Vögel zwitschern. Ich schaue in mein Zimmer und kann nicht mehr einschlafen.

Ich möchte auch gar nicht wieder einschlafen, weil ich die Träume nicht mag, die mich eben noch begleitet haben, und weil ich ahne, dass ich in sie zurückfallen würde.

Ich habe geträumt, ich bekomme ein Kind. Es kommt zu früh, ich presse es heraus. Die Arme sind verstümmelt und angewachsen an den falschen Stellen. Die eine Hand nur zwei Schlaufen statt Finger. Das Baby ist ganz klein, ich bade es und habe Angst, es zu ersäufen. Die Augen haben keine Iris und keine Pupille, sind ganz weiß. Dann werden sie immer größer, blasen sich auf, lösen sich vom Kind und steigen in die Luft wie riesige Seifenblasen, die jeden Moment platzen könnten. Ich will das Kind wegschmeißen, will es loswerden. Aber dann wird es gesund. Ganz von allein. Und plötzlich halte ich es im Arm und zeige es herum. Und kann nicht glauben, dass ich tatsächlich mit dem Gedanken gespielt habe, es umzubringen. Ein Junge. Blond, hübsch, er hat eine hässliche Brille auf. Ist viel zu schnell gewachsen, sieht jetzt schon aus wie sechs Jahre alt.

Emily ist mit einer Freundin ausgegangen. Ich höre, wie sie nach Hause kommt, ich höre sie gegen die Kommode rumpeln und fluchen, höre sie Wasser trinken, höre, wie sie in ihr Zimmer torkelt. Für einen kurzen, unbedachten, von Wahn durchzuckten Augenblick stelle ich mir vor, wie das wäre, wenn ich eine kleine Rolle in einem Hollywoodfilm hätte. Aber nein, das klappt auf gar keinen Fall mit dem Casting. Das habe ich echt eins a wieder in den Sand gesetzt. Ich schaue nach draußen, in das Licht des Morgens. Die Vögel zwitschern wie verrückt.

»Oh Gott, Nora!«, sagt Emily, als sie ein paar Stunden später zur Küche hereinspaziert kommt und in die Hände klatscht. Sie sieht hübsch verkatert aus und wirkt trotz der augenscheinlichen Müdigkeit ganz aus dem Häuschen.

»Wow, du bist schon wach? Willst du einen Kaffee?«

Emily ignoriert mein Angebot. »Ich habe gestern … Ich habe gestern …« Sie holt tief Luft. »Ich habe gestern den ab-so-lu-ten GOTT gesehen.«

»Oh Mann, und ich dachte, du bist in einen Marsbewohner reingerannt.«

Ich spüle die Espressomaschine aus und setze neuen Kaffee auf.

»Er ist so sexy. Er ist soooo sexy!«

»Okay. Er ist sexy.«

»Er ist so sexy!«, sagt Emily.

»Wer denn überhaupt?«

»Der Barmann vom Golem.«

»Vom Golem? Ich dachte, ihr wolltet ins EGO.«

»Ja. Aber das war scheiße, also sind wir ins Golem.«

»Und du hast gestern zum ersten Mal mit ihm gesprochen, oder wie?«

»Nein.«

»Du hast schon mal mit ihm gesprochen? Kenne ich den?«

Emily schüttelt den Kopf.

»Nein, ich kenne den nicht, oder nein, du hast noch nie mit ihm gesprochen?«, sage ich.

»Nein. Also, beides.«

»Aha.«

»Aber er ist so sexy«, sagt Emily und stöhnt. »Maah!«

»Maah?!«

»Haben wir noch Tiefkühlpizza? Oder Nudeln? Haben wir Nudeln?«

»Weiß nicht«, sage ich. »Irgendwo bestimmt.«

Emily findet eine Tiefkühlpizza mit Salami und schiebt sie in den Ofen. Ich stelle ihr eine Tasse Kaffee hin und den Milchkarton.

»Ich brauche einen Schlachtplan. Du musst mir helfen, einen Schlachtplan zu schmieden.«

»Okay.«

»Ich wünschte, ich wüsste wenigstens, wie er heißt.«

»Du bist doch sonst nicht so schüchtern.«

Emily sieht mich betont ernst an. »Ja. Aber das hier, das ist was anderes. Den finde ich echt. Richtig. Gut.«

»Wow.«

»Ja«, sagt Emily. »Also, ich brauche einen Schlachtplan.«

»Ich kann es kaum erwarten, ihn kennenzulernen. Der muss ja der absolute Hammer sein, wenn der dich so aus dem Konzept gebracht hat.«

»Er ist der absolute Hammer. Der absolute Hammer, Nora. Der. Absolute. Hammer.«

»Der absolute Hammer. Alles klar. Okay, und wie machen wir das jetzt?«

»Ich habe keinen blassen Schimmer.«

—

Die Hollywoodproduktion sagt mir ab. Ich werde über die Agentur für einen Diplomfilm von der Hochschule für Film und Fernsehen München angefragt. Ich vereinbare mit der Regisseurin und Produktions-Studentin, die das Projekt betreut, ein Skype-Interview. Am Tag, an dem das Interview stattfindet, ist die Regisseurin kurzfristig verhindert und ich führe das Gespräch allein mit der Produktions-Studentin, die sich zudem bald als assistierende Produktions-Studentin herausstellt. Sie wirkt sehr nett, sehr aufgeräumt und ein bisschen langweilig. Zu Beginn fragt sie mich, ob es in Ordnung sei, dass sie einen Mitschnitt des Gesprächs mache, für die abwesende Regisseurin und den nicht assistierenden Producer. Ich habe das Drehbuch vorab zu lesen bekommen. Das Mädchen fragt mich, ob es mir gefallen habe. »Sehr«, sage ich, und das ist noch nicht mal gelogen. Es ist wirklich ein richtig gutes Buch, und eine richtig gute Rolle, und ich muss mich mit Gewalt zurückhalten, den Job nicht unbedingt zu wollen.

»Wie wichtig ist dir Sex?«

Ich schaue sie etwas überrascht an. Ich zögere kurz. Wische den Gedanken beiseite, dass es merkwürdig ist, dass ausgerechnet dieses Mädchen mir diese Frage stellt, das irgendwie aussieht, als wäre Sex ihm zumindest nicht so wichtig.

»Sehr wichtig, natürlich. Ist Sex nicht den meisten Menschen wichtig?«

»Ja, stimmt. Hast du natürlich recht.«

Sie schaut zurück auf ihren Zettel, den vermutlich die Regisseurin geschrieben hat, und scheint darüber nachzudenken, mit welcher Frage sie jetzt am besten fortfährt. Soll ich jetzt noch irgendwas sagen? Nicht, dass ich sie verunsichert habe und sie mich allein schon deswegen nicht für den Recall vorschlägt.

Ich könnte sagen: Sex ist mir sehr wichtig. Auch wenn er so oft so überhaupt nicht funktioniert. Auch wenn es so schwer ist, jemanden zu finden, mit dem es gelegentlich funktioniert. Aber wie wichtig Sex mir ist, merke ich immer dann, wenn ich in Situationen komme, in denen plötzlich mein ganzes Gehirn aus purem Begehren zu bestehen scheint. Was zugegebenermaßen sehr selten der Fall ist, aber immerhin. Und den Rest der Zeit bin ich eben damit beschäftigt, diesen Moment zu suchen, und wie soll das anders gehen, als viel Sex zu haben, also ist mir Sex ja schon allein dadurch wichtig beziehungsweise ist er präsent in meinem Leben. Je mehr Sex, desto höher die Chancen auf guten Sex, oder nicht?

Ich könnte sagen: Sex ist mir offensichtlich sehr wichtig, aber nicht, weil ich so viel daran denke, ich denke im Gegensatz zu früher sogar herzlich wenig daran. Sondern weil ich mich manchmal, also wirklich nicht besonders oft, aber eben manchmal, dabei erwische, wie ich mich mit einem Mann unterhalte, in einem völlig nüchternen Kontext, und plötzlich ganz furchtbar schmutzige Fantasien in meinem Kopf aufkommen, mit diesem Mann.

Für das Gespräch sollte ich eigentlich einen Monolog meiner Wahl vorbereiten. Wir kommen beide zu dem Schluss dass es sich in dieser Konstellation und Situation merkwürdig anfühlen würde, wenn ich den Monolog in die Laptop-Kamera reinsprechen würde. Besser gesagt: Ich komme zu dem Schluss und schaffe es, dem Himmel sei Dank, das Mädchen auf meine Seite zu ziehen. Wir machen aus, dass ich den Monolog als e-Casting aufnehme und auf einer Plattform hochlade.

»Die Frau beim Skype-Casting wollte ernsthaft von mir hören, ob mir Sex wichtig ist«, sage ich.

»Und? Was hast du gesagt?«

»Keine Ahnung. Dass das doch den meisten wichtig ist, oder so.«

»Mhm«, macht Emily.

»Irgendwie ist dieses Sexthema omnipräsent. Ich wollte davon endlich mal wegkommen. Und dann fragt die mich so was. Ich lese doch jetzt jeden Tag ganz brav den ganzen Politikteil in der Zeitung.«

»Glückwunsch«, sagt Emily.

»Ey. Das ist immerhin ein Fortschritt.«

»Und? Habt ihr euch über Politik unterhalten?«

»Nee.« Ich sammle die auf dem Tisch liegenden Briefe zusammen und mache einen ordentlichen Stapel daraus. Emily grinst.

»Nächstes Mal mache ich es zum Thema, versprochen.«

»Vor mir musst du dich nicht rechtfertigen.«

»Aber ich will in der Hinsicht ein besserer Mensch werden. Das kann ja nicht so schwer sein, jeden Tag eine Stunde Zeitung zu lesen. Echt jetzt. Das schaffen andere Menschen doch auch. Ich schäme mich wirklich sehr dafür, dass ich nicht jeden Tag Zeitung lese.« Ich platziere den Stapel zwischen uns, in Höhe der Blumenvase. »Hast du schon gemerkt, dass die Nachbarn neuerdings dauernd Sex haben?«

Emily prustet in ihre Tasse. Lauwarmer Milchkaffee spritzt auf den Tisch und die Briefe.

»Ich hab doch gesagt, dass es omnipräsent ist. Ich kann dem Thema nicht entkommen, Emily! Es ist ernst! Hilfe!«

»Nora, tu doch nicht so, als wäre das was Neues. Seit wir uns kennen, drehen sich fast alle unsere Gespräche um Sex!«

»Echt?«, sage ich. »Oh je. Wie klischeehaft.«

»Was hat dich denn gebissen?«

»Weißt du, das mit dem Typen letztes Jahr? Den du auf dem Hamburger Berg kennengelernt hast? Der so krass narzisstisch drauf war? Hast du mir doch erzählt!«

»Ach so. Ja?«

»Was ich zum Beispiel nicht verstehe – ich würde doch als Mann alles daran setzen, dass die Frau besinnungslos vor Lust wird. Ich würde mich an ihrer Geilheit aufgeilen und meine Schwanzlänge danach bemessen, wie scharf ich sie machen kann. Und erst recht, wenn es das Letzte ist, was sie erwartet: scharfgemacht zu werden. Zum Beispiel bei einem One-Night-Stand. Ich zumindest erwarte da nicht unbedingt, scharfgemacht zu werden ...«

»Aber wozu gehst du dann mit jemandem ins Bett, wenn du noch nicht mal damit rechnest, dass er dich scharfmachen wird? Also, das kannst du dir ja dann auch gleich sparen.«

»Ich gehe mit niemandem ins Bett. Ich bin eine Nonne.«

»Ja, ja«, sagt Emily. »Ich glaube, du tust vielen Männern unrecht. Ich glaube, viele finden es toll und durchaus erstrebenswert, die Frau scharfzumachen.«

»Für mich wäre das das größte Ego-Ding überhaupt! Ich würde das ja auch nur machen, weil ich mich dann wie der größte Hecht fühlen würde, wenn sie so krass durchdreht!«

»Irgendwie klingt das sexistisch.«

»Wieso klingt das sexistisch?«

»Keine Ahnung.«

»Wahrscheinlich hast du recht. Paul hat mal so was zu mir gesagt. Also, er hat es nicht so gesagt, aber ich glaube, was er meinte, war, dass ich mich zu viel beschwere und er deswegen verunsichert ist und er sich erst gar nicht traut, da große Moves zu machen.«

»Siehst du? Alles Unsicherheit.«

»Na ja, also bei manchen hat man nicht unbedingt das Gefühl, dass ...«

»Ja, aber bei den Guten. Wenn die Guten scheitern, kannst du das getrost ihrer Unsicherheit zuschreiben, wetten?«

»Bringt mir auch nichts. Außerdem ist es ein Teufelskreis. Immer, wenn ich in der Vergangenheit brav Verbesserungen angeregt habe, wurde es nur schlimmer.«

»Na ja, aber das ist doch klar. Das will doch keiner hören, dass er im Bett nichts auf die Reihe kriegt.«

»Wahrscheinlich habe ich selbst einfach nur große Komplexe und projiziere die alle auf meine Sexualpartner. Aber Emily, ich verstehe es wirklich nicht. Im Grunde sind es doch sowieso immer die gleichen Dinge, die eine Frau im Bett will. Ein bisschen Autorität, ein bisschen Dominanz, viel Selbstbewusstsein, Zärtlichkeit und die Hand an den richtigen Stellen.« Ich erhebe meine Stimme und meine Hände zu einer theatralischen Geste. »Hier, Männer dieser Welt, mein Merkzettel: Fasst meinen Mund an! Nehmt mein Gesicht in eure Hände! Drückt mich ins Kissen! Küsst mich im Nacken! Zögert nicht bei euren Bewegungen! Vögelt langsam! Macht so viel Dirty Talk, wie ihr könnt! Und Himmel auch, rubbelt bitte nicht so ambitioniert neben der Klitoris rum.«

Emily lacht. »Nora, du bist echt so hart! So findest du nie jemanden!«

»Das ist das Allerdeprimierendste, wenn sie damit anfangen«, stöhne ich. »Und so ausweglos! Was soll man denn da sagen? Ich habe Hemmungen, einem erwachsenen Mann zu erklären, wo sich die Klitoris befindet.«

»Mit Daniel war das doch auch alles ganz gut, im Bett. Du dramatisierst total.«

Emily steht auf, kippt den restlichen kalten Kaffee ins Spülbecken und öffnet das Fenster.

»Ach, Daniel«, sage ich. »Ich brauche einen Mann, der ein Herz hat wie Paul und das erotische Potenzial von Daniel.« Ich stippe meinen kleinen Finger in die Zuckerdose und lecke ihn ab. »Und das Gesicht von Ronald Zehrfeld wäre auch nicht schlecht.«

»Oder Mark Waschke!«, sagt Emily und hält ihr Gesicht in die Sonne.

»Stimmt. Oder Mark Waschke.«

Ich möchte nicht eine von diesen Frauen sein, deren Welt sich nur um Männer dreht und deren einziges Gesprächsthema Männer sind. Mir ist es wichtig, viele Interessen zu haben. Ich bemühe mich darum, diese Interessen zu pflegen. Emily würde die Augen verdrehen, dass ich mir so etwas überhaupt vorpredigen muss. Aber ich muss mir eben eingestehen, dass ich viel über Männer nachdenke – und Beziehungen und Sex und all das. Und mit hoher Wahrscheinlichkeit nimmt das Denken darüber weitaus mehr Raum in meinem Gehirn ein, als es das Theater tut, oder die Kunst, oder die deutsche Waffenindustrie. Ob mir und meinem erwünschten Selbstbild das nun passt oder nicht.

Paul hat mir einmal geschildert, wie schrecklich er es fände, wenn jedes Freundinnenpaar, dessen Weg er kreuzt, gerade dabei wäre, sich ausführlich und hemmungslos über die Männer in ihrem Leben auszulassen.

Das ist nun mal wichtig unter Freundinnen, Dinge zu erörtern, habe ich halbherzig zu einer Verteidigung angesetzt.

Das ist pure Zerstörung, hat Paul gesagt. Wenn man alles zerredet, kann nichts übrig bleiben.

In Pauls Welt reden Männer nicht auf die Art und Weise über Frauen. In Pauls Welt höhlen Frauen die funktionierenden Strukturen von innen aus, bis sie zwangsläufig auseinanderfallen müssen. In Pauls Welt werden unter Männern intime Details nicht auf dem Tisch ausgebreitet und in Grund und Boden analysiert. Auf ein »Wie war's?« wird ein »Gut« oder ein »Na ja« geantwortet und damit hat es sich.

Manchmal denke ich noch jetzt, wenn Paul gewusst hätte, in

welchem Ausmaß Emily zu jeder Zeit über unser Beziehungsleben informiert war, er hätte kein Wort mehr mit mir geredet. Aber ich habe durchaus versucht, nie so weit zu gehen, dass sein Stolz hätte verletzt werden können.

Es ist schwer, den Punkt auszumachen, an dem die Dinge ihr Gleichgewicht verlieren. Mir fällt es schwer.

Ich bin ein großer Fan des Gleichgewichts. Weniger in einem esoterischen als in einem ganz pragmatischen Sinn: Meinem Körper geht es besser, wenn mein Säure-Basen-Haushalt im Gleichgewicht ist, und Beziehungen funktionieren so lange gut, bis das Gleichgewicht kippt.

Es ist immer das Gleiche.

DIE LETZTEN GÄSTE möchten die Rechnung. Ich räume draußen die Tische und Stühle zusammen und sichere sie mit einem Drahtseil und einem Schloss.

Micha geht die Kühlschränke durch und notiert sich Bestellungen. Ich spüle die übrigen Gläser und Küchenutensilien, wische die Theke und sortiere die verblühten Blumen aus den Vasen.

»Kannst du die Kaffeemaschine noch machen?«

»Danach würde ich dann aber gern gehen, wenn es für dich okay ist.«

»Sind die Getränke nachgeräumt?«

»Yep.«

»Toilette?«

»Hab ich gemacht.«

»Okay. Bist du morgen da?«

»Übermorgen.«

»Kann ich dir das Geld dann auszahlen? Wäre einfacher. Muss sonst morgen noch mal zur Bank.«

»Ja, okay«, sage ich und bin ein bisschen genervt.

Während ich die Kaffeemaschine reinige, höre ich den Soundtrack zu »In the Mood for Love«. Die Musik erinnert mich an meine Jugend. Mama hat die CD früher rauf und runter gehört.

Die Nachtluft ist noch warm vom Tag. Ich schließe mein Fahrradschloss auf und setze mir die Kapuze meiner Jacke auf. In dem Baum vorm Café leuchten die bunten Lampen der Lichterkette. Micha zieht drinnen den Stecker und jede Romantik ist dahin.

Emily liegt in ihrem Bett und schaut einen Schwarz-Weiß-Film. Ich streife meine Segelschuhe von den Füßen und setze mich zu ihr.

»Na, Sweetheart?«, sagt Emily.

»Na, Zuckerpuppe?«

Ich betrachte die Rückseite der DVD-Hülle. Irgendwas Französisches. Sieht ernst aus.

Ich schaue ein paar Minuten mit. Da ich nichts verstehe, hole ich meinen Laptop aus der Küche, mache es mir bei Emily gemütlich und checke meine E-Mails.

»Oh mein Gott«, sage ich leise.

»Was ist?«

Ich lese die Mail bis zum Ende. Mein Herz schlägt mit einem Mal ganz schnell.

»Ich habe ein Callback. Für den Studentenfilm. Den großen.«

»Echt?«

Ich lese die Mail sicherheitshalber ein zweites und dann auch ein drittes Mal, aber es steht da ganz deutlich: Ich bin in der letzten Runde für die Rolle. Mein Mund wird ganz trocken. Ich versuche, mich nicht zu sehr zu freuen. Zum ersten Mal seit meinem Ausstieg beim Gutshof bekomme ich eine Chance. Trotzdem ist mir natürlich klar, dass ich mich auch auf eine Enttäuschung einstellen muss.

Ich war schon vor der Serienzeit ein paarmal wirklich sehr nah an guten Rollen in Produktionen, die mich sehr interessierten. In gewisser Weise habe ich, was das betrifft, eine Schutzschicht entwickelt. Jedes Mal, wenn ich so nah an etwas dran war, das etwas hätte bedeuten können, klappte es nicht. Wirklich jedes Mal. Und jedes Mal war die Enttäuschung noch größer, und meine Schutzschicht wurde es irgendwann auch.

»Ist doch super«, sagt Emily.

»Ja«, sage ich. »Super.«

»Wann denn?«

»Nächste Woche. In Berlin.«

»Cool.«

»Ich muss meine Schicht bei Micha tauschen.«

»Na ja, das ist ja wohl dein kleinstes Problem.«

»Hm. Wahrscheinlich schon, ja. Wahrscheinlich schon.«

—

Das Callback-Casting findet in einer Wohnung in Prenzlauer Berg statt. Ich verlaufe mich drei Mal, bis ich endlich an der richtigen Straßenecke stehe.

Ich erfahre von dem Producer, dass ein Freund der Regisseurin die Wohnung für das Wochenende zur Verfügung gestellt hat, und auch, dass mit mir noch drei weitere Mädchen für die Rolle im Rennen sind. Lotte, die Regisseurin, hat mich im Vorfeld gebeten, Zeit mitzubringen, damit wir verschiedene Sachen ausprobieren können. Ich bringe Zeit mit.

Es braucht eine Weile, bis ich mich entspanne. Der Kaffee, der mir zu Anfang angeboten wurde, hat mich noch unruhiger gemacht, als ich es sowieso schon war. Lotte erzählt mir Genaueres über das Projekt und ihre Vorstellungen von meiner Figur, und dann beginnen wir mit ein paar Szenen aus dem Buch. In einer davon sitze ich in einem leeren Zimmer und rede mit mir selbst, in einer anderen übernimmt Lotte den Gegenpart und ich muss sie zum Lachen bringen. Das ist superschwer. Ich finde mich echt überhaupt nicht witzig und Witze kann ich mir auch keine merken. Zu ihr hinzugehen und sie zu kitzeln, während die Kamerafrau die Kamera auf mich draufhält, würde mir wie eine Grenzüberschreitung vorkommen. Irgendwann schlägt Lotte selbst vor, dass ich sie kitzle. Ich überwinde mich, aber so richtig funktioniert das auch nicht.

Ich sage, dass ich dringend auf Toilette muss, und entschuldige ich mich ins Bad. Wir machen eine kleine Pause. Die Kamerafrau und der Producer gehen in die Küche, um eine zu rauchen. Entmutigt lasse ich kaltes Wasser über meine Unterarme laufen und spritze mir etwas davon ins Gesicht. Wenn ich mich immer so schwer tue in Castingsituationen, wenn mir so vieles misslingt und ich mich so sehr verkrampfe – vielleicht bin ich dann wirklich schlichtweg im falschen Job. Vielleicht ist es Zeit, den Tatsachen ins Auge zu sehen.

Als Nächstes soll ich eine Szene spielen, die völlig ohne Text auskommt. Sie läuft etwas besser als die vorherige. Lotte will, dass ich improvisiere. Ich gebe mein Bestes, versuche, mich zusammenzureißen, mich aus diesem Raum wegzudenken und hinein in eine fremde Situation. Wir trinken noch einen Kaffee zusammen, dann werde ich mit dem Versprechen auf baldige Rückmeldung in den Berliner Nachmittag entlassen.

Mein Zug geht erst um kurz vor acht. Ich habe einen Bärenmordshunger, das gibt es gar nicht. Ich beschließe, einfach draufloszugehen, Richtung Mitte. Ich habe zwar überhaupt keinen Orientierungssinn, aber irgendwo wird es hier ja wohl etwas zu essen geben.

Ein paar halbseriös aussehende Asiaten und Dönerbuden lasse ich links liegen, dann kommt für eine lange Strecke gar nichts. Ab und an entdecke ich ein vielversprechendes Schild in der Ferne, aber es ist dann doch nur ein Klamottenladen oder ein Handyshop. Eine Dreiviertelstunde später habe ich immer noch nichts zu essen gefunden. Als ich in einer Seitenstraße einen Supermarkt entdecke, stoße ich einen kleinen Freudenschrei aus und muss mich zwingen, nicht zu rennen.

Ich kaufe mir einen Smoothie, einen Camembert, eine Brezel und eine Packung Nüsse und setze mich auf eine Bank in der Nähe eines Spielplatzes. Obwohl ich mal eine Zeitlang in Berlin gewohnt habe, kommt mir die Stadt jetzt fremd und viel zu groß vor. Ich überlege, ob ich doch noch in meiner alten WG in Neukölln vorbeischauen soll. Ich habe es schließlich versprochen. Ich schaue auf mein Handy. Es ist schon fast sechs. Das wird alles zu knapp.

Nächstes Mal, denke ich. Ich bin ja bestimmt bald wieder hier. Für das nächste Casting, den nächsten Versuch.

—

Emily und ich sind auf dem Spielplatz zwischen Schulterblatt und Bartelsstraße. Wir schaukeln und essen dabei ein Eis. Emily hat es spendiert, zum Trost, weil ich immer so geknickt bin nach den Castings. Ich beiße ein Stück Schoko-Mandel-Hülle von meinem Magnum ab.

»Hast du eigentlich noch mal was von Patrick gehört?«, frage ich.

Emily schüttelt den Kopf. »Also, na ja …« Sie schüttelt wieder den Kopf. »Nicht wirklich.«

Ich warte darauf, dass sie fortfährt. Sie schaut mich entschuldigend an.

»Das Problem ist doch, dass es im richtigen Leben immer so kompliziert ist, das mit der Liebe. Ich sehne mich so oft nach den Vereinfachungen, die es in Liedern, in Büchern, in Filmen gibt. Person A liebt Person B, ist aber eigentlich mit Person C zusammen. Person A kann sich nicht zwischen Person B und C entscheiden. Person A betrügt Person C mit Person B. Ich war noch nie mit einer Person zusammen und in eine andere verliebt. Das wäre ja total einfach. Ich war immer in mindestens zwei andere Personen verliebt. Und in die Person, mit der ich zusammen war, war ich auch verliebt, sonst wäre ich ja nicht mit ihr zusammen gewesen. Weißt du, was ich meine?«

»Ich glaub schon.«

»Was ich wahrscheinlich sagen will: Ja, Patrick und ich schreiben uns wieder ab und zu. Aber eigentlich möchte ich das nicht. Ich möchte frei sein für etwas Neues, Richtiges, weißt du?«

Ich nicke.

»Es ist nur nicht so leicht, wie ich mir das denke«, seufzt Emily. »Immer, wenn ich mir sicher bin, dass ich mir jetzt in etwas sicher bin, wird das kurze Zeit später wieder über den Haufen geworfen in mir drin. Ich hab manchmal echt das Gefühl, ich kann mich null auf mein Herz verlassen.«

Die Cornetto-Waffel knackt unter ihren kleinen, spitzen Zähnen. Sie grinst. »Weißt du, diesen Vincent vom Golem. Den finde ich ja schon richtig, richtig gut.«

»Vincent?«

»Ja, so heißt der.«

»Hast du dich etwa mit ihm unterhalten??«

Emily grinst.

»Alles muss man dir aus der Nase ziehen!«

—

Ich wache auf, mache mir einen Kaffee, checke meine E-Mails. Und da steht es schwarz auf weiß: Ich habe sie, die Zusage für die Rolle. Ich brauche mehrere Tage, bis ich begriffen habe, was das bedeutet. Oder besser: Was es bedeuten könnte. Es sickert erst so richtig zu mir durch, als ich gerade von der Bibliothek mit dem Fahrrad durch den Schanzenpark nach Hause fahre, und da trifft es mich plötzlich mit voller Wucht, das ganze Glück, die ganze Euphorie. Ich springe ab, werfe das Fahrrad ins Gras und renne jodelnd über die Wiese. Ich mache einen Radschlag und liege hysterisch lachend am Boden. Ich wusste gar nicht, dass ich noch Radschlag kann!, denke ich und mache gleich einen Purzelbaum hinterher.

Ein Gruppe stylisch angezogener Leute starrt von ihren Picknickdecken zu mir herüber. Ich rufe meine Eltern an, denen ich es noch nicht erzählt habe. Ich rufe meine älteste Schulfreundin in Frankfurt an. Ich könnte die ganze Welt anrufen und mein

Glück hinausschreien, aber dazu bin ich dann doch etwas zu abergläubisch.

Weil das Projekt so großformatig angelegt ist, mit Koproduktionen, Kinoverleih und allem drum und dran, und weil die Regisseurin manche Szenen auf Improvisationsbasis entwickeln will, gibt es Vorproben.

Die Vorproben finden in München statt. Emily entscheidet spontan, mitzukommen. »Wenn du schon mal in meiner Heimat bist«, sagt sie. »Das lasse ich mir doch nicht entgehen.«

Mein Spielpartner ist ein Münchner Schauspielstudent. Er heißt Fynn und ist ein kleiner, schlaksiger Typ mit großen grauen Augen und Lücken zwischen den Zähnen. Im Drehbuch entwickelt sich zwischen uns eine Art Liebesgeschichte.

Wir proben in einem kleinen Raum der Hochschule für Film und Fernsehen. Fynn muss mich mehrmals hochheben, was sich merkwürdig anfühlt, weil ich ihm körperlich überlegen bin.

Die Regisseurin Lotte gibt uns mit ihrer leisen Stimme Anweisungen. Sie ist so schön und so klug, dass es zum Weinen ist. Ich bin wirklich ganz verliebt in sie.

Nach den Proben fahren Lotte, Fynn, die Kamerafrau, der Producer und ich an die Isar und setzen uns mit einem Bier und Falafel in die Abendsonne. Ich rufe Emily an und sage, dass sie dazukommen soll.

»Eine Freundin von dir?«, fragt Lotte.

»Ja. Meine Mitbewohnerin«, sage ich. »Sie ist in München aufgewachsen. Wir haben zusammen in der Serie gespielt.«

»Ah. Und macht sie das noch? Also die Serie?«

»Ja, ja. Sie macht das noch. Sie besucht hier grad ihre Mutter.«

»Wenn sie Lust hat, kann sie morgen Abend auch mit auf die Filmpreisgala kommen, wir haben noch eine Karte übrig.«

»Echt?«

»Ja, Matze kann nicht, ist irgendwo am Arsch der Welt und dreht.«

Ich habe zwar keine Ahnung, wer Matze ist, aber nicke begeistert. »Sie kommt bestimmt gern mit.«

»Na ja«, lacht der Producer. »Die Zeremonie kann schon echt anstrengend werden. Wenn die nach zwei Stunden immer noch reden und reden und Preise vergeben und reden … Aber dafür kann man sich danach natürlich für umme die Hucke vollsaufen, wenn man drauf steht.«

Die Geräuschkulisse um uns herum ist eine Mischung aus Gelächter und Unterhaltungen anderer, die hier ihren Feierabend verbringen, aus Vogelzwitschern, fernem Verkehr, Kirchenglocken und dem Sound, der sich ergibt, wenn ein leichter Wind auf Wasser und Baumwipfel trifft.

Emily und ich gehen durch die nächtlichen Münchner Straßen. Wir sind ein bisschen angetrunken vom Augustiner, erzählen uns peinliche Geschichten aus unserer Jugend und kichern albern vor uns hin. Wir schlendern über den Marienplatz, der, von Straßenlaternen in mildes Licht getaucht, beinahe ausgestorben wirkt und von einer seltsamen Magie befallen scheint.

Wir sind knapp an der Frauenkirche vorbei, als Emily mich am Arm zieht, rechts in eine Gasse hinein. Ich stolpere, fluche, immer noch kichernd. »Was machst du denn?«

Neben einem Bauzaun bleibt sie stehen. Hinter dem Bauzaun ist Holz aufgeschichtet, und auch eine Baracke befindet sich da.

»Ist die Luft rein?«

Ich lache. »Was meinst du? Was wird das?«

Bevor ich mich versehe, hat Emily eine Schuhspitze in das Gitter geschoben, die oberen Stäbe umfasst und schwingt sich mit einem Ruck nach oben.

»Alter, Emily«, zische ich, nun wirklich nervös, »komm da runter!«

Emily hievt ihren Oberkörper auf das Dach der Baracke, zieht ihre Beine nach und rollt sich auf die Seite.

»Jetzt komm schon, du Angsthase«, ruft Emily von oben herab.

»Ich kann das nicht.«

»Klar. Ich helfe dir.«

»Ich habe keine Kraft in den Armen!«

»Hier, stell deine Füße hier drauf.« Emily zeigt auf den Holzhaufen hinter dem Zaun.

Das Gitter erzittert unter meinem Gewicht. Emily muss mich das letzte Stück auf die Baracke ziehen, die Zaunspitzen bohren sich in meinen Magen.

»Oh Gott«, sage ich. Mein Atem geht flach. Ich blinzle in den Himmel. Die Sterne glitzern und blinken, als würden sie sich immer weiter von der Erde entfernen.

Emily steht auf, klopft sich den Staub aus der Jeans und prüft den Abstand von Baracke zu Gerüst.

»Größer, als ich es in Erinnerung habe«, sagt Emily.

»Willst du auf die Frauenkirche steigen? Bist du jetzt völlig durchgeknallt?«

Emily geht nicht darauf ein. Sie befiehlt mir, mich vornüberzubeugen und nach dem Gerüst zu greifen. Ich murmle ein paar Flüche vor mich hin. Ich stelle mich mit dem Fuß auf ihre gefalteten Hände, atme tief ein und springe.

Das Scheppern der Baracke hallt durch die Stille.

Ich schaue mich um. Niemand, nirgendwo.

Emily landet neben mir. Wie eine Katze.

Mit jeder Stufe werden die Straßenlichter trüber. Vom freien Fall trennt uns nur ein feines Netz. Ich setze meine Schritte mit Bedacht und nehme meine Hand nicht vom Geländer. Ich blicke abwechselnd auf Emilys grelle Turnschuhsohlen und die unter uns schrumpfende Stadt hinter den Netzmaschen. Der Alkohol ist aus meinem Kopf verschwunden, hat sich stattdessen in meinem Magen festgesetzt, wo er nutzlos vor sich hinblubbert.

Dann sind wir auch schon oben. Ich lasse mich mit zittrigen Beinen auf die Bretter unter dem verhüllten Glockenturm sinken.

»Ich wusste gar nicht, dass du Höhenangst hast«, sagt Emily.

»Nur ein bisschen«, sage ich, und dann: »Voll schön hier.«

»Nicht wahr?«, sagt Emily. Sie öffnet ihren Rucksack. »Noch ein Bier?«

Ich schüttle dankend den Kopf.

»Mein Sandkastenfreund Justus nimmt seine Mädels hier immer mit hoch«, sagt Emily und nimmt einen Schluck. »Romantischer Fick unterm Sternenhimmel.«

»Ernsthaft?«

»Klar.«

»Crazy.« Ich lasse mich nach hinten auf meine Ellenbogen fallen. »Auf dem Kirchturm. Irgendwie cool.«

Wir übernachten in Emilys Jugendzimmer, auf einer 1,40-Meter-Matratze, zwischen düsteren Band-Postern und verstaubten Haushaltsutensilien.

Emily brät uns zum Frühstück Eier und Speck. Ich sitze im Nachthemd am Tisch und trinke ein Glas Orangensaft.

»Wo ist deine Mutter?«

»Schläft noch.«

Emily stellt mir einen Teller hin und schiebt einen Korb mit getoastetem Körnerbrot hinterher.

»Mehr Kaffee?«

»Nein, nein, danke. Alles wunderbar.«

»Wann müssen wir heute Abend eigentlich da sein?«

»Gegen sieben, glaube ich.«

»Gut. Weißt du, was du anziehst? Muss man da schick sein?«

»Ich habe ein Kleid mit. Keine Ahnung, vielleicht ein bisschen.«

Emily nimmt ihren Teller und setzt sich zu mir an den Tisch. Sie streicht Butter auf eine Scheibe Brot, die Butter zerfließt.

Draußen ist es freundlich. Wir beschließen, nach dem Frühstück im Englischen Garten spazieren zu gehen. Je öfter ich in München bin, desto besser gefällt es mir. Am Eisbach liegen Teenager und Nackte. Wir kaufen uns eine Leberkässemmel und setzen uns beim Chinesischen Turm auf eine Bank wie richtige Touristen. Ich versuche mir vorzustellen, wie Emily hier aufgewachsen ist, wie sie als kleines Mädchen hier Fahrradfahren gelernt hat. Wie sie sich beim Eismann, der hier noch aussieht wie ein richtiger Eismann, ein Eis für ein paar Mark gekauft hat.

Eine Pferdekutsche holpert an uns vorbei. Emily krümelt auf den Boden. »Hoffentlich muss ich später nicht die ganze Zeit pupsen von all dem Weißbrot und Fett«, sagt sie und hält sich den Bauch.

»Ich bin schon irgendwie gespannt auf heute Abend«, sage ich. »Wie das wird.«

»So wie immer halt.«

»Aber das ist ja schon was Größeres.«

»Ach«, sagt Emily, »das macht es nicht besser. Da haben die Frauen dann halt teurere Roben an und es wird noch mehr geredet und geschnulzt als sonst.«

»Du alter Hase«, sage ich und zwicke sie in die Seite.

Die Abendroben sind echt heiß. Voller Glitzer und Pailletten und Tüll und Taft und detailverliebter Säume. Dazu sind die Frauen perfekt geschminkt und die Männer haben keinen einzigen Fussel auf ihren frisch gestärkten Hemden. Ich stehe im Foyer zwischen all diesen adretten Gestalten, zupfe an meinem mäßig aufregenden Kleid herum und halte mich an meinem dritten Sektglas fest. Ab und zu erwidere ich ein Lächeln und komme mir dabei furchtbar bemüht vor.

Im Gegensatz hierzu war das Event, auf dem das mit Daniel alles angefangen hat, geradezu lächerlich. Ich erinnere mich, wie ich damals alles so aufgeplustert und albern fand. Die Gäste hier wirken aber nicht albern. Eher einschüchternd.

»In der Toilette gibt's fancy Handcreme«, sagt Emily. »Hier, riech mal.« Sie streckt mir eine Hand unter die Nase.

»Mhm«, sage ich. »Lecker.«

»Ich hol mir noch einen Sekt. Willst du auch?«

Emily trägt ein blassrosafarbenes Kleid mit gewagtem Rückenausschnitt. Sieht super aus zu ihren Locken. Die Männer schauen ihr hinterher, als sie sich ihren Weg durch die Menge bahnt.

Es ist zwanzig vor acht, die Ränge füllen sich. Auf der Bühne gedämpftes Scheinwerferlicht. Um uns herum Gemurmel, Glamour und Geknister. Wir stehen auf, um einem älteren Herren Platz zu machen. Er wirft einen Blick auf seine Platzkarte. »Da hat es aber jemand mit mir gut gemeint«, sagt er mit einem zu uns gerichteten Augenzwinkern und nimmt auf dem Sitz links neben mir Platz. Lotte und die anderen sitzen ein paar Plätze weiter rechts. Ich lächle. Der Sekt knallt ganz schön.

»Und Sie? Schauspielerin?« Der ältere Herr lehnt sich über die Lehne zu mir herüber.

»Ist das so offensichtlich? Oh je.«

»Wieso ›Oh je‹?«

»Keine Ahnung. Irgendwie fände ich es langweilig, wenn das so offensichtlich ist.«

»Ach«, sagt der Mann. »So ein Schmarrn. Es kommt immer auf die Einstellung an.«

»Hm.«

»Ich war mal Geschäftsführer einer der größten Produktionsfirmen Deutschlands. Glauben Sie mir.«

Ich weiß nicht genau, was er damit meint, aber vielleicht ist das auch der Alkohol in meinem Blut, der meinen Gedankenfluss schwächt.

»Ah, wirklich?«

»Ja, wissen Sie …«

In dem Moment verdunkelt sich der Raum, die Moderatorin kommt beherzten Schrittes auf die Bühne und ruft ein lautes

»Meine sehr verehrten Damen und Herren: Herzlich willkommen!« ins Publikum. Der Herr neben mir winkt ab. Ich nicke grinsend und richte mich auf meinem Platz ein. Hoffentlich muss ich in den nächsten zwei Stunden nicht aufs Klo.

Die Aftershow-Party braucht ewig, um in die Gänge zu kommen. Emily und ich bedienen uns an dem aufwendig angerichteten Buffet, lassen uns an den Wodka- und Jägermeister-Ständen Drinks mixen und machen ein paar Versuche, die Tanzfläche zu eröffnen, aber so richtig Spaß will nicht aufkommen.

Ein paar Stars und Sternchen, aber eher die Sternchen, haben sich hierher verirrt, machen gelangweilt Small Talk und nippen an ihrem stillen Wasser.

Nach ein paar Gläsern habe ich wieder ordentlich einen sitzen. Emily kommentiert mit scharfzüngigen Bemerkungen die Anwesenden und bringt mich zum Lachen.

Eine DJane übernimmt die Musik, endlich wird die Stimmung gelöster und die Tanzfläche beginnt sich zu füllen. Emily und ich tanzen, bis uns schwindelig wird. Wir holen uns noch einen Wodka-Drink mit lauter Obst und Schnickschnack drin und lassen uns auf zwei mit Werbung bedruckte Liegestühle sinken.

Emily holt ihr Handy raus.

»Wem schreibst du?«, rufe ich gegen die Musik an.

»Niemandem!«, sagt Emily

»Ist der Sommer der Enthaltsamkeit beendet?«

»Quatsch. Der Sommer der Enthaltsamkeit endet nie.«

»Ah ja.«

»Wollen wir wieder tanzen?«, ruft Emily und zieht mich von meinem Liegestuhl.

An manchen Abenden findet eine seltsame Umkehrung statt. Ist ein Pegel erst mal erreicht und fällt dann ab, ist es schwer, eine konstante Trunkenheit beizubehalten. Je länger wir tanzen, desto nüchterner werde ich. Emily scheint in völliger Ekstase zu sein, eins mit der Musik. Ich glaube, sie bemerkt die vielen Avancen noch nicht mal, die ihr die Männer machen. Meine Füße beginnen wehzutun. Auch meine Augen werden langsam müde.

Ein Typ tanzt neben mir. Er ist etwa Ende dreißig, vielleicht auch schon knapp über vierzig. Er trägt seine Haare ganz kurz, fast könnte man es eine Glatze nennen. Er hat sehr gute Schuhe an, er ist groß, breitschultrig und hat einen kleinen Bauchansatz. Ich gebe mir wieder etwas mehr Mühe mit dem Tanzen.

Eine Weile tanzen wir so nebeneinanderher. Er macht keine Anstalten, mich anzusprechen. Ich versuche einzuschätzen, wie meine Chancen stehen. Ich habe wirklich keine Ahnung. Eigentlich ist es ja auch egal, ich bin eh in München. Ganz zur Not warte ich eben woanders auf Emily.

Ich tippe ihn an. Er sieht mich überrascht an. Ich stelle mich auf Zehenspitzen und gebe mir Mühe, laut und deutlich zu sprechen: »Hey«, sage ich. »Trinkst du was mit mir?«

Draußen die Morgendämmerung. Im Taxi hat er mich gefragt, ob er das gerade richtig sieht und ich ihn abschleppe.

Na ja, habe ich gesagt. Nur dass wir eben zu dir fahren müssen, ich komme nicht aus München. Dann habe ich meine Unterhose ausgezogen und seine Hand unter meinen Rock geschoben.

Jetzt, auf dieser Matratze, in dieser Wohnung, kommt mir meine Nacktheit seltsam abstrakt vor. Seine natürlich auch. Gerade seine. Und die zusätzliche Nacktheit, die dadurch entsteht, dass wir unsere nackten Oberflächen aneinanderreiben. Wie merkwürdig das ist, dass sich zwei fremde Körper innerhalb weniger Stunden so nahe kommen können, denke ich. Es ist verdammt lange her, dass ich einen richtigen One-Night-Stand hatte.

»Sag was Schmutziges«, sagt er.

»Sag was Nettes«, sage ich.

In der ganzen Wohnung Fischgrätparkett. Ich gehe durch die Räume, barfuß, in Unterhose und fremd riechendem Männerhemd. Betrachte die Bücher in den Regalen, die geschmackvoll arrangierten Bilder an den Wänden, den gläsernen Geschirrschrank und die Plattenstapel auf dem Boden. Ich mag Fischgrätparkett so gern. Eines Tages will ich das auch bei mir zu Hause haben.

Im Flur schiebe ich mit der Fußspitze einen Stapel Wäsche beiseite, um einen besseren Blick auf ein Bild zu bekommen, das achtlos gegen die Wand gelehnt wurde. Ich gehe in die Hocke. Das Foto zeigt zwei lachende Frauen in bunter, sommerlicher Kleidung. Sie schauen nicht in die Kamera, aber man spürt, dass sie für die Kamera lachen, dass etwas Gekünsteltes in der Situation vorhanden ist. Wer die beiden Frauen wohl sind? Die Schwester und die Exfreundin? Nur Freundinnen? Andere Verwandtschaft?

»Willst du Kaffee?«

Ich zucke zusammen. Er steht im Türrahmen und gähnt. Er sieht niedlich aus. Gemütlich irgendwie. Seltsam, was wir gestern Nacht zueinander gesagt haben. Wie undenkbar das jetzt scheint, im Tageslicht, mit nackten Beinen und zerzaustem Blick.

»Ja, gern.«

Ich überlege kurz, ob ich ihn auf das Foto ansprechen soll. Ist das sonst merkwürdig, dass ich hier hocke und es anstarre? Ich entscheide mich dagegen. Wozu der Aufwand?, denke ich. Ist doch sowieso alles egal.

Wir sitzen in der Küche, die dampfenden Kaffeetassen vor uns. Ich bin mir nicht sicher, wie es uns mit der Gesamtsituation geht. Also wie es ihm dabei geht, aber auch nicht, wie es mir dabei geht. Er hat sich dafür entschuldigt, dass sein Kühlschrank so gut wie leer ist. Ich streiche Avocado statt Butter auf eine pappige Schrippenhälfte, quetsche ein bisschen Zitrone darüber und bin überrascht, wie gut es mir schmeckt. Aber vermutlich würde mir gerade alles schmecken, mir ist dermaßen flau. Geht gar nicht.

Alles so ungewohnt. Ich zähle die Sommersprossen auf seinem Arm. Kaue auf der Schrippenhälfte rum, nippe an der Tasse Kaffee, weiß nicht, ob ich eine Unterhaltung in Gang halten sollte oder ob wir okay damit sind, wie es ist. Mache mir mehr Gedanken darüber, warum ich so unlocker bin, als darüber, wie ich aussehe. Die Schlacht habe ich nach einem kurzen Blick in den Badezimmerspiegel als ohnehin verloren erklärt. Aber ob das wirklich die richtige Priorität ist? Funktioniert das alles eigentlich ganz anders? Warum kann ich nicht so entspannt sein, wie ich es sonst bin? Interessiert er mich überhaupt? Interessiert mich überhaupt irgendetwas?

Ich gehe zu Fuß zum Rosenheimer Platz. Der Typ und ich haben uns höflich voneinander verabschiedet, ohne Nummern auszutauschen, ohne gar nichts. Ich denke darüber nach, dass ich heute Nacht wohl keine besonders gute Liebhaberin gewesen bin. Ich war viel zu unkonzentriert und weinerlich. Mein Mund war trocken vom Alkohol. Ich muss ein bisschen lachen, so wie man lacht, wenn man gerade etwas erlebt hat, das jetzt schon unwirklich erscheint. Ein Kind geht an mir vorbei und schaut mich neugierig an.

Platzregen über den Wäldern, über Feldern, über den Sportplätzen, über grünstem Gras und grünsten Baumkronen, über braun und weiß und schwarz gefleckten Kühen, über Weizen, über Sonnenblumen, über Kirchtürmen, über Strohballen, Strommasten, über finsteren Schatten. Im ICE zurück nach Hamburg, Emily ist noch für ein paar Tage in München geblieben, durchströmt mich eine seltene Gelassenheit. Der Zug ist nicht besonders voll, ich habe während der ganzen Fahrt zwei Sitze für mich, kann mich breitmachen. Ich stopfe mir einen Pulli hinter den Rücken und ziehe meine Schuhe aus, damit es gemütlicher ist.

Das war ein schönes Wochenende, denke ich. Was weiß ich,

ob das mit dem Typen letzte Nacht wirklich hätte sein müssen, aber lustig war es, und der Abend an der Isar und die Kirchturmbesteigung waren auch lustig. Und wenn ich daran denke, dass bald Herbst sein wird und die Dreharbeiten losgehen, spüre ich eine kribbelnde Vorfreude.

Es ist, als würde mein siebzehnjähriges Ich zur mir sprechen und sagen: Gut gemacht, Nora, jetzt bist du kurz davor, genau das zu sein, was du dir immer gewünscht hast. Wenn du dir ein bisschen Mühe mit dir selbst gibst, vielleicht übertriffst du es dann sogar noch. Vielleicht wirst du deine Wirkung auf Männer besser einschätzen und besser kanalisieren können. Vielleicht wirst du mehr Selbstbewusstsein haben können, wenn es um deine Arbeit geht. Vielleicht wirst du wieder anfangen, deine Ziele hochzustecken und dich nicht zufriedenzugeben. Vielleicht wirst du gelassener werden, als Mensch umgänglicher, als Tochter weniger eine Last und als Freundin verlässlicher. Vielleicht wirst du dir nicht ständig komisch vorkommen in deiner eigenen Haut. Vielleicht wird sich deine Gier auf Bestätigung und Erfolg relativieren, und wenn nicht, auch okay. Vielleicht wird nicht mehr so viel von der Meinung anderer abhängen. Vielleicht wirst du mehr wissen und dich nicht länger immer wieder aus Diskussionen heraushalten. Vielleicht wirst du geduldiger sein, disziplinierter, ausgeglichener.

—

Ich fahre mit der S-Bahn bis Altona und steige dort in den Bus. Eine SMS von Emily: Ihre Mutter hat sich eine Grippe eingefangen, sie bleibt noch länger in München, um sie ein bisschen aufzupäppeln.

Als ich mich heute Nachmittag dazu entschlossen habe, später ins Theater zu gehen, habe ich kurz darüber nachgedacht, ob ich Gustav fragen soll, ob er auch Lust hat, oder Luise oder Frida.

Aber irgendwie wollte ich lieber allein sein. Wie früher, denke ich, schnippe ein Centstück auf die Straße.

Im Innenhof der Gaußstraße stehen ein paar Leute und rauchen. Ich drücke die schwere Tür zum Foyer des Hauptgebäudes auf. Eine Welle aus warmer, verbrauchter Luft schlägt mir ein Willkommen entgegen, Musik spielt, Lichter wandern durch den Raum, zwischen Stühlen und Tischen wird geplaudert und herumspaziert. Die Atmosphäre ist mehr die eines ausgelassenen, altmodischen Nachtclubs, in dem alles möglich scheint, als die eines klassischen Theaterabends. Ich lasse mich in den Raum hineintreiben. An der Bar hole ich mir eine Cola und eine Brezel. Ich esse Brezel, trinke Cola und gucke mich um.

Mit einem Tusch wird aufgespielt. Notenblätter machen die Runde. Schauspieler in schwarzen Klamotten und Augenmasken steigen auf die Tische und stimmen ein Lied an.

Ein Lächeln breitet sich auf meinem Gesicht aus. Wahnsinn, wie schön das ist.

Das Prozedere des Abends ist folgendermaßen: Die Schauspieler mit den Masken haben schwarz-weiße Kärtchen, auf denen Dinge draufstehen und die sie verteilen, um so ihr neues Publikum anzulocken, kleine Gruppen von sechs bis zehn Leuten. Mystik, Afghanistan, Seufzen, Lampedusa, Köln. Auf einem steht schlicht ein Name und darunter: »Unsere Geschichten beginnen vor unserer Geburt und enden nicht mit unserem Tod. Wüssten wir sie alle zu erzählen, wäre es die Ewigkeit.«

Ich starre lange auf diesen Satz.

Bis kurz vor Mitternacht schaffe ich sechs der Fragmente, sechs Kärtchen, sechs Schauspieler, sechs Orte. Ich stehe in Stehlampenecken und Requisitenräumen, auf Probebühnen und in Kaffeeküchen. Zwischen den Fragmenten, die manchmal still, manchmal lauter daherkommen, geht es zurück ins Foyer, zu Musik und zu Ausgelassenheit.

Zum sich daran anschließenden Live-Konzert gibt es Spieße

vom Grill und lauwarme Spätsommerluft. Ich beobachte die Trinkenden und die Rauchenden, die jungen und alten. Ich setze mich zu ein paar älteren Damen an einen Tisch und bin ganz beseelt und vollkommen glücklich und eins mit dem Moment.

ES IST EIN WENIG SPEKTAKULÄRER Nachmittag. In der Luft ist immer deutlicher zu spüren, wie der Sommer seine Geduld zu verlieren beginnt, wie er sich bereit macht, einzuknicken. Ich stehe im Drogeriemarkt und mache letzte Besorgungen, als mein Telefon klingelt. Es ist Lotte.

»Lotte! Ich ruf dich gleich zurück, ja? Ich stehe grad an der Kasse.«

Nachdem ich bezahlt habe, schultere ich die Tüten und rufe Lotte zurück.

»Hey Nora«, sagt Lotte.

»Servus«, sage ich fröhlich.

»Wie geht's dir?« Sie klingt komisch. Ich werde misstrauisch.

»Gut«, sage ich, nicht mehr ganz so fröhlich. »Und dir?«

»Du, Nora«, sagt Lotte und ihr Tonfall schlägt eine kleine Beule in meine Brust. »Es ist so: Wir haben die Förderung nicht bekommen.«

»Oh«, sage ich, und als Lotte nichts weiter sagt: »Und was heißt das?«

»Das heißt, wir müssen den Dreh auf unbestimmte Zeit verschieben.«

»Oh«, sage ich wieder.

»Beziehungsweise: Es ist nicht sicher, ob wir überhaupt noch drehen. Ehrlich gesagt gab es ganz schön viele Komplikationen mit den Producern und der Schule. Also, im Moment kann ich wirklich gar nicht sagen, wie es weitergeht.«

»Aber, also … heißt das, das Projekt ist ganz abgeblasen?« Meine Stimme klingt weniger ungläubig, als ich mich fühle. Ich fühle mich wahnsinnig ungläubig. Ich kann nicht glauben, dass das hier gerade wirklich passiert.

»Ach, weißt du, keine Ahnung. Sagen wir so: Rechne mal lieber nicht damit, dass es stattfindet.«

»Verstehe«, sage ich, aber ich verstehe gar nichts. Das kann doch nicht sein. Doch nicht jetzt. Doch nicht nach all dem.

Lotte sagt noch ein paar Dinge, redet von Verträgen und anderen Projektideen, spuckt mir ein paar tröstende Worte vor die Füße, und ich sage immer mal wieder »Ja« oder »Verstehe«, aber je mehr sie erklärt, desto weniger verstehe ich, und irgendwann verabschieden wir uns, und ich begreife, dass ich Lotte wahrscheinlich nie wiedersehen werde, dass sie mit einem fünfminütigen Telefonat alle Brücken eingerissen hat, von denen ich glaubte, dass sie uns verbinden.

Ich lege auf. Ich merke, wie meine Hände zittern. Ich lasse die schweren Einkaufstüten vor mir auf die Straße sinken. Ich setze mich auf den Bordstein. Es kommt mir vor, als würde die Straße zersplittern, in Tausende kleiner, funkelnder Scherben. Ich wünschte, sie würde es wirklich tun und dass ich mich in diesem Scherbensturm auflösen könnte.

Wie alles endet. Wie innerhalb von Sekunden alles weggeblasen sein kann. Das ist immer wieder erschreckend. Wie einfach das vor allem ist. Ein Anruf und zack: Weg sind die Träume, weg ist der Triumph.

Wenn ich etwas gelernt habe in den letzten Jahren, dann ist es das: mit allem zu rechnen und sich auf nichts zu verlassen. Wie ein Naturgesetz ist es in meinen Alltag graviert. Die Dinge, von denen ich denke, sie seien unerschütterlich, fallen in sich zusammen. Und die Dinge, die so abwegig erscheinen, dass sie mir niemals ernsthaft in den Sinn kommen würden, passieren einfach, eins nach dem anderen, mit einer Selbstverständlichkeit, der zu folgen mir – trotz allem – immer noch schwerfällt. Nur aus dieser Logik heraus denke ich oft, ich darf nicht zu sehr davon ausgehen, dass ich später mal eine Familie und viele Kinder haben werde, weil das zwangsläufig in meiner Unfruchtbarkeit oder einem anderen Drama enden wird. Ich weiß, das ist abergläubisch. Aber je mehr Dossiers, Reportagen oder Magazin-Fotostrecken mir begegnen, in denen Frauen in ihren Dreißigern und Vierzigern von ihrem verzweifelten Kampf um ein Kind erzählen, desto ängstlicher werde ich. Sie sind der Grund, warum alles, was rund um Babys, Fruchtbarkeit und Lebensplanung kreist, schon längst sehr großen Raum einnimmt in meinen Gedanken.

Und jetzt fühle ich mich aufs Schrecklichste bestätigt. Ich hätte auf meinen Bauch hören sollen, der mir von Anfang an gesagt hat: Das ist zu gut, um wahr zu sein. Eine Hauptrolle in einem aufwendig produzierten Studentenfilm. Mit so coolen Leuten. Ein so gutes Drehbuch. Mein Kopf hat mich versucht zu beruhigen, mit den stattfindenden Proben, der scheinbaren Zuverlässigkeit der Beteiligten, dem feststehenden Setdesign, den Verhandlungen mit den Produktionsfirmen. Am Ende hat der Kopf nie eine Chance gegen den Bauch.

Ich fange an zu weinen. Ganz plötzlich, ganz unvermittelt, ganz laut. Ich kann gar nicht mehr aufhören. Ich weine um meine geplatzten Träume, und plötzlich weine ich auch um meine geplatzte Beziehung. Ich weine all die unverarbeitete Enttäuschung und aufgestaute Wut aus mir heraus.

Hey, denke ich, als ich die Haustür aufschließe, immerhin habe ich die Erfahrung jetzt einmal hinter mir. Immerhin hatte ich die Rolle. Ich hätte sie gespielt. Immerhin.

Im Treppenhaus riecht es nach Frittierfett und Knoblauch. Die Stufen knarren und ob der plötzlichen Anstrengung muss ich mich am Geländer festhalten. Ich sehne mich nach meinem Bett und einer heißen Zitrone mit Honig, obwohl draußen goldene Nachmittagssonne die Straßen flutet. Vielleicht leihe ich mir noch ein paar Filme aus, denke ich. Oder nein, ich lese einfach ein Buch. Ein Buch lesen ist gut.

Spätestens als ich die Wohnungstür aufdrücke, wird mir klar, dass daraus so schnell nichts werden wird: Ein würziger Essensgeruch schlägt mir entgegen, zusammen mit dicken Rauchschwaden und Emilys Flüchen.

»Emily?«, rufe ich und hänge meinen Schlüsselbund an den Haken. »Emily, alles in Ordnung?«

»Hey!« Emily kommt aus der Küche in den Flur gestürmt. »Da bist du ja endlich! Wo warst du? Ich hab gekocht!« Sie sieht lustig aus. Trägt ihr Haar aufgetürmt und dazu eine grellpinke Schürze, die über und über mit Mehl bestäubt ist.

»Ich war einkaufen«, sage ich und streife meine Schuhe ab.

»Zwei Stunden lang?«

»Und spazieren war ich auch.«

»Ah«, sagt Emily. Sie schaut an mir herunter und fragt: »Und die Tüten?«

»Die Tüten?«

»Ich dachte, du warst einkaufen!«

»Klar … Die Tüten … Ach fuck. Die hab ich vergessen.«

Emily lacht kurz auf. Dann reibt sie sich nervös über die Stirn. »Oh Mann, ich wollte das Essen warm halten und hab es in den Ofen getan, aber es war anscheinend zu heiß! Und jetzt ist der komplette Boden angebrannt. Versteh ich nicht, warum kann ich das denn nicht im Ofen warm halten?«

»Vielleicht weil es ein Gasherd ist?« Ich folge Emily in die Küche. In meinem Hals ist ein Kloß von der Größe einer Discokugel. Von den Fenstern perlt die Feuchtigkeit ab, obwohl sie weit offen stehen.

»Vielleicht. Vielleicht sollten wir lieber bei mir im Zimmer essen«, sagt Emily. »Im Kühlschrank stehen Gin und Tonic, willst du schon mal die Drinks mixen?«

»Gin und Tonic? Emily, ich weiß nicht, ob ich überhaupt …«

Emily, die gerade die Quiche balanciert, dreht sich erstaunt zu mir um. »Wir gehen doch später noch feiern!«

»Ehrlich gesagt …«

»Auf gar keinen Fall.« Sie schüttelt entschieden den Kopf. »Ich hab mir extra so eine Mühe gemacht. Du musst einfach mitkommen! Du kannst gar nicht anders!«

Ich habe keine Energie zu widersprechen. Ich habe keine Energie für gar nichts mehr.

Auf Emilys Fußboden picknicken wir die halb verbrannte Quiche und trinken Gin Tonic. Im ganzen Zimmer liegen Klamotten verstreut. Auf dem Bett häufen sich Gürtel, Ohrringe und Armreifen.

»Ja, ich weiß nicht, was ich anziehen soll«, sagt Emily kauend, als sie meinen Blick bemerkt.

»Emily, wenn ich nur mitkommen soll, damit Vincent nicht denkt, dass …«

»Nein!«, ruft Emily, bevor ich den Satz vollenden kann. »Spinnst du? Aber das heißt doch nicht, dass ich scheiße aussehen muss!«

»Natürlich nicht.«

»Nora, wenn du es so scheiße findest …«

»Nein, nein. Schon gut, ich komme ja mit. Entschuldigung. Tut mir bestimmt gut, unter Leute zu kommen.«

»Eben!«, sagt Emily.

»Hat Vincent eigentlich heiße Freunde?«

»Du meinst Männer, die auch nur ansatzweise an die Göttlichkeit von Vincent herankommen?« Emily schüttelt bedauernd den Kopf. »Das bezweifle ich.«

Menschen quellen aus dem Golem heraus, stranden lachend auf der Straße. Als wir die Bar betreten, spüre ich Emilys Nervosität neben mir, als wäre es meine eigene. Ich habe es immer noch nicht übers Herz gebracht, ihr von dem Telefonat zu erzählen. Wir drücken uns vorbei an glühenden Zigaretten und schweißnassen Rücken, kämpfen uns vor, bis wir an der Theke angelangt sind und ich schreiend zwei Bier bestelle. Emilys Blick gleitet beiläufig über die Köpfe hinweg.

»Und, siehst du ihn?«

Sie schüttelt den Kopf.

»Wollen wir uns irgendwohin setzen, wo es nicht ganz so laut ist?«, brülle ich.

Wir finden eine Ecke, in der ein freies Sofa steht, von dem aus man den Rest der Bar im Blick behalten kann.

»Und jetzt?«, fragt Emily. Kaum dass wir uns hingesetzt haben.

»Was meinst du mit ›Und jetzt‹? Jetzt trinken wir erst mal unser Bier.« Ich schaue sie vorwurfsvoll an. »Du hast doch versprochen, dass wir eben nicht den ganzen Abend auf eine ganz bestimmte Person auslegen!«

»Tu ich doch auch gar nicht!«

»Das macht sich auch wirklich nicht gut, Emily! Das weißt du doch. Man muss sich schon ein bisschen interessant machen. Hast du denn noch nie in deinem Leben eine Frauenzeitschrift gelesen?«

»Sehr witzig.«

»Im Ernst, vielleicht ist das hier alles keine gute Idee.«

»Mann, Nora!«, sagt Emily und ich erschrecke davor, wie scharf sie es sagt. Ich entschuldige mich.

Eine halbe Stunde später sitze ich allein und mit meinem mittlerweile dritten Bier in der immer gleichen Ecke, starre an die Decke und frage mich, warum ich nicht längst nach Hause gegangen bin, da ich meinen Kummer heute eh nicht mehr ersäufen kann, er ist viel zu groß. Emily ist seit genau einer halben Stunde auf der Toilette verschwunden und nie wieder zurückgekehrt. Das ist Freundschaft, was ich hier mache, denke ich und zähle die flirrenden Punkte vor meinen Augen. Das ist wahre, richtige, echte Freundschaft. Freundschaft, auf die man zählen kann. Freundschaft, die viel wert ist. Freundschaft, ohne die alles nur halb so aufregend wäre.

Ein Räuspern erweckt mich aus meinem Koma. Ein Räuspern und ein Gesicht, das sich in mein Blickfeld schiebt, mich dort von oben herab betrachtet.

»Hey«, sagt eine Stimme, die mir sehr vertraut ist.

»Hey«, sage ich.

»Störe ich?«

»Nein«, sage ich. »Quatsch.«

»Ich bin Paul.«

»Hi Paul«, sage ich und muss lachen. »Ich bin Nora.«

»Nora! Schön dich kennenzulernen. Ich kannte mal eine Nora. Nettes Mädchen.«

»Nettes Mädchen?«

»Ja, ganz nett«, sagt Paul. »Wir hatten mal was miteinander. Kurz. War lustig.«

»Cool.«

»Ja. Cool.«

»Mhm.«

»Ich hab mich gefragt … Hättest du unter Umständen Lust zu tanzen?«

»Zu tanzen?«

»Ja …« Er zeigt in eine vage Richtung hinter der Bar. »Man kann da … tanzen … glaube ich. Da … unten.«

Er schaut mich fragend an und grinst.

»Okay«, sage ich und stelle mein Glas ab. »Klar. Warum nicht?«

Paul nimmt meine Hand. Ich stehe auf. In meinem Gesicht ein Lächeln. Wir drängen uns durch die Menschenmenge. Paul lässt mich nicht los. Im Gehen dreht er sich zu mir um.

»Stell dir einfach vor, dass ich ein guter Tänzer bin, okay?«

»Okay.«